IM SCHATTEN DER KOPFWEIDEN

Anja Wedershoven, 1968 in Rheydt geboren, wuchs mit Schnibbelskuchen, Hanns-Dieter Hüsch und dem Schimanski-Tatort auf. Sie studierte Kulturwissenschaften und Literatur und ist als Autorin dem Niederrhein treu geblieben. Am Kriminalroman faszinieren sie die Auseinandersetzung mit Menschen in Ausnahmesituationen und die Frage, welche Vorgeschichte Gewalttaten haben.

ANJA WEDERSHOVEN

IM SCHATTEN DER KOPFWEIDEN

Niederrhein Krimi

emons:

Bibliografische Information der Deutschen Nationalbibliothek
Die Deutsche Nationalbibliothek verzeichnet diese Publikation in der Deutschen Nationalbibliografie; detaillierte bibliografische Daten sind im Internet über http://dnb.d-nb.de abrufbar.

MIX
Papier aus verantwortungsvollen Quellen
FSC® C083411

Umschlagmotiv: shutterstock.com/Peter Nolten
Umschlaggestaltung: Nina Schäfer, nach einem Konzept von Leonardo Magrelli und Nina Schäfer
Umsetzung: Tobias Doetsch
Gestaltung Innenteil: César Satz & Grafik GmbH, Köln
Lektorat: Lothar Strüh
Druck und Bindung: CPI – Clausen & Bosse, Leck
Printed in Germany 2020
ISBN 978-3-7408-0962-1
Niederrhein Krimi
Originalausgabe

There are voices still calling across the years.
And they're all crying across the ocean,
And they're cryin' across the land,
And they will till we all come to understand.

Solomon Burke,
»None of us are free«

Prolog

Der quälende Husten hatte für kurze Zeit aufgehört, und sie war erschöpft eingeschlafen. Jetzt weckte sie das Schlagen der Wohnungstür. Manni!

»Ich hab Hunger. Haste nix gekocht?«, brüllte er mit schwerer Zunge. Das Baby begann zu schreien. Etwas fiel polternd um.

Kira schreckte in ihrem Bett hoch und sah sie mit aufgerissenen Augen an.

»Pscht.« Sie legte einen Finger an die Lippen. Unterdrückte ihren Hustenreiz. Die großen braunen Augen ihrer kleinen Schwester wirkten im Dämmerlicht des Raums wie tiefe schwarze Seen. Hoffentlich konnten sich ihre Brüder in Sicherheit bringen.

Sie setzte sich auf, ihr Gesicht glühte. Von der Bettkante aus öffnete sie leise die Zimmertür einen Spalt und spähte durch den vollgestellten Flur ins Wohnzimmer.

Der Freund ihrer Mutter zog sich die Jacke aus, ließ sich aufs Sofa fallen. Ihre Mutter hatte das Baby auf dem Arm. Ging schwankend auf und ab. Auch sie hatte getrunken.

»Bei der gestrigen Geiselnahme in der deutschen Botschaft in Stockholm erschossen Mitglieder der RAF zwei Geiseln.« Die Stimme des Nachrichtensprechers aus dem Fernseher klang ernst. Die Welt ist ein Ort voller Gewalt, dachte sie.

»Wir müssen ins Bad«, wisperte sie ihrer Schwester zu. Es war nur eine Frage der Zeit, bis Manni zuschlagen würde. Als sie vom Bett aufstand, hämmerte ihr Herz gegen die Rippen. Das Atmen tat weh. Bloß nicht husten. Dann würde er auf sie aufmerksam werden. Sie rang nach Luft. Kira drängte sich an sie und nahm ihre Hand. Vorsichtig öffnete sie die Zimmertür einen Spalt.

»Gib dem Blag endlich seine verdammte Milch. Und mir was Gescheites zu essen.« Manni fegte eine Reihe leerer Bierflaschen und den Aschenbecher vom Tisch. Ihre Mutter sprach so leise, dass sie sie nicht verstehen konnte.

»Schnell«, wisperte sie Kira zu. Auf dem Weg vom Mädchenzimmer ins Bad schob sich auch Martins klebrige Hand in ihre. Sie zog beide Geschwister ins Badezimmer und schloss ab. Dann lehnte sie sich keuchend mit dem Rücken gegen die Tür. Kira versteckte sich sofort in der Dusche. Nur ihre kleine dunkle Faust, die den Vorhang zuhielt, war noch zu sehen.

»Wo ist Michi?«, flüsterte sie Martin zu, als sie wieder zu Atem gekommen war. Ihre Hände glühten, über ihren ganzen Körper lief Schweiß. Diese Erkältung wollte nicht besser werden. Schon eine Woche konnte sie sich nicht um die Geschwister kümmern. Ihre Brüder waren nicht mehr zur Schule gegangen, Kira nicht in den Kindergarten.

»Michi ist draußen«, erklärte Martin von seinem Platz unter dem Waschbecken. »Er wollte einkaufen gehen.«

»Ich hab so Hunger«, klagte die Stimme ihrer Schwester hinter dem Duschvorhang.

Einkaufen? Sie runzelte die Stirn. Die Geschäfte hatten längst zu. Außerdem hätte ihre Mutter ihm niemals Geld gegeben. Wollte er Essen stehlen? Dann musste der Hunger groß sein. Ihr Blick fiel in den Spiegel über dem Waschbecken, und sie erschrak. Stirn und Wangen waren krebsrot und von kleinen Pusteln übersät, ihre Haare klebten fettig am Kopf. Sie zog das Nachthemd enger über den kleinen Wölbungen zusammen, die sich seit ein paar Wochen auf ihrer Brust zeigten und auf die Manni schon begehrliche Blicke geworfen hatte. Die Türklinke in ihrem Rücken bewegte sich, sie erschrak.

»Ey!« Er trommelte mit Fäusten gegen die Tür. »Mach auf, ich muss pissen.«

Martin zog den Kopf noch weiter unter das Waschbecken zurück und wimmerte leise. Sie spürte, wie sich ihr Herzschlag bis zum Maximum beschleunigte und der Schmerz in ihrem Brustkorb zunahm. Lange würde sie sich nicht mehr auf den Beinen halten können.

»Bin gleich fertig, Papa.« Sie sank auf den Rand der Badewanne. Ihre heisere Stimme klang fremd. Wie viele Männer hatte sie schon »Papa« nennen müssen? Nur bei Kiras Vater, dem

»Neger«, wie die Nachbarn abfällig getuschelt hatten, hatte sie sich gewünscht, er möge bleiben. Er war der Einzige gewesen, der nicht geprügelt hatte.

»Das Blag soll aufhören zu brüllen!« Gott sei Dank, Mannis Stimme kam wieder aus dem Wohnzimmer. Sie nahm ihre letzte Kraft zusammen, schob sich auf Knien zur Badezimmertür und zog den Schlüssel ab. Dann presste sie ein Auge gegen das Schlüsselloch. Sah Manni von hinten neben dem Fernseher stehen. Konnte nur ahnen, dass er gerade seine Hose öffnete und irgendwo reinpinkelte. Als er fertig war, baute er sich vor ihrer Mutter auf. »Gib her! Ich bring ihn raus.«

Das Baby! Nach dem letzten Saufgelage hatte er es unter kaltes Wasser gehalten, bis ihre Mutter ihn auf Knien angefleht hatte, dem Kind nichts zu tun. Dann hatte sie im Wohnzimmer vor dem Kleinen die Beine für Manni breitgemacht. Widerlich!

Jetzt schrie er den Säugling an. »Sei endlich still!« Ihre Mutter kreischte. Was machte Manni mit dem Kleinen?

Sie mussten weg hier. Mit dem Baby. »Wir gehen zu Francesco. Mama hat mir Geld für Süßigkeiten gegeben«, log sie. Francesco gehörte der Kiosk in der Hochhaussiedlung. Der hatte bis spätabends auf. Vielleicht konnte der nette Italiener ihnen helfen. Sie zog sich am Rand des Waschbeckens hoch. Nur noch ein paar Minuten durchhalten.

Kira schaute aus einem Spalt zwischen Vorhang und Fliesen hervor. »Süßigkeiten?«

»Ja.« Sie nahm die Hand ihrer kleinen Schwester und zog den Duschvorhang beiseite. »Aber wir müssen uns beeilen, sonst macht Francesco zu.«

Kira nickte und kletterte aus der Duschtasse.

»Martin, du bist doch stark.« War ein Achtjähriger wirklich kräftig genug, den Säugling zu tragen? »Du nimmst das Baby, und dann lauft ihr so schnell wie möglich nach unten. Nehmt die Treppen. Der Aufzug ist bestimmt wieder kaputt.«

»Und was ist mit Papa?« Martins Stimme klang kläglich. Kiras große Augen sahen voller Angst zu ihr hoch.

»Ich halte Papa auf, bis ihr unten seid.« Sie hatte keine Ahnung, wie sie das machen sollte, wollte nicht darüber nachdenken. »Und dann lauft ihr zu Francesco.«

»Und du?«

»Ich komme nach.«

Zitternd schloss sie die Tür auf. Ihre Mutter hatte sich aufgerappelt und hielt ihrem Freund eine halb volle Flasche Bier hin, um ihn zu besänftigen.

»So 'ne warme Plörre?« Er fuchtelte mit dem Baby herum, das plötzlich auf unheimliche Weise still war.

Sie drängte die Geschwister zur Wohnungstür und ging auf Manni zu. »Gib mir den Kleinen. Ich kümmere mich um ihn.«

Das hatte sie noch nie gewagt, wenn er betrunken war. Er sah sie überrascht an. Sie musste schnell sein. Tatsächlich ließ er den Säugling los, als sie nach ihm griff. Sie drückte ihn Martin in die Arme und schob ihn zu Kira ins Treppenhaus. »Und jetzt los!«, wisperte sie. Dann schloss sie die Tür und stellte sich mit dem Rücken dagegen. Spürte den Schweiß, der über ihren Nacken lief.

»Ey, was soll das?« Jetzt erst begriff Manni. Sie breitete die Arme aus, als er auf sie zukam.

»Nein.«

Er sah sie ungläubig an. »Du spinnst wohl.« Er drückte sie an der Schulter zur Seite und griff nach der Klinke.

Wie lange brauchten ihre Geschwister für fünf Etagen? Sie umklammerte Mannis Hand und biss zu.

Er heulte wütend auf. »Du kleine Schlampe!«

Der erste Schlag warf sie gegen das Sofa, es milderte ihren Sturz. Ihre Mutter schrie. Für einen kurzen Augenblick hoffte sie, sie würde ihr helfen. Gemeinsam könnten sie Manni aufhalten. Der zweite Schlag erwischte sie an der Schläfe. Er reißt mir den Kopf ab, dachte sie. Er wird mich töten. Dann wurde ihr schwarz vor Augen.

Montag, 13. November

Die Scheinwerfer der entgegenkommenden Autos blendeten Johanna und warfen Spiegelungen auf den nassen Asphalt. Die Landstraße nach Geldern war in der Dunkelheit schwer einzusehen; ein Milch-Tanklaster mit holländischem Kennzeichen bretterte mit Höchstgeschwindigkeit auf der Gegenfahrbahn an ihr vorbei. Als ob die hier nicht genug eigene Kühe hätten, dachte Johanna.

Sie öffnete das Wagenfenster trotz des Regens einen Spalt und atmete tief durch. War es ein Fehler gewesen, an den Niederrhein zurückzukehren? Sofort war die Erinnerung an den Unfall wieder da.

Die Straße machte eine Kurve. Johanna stieg auf die Bremse, als vor ihr ein Radfahrer auftauchte. Warum benutzte der nicht den Radweg? Immerhin hatte er eine Warnweste übergezogen.

»Gleich rechts abbiegen«, sagte das Navi. Sie blieb hinter dem Radfahrer und fluchte über den Kleintransporter hinter sich, der immer weiter auffuhr. Ihr Handy klingelte.

»Brenner.« Schon der zweite Anruf an diesem frühen Montagmorgen. Hätte es nicht ein ruhigerer Einstand bei der Kripo Krefeld sein können? Vorsichtiges Beschnuppern der neuen Kollegen, Kaffee und belegte Brötchen im Büro?

»Axel Holtz. Spreche ich mit … Kriminaloberkommissarin Johanna Brenner?«

Johanna lachte in sich hinein. Ihre tiefe Stimme. Die hatte schon viele irritiert. »Genau, ich bin Johanna.«

»Das tut mir echt leid, dass ich so früh störe.« Seine Stimme klang, als hätte er Schlaf noch viel nötiger als sie. »Aber wir haben eine Tote, und unsere Chefin meinte –«

»Ich weiß Bescheid, bin schon auf dem Weg.«

Shit, jetzt hatte sie die Abzweigung verpasst. Weiter vorne war eine Bushaltestelle; Johanna fuhr heran.

»Auf dem Weg?« Holtz klang überrascht, fast empört.

»Die Leitstelle hat mich angerufen. Vor 'ner halben Stunde etwa.«

»Die haben dich an deinem ersten Tag um halb sechs aus dem Bett geschmissen? Nicht schlecht.«

Das fand sie allerdings auch. In Berlin würde sie jetzt noch in den Federn liegen und sich allmählich von den Geräuschen der Großstadt wecken lassen. »Tja, shit happens. Mein Navi sagt, noch fünfundzwanzig Kilometer. Wir sehen uns dann gleich am Fundort?«

»Ich brauch bestimmt noch fast 'ne Stunde.« Es war ihm hörbar unangenehm. Im Hintergrund lief Wasser. Etwas klapperte. Offensichtlich versuchte der Kollege, sich während des Telefonierens fertig zu machen.

»Dann bin ich vor dir dort.« Ein Lkw donnerte an ihr vorbei; sie schwieg kurz und setzte erneut an. »Ich hab noch keinen Dienstausweis und keine Dienstwaffe. Die Schutzpolizei wird eine Unbekannte nicht zu der Leiche lassen.«

»Ich sag den Kollegen vor Ort Bescheid, zeig einfach deinen Perso.« Im Hintergrund wieder das Geräusch von laufendem Wasser, dann schlug eine Tür. »Ich beeil mich.«

»Kein Problem. Bis gleich.« Johanna drückte das Gespräch weg und griff zur Thermoskanne. Wenigstens die Kaffeemaschine hatte sie gestern Abend noch ausgepackt. T-Shirt und Hemd hatte sie eben in ihrem winzigen Dachgeschoss-Apartment aus dem Koffer gefischt. Sie goss zwei Fingerbreit Kaffee in den Becher und trank vorsichtig. Heiß. Zigarette dazu wäre toll. Aber die hatte sie mit Absicht in Berlin gelassen. Johanna behielt beim Trinken den rückwärtigen Verkehr im Auge. Hinter dem Mofa war die Straße endlich frei. Sie vergewisserte sich noch mal nach beiden Seiten, dann wendete sie.

Als sie in das Wohngebiet »An der Fleuth« einbog, sah sie am Ende der Straße schon das Blaulicht mehrerer Streifenwagen, Straßensperren, die reflektierenden Jacken der Kollegen. Eine tote Frau in dieser Gegend. Das sah nach einem privaten Drama aus. Johanna hielt wenige Meter vor der Absperrung und spürte das bekannte flaue Gefühl in ihrem Magen. Immerhin kein Kind. Der Anblick der missbrauchten Elfjährigen aus ihrem letzten Fall verfolgte sie bis heute. Sie zog die Kapuze ihres Parkas über und hielt der Polizeimeisterin am Flatterband ihren Ausweis hin.

»Frau Brenner aus Berlin? Sie können hier nicht durch. Wir warten auf die Kripo.« Natürlich wusste sie nicht Bescheid.

»Ich *bin* die Kripo. Wer leitet die Ermittlungen?«

»Polizeiobermeister Hilgers. Warten Sie, ich hole ihn.«

Während die Beamtin hinter einer langen Ziegelmauer verschwand, schaute Johanna sich um. Die schicken Eigenheime vom Anfang der Straße waren Mehrfamilienhäusern mit typischen roten Backsteinfassaden gewichen; ein paar Sträucher davor, eine Bank, eine kaputte Straßenlaterne. Vor der Mauer, die einen Friedhof mit riesigen Bäumen umgab, Parkbuchten, die meisten von ihnen leer.

Ein uniformierter Kollege, kaum älter als Johanna, kam auf sie zu. Man sah ihm an, wie begeistert er war, am Ende seiner Wochenend-Nachtschicht auch noch einen Leichenfundort sichern zu müssen. Überstunden im strömenden Regen, die Kripo einweisen, Berichte schreiben.

»KOK Johanna Brenner.« Sie zeigte auch dem Kollegen ihren Ausweis und bot ihm gleichzeitig die Rechte zum Handschlag.

»Du bist die Neue?« Seine Hand war eiskalt. »Thorsten Hilgers. Dann komm mal mit.« Er hielt das Flatterband hoch und ging an der Mauer entlang auf Altglascontainer zu, die zurückgesetzt neben einem der Wohnhäuser standen. »Eine Tote direkt neben dem Friedhof, irgendwie gruselig.«

Johanna schob die Kapuze wieder vom Kopf. Sie behinderte ihren Blick. »Wer hat sie gefunden?«

»Der Zeitungsausträger. Der Notruf ging um vier Uhr vierundvierzig morgens ein. Und der arme Kerl versucht die ganze Zeit verzweifelt, jemanden zu erreichen, der seine Tour übernehmen kann.« Hilgers deutete mit dem Kopf in Richtung eines Streifenwagens, der ein wenig abseits geparkt war. Ein Kollege saß bei offener Tür auf dem Fahrersitz und rauchte. Auf der Rückbank konnte Johanna nur die Silhouette eines jungen Mannes mit Handy am Ohr erkennen. Später. Erst mal wollte sie sich um den Fundort kümmern.

»Wissen wir, wer die Tote ist?«

Hilgers schüttelte den Kopf. »Keine Handtasche, kein Handy, kein Schlüssel. Nix. Sieht nach Raubmord aus.«

Er blieb so plötzlich hinter den Containern stehen, dass Johanna fast in ihn reingelaufen wäre.

»Hier.« Er beugte sich mit einer Stablampe über den Körper, der rücklings auf dem durchnässten Boden lag. »Sie hat eine Kopfverletzung, hat stark geblutet.« Er leuchtete der Frau ins Gesicht. Sie war bleich, der Mund stand offen. Ihr langes Haar klebte am Kopf. Der hellgraue Wollmantel, der zum Zeitpunkt ihres Todes offen gewesen sein musste, hatte sich mit Wasser vollgesogen und war rechts und links von ihrem Körper gerutscht, sodass Bluse und Rock sichtbar wurden. Auf der linken Seite war der Mantel mit Dreck verschmiert.

»Hast du Überzieher und Handschuhe für mich?« Sie war wirklich aus der Übung. Die hatte sie im Außendienst normalerweise immer in der Jackentasche. »Und wir brauchen dringend eine Plane, wir müssen die Tote vor dem Regen schützen.«

»Bei der schlechten Spurenlage?«, warf der jüngere Beamte ein, der bei dem Leichnam Wache gestanden hatte.

»Eben.« Johanna verschärfte ihren Ton. »Die wenigen Spuren sollten wir auf jeden Fall sichern.«

»Wer hier schon alles durchgetrampelt ist! Notärztin, Sanitäter, der Zeitungsfritze.«

Johanna konnte verstehen, dass der junge Kollege schlechte Laune hatte. Trotzdem ging das so nicht. »Besorgt ihr jetzt eine Plane, oder muss ich mich selbst darum kümmern?« Sie sah dem Mann so lange in die Augen, bis der den Blick senkte. Hilgers drückte ihr die Lampe in die Hand.

»Ich kümmer mich drum. Solange kannst du schon mal mit der Frau Doktor reden, die wollte unbedingt warten, bis die Kripo eintrifft.«

Eine aufgeregte Endzwanzigerin in durchsichtigem Regencape kam unter einem gepunkteten Schirm auf Johanna zu. »Ich hab jetzt noch keine Todesbescheinigung ausgestellt, weil diese Wunde am Kopf … Also ich kann nicht sagen, wie tief die geht und ob die Frau einfach nur gestürzt ist oder ob jemand absichtlich –«

Johanna unterbrach sie. »Das brauchen Sie auch gar nicht zu beurteilen, das ist Sache der Rechtsmedizin. Haben Sie die Leiche bewegt, bevor Sie die Polizei informiert haben?«

»Ich musste doch sehen, ob sie schon Totenflecke hat. Aber ich hatte Handschuhe an.«

Das hatte bei der miesen Spurenlage gerade noch gefehlt. Eine junge, unerfahrene Notärztin, die die Lage des Leichnams verändert hatte. »Wie genau haben Sie den Körper bewegt?«

»Ich hab sie nur kurz auf die Seite gedreht und die Bluse hochgeschoben. Wissen Sie, das ist meine erste Tote im Notdienst, die keines natürlichen Todes gestorben ist. Aber ich hab sie genauso wieder hingelegt, wie sie lag.«

Johanna fluchte innerlich. Also daher der einseitig verschmutzte Mantel der Toten. »Okay. Beim nächsten Mal, wenn Sie zu einer leblosen Person gerufen werden, die bei zwei Grad im Regen liegt und deren Kiefer Sie wegen der Totenstarre schon nicht mehr schließen können, überlassen Sie die Untersuchung bitte den Profis.«

»Verstanden.« Die junge Ärztin wirkte ehrlich zerknirscht.

»Und geben Sie die Untersuchungshandschuhe bei den Kollegen ab, bevor Sie gehen. Für die Kriminaltechnik.« Eine leichte Röte überzog das Gesicht der Medizinerin. Eigentlich sieht sie ganz niedlich aus, dachte Johanna.

Hinter der Frau tauchte die Silhouette eines großen, schlanken Mannes auf, der mit Riesenschritten auf sie zukam. Kollege Holtz? So schnell? Sie hatte ihn sich älter vorgestellt.

»Lars Oehmen. Spurensicherung.« Der Mann streckte ihr die Hand hin. »Wie sieht das denn hier aus? Rennt hier jeder rum, wie er will?«

Johanna nahm Handschuhe und Überzieher, die Hilgers ihr endlich brachte. »So okay für dich? Ich will nur einen kurzen Blick auf die Tote werfen.«

Oehmen brummte etwas vor sich hin und verschwand wieder, um sich die Schutzkleidung anzulegen.

Johanna hockte sich neben den Oberkörper der Toten. Anfang dreißig, gut gekleidet, sie hatte offenbar ausgehen wollen. Kein Ehering, aber ein Smaragd an der linken Hand. Johanna leuchtete der Toten ins Gesicht. Irgendetwas störte sie. Das Make-up war vom Regen verlaufen, nur die Augen sahen noch ziemlich perfekt aus. Vermutlich wasserfeste Schminke. Johanna beugte sich näher zum Gesicht der Leiche. Tatsächlich, da waren winzige Blutungen an den Augenlidern, unter den Resten des Lidschattens nur schwer zu erkennen. Vorsichtig schob sie die langen Haare beiseite. Hinter dem Ohr waren die Punktblutungen besser zu sehen, aber es gab keine Drosselmarke am Hals. Da musste die Rechtsmedizin weiterhelfen. War die eigentlich schon informiert?

Die Tote trug keinen Schal, obwohl der Blazermantel Hals und Ausschnitt frei ließ. Johanna blickte sich um, konnte aber weder Schal noch eine Handtasche entdecken. Die Spurensicherung musste unbedingt den Inhalt aller Müllcontainer checken. Hatte der Täter beides mitgenommen?

Unter den kurzen, nicht lackierten Fingernägeln der Toten fielen ihr dunkle Spuren auf, die nicht zum gepflegten Äußeren passten. Die Verunreinigungen waren nur an der rechten Hand. Abwehrspuren? Dreck? Blut? Dann hätte sie ihre blutende Kopfverletzung angefasst. Der Kopf ließ sich noch anheben. Johanna beugte sich über die Wunde. Der Regen hatte das Blut daran gehindert, feste Krusten zu bilden, der Schädelknochen schien unversehrt. Aber Kopfverletzungen konnten tückisch sein. Johanna legte den Kopf behutsam wieder ab und richtete ihren eigenen Oberkörper auf, weil ihr Haar mittlerweile so durchnässt war, dass das Wasser auf den Leichnam zu tropfen drohte. Ein altes, bedrohliches Gefühl stieg in ihr auf. Jetzt nicht in Panik geraten. Bauchdecke locker und den Atem fließen lassen …

Der Schwindel verschwand wieder. Sie berührte mit den Fingerspitzen leicht die Wange der Toten: *Du bist nicht allein.*

Wir werden herausfinden, wer das getan hat. Das verspreche ich dir. Dann strich sie der Frau eine Strähne ihrer nassen Haare aus der Stirn und erhob sich.

***

Hier passte nichts zusammen. Die Geste, die die Frau neben der Toten gerade machte und die Axel Holtz im ersten Augenblick annehmen ließ, die Kollegen von der Schutzpolizei hätten eine Angehörige an den Fundort gelassen, passte nicht zur Kripobeamtin. Und das Gesicht, das so hell und ebenmäßig war, dass Axel es eher auf der Bühne des Jazzkellers, seines Lieblingsclubs in Krefeld, als in einem nüchternen Polizeibüro vermutet hätte, passte nicht zu der dunklen Stimme vorhin am Telefon. *She walks in beauty, like the night.* Warum kam ihm das jetzt in den Sinn? Ach ja, sein Sohn musste in der Schule gerade Lord Byron lesen. Und Axel hatte gedacht, was für ein cooler Songtext das wäre.

Jetzt kam die Frau auf ihn zu und streifte im Näherkommen die Handschuhe ab.

»Hallo. Ich bin Johanna Brenner. Haben wir telefoniert?«

»Genau. Axel. Tut mir leid, ging nicht schneller.« Seine Irritation hielt an. Nein, sein Brummschädel und dieser frühe Montagmorgen wollten auch nicht zusammenpassen.

»Unsere Tote ist eine junge Frau. Den Zeugen, der sie gefunden hat, konnte ich noch nicht befragen.«

Wache hellblaue Augen, die ihn neugierig musterten. Kurzes rotblondes Haar, das sie sich in einer entschlossenen Geste mit beiden Händen aus dem Gesicht strich.

Die Spurensicherer begannen, das Zelt über der Toten aufzubauen. Axel beschloss, mit dem Inspizieren der Leiche zu warten, bis sie fertig waren.

»Lass uns erst zu dem Zeugen gehen, damit der endlich weiterkann. Oder hat er möglicherweise mit der Tötung zu tun?«

Seine neue Kollegin zuckte die Achseln. »Er hat hier Zeitungen ausgetragen. Hat sie vermutlich einfach nur als Erster entdeckt. Aber ich bin sicher, dass es ein Tötungsdelikt war. Außer einer Kopfverletzung sind auch Petechien zu sehen.«

Punktblutungen! Das klang nach Erwürgen. Bevor Axel nachfragen konnte, bekam er einen kräftigen Schlag auf die Schulter. Die Begrüßung konnte nur zu Lars Oehmen gehören.

»Morgen, Axel. Na, spät geworden gestern? Ist der Bass noch im Wagen?«

»Halt bloß die Klappe.« Sie kannten sich seit so vielen Jahren, dass Frotzeleien zum Umgangston gehörten. »Sag mir lieber, was du weißt.«

»Später. Hab noch nix.«

»Ist die Rechtsmedizin schon informiert?«

»Bin ich ein Anfänger, oder was?« Lars Oehmen lief weiter. Seine neue Kollegin schien amüsiert. Wann wirkte das Scheiß-Aspirin endlich?

Der Zeitungsausträger saß verfroren und genervt im Streifenwagen. »Das erklären Sie aber meinem Chef«, beschwerte er sich. Ein junger Typ, vielleicht Anfang zwanzig. Strubbliges blondes Haar, großes Loch mit schwarzem Ring im Ohrläppchen, breiter Ehering. Das Tattoo einer Meerjungfrau am Hals verschwand zur Hälfte unter der dicken Steppjacke. Keine Ausbildung, keine Chance auf Arbeit, den Absprung vom Land nicht geschafft, weil Frau und Kind, tippte Axel.

»Keine Sorge. Als Zeuge in einem Kapitaldelikt sind Sie auf der Arbeit entschuldigt.«

»Wieso Zeuge? Ich hab doch gar nichts gesehen.«

Tatsächlich konnte der Mann zur Klärung der Identität oder sonstiger Umstände nichts sagen. Axel ließ ihn kurz wiederholen, wie und wann er die Tote gefunden hatte, dann entließ er ihn. »Ihre Personalien haben wir ja.« Er rieb sich die Stirn.

»Haben Sie sie angefasst?« Die raue Stimme Johanna Brenners vom Fahrersitz. Der Junge, der gerade hatte aussteigen wollen, zog die Autotür wieder zu.

»Nee, warum sollte ich die anfassen? Das ist ja wohl Ihr Job.«

»Und wenn sie noch gelebt hätte? Wenn sie nur verletzt gewesen wäre?«

»Aber das war doch klar, dass die hin ist.« Er schaute Axel hilfesuchend an. »Das habe ich sofort gesehen.«

»Sie konnten das sehen? In der Dunkelheit?«

Worauf wollte die Kollegin hinaus? Dachte sie wirklich, dieser Junge könne der Täter sein? Oder redete sie von unterlassener Hilfeleistung?

»Na ja, das spürt man doch.«

»So was wie männliche Intuition, ja?«

Oh nein, kein Geschlechterkrieg, verkatert, am frühen Montagmorgen. Der Junge hatte die 110 angerufen und war vor Ort geblieben. Das war schon mehr, als man von vielen erwarten konnte.

Jemand klopfte ans Fenster des Wagens. Das vertraute Gesicht von Staatsanwalt Wittkopf tauchte auf.

»Ich glaube, da will dich jemand kennenlernen«, beendete Axel das Gespräch im Wageninneren, entließ den erleichterten Zeugen und stieg ebenfalls aus.

Es war schweinekalt für November. Letzte Nacht hatte ihm die Kälte nichts ausgemacht, aber jetzt fror er. Von der Chefin weit und breit keine Spur. Dabei hatte sie ihn persönlich um kurz vor sechs angerufen, um ihm noch einmal einzuschärfen, er solle ein Auge auf die neue Kollegin haben. War das eine Breitseite gegen ihn oder gegen Johanna Brenner gewesen? Die konnte nach seinem ersten Eindruck ganz gut auf sich selbst aufpassen.

Was hatte sie aus Berlin hierher an den Niederrhein verschlagen? War das freiwillig oder gezwungenermaßen? »Berlinern« tat sie auch nicht. Axel hatte ein feines Gehör für Dialekte. Die Phrasierungen der Sprache. Während er zu der Toten hinüberging, kam ihm sein Solo vom Vorabend wieder in den Sinn. Ein klasse Gefühl, den Lauf durchzuziehen. Fehlerfrei. Flüssig. Genau im Takt.

»Was grinst du denn so?« Kollege Oehmen hockte neben dem Leichnam und machte Fotos.

»Kannst du mir schon was zum Todeszeitpunkt sagen?«

»Körpertemperatur ist bei sechsundzwanzig Grad. Es war

kalt heute Nacht. Ich schätze, sie ist seit zwölf bis dreizehn Stunden tot.«

»Also gestern Abend zwischen achtzehn und neunzehn Uhr?«

»Genau.« Oehmen zog einen Zigarettenstummel aus dem Haar der Toten und tütete ihn sorgfältig ein.

»Letzter Atemzug in lauter Müll und Dreck. Was die Leute alles in die Landschaft werfen. Mannomann.«

»Yep. Das wird eine schöne Arbeit, das ganze Zeug durchzugehen. Viermal Altglas und zweimal Altpapier! Plus der ganze Unrat auf dem Boden.«

»Du hast mein Mitgefühl.«

»Chef?« Eine Frau in weißem Schutzanzug winkte die beiden Männer an die Bordsteinkante unter die kaputte Straßenbeleuchtung. »Hier ist Blut.« Sie deutete auf einen der Betonpilze, die die Parkplätze vom Bürgersteig trennten. Der Regen hatte den Pfeiler sauber gewaschen, nur auf der unebenen Oberflächenstruktur fanden sich winzige dunkle Stellen.

Axel nickte anerkennend. »Guter Blick. Das hätte ich im Leben nicht gefunden.«

Die Frau im Overall ging ein paar Schritte rückwärts und wies auf die Achse vom Betonpilz zur Leiche. »Das könnten Schleifspuren sein, das Laub sieht in diesem Bereich anders aus. So bin ich überhaupt drauf gekommen.«

»Das Blut muss mit in die Rechtsmedizin. Wir müssen wissen, ob es von der Toten stammt.« Oehmen fotografierte erneut. »Und dann müssen wir in diesem Bereich alles auf Faserspuren untersuchen.« Er fluchte. »Wenn jemand sie von hier hinter die Müllcontainer geschleift hat, dürfte selbst der Regen nicht alles weggewaschen haben.«

»Dann scheidet ein Unfall schon mal aus.« Axel schaute zu seiner neuen Kollegin hinüber, die mit dem Staatsanwalt bei der Leiche stand. Allmählich dämmerte es. Das Aspirin wirkte endlich, nur in Axels Magen rumorte es. Er fischte einen Blister mit Säureblockern aus der Jackentasche und kaute zwei davon. »Also … sie fällt mit dem Hinterkopf auf diesen Poller hier – ob

Sturz oder Stoß müssen wir noch offenlassen –, irgendwer zieht sie ins Gebüsch, erwürgt sie und klaut ihr die Handtasche?«

»Gelegenheit macht Diebe.« Oehmen grinste.

»Vielleicht auch Mörder«, setzte die Spurensicherin hinterher.

»Sehr witzig.« Manche hatten echt einen merkwürdigen Humor.

An der Absperrung zum Wohngebiet entstand Unruhe. Bisher waren nur vereinzelt Anwohner auf dem Weg zur Arbeit oder mit Hund an der Leine vorbeigelaufen. Jetzt kamen auch die ersten Schüler aus den Häusern und ließen sich nicht so schnell abwimmeln. Axel lief auf die Wand aus filmenden Smartphones zu. »Packt die Dinger weg. Hier gibt's nichts zu sehen. Oder hat jemand von euch gestern Abend etwas beobachtet?«

Ein Mädchen in grünem Anorak hob den Arm. »Hier war gestern schon mal Polizei.«

Warum hatte ihm das vorher niemand gesagt? Er ging unter dem Flatterband durch auf die Jugendliche zu. »Wie heißt du?«

***

Leonie erwachte vom Lärmen der Müllmänner, die die Tonnen ratternd über den Bürgersteig zogen. Dann prallten die Müllgefäße gegen den Wagen, wurden geschüttelt. Wie spät? Sie schaute auf ihr Smartphone. Zehn nach acht, Mist! Die erste Stunde hatte schon angefangen. Mathe bei Knippertz. Warum hatte ihr Vater sie nicht geweckt? Sie sollte doch heute in Biologie das Referat über die »Geschichte der Kopfbäume am Niederrhein« halten.

Das Handy stand auf lautlos. Achtundfünfzig ungelesene Nachrichten. Leonie scrollte den Bildschirm herunter und las nur die wichtigen. Eine von ihrer Mutter, dass es Lukas heute besser gehe und wann sie am Nachmittag ins Krankenhaus komme. Und ganz viele von Antonia, ihrer besten Freundin. Sogar ein Anruf von ihr. Um zehn vor acht, kurz bevor der Unterricht losgegangen war.

Leonie hörte die Mailbox ab: »Hey, wo bleibst du denn?

Warum reagierst du nicht auf meine Message? Es ist doch hoffentlich nichts mit Lukas? Ich sag Knippertz, du musst noch mal zum Arzt oder so. Aber melde dich, okay?«

Obwohl es schon so spät war, wurde es draußen nicht richtig hell. Leonie knipste die Lichterkette über ihrem Bett an. Ihr Blick fiel auf ein Foto von Antonia und ihr, das unter dem von Lukas hing. Zu Antonias vierzehntem Geburtstag hatte deren Vater ihr zwei Karten für das Ed-Sheeran-Konzert in Köln geschenkt und die Mädchen gefahren. Mega. Auf dem Foto standen sie mit einer Cola vor dem Stadion, hinter sich eine riesige Menschenmenge. Und wenn Antonia letzte Woche der Ärztin den Zettel nicht gebracht hätte ... Leonie antwortete im Telegrammstil: *Lukas ist okay. Habe verpennt. Melde mich später. Danke für Knippertz. Hdl* ☺

Sie sprang aus dem Bett und lief barfuß in den Flur. Die Schuhe ihres Vaters standen unter der Garderobe, völlig verdreckt. Hatte er etwa auch verschlafen? Leonie öffnete vorsichtig die Tür des Elternschlafzimmers, aber es war leer, seine Bettseite zerwühlt, es roch nach Zigaretten und Alkohol. Sie stellte das Fenster auf Kipp und vermied es, die getragenen Klamotten, die überall herumlagen, genauer anzuschauen. Was war bloß mit Papa los? Seit ihre Mutter mit Lukas im Krankenhaus war, war er total neben der Spur.

Okay, er war sauer gewesen, dass die Ärztin Lukas ins Krankenhaus gebracht hatte, so richtig mit Krankenwagen und Blaulicht. Aber er hatte diesen Schwachsinn mit der Medizin ja auch angefangen. Und dafür, dass die Grippe Lukas dann den Rest gegeben hatte, konnte keiner was. Aber gestern Nachmittag im Krankenhaus hatte Leonie gedacht, es sei wieder alles in Ordnung. Ihr Vater hatte Lukas Smarties-Eis besorgt und ihr vorgeschlagen, abends gemeinsam Pizza zu essen. Er wollte vorher nur kurz bei seinem Kumpel Ralf vorbeischauen. Aber dann war er den ganzen Abend nicht nach Hause gekommen. Leonie war irgendwann ins Bett gegangen. Um halb zwei noch mal wach geworden, weil ihr Vater in der Wohnung umherlief und Türen schlug.

Leonie holte sich Bademantel und Hausschuhe und ging in die Küche. Sie hatte Hunger. Statt der Pizza hatte sie am Vorabend nur die zwei letzten Joghurts aus dem Kühlschrank gegessen.

Zwanzig nach acht. Selbst wenn sie sich jetzt total beeilte und ohne Frühstück zum Bus rannte, wäre sie doch nicht pünktlich zur zweiten Stunde in der Schule. Geschichte bei der Weyermanns, dieser Schnarchtante. Die ließ sie eh immer nur weiter aus dem Buch vorlesen, die Französische Revolution, todlangweilig, das konnte sie auch zu Hause allein lesen. Leonie beschloss, erst nach der großen Pause in der Schule aufzutauchen. Sie war die ganze letzte Woche krank gewesen und hustete immer noch. Sollte ihr Vater ihr doch eine Entschuldigung schreiben, falls es Ärger gäbe. Der hatte sie schließlich nicht geweckt.

In der Küche standen schmutziges Geschirr und Müll von zwei Tagen herum. Teller mit Apfelkitschen und Käserinde stapelten sich neben leeren Joghurtbechern, Gläsern und Papas tausend angefangenen und nicht leer getrunkenen Kaffeetassen. Nirgendwo mehr Platz. Leonie stellte den Bluetooth-Lautsprecher an und wählte auf dem Smartphone einen Live-Mitschnitt von Sheeran. Ihr Magen knurrte, aber der Kühlschrank war fast leer. Ein Rest Milch und eine aufgerissene Packung Salami, ansonsten nur ein angebrochenes Marmeladenglas, Ketchup, Senf und saure Gurken.

Ihr Handy piepste. Antonia. *Endlich. Knippertz hat die Ausrede gefressen. Sind noch vier andere krank. Schon wieder Gleichungen mit zwei Unbekannten … Ich könnt kotzen.* Dahinter ein Emoji, das sich übergab.

Leonie lachte und griff nach der Wurst. Die Scheiben waren am Rand eingetrocknet. Mhm. Ging zur Not noch. Aber das Brot hatte angefangen zu schimmeln. Sie warf beides in den Müll, der ebenfalls überquoll. Was für ein Chaos. Wo sollte sie hier anfangen aufzuräumen? Im Apothekerschrank war immerhin noch H-Milch. Während sie eine große Schale mit Cornflakes füllte und Milch und Zucker dazugab, textete sie ihren

Vater an: *Wo warst du gestern Abend? Warum hast du mich nicht geweckt? Wir müssen dringend einkaufen. Bis nachher, Leonie.*

Dann schaffte sie durch noch höheres Stapeln des Geschirrs etwas Platz auf dem Tisch und aß ihre Cornflakes. Ihre Mutter schrieb immer Einkaufslisten. Leonie nahm einen Zettel von der Pinnwand, notierte Brot, Wurst, Käse. Was noch? Joghurt. Was kaufte ihre Mutter sonst ein? Sie schaute genervt auf den fast leeren Zettel, griff zu ihrem Smartphone und schrieb eine Nachricht an Antonia: *Komme nach der Pause. Bis zur Arbeit am Freitag kriegen wir die Gleichungen hin. Versprochen.* Dann drehte sie die Musik lauter, tänzelte ins Bad hinüber und ließ die Türen offen. Es hatte auch Vorteile, verschlafen zu haben.

***

Auf der Motorhaube des schwarzen Golfs prangte ein weißes Herz mit der Aufschrift »Forever yours«. Daneben der eher missratene Versuch, eine Rose zu sprayen. Rund um den Wagen lagen eine Menge echter roter Rosen auf dem Asphalt und in den Pfützen. Johanna ging langsam einmal um das Auto herum. Bloß nicht hinken vor den neuen Kollegen. Ihr rechtes Hüftgelenk schmerzte. Zu viel rumgesessen im letzten Jahr. Dazu das typisch niederrheinische, nasskalte Nieselwetter. Hoffentlich blieb das nicht bis Mai so.

Unter dem Heckscheibenwischer klemmte noch ein Rosenblatt. Johanna ließ es für die Spurensicherer stecken. Das Opfer hatte laut Aussage der Schülerin die Blumen in großer Wut vom Wagen gerissen. Danach mit dem Mann, der auf sie gewartet hatte, einen lautstarken Streit gehabt. Axel brachte die Siebzehnjährige, die die Aussage gemacht hatte, gerade zu einem Streifenwagen, der sie zur Schule fahren sollte. Für Johannas Geschmack hofierte er das Mädchen ein bisschen zu sehr.

Aber gut, sie hatte ihnen wirklich weitergeholfen. Sie hatte nicht nur den Hinweis auf den Polizeieinsatz am Vorabend gegeben, sondern auch viel zum Ablauf des Streits erzählen können, weil sie mit dem Hund der Familie Gassi gegangen war. Was eigentlich »megascheiße« gewesen sei bei dem Wetter, ihr dann aber unverhofft diese »total krasse Situation« beschert habe. Irgendwie habe die Frau Angst gehabt. Sie sei immer wieder zurückgewichen, wenn der Mann ihr zu nahe gekommen war. Und habe dann die Polizei gerufen, aber bis die angekommen sei, sei der schon abgehauen. Ein »cooler Typ«, der mit einem »Porsche oder so was« weggefahren sei.

Johanna hatte ihr ein Foto der Leiche zeigen wollen, um sicherzugehen, dass es sich um dieselbe Frau wie am Vorabend handelte, aber ihr Kollege hatte sie mit einem warnenden Kopfschütteln davon abgehalten.

»Kannst du die Frau beschreiben?«, hatte er stattdessen gefragt. »Haare, Kleidung, Schuhe, hatte sie Handtasche und Schirm dabei?« Und tatsächlich hatte die Schülerin das Opfer dann genau so beschrieben wie die Tote an den Müllcontainern.

»Das ist das Corpus Delicti?« Axel Holtz stand neben ihr; sie hatte ihn nicht kommen hören.

Johanna nickte und betrachtete ihn prüfend von der Seite. Er sah verkatert aus, aber wenigstens schien er sich wieder beruhigt zu haben. In der vergangenen Stunde hatte er erst Polizeiobermeister Hilgers zur Sau gemacht, weil der den Polizeieinsatz vom Vorabend nicht erwähnt hatte. Wie sich herausstellte, war er gerade mit mehreren Kollegen bei einer Kneipenschlägerei im Einsatz gewesen. In der Leitstelle hatte der Wochenenddienst schon Feierabend, aber Holtz hatte den völlig unbeteiligten Kollegen am Telefon trotzdem zusammengestaucht, dass mit dem Leichenfund die Info über die Anzeige vom Vorabend hätte rausgehen müssen.

»Haben wir schon den Bericht vom Einsatz gestern?«

Johanna warf einen Blick auf ihr Smartphone, auf das die Kollegen den eingescannten Bericht gemailt hatten. »Nicht nur den. Das war gestern schon die zweite Anzeige des Opfers gegen ihren Ex-Freund.«

»Stalking?« Axel Holtz zog einen Blister aus seiner Jackentasche und drückte eine Tablette heraus. »Gegen mein Sodbrennen.«

Johanna grinste. »Zu viel gefeiert gestern?« Kam ihr bekannt vor. Der neue Kollege ging nicht auf ihre Bemerkung ein. »Unsere Tote ist Dr. Yvonne Hendricks, dreiunddreißig Jahre alt, Kinderärztin. Sie ist direkt drüben An der Fleuth 107 gemeldet.«

»Da ist sie ja nicht weit gekommen.«

»Ihr Ex heißt Michael Fürst, ebenfalls Arzt, gemeldet in Düsseldorf-Oberkassel. Gegen den hatte sie im September Anzeige wegen«, Johanna wischte auf ihrem Smartphone weiter, bis die ältere Anzeige auf dem Display erschien, »Nachstellung nach Paragraph 238, Absatz 1 Strafgesetzbuch und sexueller Belästigung nach Paragraph 184 erstattet.«

»Sexuelle Belästigung.« Axel zog die Augenbrauen hoch. »Auch das noch. Unser feiner Herr Doktor kam mit der Trennung nicht klar.«

»Sieht so aus.« Johannas Magen knurrte. »Es gab sogar schon ein Kontaktverbot, aber da hat er sich offensichtlich nicht dran gehalten.«

»Stattdessen hat er ihr eine Liebeserklärung aufs Auto gesprayt.« Holtz klopfte kurz mit dem Fingerknöchel auf die Motorhaube und sah dann auf. »Na endlich«, murmelte er.

Eine Frau, Mitte bis Ende fünfzig, die kurzen schwarz gefärbten Haare hochgegelt, kam mit energischen Schritten auf sie zu und fasste Johanna dabei durch ihr rotes Brillengestell fest ins Auge.

»Unsere Chefin, sie legt Wert auf das ›Sie‹«, flüsterte Axel Johanna zu und streckte der kleinen, aber resolut wirkenden Frau die Hand hin. »Guten Morgen, Frau Gruber.«

»Herr Holtz.« Sie drückte kurz seine Hand und musterte Johanna dabei von oben bis unten. »Wollen Sie mich der neuen Kollegin nicht vorstellen?« Ihre Stimme hatte etwas Metallisches.

Schultern zurück, Kinn vorgereckt. Ihre ganze Körpersprache ist eine Kampfansage, dachte Johanna. Sie stellte sich instinktiv auf Verteidigung ein.

»Natürlich.« Axel deutete jetzt auf seine Chefin. »Kriminaldirektorin Cornelia Gruber … und das ist unsere neue Kollegin KOK Johanna Brenner.«

Cornelia Gruber reichte ihr die Hand. »Willkommen im Team, Frau Brenner. Ich habe schon viel von Ihnen gehört.«

»Vielen Dank.« Johanna ignorierte den ironischen Unterton und drückte die schmale Hand mit dem großen Siegelring etwas kräftiger, als sie es normalerweise getan hätte. »Joachim … Herr Rohloff hat mir erzählt, dass Sie zusammen studiert haben.« An das Siezen der Chefetage musste sie sich erst gewöhnen.

»Der Joachim. Ist der immer noch so ein Gutmensch? Das Studium ist jetzt … ach Gott … das ist eine Ewigkeit her.« Die Gruber zog eine Augenbraue hoch, als wäre das gemeinsame Studium mit dem zeitlichen Abstand nicht mehr real. Dann warf sie einen Blick auf die Tote, um die herum die Spurensicherer geschäftig ihre Arbeit verrichteten. »Aber über die Vergangenheit können wir ein andermal plaudern. Bringen Sie mich erst mal auf Stand, Frau Oberkommissarin Brenner.«

Johanna referierte kurz und knapp die wichtigsten Informationen. Ihre neue Chefin rückte währenddessen den Stein ihres Rings wieder exakt in die Mitte des Fingers und nickte ungeduldig zu ihren Ausführungen.

»Sind die Kollegen in Düsseldorf schon informiert?«, unterbrach sie Johanna. »Die sollen diesen Michael Fürst zur Befragung ins Präsidium bringen.«

»Wollte ich gerade machen.« Meine Güte, war die neue Chefin ungeduldig. Aus den Augenwinkeln nahm Johanna wahr, wie sich ein Mann mit zwei Koffern der Absperrung näherte. Vermutlich der Rechtsmediziner.

»Die Obduktion hat der Staatsanwalt schon beantragt, weil wir von einem –«

»Ja, ja. Ich weiß«, unterbrach Cornelia Gruber sie erneut. Dann sah sie stirnrunzelnd zu den Schaulustigen hinüber, unter denen jetzt auch ein erster Mann mit Kamera und Mikro aufgetaucht war. »Keinerlei eigenmächtige Informationen an die Presse! Klar?«

Ich bin doch keine Anfängerin, dachte Johanna. Axel neben ihr brummte zustimmend.

»Das mit den Kollegen in Düsseldorf übernehme ich selbst. Jochen Siemes, der Chef vom LKA, war ein Freund meines Vaters.«

Jetzt auch noch Namedropping. Als ob sie sich von so etwas beeindrucken lassen würde. Johanna suchte Blickkontakt zu Frau Gruber, aber die schaute unruhig zwischen dem Fundort und dem Mann mit Mikro hin und her.

»Die Wohnung des Opfers ist gleich da drüben.« Johanna deutete auf die Straße An der Fleuth. »Wir sollten einen Blick hineinwerfen.«

Die Kriminaldirektorin zupfte ihren Schal zurecht. »Die Wohnung hat Zeit bis morgen.« Sie durchwühlte den Inhalt ihrer Handtasche. »Zuerst will ich eine Lagebesprechung im Präsidium. Und Sie, Frau Brenner, finden als Nächstes heraus, wer die Angehörigen des Opfers sind und wo sie leben. Wenn eine Kinderärztin ermordet wird, macht das hier schnell die Runde. Wir sind auf dem Land. Da braucht es dazu nicht mal die Presse.« Sie nahm einen Lippenstift und einen silbernen Spiegel aus der Tasche.

Zu Johannas Hungergefühl mischte sich ein ungutes Grummeln im Magen. Die Gruber wollte klarstellen, wer das Sagen hatte. Aber Johanna wollte nicht zurück nach Krefeld fahren, bevor sie nicht kurz in die Wohnung geschaut hatte. »Je mehr wir von der Toten wissen, desto gezielter können wir ermitteln.«

Axel neben ihr schüttelte fast unmerklich den Kopf. Der Fotograf schoss jetzt Bilder von den Spurensicherern.

»Hat Staatsanwalt Wittkopf eine Durchsuchung der Wohnung beantragt?« Die Kriminaldirektorin ließ den Lippenstift sinken und fixierte Johanna über den Taschenspiegel hinweg.

Die starrte zurück. Wollte die Gruber dem Pressefuzzi etwa jetzt ein Interview geben? Wäre schön, wenn ihr Kollege auch mal was sagen würde. Aber Axel Holtz schwieg weiter.

»Es wäre sicher kein Problem, den Staatsanwalt darum zu

bitten«, setzte Johanna erneut an. Gehörte zur Ermittlungsroutine. Wo war das Problem?

»Ich diskutiere das nicht mit Ihnen, Frau Brenner. Es mag an Ihrer Dienststelle in Berlin möglich gewesen sein, mit Recht und Gesetz ein wenig … eigenständig umzugehen. Bei mir ist das nicht so.«

War das eine Anspielung auf die Notwehr-Sache vor einem Jahr? Wie viel wusste die Gruber darüber?

»Sie fahren jetzt erst mal ins Präsidium und holen sich Ihre Ausrüstung. Bei der Dienstbesprechung um elf stelle ich Sie den Kollegen vor. Und danach haben die Angehörigen und die Vernehmung des Verdächtigen Priorität.«

Das Brodeln in Johannas Magen wurde stärker.

»Haben wir uns verstanden, Frau Brenner? Ihnen ist hoffentlich klar, dass Sie auf Bewährung hier sind.«

»Ich habe sehr gut verstanden.« Aber ich bin nicht einverstanden, dachte Johanna. Diese Frau wollte sie nicht in ihrem Team haben. Würde jeden ihrer Schritte überwachen.

Cornelia Gruber ging zur Absperrung hinüber und hielt dem Kameramann das Objektiv zu, während der Rechtsmediziner Schutzkleidung anzog.

»Ist die immer so drauf?« Johanna atmete geräuschvoll durch die geschlossenen Lippen aus. »Findest du nicht, wir sollten in die Wohnung gehen?«

Axel zuckte die Schultern. »Sie lässt sich nicht gern widersprechen.« Er grinste. »Es gibt Kollegen, die nennen sie heimlich ›Bonaparte‹. Klein und herrisch. Aber man gewöhnt sich dran.«

Daran gewöhnen? Na toll. Rohloff hatte ihr zum Abschied gesagt, sie solle es ihrer neuen Chefin nicht zu schwer machen: »Sieh es als Chance, wieder Wind um die Nase zu kriegen. Du kannst dich nicht ewig im Innendienst verkriechen.«

So schlecht war der Innendienst gar nicht, dachte Johanna, während sie ihre klatschnassen Haare aus dem Gesicht strich. Die Kollegen in Berlin hatten wenigstens gewusst, was sie an ihr hatten. Ob sie hier einen Platz finden würde? Unter dieser Chefin? Sie spürte Axels Blick auf sich ruhen.

»Sieh's mal positiv. Du kannst dir im Präsidium die Haare trocknen und deine Ausrüstung abholen. Und ich besorg uns auf dem Weg Frühstück. Gibt einen guten Bäcker in der Nähe des Präsidiums, Familienbetrieb in der x-ten Generation.« Er zwinkerte ihr zu und machte sich auf den Weg zur Absperrung. »Hast du ein Handtuch dabei?«

»Handtuch?« Johanna lachte gepresst auf. »Nee, aber Brötchen klingt gut. Mein Magen hängt ungefähr hier.« Sie deutete auf die Knie.

Axel lachte. »Meiner auch.« Er hielt ihr das Absperrband hoch und ging zu einem alten Passat-Kombi hinüber, dessen rechte Seite komplett eingedrückt war. »Mein Sohn.« Er öffnete die Heckklappe und reichte ihr ein Handtuch. »Hat beim Linksabbiegen den Gegenverkehr übersehen.«

»Sieht übel aus. Ist ihm was passiert?«

»Nee, aber er ist erst siebzehn und hätte gar nicht unbegleitet fahren dürfen.« Der Kollege hatte also Familie.

»Shit. Dann ist der Führerschein wieder weg.«

Axel nickte. Eine Bassgitarre konnte Johanna im Fond nicht entdecken.

»Immerhin lässt sich die Fahrertür noch öffnen.«

Sein Humor gefiel ihr. Mit ihm würde sie klarkommen. Während Johanna sich die Haare frottierte, sah sie noch einmal in die Fleuth hinüber. Die Kollegen der Schutzpolizei schwärmten gerade in die Wohnstraße aus, um die Nachbarn zu befragen. Morgen, dachte sie, spätestens morgen schaue ich mir die Wohnung an.

***

Wo war bloß der coole schwarz-weiße Pulli mit dem Zickzackmuster? Leonie hatte ihren Kleiderschrank durchwühlt und schaute auf das Chaos im Zimmer. Wo war der verdammte Pulli? Wahrscheinlich hatte ihre Mutter den letzte Woche heimlich in die Wäsche getan, als sie krank war. Hoffentlich war er jetzt noch so weich wie vorher. Sie zog ein weites graues

Sweatshirt über und rannte in den Hausflur. Blieb abrupt am Treppenabsatz stehen, aber zu spät: Frau Janssen aus dem Erdgeschoss hatte sie schon entdeckt. »Alter Bauernadel«, spottete ihr Vater immer.

»Nicht in der Schule heute, Leonie?«

Klar, dass die sich einmischen musste. Da durfte man zur Not auch mal lügen. »Mathe ist ausgefallen, unser Lehrer hat die Grippe.«

Frau Janssen sah missbilligend auf Leonies feuchte Haare. Die Frisur der verwitweten Metzgersgattin war wie immer hochtoupiert und künstlich in Locken gelegt.

»Warst du nicht selbst krank? Und dann bei der Kälte mit nassen Haaren hier im Flur?« Sie zog ihren Schal noch sorgfältiger im Ausschnitt ihrer Pelzjacke zurecht. »Fön dir die mal besser.«

Leonie blickte auf die dicken Klunker an den Händen der Nachbarin. Dass die immer einen auf vornehm machen musste, obwohl im Haus gemunkelt wurde, dass die Miete vom Amt kam.

»Ich muss mich beeilen.« Sie lief an dem Parfümgeruch vorbei in den Keller. »Mein Bus kommt gleich.«

»Jetzt warte mal, Mädchen.« Frau Janssen blieb an der obersten Stufe der Kellertreppe stehen. »Wie geht es deinem Bruder?«

»Besser.« Die war immer so neugierig.

»Und wann kommt er nach Hause?«

Leonie stieß ungeduldig mit der Schuhspitze gegen das Geländer. »Ich weiß nicht. Aber ich muss jetzt wirklich –«

Frau Janssen unterbrach sie. »Daran ist nur dein Vater schuld. Was der dem armen Jungen angetan hat. Das Geschrei ging einem ja durch Mark und Bein.« Sie zog den Kopf zwischen die Schultern, als höre sie Lukas wieder schreien.

Leonie zögerte. Das stimmte. Und es stimmte nicht. Warum dachten Erwachsene bloß immer, dass es die eine, ganz und gar richtige Wahrheit gab? Ja, Lukas hatte geschrien, wenn ihr Vater ihm diese ekligen Einläufe verpasst hatte. Papa hatte sie dann in ihr Zimmer geschickt und alle Türen geschlossen. Und dass ihre Eltern die Grippemedikamente nicht gegeben hatten …

das war blöd gewesen. Alles, weil irgend so ein Typ behauptete, seine Medizin könne Autisten heilen. War der nicht mindestens genauso schuld?

»Papa hat damit nichts zu tun. Lukas' Fieber ging nicht runter. Deshalb musste er ins Krankenhaus.«

»Ach was, geschrien hat er doch vorher schon. Seit Wochen.« Die Nachbarin musterte noch einmal missbilligend Leonies nasse Haare. »Ich hätte wirklich die Polizei –«

»Auf Wiedersehen, Frau Janssen.« Leonie verschwand schnell in der Waschküche. Sollte die Alte doch denken, was sie wollte. Normalerweise hatte sie für Lukas, den »Behinderten«, nur verächtliche Blicke übrig. Und jetzt nannte sie ihn »armen Jungen«. Verlogen war das. Sie hatte Leonie auch schon mal verdächtigt, ihr Portemonnaie gestohlen zu haben. Dabei hatte sie es einfach beim Friseur liegen lassen.

Da war ja der Pullover. Leonie nahm ihn vom Wäschereck und drehte ihn auf rechts. Mhm. Trocken war er. Nicht mehr ganz so weich. Vielleicht musste man ihn in den Trockner tun? Keine Zeit. Sie horchte in den Hausflur. Frau Janssen war noch am Briefkasten zugange. Leonie wollte erst wieder hochgehen, wenn die Haustür ins Schloss gefallen war. Sie tauschte rasch das Shirt gegen den Pullover und strich sich mit den Händen fest über die Oberarme. War wirklich kühl hier.

Warum leuchtete das Lämpchen der Waschmaschine noch? Ihre Mutter war seit Freitag nicht mehr zu Hause, und ihr Vater kümmerte sich nie um die Wäsche. Leonie drückte auf den gelben Knopf, der die Bullaugentür öffnete, und holte die gefütterte Jeansjacke ihres Vaters heraus. Die hatte er doch gestern getragen! Beim Ausbreiten auf dem Wäscheständer fielen ihr die Flecken auf der Vorderseite auf. Wo hatte sich ihr Vater so dreckig gemacht? Hatten er und sein Freund eine nächtliche Wanderung durch den Wald unternommen? Die Schuhe voller Erde, die Jacke voller Flecken.

Leonie ging zum Regal, in dem die Waschmittel standen. Flaschen in allen Größen und Farben. Ihre Mutter hätte gewusst, was zu tun wäre. Lukas bekleckerte sich öfter beim Essen. Es musste irgendwas gegen Flecken geben. Aber da waren so viele verschiedene Fläschchen. Vielleicht half auch einfach noch mal waschen. Sie stopfte die nasse Jacke mit inzwischen eiskalten Fingern wieder in die Waschmaschine. Während Leonie beide Kammern bis oben hin mit Waschpulver füllte und hoffte, dass das richtig war, hörte sie die Janssen noch immer oben im Flur. Wahrscheinlich hatte die ihren Schirm vergessen oder musste noch mal rasch Lippenstift auftragen. Sie war immer in grellen Farben angemalt. Voll peinlich.

Schon zehn nach neun. Ihr Bus kam in zwanzig Minuten, und sie musste noch Haare föhnen und ihre Tasche packen. Leonie starrte auf die Knöpfe und den Drehschalter der Waschmaschine und wusste nicht, was sie tun sollte. Ihr Handy klingelte. *Papa*, erschien auf dem Display.

»Hallo, Papa, warum hast du mich denn nicht geweckt?«

»Tut mir leid, Prinzessin.« Die Stimme ihres Vaters klang angestrengt. Im Hintergrund hämmerte jemand. *Prinzessin.* So hatte er sie genannt, als sie klein war. So nannte er sie jetzt nur noch, wenn er ein schlechtes Gewissen hatte. »Hab ich total vergessen. Bist du nicht in der Schule?«

»Ich hab verschlafen. Aber ich bin auf dem Weg zum Bus.« Noch eine Notlüge.

Oben fiel endlich die Haustür ins Schloss. Leonie drückte auf den »Ein«-Schalter der Waschmaschine und lief die Treppe hinauf. »Ich muss mich beeilen, Papa. Wann bist du fertig? Wir müssen einkaufen gehen.«

»Fährst du nach der Schule ins Krankenhaus? Ich hab mit Mama telefoniert. Lukas geht's schon fast normal. Er freut sich, wenn du kommst.«

Leonie stellte das Smartphone auf Lautsprecher und versuchte, beim Telefonieren möglichst lautlos die richtigen Schulbücher und Hefte in ihren Rucksack zu packen. »Klar fahr ich zu Lukas. Ich hab aber Schule bis um zwei.«

»Ich bin dann um halb vier bei euch. Ich mach heute was früher Schluss.«

»Okay.« Leonie zögerte kurz, dann nahm sie die kleinste

ihrer Stofftier-Fledermäuse vom Regal und band sie an den Riemen ihrer Schultasche. Ein Talisman für das Referat konnte nicht schaden.

»Und heute Abend essen wir wirklich Pizza. Versprochen!«

»Ich erinnere dich dran.«

Ihr Vater lachte. »Mach's gut, Prinzessin.« Er legte auf.

Sie rannte ins Bad, um sich die Haare zu föhnen.

***

Uwe Lehmann stand vor dem vom Duschen beschlagenen Spiegel und verteilte genüsslich den frisch aufgeschlagenen Rasierschaum auf Wangen und Kinn. Der Ruhestand hatte wirklich etwas für sich. Erst gemütlich frühstücken und sich dann ebenso gemächlich fertig machen. Ob er das in ein paar Monaten immer noch so genießen würde? Er wollte gerade das Rasiermesser ansetzen, als seine Frau nach kurzem Klopfen hereinkam, das Telefon in der Hand, die Sprechmuschel abgedeckt.

»Die Praxis. Es ist dringend.«

Er stöhnte. Seit er aus dem Urlaub zurück war, hatte er schon mehrere Anrufe von Beate Grunau, seiner langjährigsten Angestellten, erhalten. Sie vertraute seiner Nachfolgerin einfach nicht. Dabei war er sicher, dass Dr. Hendricks eine kompetente junge Ärztin war. »Ich rufe später zurück.« Er spannte die Haut der linken Wange und griff zum Rasiermesser.

»Aber das Lehrmädchen klingt wirklich gestresst.« Birgit zwinkerte ihm zu, als er sich die Hände abtrocknete und den Hörer entgegennahm.

»Lehmann«, meldete er sich. Warum rief Nadine an? Sie war vom ersten Tag an gut mit Dr. Hendricks klargekommen.

»Nadine Breuer. Guten Morgen, Herr Dr. Lehmann. Entschuldigen Sie bitte, dass ich Sie störe.«

»Was ist los?« Er hatte Mühe, seine Ungeduld zu verbergen. Die Unterbrechung seines Badezimmerrituals kam ihm heute besonders ungelegen. Das war ein besonderer Tag für seine Frau und ihn.

»Frau Dr. Hendricks ist nicht zur Arbeit gekommen. Und wir können sie auch telefonisch nicht erreichen. Hier geht ununterbrochen das Telefon, Grippewelle, das Wartezimmer ist übervoll.«

»Dr. Hendricks ist nicht da?« Das war wirklich merkwürdig. »Vielleicht ist sie selbst krank. Hat sie keine Nachricht hinterlassen?«

»Eben nicht. Sie scheint auch gestern Abend nicht wie sonst in der Praxis gewesen zu sein.« Im Hintergrund platzte eine zornige Frauenstimme in das Telefonat, vermutlich die einer ungeduldigen Mutter. »Einen Augenblick bitte, Herr Doktor.« Uwe hörte, wie Nadine entschuldigend auf die Frau einredete, sie auf später vertröstete.

»Herr Doktor, wir wissen nicht, was wir tun sollen. Beate schickt schon die Früherkennungstermine und Impfungen wieder nach Hause. Julia und Melanie messen Fieber, aber wir können doch nicht über Medikamente entscheiden. Eine Dreijährige eben hatte so hohe Temperatur, dass wir einen Krankenwagen rufen mussten.«

Uwe Lehmann konnte sich das Chaos in der Praxis lebhaft vorstellen. »Haben Sie Dr. Hendricks auf Handy und Festnetz angerufen? Soll ich es noch mal versuchen?«

Nadine klang resigniert. »Am Handy geht nur die Mailbox ran. Scheint aus zu sein, das ist ja das Komische. Und ihren Festnetzanschluss hat sie doch nicht mehr wegen dieser Stalking-Sache.«

Stalking-Sache? Er runzelte die Stirn. Das hörte er zum ersten Mal. »Frau Hendricks wird gestalkt?«

»Ja, von ihrem Ex-Freund.« Erneut ungeduldige Stimmen und ein brüllendes Kind im Hintergrund.

»Hören Sie, Nadine. Ich kann gerade nicht einspringen. Meine Frau und ich haben gleich einen Notartermin in Düsseldorf.«

»Ich verstehe, Herr Doktor.« Dann resigniert: »Er kann nicht.« Das galt nicht ihm, sondern vermutlich Julia oder Melanie.

»Ich versuche aber unterwegs selbst noch mal, Dr. Hendricks zu erreichen. Wenn sie bis zum Mittag nicht auftaucht, kann ich den Nachmittag übernehmen.«

»Danke, Dr. Lehmann. Super.« Die Erleichterung war der jungen Frau deutlich anzumerken. »Dann sage ich den Eltern, sie sollen am Nachmittag wiederkommen.«

»Uwe?« Das war die Stimme seiner Frau.

Er öffnete die Badezimmertür einen Spalt. »Moment noch, Schatz! – Nein, Nadine ... warten Sie! Sie haben das doch gemeinsam gut im Griff. Bestellen Sie nur die schweren Fälle für den Nachmittag wieder ein und schicken Sie die leichteren erst mal in die Apotheke.« Wenn die alle am Nachmittag wiederkämen, wäre der Ansturm nicht zu bewältigen. »Die sollen ausdrücklich nach Medikamenten fragen, die für Kinder geeignet sind. Julia und Melanie wissen da gut Bescheid. Und wenn sie meckern, dass sie kein Rezept kriegen ... wir können das nachreichen.«

»Ist gut, Dr. Lehmann.«

»Aber wenn Dr. Hendricks auftaucht, sagen Sie mir bitte sofort Bescheid. Sprechen Sie ruhig auf die Mailbox. Sie haben ja meine Handynummer.« Vielleicht sollte er sich auch eine neue, rein private Nummer zulegen, damit die Praxismitarbeiterinnen ihn nicht mehr so einfach erreichen konnten.

»Ja, natürlich. Vielen Dank noch mal.«

Er legte auf. Schon halb zehn. In einer Stunde war der Termin in Düsseldorf. Mit Stau musste man immer rechnen auf der Strecke. Er wischte sich ärgerlich den Rasierschaum aus dem Gesicht und griff zum Elektrorasierer. Musste das ausgerechnet heute sein? Es passte überhaupt nicht zu seiner Nachfolgerin, dass sie an einem Montagmorgen unentschuldigt der Praxis fernblieb. Die einzig plausible Erklärung wäre ein Unfall. Aber das wollte er sich lieber nicht weiter ausmalen.

Birgit kam zu ihm ins Bad. Sie trug das neue grüne Wickelkleid, das er ihr zum Geburtstag im Oktober geschenkt hatte, und dazu einen Malachit-Anhänger, der aus der Zeit ihres Kennenlernens stammte. Ihre ebenfalls grünen Augen leuchteten, wenn sie dieses Kleid trug.

»Dass du den Anhänger noch hast.« Wie lange hatte sie den nicht getragen? »Und die Frau, die ihn trägt, wird immer schöner.« Er beugte sich zu ihr und gab ihr einen Kuss auf die Wange.

»Ach, Uwe.« Sie lächelte. »Das ist eine Lüge. Aber eine charmante Lüge.« Sie sah entspannt aus, endlich wieder. Selbst das leise Fiepen beim Atmen schien sie an diesem Morgen nicht zu beunruhigen. »War was Dringendes in der Praxis?«

Uwe Lehmann hatte keine Lust, über seinen möglichen Einsatz am Nachmittag zu sprechen. Nicht jetzt. Das hatte Zeit bis zur Autofahrt. »Erzähle ich dir später.«

Birgit stellte sich vor das zweite Waschbecken und griff nach ihrem Schminkzeug. »Du wirst sehen, wir machen uns das Häuschen in Pollença richtig schön.«

Er lachte. Daran hatte er keinen Zweifel. Sie hatte schon immer Geschick im Einrichten und Dekorieren besessen. »Vor allem wird es dir besser gehen dort am Meer.« Ihr Asthma war schon bei dem dreiwöchigen Urlaub am Mittelmeer deutlich zurückgegangen. Erst seit sie zurück im nasskalten Nieselwetter am Niederrhein waren, hatte sie wieder Luftnot und brauchte ab und zu Salbutamol.

»Führst du mich nach dem Notar noch ein bisschen aus?« Sie suchte in ihrem Kästchen nach dem passenden Lippenstift.

Ihm war es immer ein Rätsel geblieben, wozu Frauen solche Unmengen an sich kaum unterscheidenden Farben für Mund und Augen brauchten.

»Wenn wir schon mal in Düsseldorf sind.« Sie sah ihn im Spiegel an. »Vielleicht Sushi essen? Oder zum Italiener an der KÖ? Wir müssen unser neues Heim doch feiern!«

»Da gebe ich dir vollkommen recht. Heute wird gefeiert.« Die Uhrzeit muss ich leider offenlassen, ergänzte er in Gedanken. Hoffentlich tauchte Dr. Hendricks noch auf. Birgit sollte endlich nicht mehr zurückstecken müssen wie all die Jahre ihrer Ehe, in denen die Praxis an erster Stelle gestanden hatte.

***

Axel ließ sich aufatmend auf den Fahrersitz sinken. Immerhin schon mal trocken und ohne diesen unangenehmen Ostwind, der seit einer Stunde am Tatort auch die letzten Spuren zu verwehen drohte. Nachdem Johanna Brenner nach Krefeld zum Präsidium aufgebrochen war, hatte er die Wohnung des Opfers versiegelt, mit dem diensthabenden Rechtsmediziner geredet und dann mit den Kollegen das weitere Vorgehen am Tatort besprochen. Bei wichtigen Zeugenaussagen oder anderen Spuren sollten sie ihn sofort anrufen. Er griff nach dem Handtuch auf der Rückbank und wischte sich den Regen aus dem Gesicht. Hielt grinsend inne. Das Frotteetuch roch nach Jazzkeller. Nach Schweiß und Zigaretten und dem Kolophonium vom Bogen seines Kontrabasses. Egal. Das musste jetzt noch mal gehen. Er trocknete sich auch Hals und Haare und warf das Handtuch wieder nach hinten.

»Auf Bewährung«, hatte die Gruber zu Johanna Brenner gesagt. Was meinte sie damit? Sollte er deshalb auf die neue Kollegin aufpassen? Von einem Disziplinarverfahren wäre etwas durchgesickert bei den Kollegen. Dann hätte sie gar nicht versetzt werden können. Ansonsten galt: Jeder machte mal Fehler. Das wusste er selbst am besten. Axel ließ den Motor an, stellte die Lüftung auf die wärmste Stufe und fuhr los.

Im Gegensatz zu ihm schien diese Johanna Brenner aber nicht gewillt, die Füße stillzuhalten. Direkt auf Konfrontation mit ihrer neuen Chefin. Er würde sich da lieber raushalten. Er brauchte noch ein paar Jahre bis zur Rente. Und seit er vor drei Jahren an der Sache mit Matthias Grimme schuld gewesen war, war er vorsichtig geworden. Noch so einen Fehler durfte er sich nicht leisten.

Die Miles-Davis-CD steckte im Player des Autoradios. Axel stellte lauter, damit die Musik die Lüftung übertönte. Der Bus vor ihm hielt schon wieder. Jede Menge Gegenverkehr; keine Chance, vorbeizufahren. Egal. »So What« war auch nach fast sechzig Jahren noch ein geiles Stück. Axel trommelte den Rhythmus aufs Lenkrad. Dachte an seinen ersten Blick auf die neue Kollegin. Irgendwie hatte diese Brenner was. Nicht nur die coole Stimme. Da war auch so ein wütendes Leuchten in ihren Augen. War ihm selbst im Nieselregen mit verkatertem Kopf aufgefallen. Trotzdem, er würde sich raushalten. Gerade diese Woche. Noch hatte er die Hoffnung nicht aufgegeben, Freitag wie geplant freizunehmen.

Axel trank die Cola leer, die vor dem Beifahrersitz lag, und holte sein privates Handy aus der Mittelkonsole. Zwei Nachrichten auf der Mailbox. Die erste von Petra, seiner Ex-Frau, die zweite von seinem Sohn. Himmel, was war da wieder los? Er hatte David doch gestern Abend erst bei seiner Mutter abgesetzt. Mussten sie sich schon zwölf Stunden später wieder in die Wolle kriegen? Jetzt klingelte auch noch sein Diensthandy. *Adieu, Miles.* Er schaltete das Radio aus.

»Holtz.«

»Polizeimeisterin Kerstin Jahnke. Du wolltest wissen, wenn irgendein Zeuge –«

Er unterbrach sie ungeduldig. »Ja klar. Was habt ihr?«

»Die Frau aus der Wohnung unter der des Opfers ist sich sicher, in der Nacht Geräusche von oben gehört zu haben.«

»In der Nacht«, wiederholte Axel. Nach allem, was sie bisher wussten, war Frau Hendricks da schon tot gewesen.

»Kurz vor eins. Sie hätte Schritte und einmal ein Poltern gehört. Sie hat sich noch gewundert, weil die Ärztin um die Uhrzeit gewöhnlich längst im Bett war.«

»Was ist das für eine Zeugin?« Manchmal gab es Leute, die sich mit Aussagen wichtigmachen wollten.

»Ehefrau und Mutter von zwei kleinen Kindern. Leicht übermüdet, weil eines der Kinder krank ist. Deshalb war sie in der Nacht immer wieder auf und hat die Geräusche gehört.«

Das klang glaubwürdig. Sollte er umdrehen und nachsehen, ob die Wohnung tatsächlich durchwühlt worden war? Aber bis Wittkopf einen Beschluss hätte und ein Schlüsseldienst organisiert wäre, dauerte es zu lang.

»Danke für die Info. Ich gebe das weiter. Simst du mir den Namen der Zeugin aufs Handy?« Er legte auf.

Eins zu null im Fight »Brenner gegen Gruber«, dachte Axel.

Die Wohnung *war* wichtig. Irgendjemand war darin gewesen, nachdem Dr. Hendricks getötet worden war. Vermutlich der Täter, der etwas suchte. Etwas, das ihn belastete. Hinter Axel hupte es. Der Bus war weitergefahren. Er hob entschuldigend die Hand und gab Gas. Dann hörte er die Nachrichten von Petra und David ab.

Die Stimme seiner Ex klang genervt über die Freisprechanlage. »Hallo, Axel. Dein Sohn hat die brillante Idee, kurz vor dem Abi die Schule zu schmeißen, weil er in irgendwelchen Clubs auflegen kann. Das hat er mir gestern Abend eröffnet. Es ist ja schön, dass ihr eure Liebe zur Musik teilt. Aber das geht zu weit. Also rede ihm das aus, ja?«

Er lachte auf. DJ-Karriere statt Schule. Genau das Richtige für Petra, die ihren Sohn am liebsten im BWL-Studium sehen würde. Aber zwischen »DJ Funky«, wie David sich nannte, und einem wirtschaftlich ausgerichteten Studium gab es Zwischentöne. Und jetzt die Schule schmeißen, das ging wirklich nicht.

Mal hören, was David auf die Mailbox gequatscht hatte. Er erzählte nichts von seinem Plan, sondern fragte, ob er bei ihm einziehen könne, er halte es bei seiner Mutter und »ihrem Bügelfalten-Banker« nicht mehr aus.

Bei ihm einziehen? Axel seufzte. Es hatte zwar immer wieder Konflikte gegeben zwischen seinem Sohn und dem neuen Partner seiner Ex, aber im Großen und Ganzen war es fünf Jahre gut gegangen. Und David und er in seiner kleinen Wohnung? Das würde früher oder später auch knallen.

Die Parkplätze vor der Bäckerei »Hummel« waren alle belegt. Axel stellte sich in die zweite Reihe und legte sein »Polizei im Einsatz«-Schild hinter die Windschutzscheibe. Stimmte ja fast. Im Laden empfing ihn der verlockende Duft frisch gebackener Brötchen und Brote. Ungeduldig reihte er sich in die Schlange ein und zupfte eine imaginäre Kontrabass-Bassline zum Rhythmus der Brotschneidemaschine.

»Sie sind spät dran heute«, rief ihm die Chefin des Ladens zu. Der Gang zu »Hummel« war für Axel jeden Montag Routine vor Dienstantritt.

»Einsatz in Geldern. Dafür nehme ich heute ein ganzes Tablett mit belegten Brötchen.«

»Ist was Besonderes? Haben Sie Geburtstag, Herr Kommissar?«

Dass Enni immer so neugierig sein musste. »Nee. Neue Kollegin. Und wenn's schnell geht, wäre super. Wir haben gleich Dienstbesprechung.«

Die Bäckersfrau reichte einer Kundin das Wechselgeld und kam zu Axel rüber. »Und? Wie ist die so, die neue Kollegin?«

Axel grinste. »Ich bring sie Ihnen mal zum Frühstück mit.« Während er auf das Tablett mit belegten Brötchen wartete, tippte er eine SMS an David. *Melde mich heute Abend. Neuer Mordfall UND neue Kollegin, keine Zeit gerade. Gruß, Papa.* Er ging auf Senden, dann schaltete er sein Handy wieder aus.

***

Die Waffe wog schwer in ihrer Hand. Eine Walther P99. Johanna spürte, wie die Unruhe in ihr aufstieg. Sie begann zu schwitzen. Im Innendienst hatte sie ihre Dienstwaffe nicht gebraucht. Hatte sie nur auf dem Schießstand in die Hand genommen. Diese hier … mit der würde sie draußen unterwegs sein.

Fast ein Jahr war es jetzt her. Anders als heute hatte die Sonne geschienen, eine Oktobersonne, die alle Farben hatte strahlen lassen und die selbst noch in der leeren Fabrikhalle eine warme Stimmung verbreitet hatte. Johanna hatte die Schönheit des herbstlichen Lichts mit einem Teil ihres Bewusstseins registriert, aber gefühlt hatte sie nur Ohnmacht und Angst. Nowak war immer näher gekommen, obwohl sie mit gezogener Waffe vor ihm gestanden hatte. Er hatte sie verhöhnt mit seinen Worten und seinen Blicken, er hatte keinen Zweifel daran gelassen, dass Frauen für ihn nur »Fotzen« waren, die er nicht ernst nahm, nicht mal, wenn sie eine Waffe trugen. Einen Augenblick hatte seine Verachtung Johanna gelähmt, hatte ihr die Luft zum Atmen genommen. Aber als er eine Hand zur Hosentasche bewegt hatte, hatte sich ihr Körper für Angriff entschieden.

»Frau Brenner?« Der Beamte des Dezernats 3, Waffen- und Geräteangelegenheiten, sah sie fragend an. »Stimmt etwas nicht mit der Waffe? Brauchen Sie eine andere Griffgröße?«

Johanna riss sich von ihren Erinnerungen los und nahm die Kleinkaliberpistole fest in die Hand. Richtete sie kurz gegen die Wand.

»Nein, das passt so.« Sie nickte dem Mann zu. »Alles in Ordnung. Ich war einen Moment mit den Gedanken woanders.«

»Das ist gefährlich mit einer Waffe in der Hand, schöne Frau.«

Normalerweise mochte sie es nicht, wenn man sie »schöne Frau« nannte. Aber der Mann zwischen den Regalen, der dem Rentenalter sehr nahe sein musste, war ihr sympathisch. Er war kein Machotyp.

»Da haben Sie recht.« Etwas an seiner Art erinnerte sie an Joachim Rohloff.

»Dann haben Sie alles.« Er reichte ihr die Hand. »Ich wünsche Ihnen einen guten Start, Frau Brenner.«

Im Foyer des Präsidiums stand eine alte Notrufsäule, nasse Fußspuren zogen sich über die hellgrauen Steinfliesen. Johanna entschied sich gegen den Aufzug und nahm die Treppe. Das Kommissariat 11 lag in der dritten Etage. Sie nahm zwei Stufen auf einmal und fluchte über das Stechen in der Hüfte. »Dienstbesprechung um elf«, hatte die Gruber gesagt. Außer Atem drückte Johanna die Etagentür auf und stieß im Flur fast mit Axel Holtz zusammen, der ein großes Tablett mit belegten Brötchen vor sich hertrug.

»Du bist meine Rettung. Meine letzte feste Nahrung habe ich gestern Abend in der Autobahnraststätte an der A 2 zu mir genommen.«

Axel grinste und hielt ihr das Tablett hin. »Hier. Echte Tönisberger Brötchen. Die backen die seit über hundert Jahren. Ich hab auf dem Weg zum Präsidium schon heimlich genascht.«

»Nee, lass mal. Jetzt warte ich auch noch, bis die anderen dabei sind. Wo schließt ihr eure Dienstwaffen ein?« Sie wollte das lästige Ding an ihrem Körper so schnell wie möglich wieder loswerden, das Holster hatte sie auf die Schnelle auch noch nicht richtig eingestellt.

»Waffenschrank ist bei den Spinden ganz hinten rechts.« Holtz blieb stehen. »Und hier ist unser Besprechungsraum.« Aus der geöffneten Tür drangen Kaffeeduft und Stimmen. Bevor Johanna weitergehen konnte, winkte der junge Staatsanwalt sie hinein.

»Frau Brenner. Kommen Sie. Wir hatten ja schon das Vergnügen.«

Die Begegnung mit Thomas Wittkopf am frühen Morgen war in der Tat angenehm gewesen. Johanna hatte sich gewundert, dass ein Staatsanwalt zu so früher Stunde am Fundort aufgetaucht war, aber er hatte das mit seinem Bereitschaftsdienst und »einem winzigen, schlafraubenden Menschenkind im heimischen Schlafzimmer« erklärt. Ihre vorlaute Frage, ob er stille, hatte er mit schallendem Lachen quittiert.

Jetzt deutete er auf das Kopfende des ovalen Konferenztisches und ging dann voraus. Er bat um Ruhe. »Da Frau Gruber noch nicht anwesend ist, darf ich Ihnen Ihre neue Kollegin, Oberkommissarin Johanna Brenner, vorstellen.«

Die etwa zwölf versammelten Beamten nickten oder hoben grüßend die Hände.

Cornelia Gruber erschien in der Tür. »Entschuldigung. Ich hatte noch ein dringendes Telefonat mit Düsseldorf.« Sie nahm den Platz des Staatsanwalts ein und stellte die Kollegen jetzt einzeln vor.

Johanna machte gar nicht erst den Versuch, sich alle Namen zu merken. Ein schlechtes Namensgedächtnis war eine ihrer Schwächen. Dafür musterte sie die Gesichter und versuchte, eine erste Einschätzung vorzunehmen. Außer Cornelia Gruber und ihr gab es nur eine weitere Polizeibeamtin im Dezernat. Dazu viele sehr junge Kollegen.

»Und das ist Patrick Kivelitz, unser Fachmann für alle IT-Fragen«, schloss Cornelia Gruber die Vorstellungsrunde ab.

Den konnte sie sich merken. Mit seinem karierten Hemd, einem gelben Pullunder und einer dunkel umrandeten Brille mit so dicken Gläsern, dass seine Augen viel zu groß für das schmale Gesicht wirkten, entsprach er genau dem Klischee eines Nerds. Johanna verkniff sich ein Grinsen. Sie wusste, wie wichtig diese Kollegen bei den Ermittlungen oft waren.

»Kommen wir zu unserem neuen Fall.« Gruber drückte Patrick Kivelitz einen USB-Stick in die Hand und wartete, bis er ein Foto der Toten an die Wand projiziert hatte. »Dr. Yvonne Hendricks, dreiunddreißig Jahre, ledig. Hat vor sechs Wochen eine Kinderarztpraxis in Brüggen übernommen.«

Während sie den beruflichen Werdegang des Opfers referierte, schob Axel Johanna eine gefüllte Kaffeetasse und das Brötchentablett rüber.

»Die Spurensicherer sind vor Ort, aber wir haben bereits einen Verdächtigen«, schloss Gruber ihre Einführung. Auf ihren Wink hin wechselte Patrick Kivelitz per Mausklick zu einem Foto von Michael Fürst.

»Der Ex-Freund der Toten, Dr. Michael Fürst, hat sie seit der Trennung vor knapp einem halben Jahr gestalkt«, setzte Frau Gruber ihre Ausführungen fort. »Das Foto ist von der Homepage der Uniklinik Düsseldorf, wo er arbeitet. Die Kollegen in Geldern haben berichtet, dass es gestern gegen siebzehn Uhr fünfundvierzig vor der Wohnung des Opfers zu einer erneuten Auseinandersetzung gekommen ist.«

Patrick blendete ein Foto des mit einer Liebeserklärung und Rosen verzierten Autos ein.

»Macht sich selbst zum Deppen«, kam ein Kommentar aus der Runde, den Cornelia Gruber mit einem strengen Blick bedachte.

»Die Düsseldorfer Kollegen werden ihn zur Vernehmung zu uns bringen. Allerdings«, sie schaute prüfend auf ihr Smartphone, ob es neue Nachrichten gab, »erst heute Nachmittag, weil Dr. Fürst gerade im OP steht und der Leiter der Chirurgie mich angefleht hat, ihn nicht vorzeitig dort rauszuholen. Die Hälfte seiner Belegschaft ist krank.«

»Grippewelle«, murmelte Axel vor sich hin.

»Der Typ ist Chirurg? Hatte er sein Messer nicht dabei?« Wieder der junge Kollege.

Diesmal wies Cornelia Gruber ihn zurecht. »Es ist schön, dass Sie an einem Montagvormittag schon zu Scherzen aufgelegt sind, Kollege Ostermann. Aber eine junge Frau wurde getötet. Etwas mehr Ernsthaftigkeit wäre angebracht.«

Der Angesprochene riss betont gelassen eine Portion Kondensmilch auf. Er war vielleicht Mitte zwanzig und komplett schwarz gekleidet. Seine dunklen Haare waren kurz rasiert, und er trug einen Siegelring, dessen Motiv Johanna aus der Entfernung nicht erkennen konnte.

»Das heißt, sie bringen Michael Fürst her, wenn er mit seiner Operation durch ist.« Axel nahm den Faden wieder auf.

»Genau. Das wird gegen fünfzehn Uhr der Fall sein.«

»Eben ist noch was reingekommen«, warf die einzige andere Frau im Team ein. »Yvonne Hendricks ist heute Morgen auf der Wache in Geldern als vermisst gemeldet worden.« Sie schob Frau Gruber einen Ausdruck hinüber. »Eine Sarah Koch war gestern Abend mit dem Opfer verabredet, aber Frau Hendricks kam nicht.«

»Freundin? Kollegin? Verwandte?«, fragte Johanna nach.

»Eine Freundin. Frau Koch hat am Abend mehrfach versucht, sie telefonisch zu erreichen, aber das Handy war ausgeschaltet. Sie ist dann an der Wohnung der Toten vorbeigefahren, hat Dr. Hendricks aber nicht angetroffen.«

»Gut. Sie könnte eine wichtige Zeugin für uns sein.« Frau Gruber reichte die Vermisstenmeldung an Axel weiter. »Schicken Sie eine Streife zu ihr, die sollen Frau Koch herbringen.«

»Und ihr nebenbei mitteilen, dass ihre Freundin tot ist?« Johanna hatte schon wieder ein Grummeln im Magen. Ich sollte die Klappe halten, dachte sie. Aber irgendwas an der Art der Kriminaldirektorin war ein rotes Tuch für sie. »Kollege Holtz und ich könnten hinfahren, bevor Dr. Fürst befragt wird«, schlug sie vor.

Wieder machte Axel neben ihr eine unwillige Kopfbewegung. Dieser Ostermann, der schon die ganze Zeit durchdringend zu ihr rüberglotzte, kräuselte über seiner Kaffeetasse spöttisch die Lippen.

»Unsere Kollegen in Geldern können mit der Situation sicher angemessen umgehen, Frau Brenner«, sagte die Kriminaldirektorin scharf.

Johanna schwieg. Sie hatte die Kompetenz der Kollegen nicht in Frage stellen wollen.

»Außerdem hatte ich Sie gebeten, sich um die Angehörigen des Opfers zu kümmern«, fuhr Gruber fort. »Wissen Sie schon, wer das ist?«

Die war vielleicht gut. Woher hätte sie nach dem Abholen der Ausrüstung noch die Zeit zum Recherchieren haben sollen?

Patrick Kivelitz sprang ein. »Die nächsten Angehörigen sind ihre Eltern. Leben ebenfalls in Geldern, Bodelschwinghstraße 35. Ist übrigens ganz in der Nähe des Tatorts.«

»Dann ist sie wegen ihrer Eltern nach Geldern gezogen, obwohl die Praxis in Brüggen ist«, überlegte Johanna laut. Sie hatte sich schon gewundert, warum die Tote jeden Tag eine solche Fahrtzeit auf sich genommen hatte.

»Finden Sie es heraus!« Die Kriminaldirektorin riss Kivelitz das Datenblatt zu den Eltern aus der Hand. »Frau Brenner, Sie übernehmen die Eltern gemeinsam mit dem Kollegen Ostermann. Herrn Holtz brauche ich hier für die Befragung von Michael Fürst.«

Ausgerechnet mit diesem Ostermann. Johanna starrte ihn an. Das würdest du gerne wissen, dachte sie. Du würdest zu gerne wissen, ob ich auf Frauen stehe.

»Ich würde lieber allein fahren.« Der Satz rutschte ihr heraus, bevor sie darüber nachgedacht hatte.

Am Tisch entstand Unruhe. Der Staatsanwalt und die Kriminaldirektorin wechselten einen Blick.

»Ihnen ist schon klar, dass Polizeiarbeit Teamarbeit ist, Frau Brenner?«, fragte Letztere.

Ich bin teamfähig. Aber nicht mit jedem.

»Sie wissen, dass Todesnachrichten mindestens zu zweit überbracht werden«, fuhr Gruber fort. »Wenn Sie von vorneherein vorhaben, sich aus dem Team hier auszuschließen, brauchen Sie gar nicht erst –«

Wittkopf mischte sich ein. »Entschuldigen Sie, Frau Gruber. Das war sicher nicht so gemeint. Frau Brenner ist für solche Situationen speziell geschult. Vielleicht wollte sie an ihrem ersten Arbeitstag nicht gleich einen jungen Kollegen der belastenden Situation aussetzen.«

»Als ob ich noch nie mit Angehörigen zu tun gehabt hätte«, lästerte Ostermann.

Johanna wippte unbehaglich mit dem Fuß.

»Würden Sie mir den Gefallen tun und Herrn Ostermann mitnehmen?« Der Staatsanwalt klang höflich, aber sehr ernst. In seiner Miene stand eine deutliche Warnung.

»Natürlich. Tut mir leid.« Auch wenn ihr die Vorstellung widerstrebte, durfte sie den Bogen nicht überspannen.

»Kümmern Sie sich um die Aufklärung des Falls, Frau Brenner«, trat Cornelia Gruber nach. »Gefühle haben da nichts zu suchen. Die verleiten einen nur zu Fehlern.«

Johanna sortierte die Krümel auf ihrem Teller und schwieg. Der Schuss vor einem Jahr hatte nichts mit den Angehörigen zu tun gehabt.

»Gut. Dann können wir jetzt die weiteren Aufgaben verteilen.« Für die Chefin war das Thema erledigt.

Dann musste sie eben gleich mit diesem Ostermann nach Geldern fahren. Immerhin war diesmal kein Kind getötet worden, versuchte sie sich zu beruhigen. Und sexuelle Gewalt war höchstwahrscheinlich auch nicht im Spiel gewesen.

Es ist nicht wie bei Marta. Da war Joachim persönlich mit ihr hingefahren. Er hatte Johanna das Gespräch führen lassen. Im Wagen vor dem Haus hatten Psychologin und Notarzt gewartet. Bei der Erinnerung an den Zusammenbruch der Mutter zog sich Johannas Herz immer noch zusammen. Es gab keine passenden Worte, keinen Trost mehr in dieser Situation. Als der Vater gefragt hatte, ob seine Tochter missbraucht worden sei, hatte ihre Stimme endgültig versagt. Joachim hatte übernehmen müssen.

Johanna griff zu ihrem Kaffee und zwang sich, in die Gegenwart zurückzukehren. Sie hatte nur halb zugehört, während die Kriminaldirektorin das übliche Programm abgespult hatte: Praxis des Opfers informieren, Ergebnisse der Spurensicherer abfragen, nach Zeugen suchen, Pressemitteilung rausgeben, Nachbarn befragen.

»Apropos Nachbarn«, schaltete Axel sich ein. Er zwinkerte Johanna zu. »Nach Aussage einer Zeugin im selben Haus war gestern Nacht jemand in der Wohnung des Opfers.«

Ich hatte recht. Wir hätten einen Blick reinwerfen sollen. Sie erwiderte Axels Lächeln.

»Schon verstanden«, räumte die Kriminaldirektorin ein. »Herr Wittkopf, wenn Sie einen Durchsuchungsbeschluss beantragen würden.«

Johanna nickte dem Staatsanwalt beim Aufstehen kurz zu. Ostermann unterhielt sich demonstrativ mit einem Kollegen und würdigte sie keines Blicks. *Wenn er glaubt, ich warte jetzt brav vor der Tür auf ihn, hat er sich aber geschnitten.*

»Alles in Ordnung?« Axel trat mit einem Stapel Teller in den Händen neben sie.

Sie zuckte mit den Achseln. »Schon okay.«

»Tom ist noch sehr jung. Der macht manchmal auf dicke Hose, aber ich glaube, eigentlich hat er Schiss. Harte Schale, weicher Kern und so.«

Johanna war sich da nicht so sicher. Sie hatte in Berlin einen Kollegen gehabt, der gerne härter zuschlug als unbedingt notwendig und sie hinter vorgehaltener Hand als »kranke Lesbe« tituliert hatte. Dieser Ostermann erinnerte sie an ihn. »Kannst du für mich noch mehr über die Eltern rauskriegen? Treffen wir die überhaupt am Mittag zu Hause an? Vielleicht sind sie berufstätig, das Opfer war ja noch jung.«

»Checke ich. Und ich sag auch unserem Psychologen Bescheid. Vielleicht braucht ihr ihn.«

Johanna seufzte. »Ich lass die auf keinen Fall anschließend allein. Und jetzt geh ich erst mal meine Waffe wegschließen.« Im Weggehen sah sie, wie der Staatsanwalt und Cornelia Gruber sich im Besprechungsraum erregt unterhielten. Ob der Streit mit ihr zu tun hatte? Einen Augenblick lang fühlte sie sich frustriert und müde. *Was mache ich hier? Es wird alles nur schlimmer.* Sie wollte zurück in ihr altes Leben.

***

Birgit rührte heftiger als nötig in ihrem Cappuccino und murmelte leise »Mist!« vor sich hin, als der Milchschaum über den Tassenrand lief. »Ich habe gedacht, wir machen uns einen schönen Tag in Düsseldorf.«

Uwe Lehmann versuchte zu beschwichtigen. »Schatz, das ist doch gar nicht sicher. Vielleicht ist Frau Hendricks inzwischen aufgetaucht.«

Der Wind peitschte Regentropfen gegen das Fenster des Cafés, in das sie sich nach dem Termin beim Notar gesetzt hatten. Er ließ die Kuchengabel sinken und nahm die Hand seiner Frau. »Bitte lass dir dadurch nicht die Freude an unserer Finca verleiden.«

»Du hast recht, ja.« Sie erwiderte den Händedruck. »Aber ich habe das Gefühl, die Praxis wird dich nie in Ruhe lassen. Seit wir aus dem Urlaub zurück sind, kommen ständig Anrufe und Nachfragen.«

Jetzt übertrieb sie aber ein bisschen. »Das ist die Übergangszeit. Es wird sich sicher legen. Und dass ich Urlaubsvertretungen mache, hatten wir abgesprochen.«

»Urlaubsvertretungen, ja! Aber nicht so überfallmäßige Einsätze.« Birgit entzog ihm ihre Hand und trank einen Schluck Kaffee. »Ich wollte ein bisschen shoppen, wo wir hier in Düsseldorf sind. Ein paar originelle Weihnachtsgeschenke für Christian und Oliver und die Enkel.«

»Wenn's heute nicht klappt, holen wir es nach!« Er sah zum x-ten Mal auf sein Smartphone, das er beim Notar auf lautlos gestellt hatte. Der Klingelton war aktiv, aber immer noch hatte niemand angerufen. »Und wenn Nadine sich in der nächsten Viertelstunde nicht meldet, rufe ich selbst in der Praxis an.«

Während Birgit in einem Prospekt mit Lampen und Teppichen blätterte, dachte Lehmann über die Situation in der Praxis nach. Die junge Ärztin hatte einen ganz anderen Führungsstil als er und krempelte den Laden um. Er konnte verstehen, dass Beate so ihre Probleme damit hatte. Sie war von der Praxisgründung an dabei gewesen. Hatte plötzlich eine Chefin vor der Nase, die zwanzig Jahre jünger war als sie selbst.

Birgits Handy gab einen leisen Ton von sich. »Ach, guck mal, eine Nachricht von Oliver!« Sie hielt ihm ein Foto seiner jüngsten Enkeltochter hin, die gerade anfing zu krabbeln.

»Ein süßer Fratz«, kommentierte er den Schnappschuss. »Wir müssen unbedingt mal wieder nach Karlsruhe.« Sein jüngerer Sohn lebte seit dem Studium mit seiner Familie dort.

»Aber erst mal fliegen wir nächste Woche zu unserer Finca«, insistierte Birgit. »Ich habe schon so viele Ideen. Wir könnten doch Weihnachten alle Kinder und Enkel einladen.« Mit »Kinder« meinte sie nicht nur die beiden Söhne, sondern auch die Schwiegertöchter. Seine Frau war ein ausgesprochener Familienmensch.

»Alle auf einmal? In einem halb eingerichteten Haus?«

»Wenn ich mich ranhalte …«

Endlich klingelte sein Handy. Birgit unterbrach mitten im Satz und nickte ihm auffordernd zu. »Dann wissen wir endlich Bescheid«, murmelte sie.

»Lehmann.« Er schickte ein Stoßgebet gen Himmel, dass Frau Hendricks aufgetaucht sein möge. Aber Nadines Stimme war so leise und zittrig, dass er sie kaum verstehen konnte. Irgendwas von »Polizei«. »Sie müssen lauter sprechen, Nadine. Ich verstehe Sie nicht.«

»Frau Dr. Hendricks … sie ist …«, das Lehrmädchen rang um Fassung, »sie ist tot … ermordet.«

»Ermordet?« Lehmann versuchte zu erfassen, was er da gerade hörte. Auch seine Frau wurde bleich und sah ihn entsetzt an.

»Die junge Ärztin? Ermordet?«, flüsterte sie. Ihr Atem begann zu pfeifen.

Nadine redete stockend weiter. Die Polizei wisse noch nicht … heute Morgen tot vor ihrem Wohnhaus … Ermittlungen auch in der Praxis.

Birgits Asthmaanfall kam schnell und heftig. Sie rang um jeden Atemzug. Uwe versuchte, gleichzeitig seiner Frau, die den Stuhl vom Tisch abgerückt hatte und vornübergebeugt im Kutschersitz saß, beruhigend über den Rücken zu streichen und Nadine zuzureden. Das Paar am Nachbartisch drehte sich zu ihnen um und beobachtete sie ganz unverhohlen.

»Nadine, hören Sie.«

Birgit angelte nach ihrer Handtasche und suchte nach dem Asthmaspray. Ihre Bewegungen wurden immer fahriger, Kalender und Smartphone fielen auf den Boden.

»Bleib ganz ruhig.« Er sah die Panik in den Augen seiner Frau. Hoffentlich hatte sie ihr Notfallspray nicht zu Hause vergessen. Er nahm ihr die Tasche ab und suchte mit der rechten Hand nach dem Inhalator, während die linke weiter das Telefon hielt. »Ich komme sofort in die Praxis. Wir sind noch in Düsseldorf, meiner Frau geht es nicht gut.« Gott sei Dank, da war das Salbutamol. Er reichte es Birgit, die hastig danach griff.

»Was sollen wir denn jetzt machen?« Nadine begann zu weinen.

»Ich komme heute Nachmittag in die Praxis, und wir besprechen alles in Ruhe, ja? Ich muss jetzt auflegen, tut mir leid.« Lehmann drückte das Gespräch weg und sah Birgit dabei zu, wie sie erneut einen Stoß des Medikaments einatmete. Allmählich bekam sie wieder Luft.

»Ruhig atmen, Schatz. Ganz ruhig atmen.« Das war ihr erster Anfall seit Langem. Aber die Panik war neu. Sie hatte eigentlich gelernt, mit der Atemnot umzugehen, und in letzter Zeit jedes Mal die Ruhe bewahrt. Vielleicht war es einfach ein bisschen viel im Moment. Die Umstellung auf seinen Ruhestand, ein Zweithaus, jetzt der Mord an seiner Nachfolgerin. Er hob Kalender und Smartphone auf und steckte sie zurück in die Handtasche.

***

Sarah Koch lehnte sich gegen den Stamm eines Baums und übergab sich. Als Axel ihr den Tod ihrer Freundin mitgeteilt hatte, hatte sie einen kurzen Augenblick wie erstarrt mitten in ihrer Töpferwerkstatt verharrt. Aber dann hatte sie so schnell eine schlickverschmierte Hand vor den Mund gepresst und war durch die Außentür der Werkstatt auf den Hof des alten Bauernhauses gestürzt, dass er und seine neue Kollegin kaum hinterhergekommen waren. Vielleicht war es gut, dass sie doch nicht die Streife geschickt hatten, um Frau Koch ins Präsidium zu holen.

Als Johanna Brenner erfahren hatte, dass der Vater der Toten an seinem Arbeitsplatz nicht zu erreichen war, weil er Außentermine hatte, hatte sie erneut darauf gedrängt, die Freundin der Toten persönlich aufzusuchen. Sie wollte am Nachmittag die Eltern des Opfers gemeinsam informieren, also bliebe genug Zeit, nach Aldekerk zu fahren, wo die Zeugin Koch mit ihrer Familie lebte. Die Chefin war zwar wenig begeistert gewesen, aber weil Wittkopf danebengestanden und sofort gesagt hatte, das sei eine gute Idee, hatte sie schließlich stirnrunzelnd nachgegeben. Der gute Staatsanwalt schien einen Narren an Johanna gefressen zu haben. Konnte ihm nur recht sein. Musste er sich nicht einmischen.

Axel ging zurück in die Töpferei und ließ sich auf einen der Stühle an dem großen Arbeitstisch sinken. Einmal am Tag klatschnass zu werden reichte. Außerdem war er draußen überflüssig.

Johanna verfiel tatsächlich nicht in die Beklommenheit vieler Kollegen vor schockierten und traurigen Angehörigen. Alles Gereizte und Verschlossene aus dem Präsidium war von ihr abgefallen, sobald sie Frau Koch gegenüberstand. Vom ersten Augenblick an hatte zwischen den beiden Frauen eine Atmosphäre von Empathie und Nähe geherrscht, die sich ohne Worte eingestellt hatte. Vielleicht war etwas dran an der Bemerkung der Chefin, dass Johanna die Gefühle anderer zu nah an sich heranließ.

Er sah sich in der Werkstatt um. In langen Regalen an den

Wänden standen Schalen und Schüsseln in unterschiedlichen Phasen der Fertigstellung. Manche waren schon mit dem typischen bunten Dekor der niederrheinischen Bauernkeramik bemalt. Andere wirkten roh und nackt. An einer Garderobe neben der Tür hingen Schürzen und Handtücher. Vielleicht gab die Töpferin neben der eigenen Arbeit Kurse für interessierte Laien. Der Tisch, an dem er saß, zeigte auf jeden Fall an mehreren Plätzen Spuren von Tonarbeiten.

Hinter Axel, in der Ecke, standen der Brennofen und eine Drehscheibe, an der Sarah Koch vor ihrem Eintreffen gearbeitet haben musste. Ein kleines, dickwandiges Objekt stand exakt in der Mitte der Scheibe; überall waren Wasser- und Schlickspuren. Der ganz eigene Geruch feuchten Lehms lag in der Luft. Axel hatte sich nie besonders für Keramik interessiert, auch wenn seine Ex-Frau ihn früher jedes Jahr auf den Pottbäckermarkt in Krefeld geschleppt hatte. Aber die erdverbundene, kreative Ausstrahlung des Arbeitsraums gefiel ihm.

Draußen hatte die junge Frau aufgehört zu erbrechen. Axel deutete erst auf sich und dann auf Sarah Koch, um Johanna zu fragen, ob sie Hilfe brauche. Die schüttelte leicht den Kopf und beschrieb mit der Hand einen Halbkreis vor ihrem Bauch. Schwanger? Die Töpferin war schwanger? Mist! Das erklärte zwar ihr Erbrechen, aber es bedeutete auch, dass sie unbedingt vorsichtig bei der Befragung sein sollten. Sie notfalls verschieben mussten.

Als die Frauen zurück in den Raum kamen, hatte Johanna einen Arm um Sarah Koch gelegt. Sie führte sie zu einem der Stühle und ließ erst los, als sie saß. Axel reichte der Schwangeren Papiertücher aus dem Spender neben dem Waschbecken und füllte ein Glas mit Leitungswasser. Sarah Koch wischte sich den Mund ab und blieb dann mit gesenktem Kopf sitzen.

»Wie geht es Ihnen?« Er beugte sich über den Tisch zu ihr vor. »Brauchen Sie einen Arzt?«

»Nein. Geht gleich wieder.« Sie atmete tief durch und trank in kleinen vorsichtigen Schlucken. Dann knüllte sie die befleckten Papiertücher zusammen, presste mit dem Daumen jede kleine

Ecke, die noch vorstand, in das Knäuel hinein. »Ist schon mein Drittes, ich kenne das mit der Übelkeit.«

»Trotzdem ist das sicher gerade ein Schock«, widersprach Johanna. »War Yvonne Hendricks eine enge Freundin von Ihnen?« Sarah Koch blickte sie an, als hätte sie nicht verstanden. Dann stand sie abrupt auf und ging zum Waschbecken neben der Töpferscheibe.

Axel warf Johanna einen Blick zu.

»Wir sind beide in Geldern aufgewachsen. Waren Nachbarn als Kinder.« Die Zeugin spülte sich den Mund aus und warf die Tücher weg. »Ich begreif das gar nicht.« Sie nahm einen Klumpen Ton von dem Brett neben der Drehscheibe und setzte sich damit wieder an den Tisch. »Yvonne sollte die Patentante für das Kleine werden.« Ihre Finger kneteten mechanisch die Tonerde durch, während ihr lautlos Tränen über die Wangen liefen.

»Möchten Sie sich ausruhen? Wir können Ihnen auch morgen unsere Fragen stellen.« Johanna reichte ihr ein Taschentuch.

Axel zögerte. Er wollte zumindest ein paar Informationen zum gestrigen Abend haben.

»Ich kann mir einfach nicht vorstellen, dass Michael zu so was fähig ist«, murmelte Sarah Koch.

»Sprechen Sie von Michael Fürst, dem Ex-Freund von Frau Hendricks?«, hakte er nach. So kamen sie der Sache schon näher.

»Er hat sie gestalkt, wissen Sie das eigentlich?«

Axel nickte. Die Freundin hatte es also auch gewusst, deshalb die schnelle Vermisstenanzeige. »Hatte Frau Hendricks einen neuen Freund?« Das wäre ein Motiv für einen Eifersuchtsexzess.

»Dazu hatte sie doch gar keine Zeit.« Sarah Koch hielt mit dem Kneten des Tons inne und lächelte kurz. »Seit sie die Praxis übernommen hatte, war sie nur noch im Stress. Und vorher die Trennung und der Umzug. Eigentlich stand sie seit dem Sommer unter Druck.«

»Warum ist sie nicht nach Brüggen gezogen? In die Nähe der Praxis?«, fragte Johanna nach.

»Wegen ihrer Mutter.« Sarah Koch wischte sich mit dem Handrücken die Tränen von den Wangen. »Frau Hendricks hat Multiple Sklerose. Und seit einem Schub im Frühjahr«, sie wurde immer leiser beim Sprechen, »ist sie fast blind. Sie braucht intensive Betreuung.«

Und jetzt wurde die Tochter ermordet. Er beneidete Johanna nicht darum, dass sie das den Eltern gleich mitteilen musste.

»Wann hat sich Ihre Freundin von Michael Fürst getrennt? Haben Sie das mitbekommen?«, fragte seine neue Kollegin.

»Sie ist Mitte Juli von ihm weg.« Die Schwangere formte mit geschickten Fingern eine Schnauze und zwei Ohren aus dem Ton. »Sie kam für ein paar Tage zu uns, wir haben ja Platz genug.« Sie machte eine Kopfbewegung, die das Bauernhaus, in dessen Erdgeschoss die Töpferei untergebracht war, einschließen sollte. »Michael hatte ihr eine solche Szene gemacht, dass sie nicht länger in der Wohnung bleiben wollte. Yvonne hat nur ein paar Klamotten in eine Tasche gepackt und kam völlig aufgelöst hierher.« Jetzt wurden Kopf und Körper einer Katze erkennbar.

»Ist er hier aufgetaucht? Hat er versucht, sie zurückzuholen?«

Obwohl Johanna leise sprach, registrierte Axel, wie angenehm ihre Altstimme den Raum ausfüllte.

»Nein. Er wusste die ersten Tage gar nicht, wo sie war. Dachte vermutlich, sie wäre in irgendeinem Hotel in Düsseldorf untergekommen. Die Orte hier am Niederrhein … das waren für ihn immer nur ›Käffer‹. Ich glaube, er konnte sich nicht vorstellen, dass es Yvonne ernst damit war, hierher zurückzukehren.«

Als Axel sah, dass ihr Blick auf das leere Wasserglas fiel, stand er auf und füllte es wieder.

»Später hat er mir dann tatsächlich mal hier aufgelauert. Hat mich beschimpft und behauptet, *ich* hätte Yvonne angestiftet, ihn zu verlassen.« Sie massierte ihre Stirn. »So ein Unsinn. Auch wenn ich ihn nie besonders gemocht habe. Er war mir zu sehr …«, sie suchte nach dem richtigen Wort, »*Düsseldorfer*, wenn Sie verstehen, was ich meine. – Ach, danke.«

Axel hatte ihr das Wasser hingestellt und grinste. *Düsseldorfer.* Er hatte sofort Bilder von den Yuppie-Typen auf der KÖ vor Augen.

»So ein Verhalten ist durchaus typisch für Stalker«, erklärte Johanna. »Sie ertragen die Zurückweisung nicht und wollen die Verantwortung für das Scheitern ihrer Beziehung Dritten zuschustern. Nach dem Motto: Meine Freundin wollte sich gar nicht trennen, die stand bloß unter dem schlechten Einfluss von XYZ.«

Sarah Koch nickte und trank. Dann trennte sie ein Stückchen Ton vom Körper der Katze ab und rollte es zu einem Schwanz. Im Raum wurde es still.

Axel nutzte die Gelegenheit, das Gespräch auf den Vorabend zurückzulenken. »Sie haben Ihre Freundin als vermisst gemeldet, weil sie gestern nicht zu Ihrer Verabredung erschienen ist?«

»Ja, wir wollten essen gehen. Yvonne brauchte mal 'ne Auszeit. Und sie hatte Lust auf traditionelle niederrheinische Küche. Immer nur Pasta und Sushi seien auf Dauer auch nichts, hat sie gesagt.«

Kenne ich, dachte Axel. Gerade jetzt hätte er auch großen Appetit auf Kartoffel-Stampes. Kartoffeln mit Gemüse untereinander. Wirsing, Grünkohl oder Möhren ... irgendwas Deftiges mit Gemüse in der Hauptrolle halt. »Wann und wo genau waren Sie verabredet?« Er nahm Notizblock und Stift aus der Innentasche seiner Jacke.

»Um achtzehn Uhr. In ›De Gildenkamer‹. Das ist in der Glockengasse am Markt. Aber Yvonne ist nicht gekommen.« Sarah Koch stockte. »Ich hätte zu ihr fahren sollen, als sie anrief. Ich hätte sie abholen sollen.«

»Hat sie Sie um Hilfe gebeten?«, fragte Johanna nach.

Sie musste sich räuspern, bevor sie weitersprechen konnte. »Sie rief an, weil Michael ihren Wagen beschädigt hatte und sie auf die Polizei warten musste.«

»Wann war der Anruf genau?«

Sarah Koch überlegte. »Zehn nach sechs vielleicht. Ich hatte mich schon in das Lokal gesetzt, weil es so regnete.«

»War sie bei dem Anruf benommen? Sprach sie anders als sonst?« Axel dachte an die Vermutung des Rechtsmediziners, dass das Opfer auf den Hinterkopf gestürzt sein musste. Vielleicht hatte ihr Ex sie gestoßen.

»Benommen?« Sie sah ihn verwirrt an. »Im Gegenteil. Sie war hellwach. Wütend. Hat Michael beschimpft.«

»Aber sie wollte trotzdem noch zum Essen kommen?«, fragte Johanna.

Sarah Koch nickte. »Ich habe ihr angeboten, sie abzuholen. Aber Yvonne wollte unbedingt zu Fuß laufen. Sie würde sich von niemandem einengen lassen, hat sie gesagt.«

Axel googelte die Entfernung zwischen Dr. Hendricks' Wohnung und der »Gildenkamer«. Nur ein guter Kilometer. Die Schwangere ließ plötzlich die Tonkatze auf den Tisch plumpsen und senkte den Kopf.

»Geht es Ihnen nicht gut? Sollen wir ein andermal weitermachen?« Wieder Johanna. Vielleicht hatte sie recht, das Wichtigste wussten sie jetzt.

»Sie kam nicht. Sie kam einfach nicht.« Sarah Koch begann zu weinen. Johanna legte ihr eine Hand auf den Unterarm, aber sie zog den Arm weg. »Wie ist sie gestorben? Hätte ich ihr helfen können?«

Seine Kollegin sah ihn an, bevor sie sich wieder der Weinenden zuwandte. »Das können wir noch nicht sagen. Sie hatte eine Kopfverletzung. Wahrscheinlich war sie sofort bewusstlos.«

»Er hat sie erschlagen?« Sie krallte ihre Finger in die Schürze vor ihrem Bauch.

»Es sieht eher nach einem Sturz aus. Mehr können wir Ihnen nicht sagen«, schaltete Axel sich ein. Johanna hatte schon mehr als genug gesagt.

»Gestürzt? Aber wo denn? Ich bin den Weg abgefahren, ich hab doch nach ihr gesucht. Hätte ich ihr helfen können, wenn ich sie rechtzeitig gefunden hätte?«

»Quälen Sie sich nicht«, bat Johanna leise. »Wir müssen die Ergebnisse der Rechtsmedizin abwarten.«

»Aber Ihre Kollegen!« Sarah Koch ballte eine Hand um die

Katze und drückte zu. »Die waren doch da, warum haben die nicht auf sie aufgepasst?« Der Ton quatschte zwischen ihren Fingern hervor.

»Frau Koch!« Johanna griff nach ihrem Handgelenk und hielt es fest. »Bitte beruhigen Sie sich, Frau Koch!«

»Mama?« Die Kinderstimme in Axels Rücken klang ängstlich. »Mama, was ist denn? Warum weinst du?« Ein kleines Mädchen mit langen Zöpfen stand in Anorak und Gummistiefeln in der Tür.

Sarah Koch wischte sich die Tränen aus dem Gesicht. »Nichts, Spatz. Es ist alles gut.« Sie stand auf und ging ihrer Tochter entgegen. »Wie war es im Kindergarten? Hast du mir was Schönes gemalt?«

Auch Axel erhob sich und bedeutete Johanna mit einer Kopfbewegung, dass es Zeit war zu gehen. Für heute hatten sie genug in Erfahrung gebracht.

***

Leonie packte das Erdkundebuch zurück in ihre Umhängetasche. Sie hätte das Referat über die Kopfweiden gerne hinter sich gebracht, aber ihre Lehrerin hatte vorgeschlagen, sie solle bis Donnerstag warten, dann sei der Husten bestimmt auch weniger geworden. Keine Nachrichten von ihren Eltern auf dem Smartphone. Nur jede Menge Posts über das miese Wetter heute.

»Gehen wir bei dir gleich noch in den Drogeriemarkt? Da gibt es jetzt ein megacooles Lipgloss von La Belle, dunkelrot mit kleinen farbigen Glitzerdingern drin.«

Typisch Antonia. Die bekam sonntags immer ihr Taschengeld, deshalb war Montag Shopping-Tag. »Würde ich gern, aber ich muss doch nach Viersen.«

Antonia schlug sich gegen die Stirn. »Ach, klar, du musst ja ins Krankenhaus. Hatte ich ganz vergessen, sorry.«

»Ja, zuerst zu Lukas. Und dann einkaufen mit Papa. Er wollte heute zeitig Schluss machen, wir haben nichts mehr im Kühlschrank. Außerdem …« Leonie unterbrach, weil sie husten musste.

»Vielleicht solltest du auch besser noch zu Hause bleiben.« Antonia klang ehrlich besorgt.

Leonie atmete durch. »Geht schon. Ich hab vergessen, heute Morgen den blöden Hustensaft zu nehmen.« Sie wickelte sich den Schal um den Hals und schloss den Reißverschluss ihres Anoraks. Es war zugig im Schulflur.

»Hey.« Antonia stieß sie mit der Schulter an. »Da ist Simon. Der aus der Neunten. Ich glaube, der steht auf dich.« Tatsächlich lehnte der schlaksige rothaarige Junge aus der Stufe über ihnen an einem Türrahmen und blickte Leonie entgegen. Sie zog hastig ihr Handy wieder aus der Jackentasche und guckte demonstrativ darauf, während sie an ihm vorbeiging. Antonia fand es witzig, dass sie einen Verehrer hatte. Dabei wollte sie Simons Aufmerksamkeit gar nicht.

»Warum hast du denn nicht ›Hallo‹ gesagt?« Ihre Freundin schüttelte den Kopf.

»Keine Lust.« Leonie wollte jetzt nicht über Jungs reden. Außerdem war sie in Jochen, Antonias älteren Bruder, verknallt. Aber das konnte sie ihr schlecht sagen, Antonia fand ihren Bruder nervig. Und Jochen nahm sowieso keine Notiz von ihr. Die Familie Rietkamp war aber auch so ganz anders als ihre eigene. Bei denen war das Leben leicht und unbeschwert. Das große Haus mit Garten und Schwimmbad. Die tollen Urlaube, aus denen Antonia braun gebrannt zurückkam und Lukas exotische Knöpfe für seine Sammlung mitbrachte. Und Antonias Mutter ging arbeiten und sah immer so businessmäßig aus. Ganz anders als meine Mutter, dachte Leonie. Na klar, die Rietkamps hatten kein behindertes Kind. Aber Leonie kam es vor, als sei das nicht der einzige Grund. Sie wollte auf jeden Fall werden wie Antonias Mutter.

Die Mädchen verließen das Schulgelände, und Leonie überholte ein paar jüngere Schüler, die herumtrödelten.

»Was rennst du denn so?«, beschwerte ihre Freundin sich.

»Mein Bus kommt gleich. Ich hab keine Lust, bei dem Wetter

auf den nächsten zu warten.« Der Schnellbus nach Viersen fuhr nur einmal jede Stunde. »Außerdem habe ich Hunger.«

»Im Bus gibt's aber auch nichts zu essen.« Antonia trat in eine Pfütze und fluchte.

»Aber in der Cafeteria im Krankenhaus.«

»Guck mal, wie meine weißen Sneaker jetzt aussehen! Wenn du den Bus verpasst, setzen wir uns halt in das Eiscafé am Markt und trinken einen Kakao. Ich lad dich ein.«

»Ist lieb, aber heute nicht, okay?« Normalerweise hätte Leonie die Einladung gerne angenommen. Ihr Taschengeld war immer knapp, und für diese Woche hatte sie bei dem Durcheinander zu Hause noch gar keins bekommen. Aber heute wollte sie so schnell wie möglich ins Krankenhaus. Sie musste wissen, ob die Kinderärztin wirklich das Jugendamt angerufen hatte.

»Hey, alles klar bei dir? Kein Interesse an Jungs und keine Lust auf heiße Schokolade? Ich würde sagen, du bist noch krank.«

»Das ist es nicht.« Dort vorne war schon die Bushaltestelle. Leonie wurde langsamer und überlegte. Sollte sie Antonia von der Sache erzählen? Es war irgendwie peinlich. Dass ausgerechnet ihr Vater so einen Mist gebaut hatte. Auch wenn es keine Absicht gewesen war.

»Also«, begann Antonia wieder, als sie in dem Haltestellenhäuschen standen, »wenn es nicht die Grippe ist, warum bist du dann so fertig?« Sie spuckte auf ein Taschentuch und versuchte, die grauen Flecken von ihren Schuhen zu wischen.

»Du hast doch Donnerstag Lukas' Ärztin eine Nachricht von mir gebracht?« Leonie wurde jetzt noch wütend, wenn sie daran dachte, dass ihre Mutter ihr das Smartphone weggenommen hatte, damit sie Dr. Hendricks nicht anrufen konnte. Gott sei Dank war Antonia mit den Hausaufgaben vorbeigekommen. Da hatte sie ihr den Brief mitgeben können.

»Du meinst den Zettel, den ich nur der Ärztin persönlich geben sollte.« Antonia sah von den Schuhen hoch und grinste. »War gar nicht so leicht. Die Aufpasserin an der Rezeption wollte mich nicht durchlassen.«

Leonie zögerte erneut. Antonia war immer super mit Lukas' Behinderung klargekommen. Würde sie die Sache mit dem Jugendamt auch verstehen?

»Was ist denn nun mit der Ärztin?«, hakte ihre Freundin nach. »Die war supernett.«

Leonie nickte. »Sie ist an dem Abend auch sofort zu uns gekommen. Aber jetzt will sie das dem Jugendamt melden, dass meine Eltern Lukas seine Medikamente nicht gegeben haben. Sie meinte, er wär in einem kritischen Zustand gewesen.«

»Das Jugendamt? Fuck.«

»Mein Vater hat sich Freitag total mit ihr gestritten deswegen. Wenn sie Lukas jetzt in ein Heim stecken ...«

Antonia richtete sich auf und legte Leonie einen Arm um die Schultern. »So schnell stecken die ihn nicht ins Heim. Aber warum haben deine Eltern Lukas die Medikamente nicht gegeben? Du hast sie doch auch genommen.«

Wie sollte sie das ihrer Freundin erklären? Die Sache mit den Einläufen war wirklich zu peinlich. »Ach, er wollte sie nicht nehmen«, log sie.

Antonia sah sie besorgt an. »Jetzt mach dich nicht verrückt. Du hast alles richtig gemacht. Auf dich kann sich Lukas verlassen.«

Leonie nickte. Dr. Hendricks hatte ihr tatsächlich gedankt, dass sie Bescheid gesagt hatte. Sie könne stolz auf sich sein, dass sie eine so selbstständige Entscheidung getroffen habe. Obwohl ihre Eltern dagegen gewesen seien. Das Lob hatte ihr gutgetan. Bei ihren Eltern musste sie immer die Große, die Vernünftige sein. Dabei waren die selbst oft unvernünftig.

»Da kommt mein Bus.« Leonie löste sich aus der Umarmung ihrer Freundin.

»Ich drück dir die Daumen. Ruf mich an nachher!« Antonia umrundete die Pfütze am Straßenrand diesmal elegant und machte sich auf den Weg zur gegenüberliegenden Haltestelle. Sie musste in die Gegenrichtung nach Hause fahren. »Ich bring dir Lipgloss mit«, rief sie Leonie über die Schulter zu.

Die hob einen Daumen in die Luft und versuchte zu lächeln,

bevor sie in den Bus einstieg. Nett von Antonia. Aber die kannte auch keine größeren Probleme als Make-up, Klamotten und Jungs. Und mit ihren Eltern stritt sie allenfalls darüber, wie lange sie abends wegbleiben durfte.

Ihr Vater hatte richtig Scheiße gebaut. Beim Gedanken daran, wie er Dr. Hendricks am Freitagnachmittag angeschrien hatte, wurde Leonie sofort wieder mutlos. Sie hätte im Auto warten sollen, aber sie war ihm in die Praxis gefolgt und hatte mitbekommen, wie wütend er gewesen war. Die Ärztin habe nicht das Recht gehabt, den Jungen einzuweisen. Lukas sei kurz vor einem Durchbruch gegen den Autismus gewesen.

Durchbruch gegen den Autismus? Leonie hatte sich nicht getraut, ihren Vater hinterher auf diesen Blödsinn anzusprechen. Vielleicht hatte Dr. Hendricks ja recht. Vielleicht waren ihre Eltern wirklich nicht in der Lage, mit Lukas' Behinderung umzugehen.

***

Krefeld, Kempen, Kerken, Geldern. Schon zum dritten Mal an einem Tag die B 9. Schon zum dritten Mal kam Johanna am Abzweig nach Kempen vorbei. Von hier aus war es nur ein Katzensprung zu ihren Eltern. Gleich hinter den Seen links und dann die Erste rechts. Ob sie im Herbst immer noch die Blätter von dem Nussbaum im Vorgarten pflückten, damit es ordentlich aussah?

Sie fröstelte, ihre Nase kitzelte. Wo waren die blöden Taschentücher? Sie ließ den Verkehr nicht aus den Augen und tastete die Taschen des Parkas erneut ab. Nichts. Sie musste sie in der Töpferei von Sarah Koch liegen lassen haben. Johanna konnte das Niesen nicht länger unterdrücken. Shit. Eine Erkältung konnte sie jetzt überhaupt nicht gebrauchen. Aber das blieb wohl nicht aus, wenn man übermüdet und verfroren im Regen rumstand.

Sechzehn Jahre hatte sie in Berlin gelebt. Trotzdem kam ihr alles hier vertraut vor. Kleiner als in der Erinnerung, ja. Aber seit sie wieder hier war, fühlte es sich an, als wäre sie nur ein paar Tage weg gewesen. Johanna wehrte sich gegen das Gefühl. Nichts verband sie mehr mit ihren Eltern. Der Vater war bestimmt immer noch der King im Karnevalsverein, klopfte Sprüche über Titten und Muschis, aber schämte sich für eine Tochter, die keinen Schwiegersohn nach Hause brachte. Und ihre Mutter rannte in die Kirche, kümmerte sich um Waisenkinder in der Dritten Welt, Obdachlose oder jetzt vielleicht Flüchtlinge, damit sie sich nicht mit ihrer Ehe auseinandersetzen musste.

Was hatte Joachim Rohloff damit gemeint: »Nur wenn man weiß, woher man kommt, weiß man auch, wohin man geht«? Sie wusste nur zu gut, woher sie kam. Wie einsam und verraten sie sich in ihrem Elternhaus gefühlt hatte.

Das Klingeln des Diensthandys riss Johanna aus ihren Gedanken. Axel. Einen Augenblick zögerte sie, dranzugehen. Vor zwanzig Minuten war sie im Präsidium losgefahren. Allein. Ohne den Kollegen Ostermann. Dann nahm sie das Gespräch doch an.

»Wo steckst du?«, sprudelte Axel los. »Tom sucht dich überall.«

Ostermann hatte nur rasch seine Waffe holen wollen, als sie sich im Privat-Pkw aus dem Staub gemacht hatte.

»Bist du nicht im Verhör?«, fragte sie zurück.

»Nein, Michael Fürst ist noch immer nicht hier. Also wo –«

»Ich bin unterwegs zu den Eltern.«

Ihr Kollege schwieg.

Erwartete er eine Erklärung? Sollte sie jetzt ein schlechtes Gewissen haben? – Es war unfair von Cornelia Gruber gewesen, auf Kosten der Eltern des Opfers ihre Autorität unter Beweis stellen zu wollen. Mit Axel zu fahren … das wäre okay gewesen. Aber mit Ostermann? Nach der Rückkehr aus Aldekerk hatte sie den Aufkleber »Frei.Wild« an der Innenseite seines Spinds gesehen. Wenn sie sich dazu seine muskelbepackte Silhouette vorstellte und das Hervortreten des Kieferknochens, wenn er – was er oft tat – die Zähne zusammenbiss … Nein, mit ihm zusammen hätte sie diese schwierige Fahrt nicht antreten können. Sie hätte ihn auf die Band ansprechen können. Natürlich hätte er geleugnet, mit rechtem Gedankengut zu sympathisieren. Er war ja nicht blöd. Und Frei.Wild war nicht verboten. Leider!

»Okay«, brach Axel das lange Schweigen. »Wenn du Hilfe brauchst, ruf an.« Er legte auf.

Keine tadelnden Worte. Keine Bemerkung, dass sie Ärger kriegen würde. Mit dem Kollegen Holtz würde sie arbeiten können. Auch wenn er der Chefin gegenüber für ihren Geschmack zu defensiv war.

Mit Cornelia Gruber ... mit der würde sie Ärger wegen dieses Alleingangs kriegen. Sie verstieß gegen eine Dienstanweisung und alle Gepflogenheiten der Polizeiarbeit. Sie würde Abbitte leisten müssen.

Darüber mache ich mir später Gedanken. Nur noch zehn Kilometer bis Geldern. Waren das dort hinten schon die Flügel der Windmühle in Walbeck? In der Grundschule hatte Johannas Klasse einen Ausflug dorthin gemacht, der ihr nicht nur in Erinnerung geblieben war, weil die Steprather Mühle die älteste voll funktionierende Windmühle Deutschlands war, sondern weil sie sich bei dem Versuch, auf einen Baum zu klettern, den Arm gebrochen hatte.

Was hat meine Mutter mitgelitten, als ich eingegipst wurde.

Und jetzt war sie unterwegs zur Mutter von Yvonne Hendricks. Einer Mutter, die selbst krank war. Es würde schwer werden. Vielleicht sollte sie Axel gleich um einen Psychologen bitten.

Auf der Pappelallee wurde der Wind stärker. Immer wieder prasselten Blätter und Zweige gegen die Windschutzscheibe. Wolken flossen vor Johanna her über die Wipfel der Bäume und türmten sich am Horizont zu finsteren Riesen, die den Nachmittag in Abend verwandelten. Die Windmühlenflügel verschwanden im Dunkelgrau des Himmels. Johanna musste sich immer mehr aufs Fahren konzentrieren. Sie war müde. Zwei Nächte fast ohne Schlaf. Ihre Freunde in Berlin hatten sie nicht ohne Party ziehen lassen. Und letzte Nacht hatten die enge Wohnung und die Unsicherheit vor der neuen Dienststelle sie vom Schlafen abgehalten. Sie nahm die Thermoskanne aus der Mittelkonsole und schwenkte sie hin und her. Kein Kaffee mehr.

Gleich hinter dem Stadtrand von Geldern war das Wohnviertel, in dem die Eltern lebten. Bodelschwinghstraße. Hier musste es sein. Johanna suchte nach der richtigen Hausnummer. Die Fenster der verklinkerten Doppelhaushälfte waren dunkel, die Einfahrt leer. Herr Hendricks arbeitete bei der Stadtverwaltung, er sollte Feierabend haben. Sie stieg aus. Klingelte. Ihr Herzschlag war schnell und kräftig. *Er bindet mich ans Leben.* Auch nach dem zweiten Klingeln öffnete niemand.

»Wollen Sie zu den Hendricks?« Die Nachbarin wuchtete einen Kasten Wasser aus dem Kofferraum und hastete damit im Sturm unter das Vordach vor ihrer Haustür. »Sind Sie die neue Haushaltshilfe?«

Johanna zögerte, ihren Dienstausweis herauszuholen. Musste ja nicht direkt die Nachbarschaft Bescheid wissen, dass die Kripo klingelte. Aber die Frau erwartete sowieso keine Antwort.

»Frau Hendricks geht es gar nicht gut in letzter Zeit. Vielleicht sind sie zum Arzt gegangen. Seit der Sache mit ihren Augen muss sie jede Woche zum Arzt.«

Johannas Privathandy klingelte. Sie schaute aufs Display. »Joachim«, leuchtete auf. Die Nummer seines Berliner Büros.

Sein siebter Sinn mal wieder.

»Danke. Ich warte im Auto. Da muss ich drangehen.« Sie nickte der Nachbarin zu und floh in die trockene Wärme ihres Wagens.

»Erreiche ich dich doch«, dröhnte Joachim an ihr Ohr. »Wie war dein erster Tag?«

»Bescheiden.«

Seine Stimme klang gelassen und freundlich. Sie bekam Sehnsucht nach Berlin.

»Gib dir ein bisschen Zeit. Du kannst nicht erwarten, dass du dich gleich am ersten Tag heimisch fühlst.«

»Das weiß ich. Mein neuer Partner scheint auch ganz okay zu sein. Aber diese Gruber – wart ihr früher wirklich befreundet?«

»Ist lange her.« Joachim lachte. »Conny war immer sehr ehrgeizig. Hat sie was gesagt wegen der internen Ermittlung letztes Jahr? Die Sache ist doch geklärt.«

Conny. Johanna schwieg. Klar war die Sache geklärt. Aber nicht aus der Welt. Schon gar nicht für Conny.

»Wenn sie irgendwelche Fragen hat, soll sie sich an mich wenden«, schlug ihr alter Chef und Mentor vor.

»Das ist es nicht.« Die Windschutzscheibe beschlug. Johanna konnte kaum noch sehen, was auf der Straße passierte. Sie ließ den Motor an und stellte das Gebläse hoch. »Wir hatten eine Tote heute Morgen. Ich stehe gerade vor dem Haus der Eltern.«

»Verstehe.« Jetzt klang er besorgt. »Aber kein Kind, oder?«

»Das Opfer ist Mitte dreißig. Aber für Eltern …«

»… bleiben Kinder immer Kinder«, ergänzte Joachim.

Ein dunkelgrüner Kombi bog in die Einfahrt vor dem Haus der Hendricks ein. Johanna wischte mit dem Ärmel einen Ausschnitt der Seitenscheibe frei.

»Gib dir Zeit. Lass deinen Kollegen das Gespräch führen.«

»Ich bin allein.«

Ein schlanker grauhaariger Mann stieg aus dem Kombi und lief mit einem Schirm zur Beifahrerseite hinüber.

»Allein?«

Johanna sah Rohloffs Gesicht mit den hochgezogenen Augenbrauen förmlich vor sich.

»Weshalb das denn? Das ist nicht gut.«

Der Mann mit dem Schirm half einer Frau aus dem Wagen und begleitete sie zur Haustür. Es war so weit.

»Kann ich dir jetzt nicht erklären, Joachim. Ich ruf dich später zurück.«

***

Cornelia Gruber kochte vor Wut. »Ich wusste, dass sie Ärger bedeutet.« Sie beschleunigte ihre Schritte noch einmal. »Frau

Brenner ist gegen meine und Staatsanwalt Wittkopfs ausdrückliche Anweisung allein losgefahren?«

Das war natürlich eine rhetorische Frage, sie wusste ja bereits von Tom, dass die neue Kollegin weg war. Axel schwieg und öffnete seiner Chefin die Tür zum Verhörraum. Es würde schwer werden, die Wogen wieder zu glätten.

Michael Fürst saß zurückgelehnt auf einem Stuhl, hatte einen Knöchel auf das Knie des anderen Beins gelegt und wippte ungeduldig mit dem Fuß. Sein nacktes Fußgelenk und die Hälfte einer glatten Wade kamen unter der kurzen und engen Anzughose zum Vorschein. »Et sitzt wat spack«, würde seine Mutter zu der Buxe sagen. Neudeutsch hieß das »Flanking«: Hochwasserhosen, die auch in der kalten Jahreszeit ohne Socken getragen wurden. Wie hatte Sarah Koch noch so schön gesagt? Ein »Düsseldorfer«. »Düsseldorf« war für Axels Geschmack auch der Rest des Outfits: rosafarbenes Hemd, hellgraues, knapp gehaltenes Sakko und perfekte Fönfrisur. Das Einzige, was Axel an Fürst gefiel, war die Nomos-Uhr, deren Glas einen Lichtreflex auf die Wand warf.

»Herr Dr. Fürst! Endlich.« Die Chefin knallte ihren Stapel mit Unterlagen auf den Tisch und nahm ihm gegenüber Platz. »Ich bin Kriminaldirektorin Gruber, und das ist mein Kollege Hauptkommissar Holtz.«

Fürst blieb reglos in seiner zurückgelehnten Haltung sitzen und betrachtete Cornelia Gruber eher amüsiert als beunruhigt. »Können Sie mir bitte erklären, was das hier soll?«

»Gegen Sie liegt eine Anzeige vor«, sagte Axel rasch, weil er fürchtete, seine Chefin würde in ihrem Ärger auf Johanna Brenner zu viel Pulver auf einmal verschießen. »Wegen Sachbeschädigung und der Missachtung der einstweiligen Anordnung, sich Dr. Yvonne Hendricks' Wohnung nicht auf weniger als einhundert Meter zu nähern.«

Frau Gruber durchforstete raschelnd die Unterlagen und zog mehrere Blätter heraus. »Der Beschluss des Familiengerichts vom 25. September, erlassen im Eilverfahren, nachdem Sie Frau Hendricks sexuell belästigt hatten, ebenfalls vor ihrer

Wohnung An der Fleuth.« Ihr rot lackierter Fingernagel tippte im Stakkato auf eine der Zeilen.

»Sexuell belästigt?« Fürst nahm den Fuß herunter und beugte sich jetzt doch vor. »Yvonne hat da etwas falsch interpretiert. Sie ist zurzeit«, er gab seiner Stimme eine sanfte Klangfarbe, »neben der Spur. Ein bisschen viel Stress. Ich habe Verständnis dafür, aber dass Sie mich jetzt deswegen vor dem OP abfangen, ist absurd.«

Na, dem Burschen würde seine Arroganz schon noch vergehen. Axel schlug eine ebenso sanfte Tonlage an wie Fürst. »Wenn ich Sie richtig verstehe, wollen Sie sagen, das Problem liegt bei Frau Dr. Hendricks und nicht bei Ihnen? Dann ist die Anzeige Ihrer Meinung nach zu Unrecht erfolgt?«

Seine Chefin grätschte dazwischen. »Ich weise Sie darauf hin, dass wir Sie als Beschuldigten im Sinne des gestrigen Delikts vernehmen, Herr Dr. Fürst.« Sie schaute ihn angriffslustig an. »Wollen Sie einen Anwalt hinzuziehen?«

»Moment mal.« Fürst schoss das Blut in den Kopf. »Sie wollen mir allen Ernstes sagen, dass Sie mich wegen der Liebeserklärung auf Yvonnes Auto vernehmen? Hat die Kripo Krefeld nichts Besseres zu tun?«

Entweder ahnte er tatsächlich nicht, dass seine Ex-Freundin tot war, oder er war ein guter Schauspieler. Axel wollte sich nicht festlegen. Er hatte schon manchem Täter die angebliche Unschuld zunächst abgekauft. »Erst mal wollen wir von Ihnen nur wissen, was genau Sie gestern Nachmittag und Abend getan haben«, fuhr er ebenso freundlich wie vorher fort.

Zum ersten Mal zögerte Michael Fürst. »Worauf läuft das Ganze hier hinaus? Ich meine … Sie haben selbst gesagt, das war Sachbeschädigung.«

Wusste er wirklich nicht, worum es ging?

»Sachbeschädigung ist nach Paragraph 303 Strafgesetzbuch eine Straftat, die mit einer Geldstrafe oder einer Freiheitsstrafe bis zu zwei Jahren geahndet werden kann. Bei Nachstellung drohen nach Paragraph 238 bis zu drei Jahre Haft.« Cornelia Gruber hatte zu ihrer gewohnten Ruhe zurückgefunden.

»Nachstellung?« Fürst knetete unruhig seine Finger.

»Neudeutsch: Stalking, falls Ihnen das mehr sagt.«

Axel lehnte sich zurück und behielt den jungen Arzt im Blick, während seine Chefin die Befragung übernahm.

»Das war mir schon klar.« Michael Fürst lachte gequält. »Und das mit dem Auto … Von mir aus. Ich bezahle Yvonne natürlich die Lackierung. Aber …«, er hörte auf, seine Hand zu massieren, »Nachstellung! Ich sehe das anders. Wir wollten heiraten, aber Yvonne hat Muffensausen bekommen. Vielleicht hat sie Angst, was zu verpassen. Oder wollte sich beweisen, dass sie auch ohne mich klarkommt. Was weiß ich?«

»Heiraten. Muffensausen. Soso.« Ein gefährlich ironischer Unterton schwang in Grubers Stimme mit. »Wir haben da was anderes gehört, Herr Dr. Fürst.«

Axel fragte sich immer noch, ob er tatsächlich nichts vom Tod seiner Ex-Freundin wusste. Fürst wirkte irritiert, aber nicht wirklich beunruhigt angesichts der Befragung.

»Frau Hendricks hat sich vor vier Monaten von Ihnen getrennt. Das hat Sie kalt erwischt, das wollten Sie sich nicht bieten lassen«, sagte Frau Gruber sehr leise.

»Das hat nichts mit Bietenlassen zu tun.« Er hob den rechten Zeigefinger und drehte ihn verneinend nach rechts und links. »Yvonne macht einen Fehler. Ich wollte sie zur Besinnung bringen.«

»Sie haben ihr gegen ihren Willen nachgestellt, haben ein Gerichtsurteil ignoriert, ihr vor ihrer Wohnung aufgelauert.« Allmählich verlor Cornelia Gruber die Geduld. »Also, was ist gestern am frühen Abend passiert?«

»Das haben Ihre Kollegen doch sicher protokolliert. Mehr habe ich dazu nicht zu sagen.«

Jetzt hörte Axel auch bei Fürst eine mühsam im Zaum gehaltene Wut. »Was haben Sie getan, nachdem Frau Hendricks die Polizei gerufen hatte? Waren Sie wütend?«, fragte er nach.

»Das ist privat. Das geht Sie wirklich nichts an.«

»Bei einem Tötungsdelikt geht uns das sehr wohl etwas an«, warf Gruber mit Nachdruck ein.

Michael Fürst sah sie verständnislos an. »Tötungsdelikt? Wie meinen Sie das?« Seine Stimme klang heiser.

»Wir haben Ihre Ex-Freundin heute Morgen tot aufgefunden. Also, was haben Sie gemacht, nachdem die Kollegen von der Streife weggefahren waren?«

Fürst sackte in sich zusammen, als hätte ihm jemand einen Schlag in die Magengrube verpasst. »Tot?«

Zum ersten Mal nahm Axel eine echte Gefühlsregung bei ihm wahr.

»Yvonne ist tot? Aber wieso?«

»Wir hatten gehofft, Sie könnten uns etwas dazu sagen.« Axels Chefin ratterte die Punkte der Rechtshilfebelehrung herunter, aber Axel hatte nicht den Eindruck, dass Michael Fürst noch viel vom Inhalt ihrer Worte erfasste. »Damit unterbreche ich die Vernehmung«, schloss sie und stand auf. »Überlegen Sie sich, ob Sie einen Anwalt anrufen wollen, und sagen Sie dem Kollegen Bescheid.« Sie nickte dem uniformierten Beamten zu, der reglos in einer Ecke des Verhörraums gewartet hatte. Dann raffte sie ihre Unterlagen zusammen und ging in den Flur.

Axel zögerte. Wenn Fürst wirklich nicht der Täter war, konnte er einem leidtun. Er wünschte niemandem, auf diese Weise vom Tod eines nahestehenden Menschen zu erfahren. »Ich lasse Ihnen etwas zu trinken bringen. Und wenn Sie sonst etwas brauchen …« Er sah Fürst abwartend an, aber der rührte sich nicht. »Melden Sie sich bitte jederzeit. Sie werden vorerst hierbleiben müssen.«

Axel verließ den Raum und lief Tom in die Arme, der immer noch wütend war.

»Und? Hast du ihn in die Mangel genommen?« Ostermann machte eine Handbewegung, als würde er ein Handtuch auswringen.

»Hier wird niemand in die Mangel genommen, Tom. Wir stehen am Anfang. Er überlegt, ob er einen Anwalt nimmt.«

Tom Ostermann nickte. »Ganz schön eingebildet, die neue Kollegin, was?«

»Sie hat einen Fehler gemacht.« Axel wägte jedes seiner Worte ab. Er wollte Ostermann, der manchmal ein bisschen zu viel Testosteron im Blut hatte, den Wind aus den Segeln nehmen. »Wir werden das klären. Sie wird die Verantwortung für ihren Alleingang übernehmen müssen.«

»Die will die Hosen anhaben. In jeder Beziehung, wenn du verstehst, was ich meine.«

Axel ignorierte die Bemerkung. »Ich muss Protokoll schreiben.« Kopfschüttelnd ging er in sein Büro. Krieg zwischen Kollegen? Das konnte vorkommen. Aber dass Tom unter die Gürtellinie zielte, missfiel ihm.

***

Lukas saß im Schneidersitz auf seinem Bett und sah aus dem Fenster. Auf dem Boden lag seine Knopfsammlung zum ersten Mal seit einer Woche in akkuraten Reihen angeordnet, nach Farben und Größen sortiert.

Leonie strahlte ihre Mutter an. »Es geht ihm ja besser.« Sie ließ die schwere Schultasche auf den Boden gleiten.

»Hallo, meine Große.« Nicole Majewski, der die Station ein Bett in Lukas' Zimmer gestellt hatte, legte das Rätselheft beiseite und nahm Leonie in den Arm.

»Hallo, Mama.« Auch ihre Mutter sah besser aus als sonst. Ihre Augenringe waren fast verschwunden. Ihre langen Haare, die meist ungeordnet in Strähnen über ihren Schultern hingen, waren kunstvoll geflochten und hochgesteckt.

Nicole bemerkte den Blick ihrer Tochter. »Hier ist noch eine andere Mutter auf der Station, die ist Friseurin. Sie hat mir die Haare gemacht, während Lukas schlief.«

»Sieht toll aus.« Zum ersten Mal kam Leonie der Gedanke, dass ihre Mutter sich zu Hause eingesperrt fühlen könnte. Ohne Arbeit. Ohne Freundinnen und Shoppen. Immer für ihr behindertes Kind da.

»Danke.« Nicole lächelte und schaute zu Lukas hinüber. »Es geht ihm wirklich viel besser heute. Er hat kaum noch Fieber.

Aber du hustest noch. Kannst du schon wieder zur Schule gehen?«

Leonie nickte energisch. Das fehlte noch, dass ihre Mutter sich Sorgen um sie machte. »Klar. Mir geht's gut, Mama. Wirklich.« Sie ließ zu, dass ihre Mutter ihr eine Haarsträhne aus dem Gesicht strich.

»Wie war die Pizza gestern?«

Leonie hatte gehofft, dass sie nicht fragen würde. Sollte sie erzählen, dass Papa den ganzen Abend weg gewesen war? Dann hätte ihre Mutter am Ende noch Angst, dass er eine andere Frau traf.

»Lecker«, sagte sie deshalb, ohne sie anzusehen. Schon die zweite Notlüge heute. Sie ging zu ihrem Bruder, um das Thema zu beenden. »Hallo, Lukas.« Wie erwartet nahm er keine Notiz von ihr, sondern schaute weiter aus dem Fenster.

»Krankenwagen«, erklärte Nicole Majewski. »Er beobachtet sie den ganzen Tag.«

»Das hat er als kleines Kind schon mit Autos gemacht«, erinnerte Leonie sich. Lukas hatte in einem Hochstuhl bei seiner Mutter in der Küche gesessen und sich über jeden Pkw gefreut, der vorbeifuhr. Sie stellte sich neben das Bett und schaute mit ihm aus dem Fenster. Von hier aus hatte man freie Sicht auf die Zufahrt für Krankenwagen. Gerade kam ein RTW mit Blaulicht angefahren und verschwand unter der Überdachung der Notaufnahme. Dann passierte lange nichts.

Leonie legte vorsichtig die Hände auf die schmalen Schultern ihres Bruders. Manchmal war er eine echte Nervensäge, doch gerade war sie so erleichtert, dass sie ihn am liebsten fest in den Arm genommen hätte. Aber das hätte nur Geschrei gegeben. Lukas mochte nicht geknuddelt werden.

»Hallo, Lukas!« Sie versuchte es noch einmal. Lauter.

»Lukas, jetzt guck doch mal! Leonie ist da!« Ihre Mutter verlor die Geduld.

»Leonie ist da«, echote Lukas mit seiner undeutlichen Aussprache. »Leonie ist da.« Er begann, mit dem Oberkörper vor und zurück zu schaukeln, ein Zeichen von Freude. Auch Freude war Aufregung für ihren Bruder. Auch bei Freude musste er sich selbst beruhigen.

»Ja, ich bin da«, wiederholte Leonie und zog ihn jetzt leicht an sich. »Und Lukas geht es besser. Das ist schön.«

»Schön. Schön.« Lukas sah sie an, aber wie meist schaute er ihr nicht in die Augen, sondern auf einen Punkt knapp darunter.

»Ja, genau. Das ist schön, dass es dir besser geht.« Der Krankenwagen, der eben vorgefahren war, verließ den überdachten Bereich und fesselte Lukas' Aufmerksamkeit erneut. »Wie viele Krankenwagen sind heute gekommen?« Für Zahlen hatte er schon im Kindergartenalter eine Vorliebe gehabt.

»Gekommen. Fünfzehn Krankenwagen sind gekommen«, stieß Lukas hervor und schaukelte immer noch vor und zurück.

»Und deine Knöpfe? Alle noch da? Hast du sie gezählt?«

»Alle Knöpfe.« Vor, zurück, vor, zurück.

Leonie versuchte gar nicht, die Bewegung mit ihrem Arm zu unterbrechen, sondern schloss sich ihr an.

»Zweihundertachtunddreißig Knöpfe. Alle Knöpfe«, sagte Lukas.

Gut, dass sie am Samstag daran gedacht hatte, die Schachtel mit den Knöpfen mitzubringen, die ihr Bruder zu Hause neben seinem Kopfkissen aufbewahrte und deren Inhalt er jeden Tag nach dem Mittagessen in genau festgelegter Reihenfolge auf seinem großen Schreibtisch ausbreitete. »Zweihundertachtunddreißig Knöpfe, Lukas vom Knopfplaneten?«

»Vom Planeten. Vom fernen Planeten.«

»Genau. Du bist von einem fernen Planeten.«

»Jetzt rede ihm das nicht immer ein«, schimpfte ihre Mutter. »Er denkt noch wirklich, er käme von einem anderen Planeten.«

Wäre doch prima, dachte Leonie, sagte es aber nicht laut. Ihre Mutter hoffte immer noch, dass Lukas »normal« werden könnte. Dass er die Welt so wahrnehmen könnte wie andere, dass er nicht länger auffallen würde. Leonie machte das wütend. Lukas war halt anders. Er war schon so auf die Welt gekommen, er würde so groß werden, und er wäre auch als Erwachsener noch anders. Wenn ihre Klassenkameraden oder Fremde auf der Straße komisch guckten, weil er sich auffällig benahm, tröstete sie sich mit der Phantasie, dass ihr Bruder von einem anderen Planeten stammte. Dass seine Seele den richtigen Abzweig verpasst hatte und auf der lauten und übervollen Welt der Menschen gelandet war. Eine Welt, mit der er nicht klarkam, weil es auf seinem Planeten immer ruhig und geordnet und viel freundlicher und langsamer zuging.

»Pudding. Lukas braucht Pudding«, unterbrach er die Stille im Zimmer.

Leonie lachte. Ihre Mutter runzelte die Stirn. »Es gab heute Mittag schon Pudding als Nachtisch, Lukas.«

»Pudding als Nachtisch. Pudding als Nachtisch.« Wieder freudiges Schaukeln.

Leonie ließ ihren Bruder los und nahm ihr Portemonnaie aus der Schultasche. Nachdem sie vorhin in der Cafeteria ein belegtes Brötchen heruntergeschlungen hatte, waren nicht mal mehr zwei Euro darin. »Mama, weißt du, wie teuer ein Pudding ist?« Wenn Lukas mit Essen beschäftigt wäre, hätte sie Gelegenheit, ihre Mutter nach der Sache mit dem Jugendamt zu fragen.

»Warte mal.« Nicole schloss den Spind neben dem Waschbecken auf. »Papa hat mir Geld dagelassen.« Sie drückte Leonie zehn Euro in die Hand. »Kauf du dir auch was. Bringst du mir einen Kaffee mit?«

Von draußen hörte man ein Martinshorn. Lukas saß sofort wieder auf seinem Platz am Fenster. »Krankenwagen. Sechzehn Krankenwagen«, murmelte er vor sich hin.

Leonie setzte sich zu ihrer Mutter auf die Bettkante. »War Dr. Hendricks schon hier?«, fragte sie leise.

Nicole tastete nach dem Flechtwerk an ihrem Hinterkopf. »Sie kommt bestimmt erst nach Praxisschluss. Aber der Stationsarzt war hier. Dieser Dr. Breuer. Er war sehr zufrieden.«

»Hat er was gesagt?«

Ihre Mutter ließ die Hand wieder sinken und sah sie verständnislos an.

»Wegen Jugendamt und so.« Hatte Mama denn überhaupt keine Angst, dass Lukas ins Heim musste?

»Ach was, der ruft da nicht an.«

»Woher willst du das wissen? Dr. Hendricks hat bestimmt mit ihm darüber geredet.«

Ihre Mutter schwieg. Natürlich hat sie nicht nachgefragt, dachte Leonie. Das war typisch für sie. Immer schön die Klappe halten und hoffen, dass sich die Dinge von selbst regeln. So hatte sie stunden-, ja tagelang abgewartet, ob es Lukas besser ging, anstatt der Ärztin Bescheid zu sagen. Aber sie wollte jetzt nicht vor Lukas mit ihr streiten. »Ich geh dann mal in die Cafeteria.«

Im Flur nahm sie ihr Handy aus der Hosentasche. Antonia hatte auf Instagram ein Selfie gepostet: Auf dem Foto machte sie einen Kussmund, dunkelrot glänzend. Darunter stand nur: »La Belle«. Leonie gab ihr ein »Like« und bekam postwendend Antwort: *Alles okay bei dir? Hdl. – Weiß noch nicht*, schrieb sie zurück. Ob sie eine Krankenschwester nach dem Stationsarzt fragen sollte? Noch eine Nacht hielt sie die Ungewissheit nicht aus.

***

Die Pizza war kalt, als Johanna in ihr Dachgeschoss-Apartment zurückkam. *Egal.* Sie warf den nassen Parka über den einzigen Stuhl im Raum und setzte sich erschöpft auf ihr Bett. Halb elf. Was für ein Horror-Tag!

Sie öffnete die Flasche Niederrhein Alt und nahm einen großen Schluck. Das kalte Bier tat ihrem schmerzenden Hals gut. In Berlin hätte sie lange nach Altbier suchen müssen. Die niederrheinische Spezialität galt dort zwar als schick, war aber auch immer mit einer ordentlichen Portion Hipstertum verbunden. Hier am Niederrhein gehörte Alt einfach zum Alltag.

Das Kratzen im Hals ließ etwas nach. Aber wenn sie Pech hatte, war das morgen eine fette Erkältung. Die konnte sie jetzt gar nicht gebrauchen. Nach dem zweiten Stück Pizza ging es immerhin ihrem Magen wieder besser.

Cornelia Gruber war über ihren Alleingang so sauer gewesen, dass sie Johanna den Leichenbefundbericht allein hatte schreiben lassen. »Und zwar fertig, egal, wie lange es dauert«, hatte sie verlangt. Als Axel hatte helfen wollen, hatte sie ihn zur Überprüfung von Fürsts Alibi losgeschickt. Ostermann war glücklicherweise schon im Feierabend gewesen, als sie von den Eltern der Toten zurück aufs Präsidium gekommen war. Aber morgen war eine Entschuldigung fällig.

Johanna begann zu frieren. Sie drehte die Heizung unter der Schräge auf und nahm den Parka mit in das winzige Bad, um ihn zum Trocknen aufzuhängen. Keine Bügel. Daran hatte sie natürlich nicht gedacht beim Kofferpacken. Sie legte die Jacke über den Rand der Badewanne und wusch sich das Gesicht.

Der Raum war eher eine Nasszelle mit dem trostlosen Charme der siebziger Jahre als ein Badezimmer. Genau einmal um die eigene Achse drehen konnte Johanna sich. Aber lange wollte sie eh nicht hier wohnen. Die Bude sollte ein Provisorium sein, bis sie eine passende Wohnung in Krefeld fand.

Die Liste der Nachrichten und Fragen in ihrer WhatsApp-Gruppe war so lang, dass sie irgendwann aufhörte zu scrollen. *Wie geht's? Wie war's? Wie sind deine neuen Kollegen? Wir vermissen dich jetzt schon.* Jemand hatte ein Foto von ihrem leeren Arbeitsplatz gepostet. Wie weit weg sich das anfühlte! Johanna schloss die App, ohne zu antworten. Zehn vor elf. So spät wollte sie auch Joachim nicht mehr anrufen.

Sie öffnete das Fenster in der Schräge einen Spaltbreit und zündete sich eine Zigarette an. Warum musste der blöde Automat auch so einladend an der Straßenecke stehen? Nach dem ersten Zug begann sie zu husten. Nach dem dritten drückte sie die Kippe im Pizzakarton aus. *Vielleicht besser so.* Eine Erkältung wäre eine gute Gelegenheit zum Aufhören. Außerdem war es saukalt.

Sie schloss das Fenster wieder. Der Ostwind hatte den Regen vertrieben, und der Himmel war so klar, dass man die Sterne sehen konnte. Der helle Punkt dort, das musste die Venus sein. Früher hatte Johanna oft versucht, Sternbilder zu erkennen. Als sie sechzehn war, hatten ihre Eltern ihr ein Teleskop zu Weihnachten geschenkt. Mit dem war sie jedes Mal, wenn es Streit gegeben hatte, auf den Dachboden gegangen und hatte sich in die Ferne geträumt. Das letzte Mal an dem Abend, an dem sie ihren Eltern erklärt hatte, dass sie sich in Berlin um einen Studienplatz für den gehobenen Dienst der Polizei beworben hatte.

»Glaubst du, dann wirst du ein richtiger Kerl?«, hatte ihr Vater geschrien. »Warum tust du deiner Mutter das an?«

»Warum?«, hatte auch Joachim sie vor drei Monaten gefragt. »Warum wolltest du mit neunzehn Polizistin werden?« Dann hatte er ihr eröffnet, dass er sich nicht länger ansehen würde, wie sie sich im Innendienst verkroch. – »Was soll die kitschige Frage?«, hatte Johanna zurückgefragt. »Ich verkrieche mich nicht. Ich halte den Kollegen draußen den Rücken frei.«

Und trotzdem werde ich die Frage jetzt nicht mehr los.

Heute Morgen auf der dunklen Landstraße waren ihr die Augen und die Stimme der Polizeimeisterin wieder eingefallen, die ihr geholfen hatte, als sie in den Trümmern des Pkw eingeklemmt gewesen war. In dem Chaos und Lärm von Feuerwehr, Notarzt und Sanitätern war diese Frau leise und beharrlich an ihrer Seite geblieben. Hatte mit ihr geredet, wenn der Lärm der Hydraulikscheren pausierte, hatte ihren Blick festgehalten, als sie kaum noch Luft bekam und in Panik geriet. Bis Johanna irgendwann das Bewusstsein verloren hatte. Einmal hatte sie sie danach im Krankenhaus besucht.

Ob sie noch im Dienst ist? Ist jetzt mehr als zwanzig Jahre her.

Aber hatte sie sich wirklich für den Polizeiberuf entschieden, um zu helfen? Für Gerechtigkeit zu sorgen oder irgend so was Abstraktes?

Johanna zog eine Fleecejacke aus dem Koffer und legte sich auf das schmale Bett. Sie fror immer noch. Als hätte sich die nasse Kälte des Tages in ihrem Körper festgesetzt.

Ihr Körper. Ja, ihr hatte die Körperlichkeit des Berufs gefallen. Ihren eigenen hatte sie nach dem Unfall viele Monate erst mühsam zurück in Bewegung bringen müssen. Hatte sich selbst und allen Zweiflern beweisen wollen, dass das möglich war. Trotz der Schmerzen beim Atmen und des zertrümmerten Hüftgelenks. Diese Erfahrung hatte sie geprägt. Auch die Erfahrung, wie wichtig andere Menschen für sie gewesen waren.

Vielleicht wollte sie einfach nicht im Geplätscher des Alltags unterwegs sein. Wollte lieber hinter die Fassaden schauen. Auf Tuchfühlung bleiben mit existenziellen Situationen, mit den Grenzen und Abgründen des menschlichen Lebens.

Ist mir dann ja auch gelungen. Bis zu Marta.

Eigentlich war das Dezernat 11 vor einem Jahr gar nicht zuständig gewesen. Aber Johanna hatte Dienst gehabt, als das tote Mädchen entdeckt wurde. Die Auffindesituation, der Ablageort – rasch war damals klar geworden, dass es sich um ein Sexualdelikt handelte. Sie hätte die Ermittlungen den Kollegen von der 13 übergeben müssen. Aber da schon hatten die Bilder sie nicht mehr losgelassen. Sie hatte Joachim gebeten, sie der Soko Marta zuzuteilen. Hatte sich regelrecht verbissen in den Fall. Kaum noch geschlafen. War immer wütender geworden, als Bilder der Elfjährigen im Darknet aufgetaucht waren. Martas Martyrium war nicht das Werk eines kranken Einzeltäters, sondern das einer kalt und berechnend agierenden Kinderporno-Mafia gewesen.

Am Ende hast du selbst getötet. Nowak. Karl Nowak.

Johanna hatte begonnen zu zittern. Sie zog die Bettdecke über ihrer Kleidung hoch bis zum Kinn. An ihrem Hinterkopf machte sich ein drückender Kopfschmerz breit. Gott sei Dank musste sie morgen nicht mit zur Obduktion; das würden Axel und der Staatsanwalt übernehmen. Sie sollte sich vor dem Dienst auf jeden Fall Aspirin besorgen. Sie suchte auf dem Smartphone nach der nächstgelegenen Apotheke und löschte anschließend das Licht.

***

Auch im Halbschlaf drehten sich die Gedanken in Leonies Kopf weiter im Kreis. Suchten nach einer harmlosen Erklärung und fanden sie nicht. Weshalb hatte dieses fremde Smartphone im

Wagen ihres Vaters gelegen? Und dann sein komisches Verhalten eben beim Einkaufen. Hatte er vielleicht doch eine andere Frau?

Leonie schaltete die Nachttischlampe ein und lauschte. Dreiundzwanzig Uhr siebenundzwanzig. Alles ruhig. Der Fernseher lief nicht mehr. Ihr Vater schien zu schlafen.

Einen Augenblick zögerte sie, dann zog sie die Schublade ihres Nachtschranks auf. Hinter E-Book-Reader, Taschentüchern, Nasenspray und Lippenbalsam hatte sie das Smartphone versteckt. Ein iPhone, so ein teures Teil, wie Antonia eins hatte. Auf die Schutzhülle waren Blümchen und Herzen gemalt, und verschiedene Unterschriften waren auch drauf. Das gehörte auf jeden Fall einer Frau. Und es kam ihr bekannt vor. Leonie schaltete das Gerät ein und strich über das glänzende Display. Uhrzeit und ein Meeresfoto leuchteten auf. Aber das Handy hatte kaum noch Ladung. Und sie kannte das Passwort nicht. Sie drückte das Bild wieder weg.

Welcher Frau gehörte dieses Smartphone? Und warum hatte die es in Papas Wagen verloren? War ihr Vater gestern Abend gar nicht bei seinem Freund gewesen?

Als er sie vorhin am Krankenhaus abgeholt hatte, war Leonie das iPhone zwischen Beifahrertür und Fußraum aufgefallen. Ohne nachzudenken, hatte sie es in der Tasche ihres Anoraks verschwinden lassen, bevor ihr Vater etwas bemerkte.

Leonie stand auf und zog sich den Bademantel über. Früher hatte ihre Mutter ihr heißen Kakao gekocht, wenn sie nicht einschlafen konnte. Vielleicht half es auch jetzt noch. Sie schloss die Küchentür hinter sich, nahm leise einen Topf aus dem Schrank und setzte Milch auf. Dann kauerte sie sich auf einen Stuhl und zog die Beine hoch.

Wie es hier aussah! Der Müll war zwar nach unten gebracht, aber überall standen benutztes Geschirr und Unmengen an Lebensmitteln herum. Ihr Vater hatte überhaupt nicht mehr aufgehört, den Einkaufswagen vollzuladen. Zehner-Paletten mit Milch und Zucker. Kästen mit Mineralwasser, Säften und Bier. Kartonweise Äpfel, Bananen und Apfelsinen. Mama würde den Kopf schütteln, wenn sie nach Hause kam. So viel Obst konnten sie gar nicht essen, bevor es faulte. Auch der Kühlschrank quoll über von Aufschnitt, Käse und Joghurts. Dazu bestimmt zehn Sorten abgepacktes Brot. »Können wir ja einfrieren«, hatte Papa gesagt. Sogar jede Menge Süßigkeiten. Sonst guckte er schon streng, wenn Lukas und sie nach dem Essen naschen wollten. Aber heute …

»Diese Schokolade mag deine Mutter doch so gern … Ach, guck mal, den Pudding kann man kalt anrühren, den kann sie mal schnell für Lukas … Hier gibt es sogar Poffertjes, wusste ich gar nicht, die fandet ihr doch im Urlaub in Holland so lecker.«

Klar, er ging selten einkaufen, und wenn, dann nur am Samstag mit Mama zusammen. Aber dass *das* zu viel war, wusste auch er. Eigentlich.

»Papa, wir werden nicht belagert! Und Mama kann sicher bald mit Lukas nach Hause.«

»Ja, eben. Dann braucht sie nicht einkaufen zu gehen.«

Nach dem dritten Versuch hatte Leonie aufgegeben, ihren Vater bremsen zu wollen.

»Wird das nicht zu teuer?«, hatte sie kurz vor der Kasse nur besorgt gefragt.

»Ach was. Ich will, dass es euch gut geht, Prinzessin. Ihr seid mein Ein und Alles. Das weißt du, oder?« Dabei hatte er sie so komisch angesehen. Als würde er jeden Moment anfangen zu heulen. Hatte er ein schlechtes Gewissen? Wegen Lukas oder wegen einer anderen Frau? Ob Dr. Hendricks das Jugendamt angerufen hatte, wusste Leonie immer noch nicht. Sie hatte sich nicht getraut, den Arzt im Krankenhaus darauf anzusprechen. Und ihr Vater hatte nur kurz gemurmelt, das sei »vom Tisch«.

Leonie goss die heiße Milch auf das Kakaopulver und ging zurück in ihr Zimmer. Sie kuschelte die Beine unter die Decke und sah beim Trinken immer wieder zu dem iPhone auf ihrem Nachttisch hinüber. Konnte sie die Namen auf der Hülle entziffern? Die meisten waren zu krakelig. Von manchen war auch schon die Farbe des Stifts abgeblättert. »Verguten« oder »Verpusen«? Sagte ihr nichts. Keiner der Freunde oder Kollegen ihres Vaters hieß so.

Wenn Papa wirklich eine Affäre hatte ... Wenn er sich deshalb aus dem Staub machen wollte? Leonie krauste die Nase. Das konnte sie sich einfach nicht vorstellen. Und außerdem: Wie sollten die schmutzigen Schuhe und die Flecken auf der Jacke dazu passen? Mit einer Freundin würde er doch nicht nachts durch Regen und Dreck laufen.

Fast Mitternacht. Leonie trank den letzten Schluck Kakao und schaute nach, ob Antonia bei Instagram noch aktiv war. Kein neuer Post nach halb elf. Ihre Freundin schlief bestimmt längst. Und was sollte sie ihr auch sagen? Dass ihr Vater das Handy einer unbekannten Frau im Auto spazieren fuhr und neuerdings kaufsüchtig war? Antonia fände das vermutlich eher witzig.

Sie wollte gerade das Licht löschen, als ihr Handy aufleuchtete. Ihre Freundin! War das Gedankenübertragung?

Bist du noch wach? Kann nicht schlafen. Ist was Krasses passiert. A. Dahinter ein gähnender und ein aufgeregter Emoji. Leonie drückte auf Rückruf.

»Kannst du auch nicht schlafen?« Antonia klang aufgekratzt.

»Mein Vater ist so komisch.« Leonie sprach leise, damit er im Nebenzimmer nicht mitbekam, dass sie so spät noch telefonierte.

»Wegen der Jugendamtsache? – Hör zu, genau deswegen ruf ich ja an. Meine Mutter hat da was erzählt.«

»Dr. Hendricks hat Lukas heute gar nicht besucht. Ich habe keine Ahnung, ob sie –«

Ihre Freundin unterbrach sie. »Die konnte nicht mehr zu deinem Bruder kommen. Und das Jugendamt wird sie auch nicht mehr anrufen.«

Nicht mehr kommen. Nicht mehr anrufen. Was sollte das heißen?

»Also meine Mutter, die hat 'ne Freundin, deren Sohn hat die Grippe. Und als die mit dem heute Nachmittag in der Praxis war, war die Hendricks nicht da.«

»Ist sie selbst krank, oder was?« Leonie wurde ungeduldig.

»Nee, dann würde ich dich doch nicht anrufen!« Antonia

schwieg und kostete es offensichtlich aus, sie auf die Folter zu spannen.

»Was ist dann mit Dr. Hendricks? Jetzt sag endlich.«

»Der alte Kinderarzt war wieder da.«

»Du meinst Dr. Lehmann? Der macht sicher Vertretung.« Worauf zum Teufel wollte ihre Freundin hinaus?

»Pass auf!« Antonia machte erneut eine Kunstpause. Klapperte mit irgendwas rum.

In Leonies Kopf dröhnte es. Ihre Freundin hatte immer schon ein Gespür fürs Drama gehabt, für das richtige Timing, wenn sie eine Bombe platzen ließ. »Nun sag schon, wovon du redest!«

»Also, die Freundin meiner Mutter ist mit einer Sprechstundenhilfe befreundet, ich glaube, die heißt Melanie. Und diese Melanie«, Antonia dehnte jedes Wort, Triumph in der Stimme, »die hat der hinter vorgehaltener Hand erzählt, dass Dr. Hendricks ermordet worden ist! ERMORDET! Ist das nicht heftig?«

Leonie schnürte es den Hals zu. Der Schweiß brach ihr aus. Das iPhone. Jetzt erinnerte sie sich. Die Ärztin hatte damit telefoniert, als sie am Donnerstag den Krankenwagen für Lukas gerufen hatte.

»Ermordet?«, wisperte sie. Das konnte doch nur bedeuten, dass ihr Vater … Sie nahm nicht mehr wahr, was Antonia redete. Wie betäubt ließ sie ihr Handy auf die Bettdecke sinken.

»Hallo? Bist du noch dran?«, klang es leise von unten.

Leonie begann zu zittern. Ihr Vater … Nein. Das konnte nicht sein. Das durfte nicht sein!

Dienstag, 14. November

Axel blieb einen Augenblick an der geöffneten Wagentür stehen und biss in das trockene Brötchen, das er sich auf dem Weg zum rechtsmedizinischen Institut besorgt hatte. Ganz auf nüchternen Magen wollte er sich das da drin nicht antun. Anders als vielen seiner Kollegen machten ihm zwar die Gerüche im Sektionssaal weniger aus, dafür drohte ihm beim Geräusch der Knochensäge regelmäßig schlecht zu werden. Sieben Uhr fünfzehn. Mann, war er pünktlich heute. Er steckte den Rest des Brötchens zurück in die Tüte und warf sie auf den Beifahrersitz.

»Guten Morgen, Herr Holtz.« Die Stimme des Staatsanwalts klang morgenmüde.

Axel reichte ihm die Hand. »Morgen, Herr Wittkopf. Ganz schön kalt, was?«

»Ich musste schon kratzen. Warten wir auf Ihre neue Kollegin?« Sie gingen nebeneinander die Stufen zum Institut hoch.

»Nein, die soll schon vor der Dienstbesprechung in die Wohnung der Toten. Außerdem musste sie die halbe Nacht Bericht schreiben.«

Wittkopf zog die Augenbrauen hoch. »Ich hab's schon gehört. Ein Alleingang am ersten Tag. Darüber werden wir reden müssen.«

Axel klingelte an der Tür des Instituts. Hoffentlich wurde die Sache nicht zu hoch gehängt. Tom hatte schon begonnen, Stimmung gegen Johanna zu machen. Hatte angefangen zu sticheln. Dass sie doch vermutlich »andersrum« sei. Ihre Stimme, ihre Klamotten, ihr Gang. »Die ist doch 'n halber Kerl.« So hätte er Ostermann gar nicht eingeschätzt. Und wenn das nur eine billige Retourkutsche war, war es auch nicht besser.

»Nach Ihnen.« Er ließ Wittkopf den Vortritt, als der Pförtner die Tür aufdrückte.

In der Forensik schmückten eine Girlande und ein Schild mit

der Aufschrift »Herzlichen Glückwunsch« die Tür von Frau Dr. Dengendorf. Der Staatsanwalt klopfte.

»Die ist schon im Sektionssaal«, rief ihnen ein Mann im Kittel zu.

»Geburtstag?«, fragte Axel nach.

»Bestandene Facharztprüfung. Gestern.«

Im grell erleuchteten Sektionssaal lag der Leichnam von Yvonne Hendricks bereits entkleidet auf dem Obduktionstisch. Axel blieb auf der Türschwelle stehen. Irgendetwas ließ ihn zurückprallen. Ein toter Körper. Je älter er selbst wurde, desto weniger konnte er sich gegen die Frage wehren, ob sich der Unterschied zu einem Lebenden allein am Stillstand biologischer Funktionen festmachen ließ.

Alles hat seinen ganz eigenen Rhythmus, sinnierte Axel. Nicht nur Musik, Geräusche, Menschen. Sondern auch ein Baum oder ein Apfel schwangen für ihn in einer bestimmten Frequenz. Nur beim Anblick eines toten Körpers empfand er vollkommene Stille. Kopfschüttelnd riss er sich von seinen Gedanken los und schloss sich dem Staatsanwalt bei der Gratulation zur Fachärztin an.

Silvia Dengendorf, eine kleine, energische Ärztin, deren spröde Art ihn zuweilen vor den Kopf stieß, nickte zum Dank. »Das bedeutet, dass ich heute die Obduktion leiten werde.« Die Andeutung eines Lächelns erschien auf ihrem Gesicht. In der Tür tauchte Lars Oehmen leicht außer Atem mit zwei Sektionsassistenten auf.

»Gut, dann können wir ja loslegen. Also, Kollege Oehmen und ich haben gestern schon die Kleidung asserviert und Abstriche gemacht«, erklärte Dengendorf und ging zu einem Tisch, auf dem die Asservate lagen. »Einige ihrer Theorien zur Auffindesituation können wir bestätigen.«

Oehmen nahm die größte Plastiktüte und legte sie so auf den Tisch, dass man die Rückseite des darin aufbewahrten Mantels sehen konnte. »Erd- und Laubspuren stimmen mit denen vom Fundort überein. Unterm Mikroskop kann man erkennen, dass die Wollfasern des Mantels im unteren Bereich in eine Richtung gedrückt wurden. Unser Opfer wurde also wie vermutet von hinten unter den Achseln gepackt und neben die Müllcontainer geschleift.«

»Fremde Faserspuren oder DNA?«, fragte Axel nach.

»Untersuchung läuft.«

Axels Handy vibrierte in der Hosentasche. *David. Auch schon wach.* Sein Sohn hatte am Vorabend mit Chips und Energydrinks auf dem Sofa gehockt, als er nach Hause kam. Die Sporttasche mit Klamotten mitten im Flur. Wehe, der ging heute nicht zur Schule. »Unterkunft gegen Schulbesuch«, lautete der Deal. Axel drückte das Gespräch weg.

»Entschuldigung.«

»Das Blut vom Poller stammt von der Toten«, fuhr Dr. Dengendorf fort. »Unter ihren Fingernägeln war ebenfalls ihr eigenes Blut.«

»Dann muss sie nach dem Sturz noch bei Bewusstsein gewesen sein und sich an die Wunde gefasst haben«, überlegte Axel laut.

Die Rechtsmedizinerin sah ihn spöttisch an. »Die Schlussfolgerungen überlasse ich wie immer Ihnen, Herr Holtz. Wie schwerwiegend die möglichen subduralen oder epiduralen Einblutungen waren, kann ich erst nach der inneren Leichenschau sagen. Aber …«, sie winkte ihn näher an den Obduktionstisch heran und wies auf die kleinen roten Punkte rund um die Augen und hinter den Ohren, »Ihre Kollegin war so aufmerksam, die Petechien im Leichenbefundbericht zu erwähnen. Sie finden sich auch in der Mundschleimhaut und«, sie nahm eine Pinzette und zog eines der Augenlider nach oben, »in den Augenbindehäuten.«

Axel schluckte. Die Sache mit den Lidern sah brutal aus. »Wir haben keine Würgemale oder Drosselmarken finden können gestern.«

»Lag vielleicht am Licht. Und an der Frische der Leiche.« Silvia Dengendorf richtete eine Lampe auf den Hals. Tatsächlich sah Axel jetzt eine nur schwach bräunliche, horizontal um den Hals verlaufende Verfärbung. »Die Drosselmarke ist sehr breit. Muss sich um ein weiches Drosselwerkzeug gehandelt haben.«

»Vielleicht ein Schal? Sie trug keinen, als sie gefunden wurde.«

»Ich kann dir auch sagen, wie er vermutlich aussieht«, schaltete sich Lars Oehmen ein. Er hielt eine Asservatentüte mit so geringfügigem Inhalt hoch, dass Axel sich darüberbeugen musste, um etwas flockiges Weißes zu erkennen. »Wir haben Faserspuren an der Strangmarke gefunden. Ein Wolle-Kaschmir-Gemisch.«

»Dann suchen wir nach einem hellen Kaschmirschal. Hat sie sich gewehrt?«

Die Rechtsmedizinerin verneinte. »Keinerlei Eigenverletzungen am Hals. Der Täter hat wahrscheinlich schnell und fest von hinten zugezogen. Dafür sprechen auch die geringen Stauungszeichen oberhalb der Drosselmarke.«

»Vielleicht war sie zu dem Zeitpunkt bereits durch die Kopfverletzung beeinträchtigt«, warf der Staatsanwalt von hinten ein.

»Das sehen wir, wenn wir jetzt aufmachen.« Einer der Sektionsassistenten griff zum Skalpell.

Aufmachen. Axel zog sich ins hintere Drittel des Raumes zurück und tastete nach den Ohrstöpseln in seiner Jackentasche. Auch Wittkopf sah etwas angespannt aus.

»Haben Sie nicht was vergessen, Herr Kommissar?« Dr. Dengendorf sah ihn auffordernd an. »Oder sind Sie in Gedanken schon bei Ihrem Auftritt am Samstag?«

Woher wusste sie das jetzt schon wieder? Sie war schon mal im Jazzkeller aufgetaucht. Vielleicht stand sie auf Jazz. Warum hatte er dann immer das Gefühl, sie machte sich über ihn lustig?

»Sie wollen, dass ich sie offiziell identifiziere?« Kein Problem. Das Foto von den Eltern der Toten hatte er dabei. Aber er war sich auch so sicher.

»Das meine ich nicht.« Sie warf einen prüfenden Blick auf den Assistenten, der gerade die Haut oberhalb des Haaransatzes eröffnete. »Sonst wollen Sie den Todeszeitpunkt am liebsten schon wissen, bevor ich Ihre Toten überhaupt auf dem Tisch habe.«

»Frau Dr. Dengendorf. Da bin ich diesmal ganz entspannt. Wir haben eine Zeugenaussage, die –«

»Na, wenn Sie sich lieber auf eine Zeugenaussage verlassen …« Sie drehte sich zu der Toten um und setzte die Knochensäge so rasch an, dass das durchdringende Kreischen Axel kalt erwischte. Hastig stopfte er sich die Schaumstoffstöpsel in die Ohrmuschel. Das war doch Absicht gewesen! Das Geräusch würde er heute so schnell nicht mehr los. Während die Sektion ihren Lauf nahm, stimmte Axel zur Gegenwehr innerlich ein Duett mit Nina Simone an: *It's a new dawn, it's a new day, it's a new love, for me, and I'm feeling* – aber nein, er fühlte sich nicht gut.

***

Der Traum ist vertraut. Die Fratze von Nowak, wütend, hasserfüllt. Sein Gesicht kommt näher, sie zieht ihre Waffe, kann nicht abdrücken. Er kommt näher und näher, aber sie steht wie erstarrt. – Dann liegt sie auf dem Rücken, eine gesichtslose Gestalt kniet auf ihrem Brustkorb und drückt ihr die Kehle zu. Sie bekommt keine Luft mehr, die Enge zieht ihre Lungenflügel zusammen, sie presst den Lauf der Waffe nutzlos in die Seite des Peinigers. Du musst schießen, weiß sie. Du wirst sterben, wenn du nicht schießt.

Johanna rang nach Atem und tastete nach dem Lichtschalter. Für einen Augenblick fühlte sie sich orientierungslos. Im Zimmer war es stickig und viel zu warm. Die Bettdecke war zu zwei Dritteln auf den Boden gerutscht.

Shit, sie war in ihren Klamotten eingeschlafen letzte Nacht. Während sie sich aus dem Bett kämpfte und das Dachfenster kippte, versuchte sie, die Traumreste loszuwerden. Nowak suchte sie öfter heim. Aber dass jemand sie würgte, war neu.

Johanna beugte sich so weit wie möglich aus dem Fenster in die kalte Luft hinaus. Der Himmel war immer noch klar.

In der gerade über dem Horizont aufgehenden Herbstsonne glitzerte etwas in den Furchen der umgepflügten Äcker. Hatte es gefroren? Ein Meisenpärchen saß aufgeplustert in der Kopfweide gleich hinter dem Haus, und am Horizont konnte sie den Rhein sehen. Niederrhein-Idylle. Wäre da nicht das schmerzhafte Pochen in ihrem Schädel. Wie spät war es eigentlich?

Sieben Uhr fünfzig. Johanna fluchte. Zu spät, um noch pünktlich im Präsidium zu sein. Sie schleppte sich ins Bad. Sie musste raus aus den verschwitzten Klamotten. Und sie musste Axel anrufen.

Ostermann erwartete sie mit frostiger Miene An der Fleuth.

»Auch schon da, Frau Kollegin.« Er musterte sie abfällig von oben bis unten. Hätte sie sich denken können, dass Gruber ausgerechnet ihn zusammen mit den Leuten von der Spurensicherung hergeschickt hatte. Johanna sah sich suchend nach Oehmen um, bis ihr einfiel, dass er genau wie Axel Holtz bei der Obduktion sein musste.

»Wo bleibt der Schlüsseldienst?«, maulte eine der Spusi-Frauen, die frierend von einem Bein aufs andere trat. »Auch eine?«, fragte sie Johanna und hielt ihr eine Packung Zigaretten hin.

»Danke, nein.« Ihre Stimme hörte sich heiser an.

»Bisschen viel gesoffen gestern? Nachdem du dich einfach verdrückt hast.« Ostermann starrte sie voller Verachtung an.

Johanna schwieg. Sollte er erst mal seinen Frust abreagieren. Die Spusi-Frau warf ihr einen fragenden Blick zu.

»Dich an Abmachungen zu halten, hattest du im hippen Berlin wohl nicht nötig«, setzte er nach.

Sie hielt seinem Blick stand, auch wenn sie sich am liebsten zurück ins Bett verkrochen hätte.

»Dir ist schon klar, dass eben alle auf dich gewartet haben?«

»Es tut mir leid. Ich habe im Präsidium angerufen, dass ich es nicht pünktlich schaffe.«

Die Spusi-Frau deutete auf das Ende der Straße, wo jetzt ein Kombi mit großem Werbeschlüssel auf dem Autodach auftauchte. »Da ist er ja endlich. Meine Füße sind Eiszapfen.« Sie drückte die Zigarette an der Straßenlaterne aus und ging zum Spusi-Bus.

Johanna folgte ihr. »Hast du mal Überzieher für mich?«

»Wenn du so weitermachst, wird das ein kurzes Gastspiel hier«, rief Ostermann ihr hinterher. Johanna ignorierte ihn.

»Der hat aber 'nen Hals auf dich.« Die Frau reichte ihr die steril verpackte Schutzausrüstung. »Haste verpennt?«

»Passiert mir sonst nie. Muss die Erkältung sein. Ich bin nicht mal mehr zur Apotheke gekommen.«

Die Frau deutete auf einen ihrer Kollegen. »Frag mal Rudi. Vielleicht hat er 'n Aspirin für dich.«

Die Wohnung von Dr. Hendricks lag im dritten Stock. Der Mitarbeiter des Schlüsseldienstes warf einen kurzen Blick auf den Durchsuchungsbeschluss und machte sich an die Arbeit.

»Ein Sicherheitsschloss«, erklärte er. »Noch recht neu.«

Das passte zur Stalking-Anzeige. Dr. Hendricks hatte verhindern wollen, dass ihr Ex sich unbefugt Zutritt verschaffen konnte. Johanna überließ Ostermann die Leitung und betrat als Letzte die Wohnung. Große und helle Räume. Aber alles wirkte eigenartig unbewohnt. Die Jacken und Mäntel auf dem provisorischen Kleiderständer im Flur hingen nur noch halb auf den Bügeln. Schals und Mützen lagen auf dem Boden. Ostermann begann sofort, seine Beobachtungen ins Smartphone zu diktieren. Dann gab er eine Einweisung für die Spurensicherer.

»Wir haben eine Zeugenaussage, dass jemand die Wohnung des Opfers nach der Tötung durchsucht hat. Wie ist die Person hier reingekommen? Wonach hat sie gesucht? Was fehlt? Wir brauchen alles, was Hinweise auf den Täter und sein Motiv geben könnte.«

Johanna verschaffte sich einen Überblick über die Aufteilung der Wohnung und blieb dann im Wohnzimmer stehen. Die meisten Einrichtungsgegenstände sahen behelfsmäßig aus. Ein paar einfache Holzregale und ein nicht angeschlossener Fernseher. Nur ein rotes Ledersofa, von dem jemand Kissen heruntergeworfen hatte, verbreitete etwas Wohnlichkeit. Auf dem Glastisch davor stand eine Kaffeetasse, die noch zur Hälfte gefüllt war. Daneben lag ein Buch mit blau-weißem Einband. Johanna trat näher heran. »Innere Medizin«. Sie setzte sich aufs Sofa und versuchte, die Geschäftigkeit der Kollegen auszublenden.

Sonntagnachmittag. Ich bin gleich zum Essen mit meiner Freundin verabredet. Ich trinke einen Kaffee und schlage schnell noch etwas nach. Sie blätterte vorsichtig in dem Band, fand aber keinerlei Lesezeichen oder Marker. Auch wenn sie die Seiten auseinanderfallen ließ, öffneten sie sich bei jedem Versuch an einer anderen Stelle.

Am Esstisch stand ein einziger verkratzter Holzstuhl, obwohl der Tisch Platz für sechs geboten hätte. Darüber hing eine nackte Glühbirne. Aus dem bodentiefen Fenster schaute man auf die Gärten der gegenüberliegenden Häuserzeile. Yvonne Hendricks war erst seit Anfang September an dieser Adresse gemeldet. Und sie hatte bei ihrem überstürzten Auszug bei ihrem Ex die Möbel sicher dagelassen.

Ich habe nur das Nötigste mitgenommen. Kleidung, Rechner, wichtige Unterlagen, ein paar Bücher. Ich will in die Nähe meiner kranken Mutter ziehen. Die Praxisübernahme bringt mich finanziell an meine Grenzen. Ich arbeite viel. Ich werde von meinem Ex verfolgt. Ich habe andere Probleme als die Einrichtung meiner Wohnung.

»Wir können weder Computer noch Laptop finden.« Der Spusi-Mann mit dem Aspirin unterbrach Johannas Gedankengang. »Docking-Station und Drucker sind aber da.«

»Danke. Ich komme.« Von der Tür aus musterte sie das Durcheinander auf dem Boden des Arbeitszimmers. Das Laminat war mit Unterlagen bedeckt; ausgeweidete Ordner lagen kreuz und quer durch den Raum verteilt. Johanna erkannte einen Handyvertrag, eine Stromrechnung. Daneben jede Menge ausgedruckter Zeitungsartikel.

Eine Schlagzeile fiel ihr sofort ins Auge: »War ›Gottes Hilfe‹ schuld am Tod des kleinen Jonas?« Neben dem Artikel war ein Junge im Vorschulalter abgebildet, der mit großen Augen in die Kamera schaute. Sie hob das Blatt auf. Der Artikel war vom Oktober 2016. Und es ging um ein alternatives Heilmittel namens »GPC – God's Perfect Cure«.

Was für ein Name, dachte Johanna. Sie überflog den Text. Der Fünfjährige war nach Verabreichung dieses GPC auf die Straße gelaufen und von einem Lkw erfasst worden. Sein Vater hatte eine Klage gegen die Firma angestrengt, die GPC in Deutschland als Nahrungsergänzungsmittel vertrieb. Aber die Klage war abgewiesen worden. Wo sollte der Zusammenhang zwischen Unfall und GPC sein?

Johanna fotografierte den Artikel ab und legte ihn zurück auf den Boden. Die Abkürzung für das vermeintlich göttliche Heilmittel war auf mehreren Ausdrucken zu lesen. Offensichtlich hatte die Kinderärztin zu diesem Thema recherchiert. Obwohl der Tod des Jungen mehr als drei Jahre zurücklag? Vielleicht gab es einen aktuellen Fall in ihrer eigenen Praxis. Ostermann erschien in der Tür.

»Ganz schönes Chaos«, sagte Johanna zu ihm, aber er ignorierte sie. Sprach stattdessen weiter mit der Diktierfunktion seines Handys. *Dann eben nicht.*

Sie überließ ihm das Arbeitszimmer und warf einen Blick in die Küche. Bis auf einen Rest Kaffee in der Maschine war alles aufgeräumt und wirkte unberührt. Kaffee wäre toll, musste aber warten. Wenigstens wirkte die Kopfschmerztablette allmählich.

Auch im Bad war alles ordentlich, während im Schlafzimmer noch Spuren davon zu finden waren, dass die Ärztin sich für die Verabredung mit ihrer Freundin umgezogen hatte. Pullover und T-Shirt hatte sie achtlos auf das Fußende des Bettes geworfen, während eine Jeans zusammengekringelt auf dem Boden davor lag. Als sei sie rausgesprungen, dachte Johanna. Sie war definitiv in Eile gewesen.

Ansonsten musste auch dieser Raum für den Eindringling uninteressant gewesen sein. Die rechte Seite des Schwebetürenschranks stand zwar offen, aber alle Kleidungsstücke waren an ihrem Platz. Johanna hob die Jeans auf und durchsuchte die Taschen. Tatsächlich! Da war ein Zettel, zusammengefaltet auf die Größe einer Visitenkarte.

»Liebe Frau Hendricks«, stand in großer, gerundeter Schreibschrift auf dem Papier mit den gerissenen Kanten. Sah nach einer Kinderschrift aus.

»Liebe Frau Hendricks, mir geht es gut, aber meinem Bruder …« Johanna überflog die Zeilen, die einen Hilferuf formulierten und mit »Leonie« unterschrieben waren. Was meinte das Mädchen mit »so einer komischen Medizin«? Vielleicht war das die Verbindung zu diesem GPC.

Johanna zögerte. Sie sollte den Spurensicherern den Brief überlassen. Aber die Worte blickten sie auffordernd an. Warum hatte Yvonne Hendricks den Zettel an ihrem Todestag in der Hosentasche getragen? Diese Leonie und ihr Bruder waren sicher Patienten von ihr. Hatte die junge Ärztin ihretwillen in dem Fachbuch auf dem Sofa recherchiert? *Sie mochte das Mädchen. Sie trug seinen Hilferuf bei sich.*

Ostermann war immer noch mit der Spusi im Arbeitszimmer. Mit einer raschen Bewegung faltete Johanna den Zettel wieder zusammen und steckte ihn in ihre eigene Hosentasche. *Falsch. Ganz falsch.* Aber der Impuls war stärker als ihre Ratio. *Jetzt habe ich die Verantwortung für diesen Hilferuf. Für dieses Mädchen.*

***

Gerade rechtzeitig zum Beginn der zweiten Stunde drückte Leonie sich ins Klassenzimmer. Antonia sah ihr stirnrunzelnd entgegen.

»Schon wieder zu spät. Wieso meldest du dich denn nicht?«

»Ging nicht.« Schwitzend und mit rotem Kopf hängte Leonie ihren Anorak über die Stuhllehne und kramte Heft und Stifte aus der Tasche. Sie war den Weg von der Bushaltestelle zur Schule gelaufen.

»Wie, ›ging nicht‹?« Ihre Freundin war angesäuert. »Hast du

dein Handy verloren, oder was? Ganz plötzlich, letzte Nacht im Bett?«

Leonie hatte das Gespräch weggedrückt, als ihr klar geworden war, wem das iPhone im Wagen ihres Vaters gehört hatte. Danach hatte sie ihr Handy abgeschaltet.

»Ich kann dir das jetzt nicht erklären.« Sie wich Antonias Blick aus.

Dr. Esser, der Physiklehrer, sah schon tadelnd herüber. »Die Damen hinten links – wenn ich mal um Ruhe bitten dürfte.«

Sie schwiegen. Antonia wütend. Leonie verstört. Am Morgen war der Wagen ihres Vaters aufgebrochen gewesen. Jemand musste sich nachts an der Beifahrertür zu schaffen gemacht haben. Die Tür war nur noch angelehnt gewesen, und im Innern des Wagens hatte der Inhalt des Handschuhfachs auf Beifahrersitz und Boden verstreut gelegen.

»Was soll das?«, hatte ihr Vater geflucht und gegen einen Reifen getreten. Dann hatte er sie mit dem Bus zur Schule geschickt.

»Leonie! Wofür steht die Einheit Ampere?« Dr. Esser.

Leonie zuckte zusammen. Natürlich hatte sie nichts mitbekommen. Sie warf einen Blick auf die Tafel, dann in ihr Physikbuch. Antonia, die ihr sonst in solchen Situationen etwas zuflüsterte oder mit dem Finger auf ein Wort im Buch zeigte, schwieg.

»Gleichstrom?«, versuchte sie aufs Geratewohl eine Antwort. Hinter ihr lachte jemand. Leonie wurde noch röter.

»Was ist denn mit dir los? Ein bisschen Konzentration, bitte.«

»Entschuldigung.«

Jetzt warf Antonia ihr doch einen besorgten Blick zu.

»Muss Lukas ins Heim?«, flüsterte sie. Leonie schüttelte den Kopf.

»Ich erzähl's dir gleich. In der Pause.«

Sie konnte dem Unterricht kaum folgen. Warum hatte ihr Vater nicht die Polizei gerufen? Und was hatte jemand in dem alten Kombi gesucht? Ausgerechnet jetzt? Das musste doch mit der toten Ärztin und dem iPhone zusammenhängen. – Bei dem Gedanken bekam Leonie selbst im Sitzen weiche Knie. Sie hatte das Gerät ganz unten in ihre Schultasche gepackt und sich auf dem Weg zur Schule immer wieder umgesehen. Was sollte sie tun, wenn jemand sie verfolgte? Oder wenn die Polizei kam und danach fragte?

»Du siehst total fertig aus«, kommentierte Antonia ihr Aussehen in der Pause. Sie ließen sich im Gewimmel der anderen Schüler auf den Schulhof treiben.

»Ich hab kaum geschlafen.« Leonie warf einen Blick auf ihre Freundin. Wie viel konnte sie ihr erzählen?

»Aber jetzt, wo die Kinderärztin tot ist, ist die Sache mit dem Jugendamt doch vom Tisch.«

»Genau das ist es ja! Sie ist tot!« Leonie blieb mitten in der Schultür stehen. »Wenn das etwas mit Lukas zu tun hat?«

Die Schüler strömten rechts und links an ihr vorbei, jemand rempelte sie an.

»Wieso mit Lukas?« Antonia zog sie weiter auf den Schulhof. »Kapier ich nicht.«

»Weil mein Vater …« Leonie zögerte immer noch. Sie musste ja nichts von dem iPhone erzählen. »Er hat sich mit Dr. Hendricks gestritten am Freitag. Weil er nicht wollte, dass sie beim Jugendamt petzt. So habe ich ihn noch nie erlebt, ich hab gedacht, er geht auf sie los.« Verzweifelt sah sie ihre Freundin an. Aber die begann zu lachen.

»Jetzt hast du Angst, dass dein Vater 'n Killer ist, oder was?«

»Das ist nicht lustig.« Leonie ließ Antonia stehen. Sie hätte den Mund halten sollen.

»Jetzt warte doch mal. Du glaubst doch nicht wirklich …« Sie spürte die Hand ihrer Freundin auf der Schulter und blieb stehen.

»Er war Sonntagabend nicht zu Hause. Wir wollten Pizza essen gehen, aber er ist nicht gekommen.«

Antonia suchte irgendwas auf ihrem Handy. Verstand die immer noch nicht?

»Und heute Morgen war sein Auto aufgebrochen! Alles

war durchwühlt, aber Papa wollte die Polizei nicht rufen. Was meinst du, warum –«

Ihre Freundin unterbrach sie. »Jetzt lies erst mal!« Sie hielt Leonie ihr Smartphone unter die Nase. »Die haben doch längst einen Täter.«

»Aus Liebe wurde Hass: Kinderärztin von Ex-Freund getötet«, lautete die Schlagzeile auf dem Display. Leonie blieb skeptisch.

»Das ist die Bild-Zeitung. Der kann man doch nicht glauben.«

Antonia verdrehte die Augen. »Dann eben das hier.« Sie tippte das nächste Suchergebnis an.

»Mord an einer jungen Ärztin: Polizei nimmt stalkenden Ex-Partner fest«.

»Das ist aus der Rheinischen Post«, erklärte Antonia. »Online-Lokalteil.«

Leonie nahm ihr das Handy aus der Hand. Ungläubig las sie weiter.

»Glaubst du es jetzt? Das hat die Sprechstundenhilfe der Freundin meiner Mutter auch erzählt, dass die Hendricks total krass gestalkt wurde.«

Leonie stiegen Tränen der Erleichterung in die Augen. Dann schämte sie sich. In was hatte sie sich da hineingesteigert? Ihren Vater für einen Mörder zu halten. Vielleicht gab es für das Smartphone im Auto eine ganz harmlose Erklärung. Dass er sich Sonntagabend bei Dr. Hendricks entschuldigt und sie irgendwo abgesetzt hatte. Dass die Ärztin ihr Handy nicht mehr suchen konnte, weil sie schon tot gewesen war.

»Du hättest mich gestern nicht einfach wegdrücken sollen«, sagte Antonia schnippisch. »Du bist vielleicht 'ne tolle Tochter! Dein Papa würde seine Familie doch nicht im Stich lassen. Wegen 'ner blöden Anzeige beim Jugendamt.«

»Ist mir gerade selbst voll peinlich.« Leonie musste sich am Zaun festhalten, weil ihr schwindelig wurde. Sie wartete, bis das Flimmern vor ihren Augen nachließ.

»*Meinem* Vater ... dem würde ich so was eher zutrauen.

Wenn der nicht kriegt, was er will.« Antonia grinste und stieß sie aufmunternd an.

»Danke.« Sie umarmte ihre Freundin. »Mir fällt ein Stein vom Herzen.«

»Schon gut. Aber du brauchst jetzt dringend einen Kakao. Oder noch besser ’nen Kaffee.« Leonie wehrte sich nicht, als ihre Freundin sie zur Schulcafeteria zog. Ihre Erleichterung war riesengroß. Jetzt würde alles gut werden. Sie würde das iPhone am Mittag ihrem Vater zeigen, und der könnte es der Polizei geben. Wegen der ganzen Aufregung um Dr. Hendricks geriet die Sache mit dem Jugendamt in der Praxis bestimmt in Vergessenheit, und Lukas würde bald nach Hause kommen.

***

Uwe Lehmann saß vor dem Praxisrechner und fluchte. Die neue Software, die seine junge Kollegin aufgespielt hatte, war für ihn ein Buch mit sieben Siegeln. Ich werde alt, dachte er. Höchste Zeit aufzuhören.

Länger als eine Woche würde er hier keine Vertretung machen, das hatte er Birgit versprochen. Es war unmöglich, in dieser Zeit einen neuen Nachfolger zu finden, aber letzten Endes lag das nicht mehr in seiner Verantwortung. Gleich in der Mittagspause würde er Kontakt mit der kassenärztlichen Vereinigung aufnehmen. Und um die Finanzen mussten sich die Erben kümmern. Er würde auf jeden Fall am kommenden Montag wie geplant mit Birgit im Flieger nach Mallorca sitzen und sich nur noch um die Einrichtung der Finca kümmern.

Ungeduldig schob er den riesigen Blumenstrauß auf seinem Schreibtisch weiter an den Rand, um Platz für Tastatur und Maus zu schaffen. Die Karte mit den Unterschriften der Praxisangestellten fiel vom Tisch. Er hob sie auf. »Willkommen zurück«, stand in dicken, schnörkelig gemalten Buchstaben darauf. Von wegen; er war nicht zurück.

Erneut gab er den Namen »Jeremias Fink« in die Suchmaske ein, fand aber immer nur die gefälschten Daten. Wo zum Teufel war die Originalakte? Ein Klopfen an der Tür unterbrach seine Suche. Warum konnten sie ihn nicht mal zehn Minuten in Ruhe lassen?

»Was ist denn?«, rief er lauter als nötig.

Beate stand mit erstaunter Miene in der Tür. »Ihr Kaffee, Herr Doktor. So wie immer.«

»Entschuldigen Sie, Beate. Vielen Dank. Ich … ich bin nur genervt von dieser neuen Software.«

Sie stellte die Tasse vor ihm auf den Tisch und rückte den Löffel auf dem Unterteller zurecht. »Das war ich am Anfang auch. Soll ich Ihnen helfen?«

Als sie sich über ihn beugte, um einen Blick auf den Bildschirm zu werfen, nahm er ein unaufdringliches Eau de Toilette wahr. Dann schien es ihr besser zu gehen. Seit dem Tod ihrer Mutter ein halbes Jahr zuvor war sie noch ernster und zurückgenommener als sonst gewesen. Hatte fast verstört gewirkt, als sie in den Dienst zurückgekehrt war.

»Angenehmer Duft«, sagte er und drehte sich auf dem Stuhl zu ihr um. »Aber wir können das mit dem Rechner später machen. Wann wollen die Damen und Herren von der Polizei kommen?«

»Vierzehn Uhr.« Beate errötete leicht, wirkte verlegen. »Finden Sie das nicht zu … aufdringlich? Ich meine … im Dienst?«

»Überhaupt nicht. Im Vergleich zu mir«, er zwinkerte ihr zu, »sind Sie noch jung. Es steht Ihnen.«

»Jetzt übertreiben Sie aber.« Sie sah ihm so lange strahlend in die Augen, dass er sich unbehaglich fühlte.

»Dann werde ich mal meinen Kaffee trinken. Schicken Sie mir in fünf Minuten den nächsten Patienten herein. Bitte.«

»Natürlich. Gerne.«

Noch einmal streifte ihr Duft ihn, als sie sein Büro verließ. Vielleicht hatte sie jemanden kennengelernt. Eigenartig, dass er fast nichts über ihr Privatleben wusste. Dabei war sie von allen Angestellten am längsten bei ihm. Drei Jahrzehnte war sie jeden Morgen die Erste gewesen, die gekommen, und jeden Abend die Letzte, die gegangen war. Ganz zu schweigen von der Sache mit Jeremias Fink. Sie wusste als Einzige Bescheid.

Uwe stellte sich mit der Tasse ans Fenster und genoss die Wärme der Herbstsonne hinter der Scheibe. Endlich mal offenes, klares Wetter. Der Besuch der Kripo heute würde schon glattlaufen. Die Beamten kamen wegen einer Mordermittlung. Nicht wegen einer zehn Jahre zurückliegenden Geschichte. Außerdem waren die Untersuchungen damals ergebnislos eingestellt worden. *Jeremias Fink.* Der Name des toten Jungen hatte ihn lange Zeit verfolgt. Aber jetzt hatte es keinen Sinn mehr, sich selbst anzuzeigen. Das konnte er seiner Frau nicht zumuten.

Die Stimme von Beate erklang über die Gegensprechanlage. »Die Familie Miesen wäre jetzt da.«

Zeitgleich klingelte sein Telefon. Birgit. Sie rief sonst nie in der Praxis an.

»Moment bitte, Beate. Da kommt gerade ein wichtiger Anruf.« Er nahm das Telefonat an. »Hallo, Schatz. Was kann ich –« Sie unterbrach ihn.

»Du musst sofort kommen.« Seine Frau keuchte. Rang nach Luft.

»Birgit, bitte bleib ruhig. Bist du zu Hause? Hast du dein Notfallspray genommen?« Schon wieder ein Anfall. So ein Mist.

»Ja, aber –«

»Nicht reden. Nur atmen. Es wird sicher gleich besser.«

Seine Frau machte einen Laut, der nach Protest klang. »Uwe, ich habe einen Brief … bekommen. Jemand … droht mir.« Ihr Atem ging pfeifend.

Ihr drohen? Er konnte sich keinen Reim darauf machen.

»Das ist bestimmt ein Missverständnis. Bitte versuche, dich zu beruhigen!«

»Nein. Kein Missverständnis.« Sie hielt inne, angestrengt. »Es geht um dich, ich soll dich …« Ein unartikuliertes Gemisch aus Schluchzen und Atemnot drang durch den Hörer. Lehmann wurde unruhig. Er konnte jetzt unmöglich weg hier. Das Wartezimmer platzte wegen der Grippewelle aus allen Nähten.

»Nimm noch einen Sprühstoß von dem Salbutamol. Und dann erzählst du mir in Ruhe, was das mit mir zu tun hat.«

Es klopfte. Er ignorierte es.

Birgit klang gequält, als sie weitersprach. »Ich würde dich erpressen … mit meiner Krankheit erpressen und dass –«

»Also wirklich. Birgit! Du weißt selbst, was das für ein Unsinn ist. Das nimmst du dir doch hoffentlich nicht zu Herzen.«

»Aber wer schreibt denn so was?«

Das wüsste ich auch gern, dachte Uwe. Das Klopfen wurde energischer.

»Dr. Lehmann, können wir weitermachen?«, rief Melanie, eine jüngere Helferin.

Er deckte die Sprechmuschel ab und rief »Augenblick!« in Richtung Tür. Dann wandte er sich wieder seiner Frau zu.

»Ich kann jetzt wirklich nicht hier weg, Liebes. Ruf doch Maria an, ob sie rüberkommen kann.« Die Gebauers waren befreundete Nachbarn. »Und wenn es gar nicht besser wird, rufst du dir ein Taxi und kommst her.«

»Ist gut.«

»Ich schau mir den Brief heute Abend an. Lenk dich ab, schau im Netz schon mal nach Möbeln für unsere Finca.«

»Okay.« Sie legte auf. Er ging zur Tür und gab Melanie einen Wink, mit dem nächsten Patienten hereinzukommen.

Was war das für ein Mist? Wer griff Birgit an ihrem schwächsten Punkt an? Es war Zeit, dass sie Deutschland für ein paar Wochen verließen. Dann käme auch seine Frau wieder zur Ruhe.

***

In der Tür des Präsidiums stieß Axel mit Johanna zusammen. Er hatte sich auf seinem Tablet-PC die ersten Ergebnisse der KTU ansehen wollen.

»'tschuldigung.« Er hielt ihr die Tür auf und musterte sie. Sie sah müde aus. Dunkle Ringe unter den Augen. Schweißtröpfchen auf der Stirn. »Erkältet?«

»Yep. Mich hat's erwischt.« Sie fischte ein Päckchen Taschentücher aus dem Rucksack. »Danke noch mal, dass du mir die Obduktion erspart hast.«

»Keine Ursache. War schön. Doch. Wie immer.«

Sie sah einen Augenblick irritiert aus, dann grinste sie. »Dafür habe ich Brötchen mitgebracht. Du hast bestimmt noch nicht viel gegessen heute.« Sie hielt eine große Papiertüte mit der Aufschrift »Hummel« hoch.

»Du hast meine Stammbäckerei gefunden.« Er hielt ihr auch die Tür zum Treppenhaus auf.

»Yep. Die war ja gar nicht neugierig, die Bäckersfrau. Als sie hörte, dass ich meinen Einstand hier gebe, hat sie mir Löcher in den Bauch gefragt. Und mir gleich auch noch Püfferkes aufgeschwätzt, weil sie meinte, die gehören am Niederrhein um diese Jahreszeit dazu.« Johanna blieb am Fuß der Treppe stehen, um sich die Nase zu putzen. Axel nahm ihr die Tüte ab.

»Kann ich mir denken. Die gute Enni. Die ist geschäftstüchtig. Schade eigentlich, dass ich pappsatt bin.« Axel liebte das in Fett ausgebackene Hefegebäck, das traditionell um St. Martin herum angeboten wurde. Aber das war definitiv zu viel Kuchen auf der Fahrt von der Rechtsmedizin zum Präsidium gewesen.

»Du hast dir vor der Obduktion den Bauch vollgeschlagen?« Jetzt sah Johanna ihn so ungläubig an, dass er lachen musste.

»Unsere Rechtsmedizinerin hat ihren Facharzt gefeiert und mich hinterher mit Herrentorte gefüttert. Wart ihr schon in der Wohnung von Yvonne Hendricks?« Er stieß die Tür zum KK11 auf.

»Die wurde eindeutig durchsucht. Kein Rechner, keine Festplatten, kein einziger USB-Stick oder Daten-CDs. Da hat jemand was verschwinden lassen.«

»Michael Fürst ist raus. Der hat ein wasserdichtes Alibi für die Todeszeit.« Der Ex hatte sich Sonntagabend volllaufen lassen, wenn man dem Wirt der Kneipe in Oberkassel, Düsseldorfs schniekem Rheinwiesenstadtteil, glauben durfte. Axel wollte gar nicht darüber nachdenken, mit wie viel Restalkohol der am Montagmorgen im OP gestanden hatte.

Johanna nickte. »Eine Beziehungstat wäre ja auch zu einfach gewesen. Mordfall nach vier Stunden gelöst.«

Als sie in den Besprechungsraum kamen, saßen die meisten

Kollegen schon. Die Gespräche gingen quer über den Tisch. Tom warf seiner neuen Kollegin einen feindseligen Blick zu. Axel setzte sich und ließ das Stimmengewirr auf sich wirken. Wie ein Klangteppich in Crescendo und Diminuendo, dachte er. Nur die Dissonanz zwischen Tom und Johanna machte ihm Sorgen.

Als der Staatsanwalt und Lars Oehmen den Raum betraten, ebbten die Gespräche ab.

»Wollen Sie uns nicht Gesellschaft leisten, Frau Brenner?«, eröffnete Cornelia Gruber das Gespräch. Johanna war an einem der schmalen Tische vor der Fensterfront stehen geblieben, die Hände in den Hosentaschen.

»Ich bin erkältet. Will niemanden anstecken.«

»Bitte setzen Sie sich«, beharrte die Chefin. Als Johanna sich widerstrebend auf den einzigen freien Stuhl neben Tom drückte, rückte der demonstrativ von ihr weg.

Wie im Kindergarten, dachte Axel. Bisher hatte er Ostermann, der erst vor Kurzem vom Streifendienst zur Kripo gekommen war, einfach nur für übermotiviert und ungeschickt gehalten. Sein Eifer erinnerte ihn an Matthias Grimme. Die jungen Kollegen vertrauten manchmal zu sehr ihrer körperlichen Präsenz. Aber Toms Feindseligkeit Johanna gegenüber irritierte ihn. Hing die wirklich nur mit der Situation vom Vortag zusammen? Oder war er einer von den neuen Gestrigen?

»Herr Ostermann, Sie waren eben mit Frau Brenner in der Wohnung der Toten«, erklärte Cornelia Gruber. »Gibt es schon erste Erkenntnisse?«

Während Tom von fehlenden Einbruchspuren und gestohlener IT redete, verschaffte Axel sich auf dem Tablet einen Überblick über die Ergebnisse der Spurensicherung am Tatort. Handtasche und Schal der Toten blieben auch nach dem Leeren der Müllcontainer verschwunden.

»Dann hat der Täter die Handtasche des Opfers gezielt an sich genommen, um in den Besitz des Wohnungsschlüssels zu gelangen und in der Wohnung wiederum in den Besitz belastenden Materials«, warf er ein, als Tom geendet hatte.

»Das vermuten wir auch«, bestätigte Lars Oehmen. »Ein Raubmord war es auf jeden Fall nicht. Die Tote hat Ring und Uhr noch getragen. Beides sehr hochwertig. Die Uhr war eine echte ›Glashütte‹, edles Fabrikat. Mindestens fünf Mille.«

Wie bei Michael Fürst, dachte Axel und schenkte sich Kaffee ein. Der hatte gestern auch so eine teure Uhr getragen.

»Fingerabdrücke dauern noch«, fuhr Oehmen fort. »Sieht aber schlecht aus. Die frischen Fingerabdrücke in der Wohnung konnten wir alle dem Opfer zuordnen. Daneben gibt es nur ältere Teilabdrücke. Aber die dürften nicht von Sonntagabend stammen.«

»Passt doch ins Bild, dass der Täter in der Wohnung Handschuhe getragen hat.« Wittkopf nickte und machte sich eine Notiz. »Sieht alles sehr überlegt aus. Vielleicht sogar geplant.«

»Ich hätte noch was zur Wohnung.« Johanna musste sich räuspern, um die Stimme frei zu kriegen. »Dr. Hendricks hat auffallend viel über ein alternatives Medikament namens GPC recherchiert. Sie hat sich mehrere Zeitungsartikel über einen Todesfall ausgedruckt, in dem der Vater eines fünfjährigen Jungen die Firma verklagen wollte, die das Zeug in Deutschland vertreibt.«

»GPC?«, fragte die Chefin nach. »Habe ich noch nie von gehört.«

»God's Perfect Cure«, erklärte Patrick Kivelitz und kam damit Johanna zuvor. Er sah unverwandt auf den Bildschirm und hob den Kopf auch beim Reden nicht. »Wurde vor achtzehn Jahren von einem amerikanischen Geistlichen im Boden von Alabama ›entdeckt‹ und wird in Deutschland von einem Chemiker namens Braungart als Nahrungsergänzung verkauft. Father Ray behauptet, es heile alles, von Aids über Tuberkulose bis Krebs.«

»Father Ray?«, spottete Axel. Hatten die Amis es nicht mal eine Nummer kleiner? »Gott hat den Menschen ein Wundermittel geschenkt.« Diese ganze alternative Szene nervte ihn. Seine Ex-Frau war ständig zu irgendwelchen Heilpraktikern gerannt und mit teuren Pülverchen und Wässerchen zurück-

gekommen, die keinerlei Wirkung gehabt hatten. Er hielt sich lieber an Freiverkäufliches aus der Apotheke.

»Wichtiger scheint mir, ob Dr. Hendricks beruflich mit diesem Todesfall zu tun hatte. War das Kind ein Patient von ihr?« Der Staatsanwalt sah Johanna aufmerksam an.

Die steckte ihr Taschentuch weg. »Der Junge lebte in Münster, und sein Tod ist drei Jahre her. Aber vielleicht hatte sie aktuell ein Kind in Behandlung, dem die Eltern GPC gegeben haben. Und das möglicherweise Schaden genommen hat.«

»Wo sehen Sie da ein Motiv?«, fragte die Chefin nach.

»Das weiß ich noch nicht. Aber der Handel mit GPC ist ein lukratives Geschäft. Und eine Klage oder ein mögliches Verbot des Präparats hätte sicher für einige Leute unangenehme Folgen.«

»Hatte die Klage vor drei Jahren denn Auswirkungen für die Firma?«

Johanna wischte suchend auf ihrem Smartphone herum. »Sie wurde abgewiesen, weil kein direkter Zusammenhang zwischen der Behandlung mit diesem GPC und dem tödlichen Unfall des Jungen nachgewiesen werden konnte. Er ist vor seinem Elternhaus in einen Lkw gelaufen, als seine Mutter ihm das vermeintliche Wundermittel einflößen wollte. Aber eine Kindergärtnerin hat der Presse damals erzählt, dass das Kind in den Wochen davor schon verstört und abgemagert war.«

»Ein ungezogenes Kind?« Toms Bassstimme dröhnte durch den Raum. »Ist das dein Ernst? Daraus willst du ein Motiv basteln?«

Johanna rückte auf ihrem Stuhl zurück und fixierte Ostermann jetzt ebenfalls feindselig. Axel wurde unruhig. Er wollte keinen offenen Streit im Team. Außerdem musste er um zwei mit Johanna in der Praxis in Brüggen sein.

»Wir sollten auf jeden Fall rausfinden, warum sich das Opfer so für dieses GPC interessiert hat«, warf er deshalb ein. »Vielleicht können uns die Angestellten der Toten etwas dazu sagen.«

Die Chefin nickte zustimmend. »Gibt es schon vorläufige Ergebnisse der Obduktion?«

Axel ließ Oehmen den Vortritt.

»Der Todeszeitpunkt, Sonntagabend zwischen achtzehn Uhr dreißig und neunzehn Uhr dreißig, wurde bestätigt. Todesursächlich war aber nicht die Kopfverletzung, sondern eine Strangulation.«

Die Kollegen im Raum wurden wieder aufmerksam. Johanna nickte zustimmend, als Oehmen weitersprach: »Das Strangulationswerkzeug war den Faserspuren nach ein heller Kaschmirschal.«

»Dann habe ich die Strangmarke nicht sehen können, weil so ein Schal breit und weich ist«, sagte Johanna mehr zu sich selbst als in die Runde.

»Also ist sie nach dem Sturz auf den Kopf erdrosselt worden«, fasste Cornelia Gruber zusammen. »Alles Weitere, wenn der Bericht der Rechtsmedizinerin da ist.« Sie wollte die Teamsitzung beenden.

»Es gibt nur eine Ungereimtheit«, ergänzte Axel schnell. »Zwischen Sturz und Strangulation sind zwanzig bis dreißig Minuten vergangen. Laut Dr. Dengendorf zeigt die feingewebliche Untersuchung der Wunde am Hinterkopf erste Stadien der Wundheilung, während die Blutung am Kehlkopf keine Zeichen des Überlebthabens aufweist.«

»Wenn sie nach dem Sturz bewusstlos war, dachte der Täter wahrscheinlich, sie sei bereits tot«, schlug Tom vor.

»Und als sie wieder zu sich kam, musste er handeln«, nahm Axel den Gedanken auf.

Johanna sah skeptisch drein. »Wenn er sie für tot hielt, wäre er doch abgehauen. Es war zwar dunkel, aber um die frühe Uhrzeit in einem Wohngebiet … Er musste jederzeit damit rechnen, dass jemand ihn entdeckt.«

»Vielleicht ist er zurückgekommen, um den Wohnungsschlüssel an sich zu nehmen.« Oehmen malte mit der Spitze seines Teelöffels Achten auf die Tischplatte. Das machte er immer, wenn er nachdachte.

»Wenn der Sturz nur ein Unfall war …« Johannas Stimme wurde immer heiserer. »Bei einer Auseinandersetzung zum Beispiel. Die Person erschrickt, als sie das ganze Blut sieht, zieht die Bewusstlose an die Friedhofsmauer und haut ab.«

»Hat der Kollege doch gerade schon gesagt.« Tom klang gereizt und ungeduldig. »Sie kehrt zurück, um den Schlüssel zu holen.«

Johanna ignorierte ihn. »Jemanden zu erwürgen ist 'ne ganz andere Nummer als ein eskalierender Streit. Dazu braucht es Kaltblütigkeit und Wut. Vielleicht haben wir es mit zwei Tatbeteiligten zu tun.«

»Erst Dr. Fürst und dann noch zwei Täter?«, schoss Ostermann zurück. »Womit sollte sich eine junge Ärztin so viele Feinde gemacht haben?«

Cornelia Gruber sah auf die Uhr. »Kollegen, wir werden das jetzt nicht klären können. Befragen Sie Zeugen aus der Nachbarschaft. Gehen Sie allen Hinweisen nach. – Ach ja: Frau Brenner und Herr Ostermann! Sie kommen bitte mit in mein Büro.«

Dann kam jetzt die Standpauke wegen gestern. Axel blieb noch einen Augenblick sitzen und trank in Ruhe seinen Kaffee aus. Vielleicht wurde Tom versöhnlicher, wenn Johanna sich entschuldigte. Seine Chefin würde auf Dauer nicht durchgehen lassen, dass zwei Kollegen in ihrem Team Krieg führten.

***

Die Praxis lag im Erdgeschoss eines Gründerzeithauses mit frisch getünchter Fassade. »Dr. med. Uwe Lehmann, Facharzt für Kinder- und Jugendmedizin«, war auf der bronzefarbenen Tafel neben der Eingangstür eingraviert. Rund um den Namen des Arztes hingen Reste von Klebstoff.

Da hat aber jemand schnell wieder den alten Zustand hergestellt, dachte Johanna. Als hätte es hier nie eine Yvonne Hendricks gegeben. Sie folgte Axel in das mosaikartig geflieste Treppenhaus. Eine breite dunkle Holztreppe mit gedrechseltem Geländer führte hinter einer Glastür in die oberen Geschosse. Die hohe Decke war mit Stuck verziert.

»Nobel, nobel«, sagte der Kollege. »So möchte ich gerne wohnen.«

Johanna musterte ihn von der Seite. Warum hatte er während der Fahrt hierher so abwehrend reagiert, als sie ihn auf das Foto des jungen Kollegen mit Trauerflor angesprochen hatte, das im Flur des KK11 hing?

»Ein Einsatz vor drei Jahren.« Mehr hatte er nicht dazu gesagt.

Hinter der Praxistür staute sich die schwere Luft stark geheizter und wenig gelüfteter Räume. Hinter dem massiven Empfangstresen saß eine schlanke Frau Mitte fünfzig, die nach ihren Dienstausweisen fragte. Johanna räusperte sich und schluckte. Wegen der verstopften Nase wurde ihr Mund immer trockener. Sie sah sich nach einem Wasserspender um.

»Dr. Lehmann hat nicht viel Zeit.« Die Angestellte, die mit leicht bayerischer Klangfarbe sprach, kam hinter dem Tresen hervor. »Das Wartezimmer ist brechend voll heute.« Auf die Brusttasche des orangefarbenen Poloshirts war ihr Name gestickt: Beate Grunau.

»Die Herrschaften von der Polizei«, kündigte Frau Grunau sie bei Dr. Lehmann an. Ein grauhaariger Mann in weißem Kittel stand vom Schreibtisch auf. Er sah müde und verschwitzt aus.

Johanna drückte seine warme Hand. »Könnte ich vielleicht einen Schluck Wasser bekommen?«, fragte sie rasch, bevor die Angestellte verschwunden war.

»Beate, bitte eine Flasche Wasser und Gläser für alle.« Der Kinderarzt schob den großen Blumenstrauß auf seinem Schreibtisch beiseite. »Wie kann ich Ihnen helfen? Ich bin wirklich geschockt über den Tod von Dr. Hendricks. Aber bis gestern wusste ich nicht mal, dass sie von ihrem Ex-Freund verfolgt wurde.«

»Dann hatten Sie nach der Praxisübergabe keinen Kontakt mehr zu Ihrer Nachfolgerin?« Axel ließ sich mit Jacke auf einen Stuhl sinken. Johanna blieb stehen und sah sich im Büro um.

»Privat gar nicht. Wir haben schon mal telefoniert, wenn es um fachliche Dinge ging.«

Die Angestellte kam mit dem Wasser zurück. Lehmann bot Johanna zuerst ein Glas an. Dann fuhr er fort. »Kinder mit chronischen Erkrankungen waren oft lange und regelmäßig bei mir in Behandlung. Da hatte Dr. Hendricks schon mal Rückfragen zur Medikation oder zu sonstigen therapeutischen Interventionen.«

Beate Grunau stand immer noch in der Tür, als warte sie auf weitere Anweisungen.

»Wir kommen gleich auch zu Ihnen, danke«, sagte Johanna zu ihr.

Der Arzt und seine Angestellte tauschten einen Blick, den sie nicht einordnen konnte. Dann verließ Frau Grunau den Raum.

»Hat Frau Dr. Hendricks Ihre Angestellten eigentlich alle übernommen?« Johanna hängte ihren Parka über die Stuhllehne und setzte sich jetzt auch.

»Ja, natürlich. Das ist so üblich.«

»Und da gab es keinen Streit? – Neue Chefin … ist ja manchmal nicht so einfach.«

Lehmann schüttelte den Kopf. »Nicht dass ich wüsste. Nein.«

»Und mit den Eltern von Patienten?« Johanna fühlte in ihrer Hosentasche nach dem Zettel dieser Leonie. Sie schrieb von einer »komischen Medizin«, mit der ihre Eltern den Bruder vom Autismus heilen wollten. »Über Behandlungsansätze zum Beispiel?«

Der Arzt schob die Wasserflasche neben der Tastatur hin und her. Als er Johannas Blick bemerkte, hielt er abrupt inne. »Davon weiß ich nichts.«

»Darf ich?« Johanna nahm ihm die Flasche ab und schenkte sich nach. Warum war Lehmann so nervös?

»Es gibt zwar immer wieder Eltern, die ihre Kinder nicht impfen lassen wollen«, fuhr der Arzt fort. »Und ganz selten hatte ich ein Kind, das Spuren von Misshandlung aufwies. Aber ich wüsste nicht, dass meine Kollegin in den Wochen seit ihrem Arbeitsbeginn hier solche Fälle gehabt hätte. Sie hätte sicher Rücksprache mit mir gehalten.«

»Sagt Ihnen die Abkürzung GPC etwas?«, übernahm Axel das Gespräch.

»God's Perfect Cure?« Lehmann zog die Augenbrauen hoch. »Ja, natürlich. Das ist dieses Zeug, mit dem sie in Afrika angeblich Tuberkulose und Aids geheilt haben. Weshalb fragen Sie danach?« Er wischte sich Schweiß von der Stirn.

»Dr. Hendricks hat dazu recherchiert«, fuhr ihr Kollege fort.

Lehmann zuckte die Achseln. Er sah zunehmend ungeduldig aus. »Hören Sie, ich habe hier noch nie damit zu tun gehabt.« Sein Mittelfinger trommelte auf den Schreibtisch. »Und ich weiß schon gar nicht, warum meine Nachfolgerin sich dafür interessiert haben sollte.«

»Vielleicht ein Kind, dessen Eltern ihm GPC gegeben haben?«, insistierte Johanna. Der Mann war eindeutig nervös. Das musste einen Grund haben.

»Keine Ahnung! Es gibt zwar seit einem guten Jahr sogenannte ›Info-Veranstaltungen‹ zu diesem dubiosen Nahrungsergänzungsmittel hier am Niederrhein. Aber mir persönlich«, er rückte auf dem Bürostuhl von seinem Tisch ab, »ist es in meinem beruflichen Umfeld nie begegnet.«

Johanna zögerte. Sie könnte ihn nach Leonie fragen. Aber dann würde Lehmann sich auf seine Schweigepflicht berufen.

Der Arzt erhob sich. »Meine Angestellten können Ihnen sicher mehr zu Dr. Hendricks' Arbeit sagen als ich.«

»Gut, dann …« Axel stand ebenfalls auf.

Johanna wartete, bis die Männer im Flur waren. Dann warf sie einen Blick auf Lehmanns Bildschirm. Der Computer war ausgeschaltet.

Er will, dass wir irgendetwas nicht sehen. Hastig blätterte sie durch ein paar handschriftliche Patientenakten, konnte aber auf die Schnelle nicht feststellen, ob die Abkürzung GPC vorkam.

Unter der Schreibtischauflage schaute die Ecke einer Grußkarte hervor. Nach einem kurzen Blick zur Tür zog Johanna sie heraus. »Willkommen zurück«.

Von den Angestellten? Oder Patienteneltern? Vielleicht etwas geschmacklos nach dem Mord an seiner Vorgängerin, aber keine Erklärung für seine Nervosität.

»Frau ...?« Lehmann stand plötzlich wieder in der Tür.

Johanna versteckte die Karte hinter ihrem Rücken. »Brenner«, ergänzte sie.

»Kommen Sie mit in den Pausenraum?« Er runzelte die Stirn.

»Entschuldigung. Hab nur schnell noch etwas getrunken. Mein trockener Mund ... die Erkältung.«

Der Arzt sah aus, als glaube er ihr kein Wort, verschwand aber trotzdem in den Flur. Johanna legte die Karte zurück. Gerade noch mal gut gegangen. Wenn er sich bei Cornelia Gruber wegen Verletzung des Arztgeheimnisses beklagen würde, wäre die sicher not amused. Sie fühlte nach dem Zettel in ihrer Hosentasche.

Ich werde schon rausfinden, wer du bist und warum du diesen Hilferuf geschrieben hast, Leonie!

***

Was hatte die Kommissarin an seinem Schreibtisch gewollt? Mit Sicherheit nicht nur Wasser trinken. Der Computer ist aus, beruhigte Uwe Lehmann sich. Außerdem war der Name Fink gar nicht gefallen. »Kommen Sie bitte auch mit«, rief er Beate im Vorbeigehen zu. »Und stellen Sie das Telefon solange leise.«

»Aber die Patientenakten? Soll ich die hier offen liegen lassen?«

Er zögerte. Sie hatte recht, es waren schon wieder Patienten im Wartezimmer. Doch vorübergehend musste die offene Tür der Teeküche ausreichen. »Ich behalte den Empfang im Blick. Und gehe gleich selbst nach vorne.«

So voll war die kleine Teeküche noch nie gewesen. Lehmann quetschte sich neben Melanie, eine rundliche, liebenswürdige Enddreißigerin, auf die Bank und bot der Polizistin den letzten freien Stuhl an.

»Danke, ich halte mich lieber etwas abseits mit meiner Erkältung«, sagte die Kommissarin und stellte sich neben Beate, die ebenfalls stehen geblieben war. In der Mitte des Tisches stand eine zur Hälfte gegessene Riemchentorte, von der Melanie ihm jetzt anbot. Lehmann hatte keinen Appetit, obwohl er die Variante mit Aprikosen normalerweise gerne aß.

Kommissar Holtz, dessen Namen er sich sofort hatte merken können, setzte sich auf den letzten freien Platz und wandte sich an die Angestellten. »Sie haben die letzten Wochen mit Dr. Hendricks gearbeitet. Hatte sie mit jemandem Streit? Eltern? Oder Kollegen?«

»War ihr Ex-Freund denn nicht der Täter?« Nadine sah überrascht aus.

»Warum glauben Sie, dass er sie getötet hat?«, fragte der Kommissar zurück. Auch er lehnte den Kuchen mit einem Kopfschütteln ab.

»Weil das … im Internet stand.« Das Lehrmädchen errötete. »Außerdem hat er sie doch … gestalkt, oder?« Sie sah hilfesuchend ihre Kolleginnen an.

»Ja, der hat die regelrecht verfolgt, wenn Sie mich fragen«, stimmte Melanie zu und fuchtelte mit der Kuchenschaufel herum. »Von Tag eins an ist der immer wieder hier aufgetaucht, hat Blumen abgeben lassen, und ständig ging das Telefon. Wenn das kein Stalking war, weiß ich es auch nicht. – Möchten Sie vielleicht ein Stückchen Ledderkes-Taat, Frau Kommissarin? Ganz frisch.«

»Nein, danke.« Frau Brenner wirkte genervt.

»Yvonne tat mir leid.« Julia, die vierte der Angestellten, legte beide Hände um ihre Bechertasse. »Sie war eine tolle Ärztin. Die hatte ein Händchen dafür, die Patienten zum Lachen zu bringen. ›Du musst nicht nur auf ihren Körper achten, sondern auch auf ihre Seele‹, hat sie gesagt.«

Yvonne, registrierte Uwe irritiert. Er hatte immer darauf bestanden, dass die Angestellten ihn siezten. Für ihn war das keine Frage der Hierarchie, sondern des professionellen Abstands.

»Die war wie eine Freundin für alle«, stimmte Melanie zu. »So gar nicht von oben herab. Man konnte sie alles fragen.« Sie legte endlich das Besteck beiseite.

»Stimmt, sie war echt fair.« Julia sah zu Beate hinüber. »Als du versehentlich das falsche Rezept rausgegeben hast, hat sie nur gesagt, das könne jedem mal passieren.«

Ein falsches Rezept? Das war ihm in den dreißig Jahren mit Beate nie passiert. Nach dem Tod ihrer Mutter war sie ein bisschen unkonzentriert gewesen, ja. Aber vielleicht hatte es an der neuen Software gelegen. Vielleicht war sie damit nicht klargekommen.

»Und wie war Ihr Verhältnis zu Dr. Hendricks?« Der Kommissar drehte sich auf seinem Stuhl zu Beate um.

»Gut.« Beate verschränkte die Arme vor der Brust, als wollte sie kein weiteres Wort mehr dazu sagen. Dann fuhr sie doch schulterzuckend fort. »Sie war fleißig. Geduldig mit den Kindern.«

Das hat bei ihren Anrufen aber manchmal ganz anders geklungen, dachte Uwe. Doch er würde den Teufel tun, der Polizei davon zu erzählen. Das hatte schließlich nichts mit dem Mord zu tun.

»Zu ihren Privatangelegenheiten kann ich nichts sagen, da habe ich mich rausgehalten«, schloss Beate ihr kurzes Statement.

»Dr. Fürst ist nicht länger tatverdächtig«, warf die Kommissarin ein. »Aber haben Sie wirklich nichts beobachtet, was Ihnen merkwürdig vorkam? Keine Konflikte? Kein lautes Wort?« Sie sah von einer Angestellten zur nächsten.

»Nein, sie hat mit niemandem Streit gehabt.« Melanie hatte von irgendwoher eine Schachtel Pralinen genommen und zerrte an der Zellophanverpackung. »Fragen Sie doch im Wartezimmer nach, wie beliebt sie gewesen ist.«

Im Flur brüllte ein Kleinkind los. Aufgeregte Frauenstimmen beschuldigten ihre Sprösslinge gegenseitig, dem Kleinen an den Haaren gezogen zu haben.

»Soll ich draußen gucken?« Nadine sah ihn fragend an.

Das Lehrmädchen hatte recht. Die Arbeit wartete. Uwe wandte sich an Kommissar Holtz. »Wenn Sie keine weiteren Fragen haben, können wir das Gespräch vielleicht jetzt beenden. Sie hören doch, dass hier niemand etwas mitbekommen hat.«

»Doch, es gab einen Streit«, sagte Beate Grunau plötzlich.

»Der Vater eines autistischen Jungen hat sich Freitagnachmittag mit Dr. Hendricks gestritten.«

»Redest du von dem Notfall letzte Woche?« Julia überlegte. »Der war doch am Donnerstag.«

»Der Notfall, ja. Aber Freitag stand Herr Majewski nach der Sprechstunde plötzlich in der Tür. Ich war gerade dabei, noch Unterlagen zu sortieren.«

»Bitte keine Namen!«, fuhr er sie an. Dass ausgerechnet sie sich verplapperte, die Hüterin aller Patientenakten. Aber es war schon zu spät.

»Weswegen hatte Herr Majewski Streit mit ihr?«, fragte die Kommissarin sofort nach. »Und betraf der Notfall den autistischen Jungen?«

Beate schwieg jetzt. Sie sah ihren Chef fragend an.

»Wenn Sie die Patientenakte einsehen wollen, müssen Sie mit einem richterlichen Beschluss wiederkommen«, griff er ein. Er kannte die Majewskis seit Jahren. Liebevolle Eltern. Vielleicht manchmal etwas überfordert. Aber wer wäre das nicht mit einem Kanner-Autisten? »Das wissen Sie besser als ich«, ergänzte er ärgerlich. Es würde ihm nebenbei Zeit verschaffen, nach der Akte Fink zu suchen.

»Nur eine Frage noch.« Diese Brenner ließ nicht locker. »Hat der Junge eine Schwester, die Leonie heißt?«

Woher wusste sie das? Er bemerkte, dass selbst der Kommissar seine Kollegin irritiert anschaute.

Beate zuckte die Achseln, aber ihr Gesicht sprach Bände.

»Und hatte der Streit vielleicht mit einem Mittel namens GPC zu tun?«

Jetzt reichte es aber. »Bitte, Frau Brenner. So geht das nicht. Wenn Sie mehr wissen wollen, kommen Sie mit einem Beschluss wieder.« Das Heulen im Flur wurde ohrenbetäubend. »Nadine, gehen Sie nach dem Rechten sehen.« Das Lehrmädchen verschwand erleichtert aus der Teeküche. »Und die anderen –«

»Frau Grunau, hat dieser Majewski vielleicht auch Sie angegriffen?«, fiel Kommissar Holtz ihm ins Wort. »Hat er Sie beleidigt oder angeschrien? Ihnen vielleicht sogar gedroht?«

Das war ja eine ganz suggestive Nummer. Aber Beate musste die Frage vermutlich beantworten.

»Er hat mich beiseitegedrückt, weil ich ihn nicht zu Dr. Hendricks ins Büro lassen wollte.« Sie nickte mit Nachdruck.

»Das könnte man als tätlichen Angriff werten. Sie könnten Anzeige erstatten«, sagte Holtz.

»Tätlicher Angriff? Das ist doch absurd.« Uwe Lehmann stieg das Blut in den Kopf. »Sie manipulieren eine Mitarbeiterin von mir, Anzeige gegen den Vater eines behinderten Jungen zu erstatten, nur weil er vielleicht ein bisschen impulsiv war.«

»Das zu bewerten, müssen Sie schon uns überlassen«, schoss der Kommissar zurück. Bis eben war Holtz ihm noch sympathisch gewesen. Aber jetzt sah er so verdammt selbstzufrieden aus.

»Ich kenne die Familie seit Jahren. Es muss sich um ein Missverständnis handeln. Sie machen da gerade aus einer Mücke einen Elefanten.« Damit wir die Adresse rausrücken, ergänzte er in Gedanken.

»Manchmal tun Menschen Dinge, die man ihnen niemals zugetraut hätte.«

Die heisere Stimme der Kommissarin hatte etwas Belehrendes, das Lehmann noch ärgerlicher machte.

»Wir wollen nichts aufbauschen, was harmlos war«, fuhr sie fort. »Aber wir werden mit Herrn Majewski sprechen müssen.«

»Dann tun Sie, was Sie nicht lassen können.« Er hielt ihr demonstrativ die Hand hin. Für ihn war das Gespräch beendet. »Ich muss wieder an die Arbeit.« Er war nicht für eine Woche in den Dienst zurückgekehrt, um sich mit der Polizei rumzuärgern. Die Patienten brauchten ihn dringender. Außerdem wollte er möglichst schnell einen Blick in die Akte von Lukas Majewski werfen. Was konnte zwischen der Familie und Dr. Hendricks schiefgelaufen sein?

***

»Du kommst aber spät«, begrüßte ihre Mutter Leonie, als sie das Krankenzimmer betrat. »Es gibt gute Nachrichten.«

Schon zum zweiten Mal an diesem Tag gute Nachrichten. Leonie war zu müde, um sich wirklich zu freuen. Außerdem lag das Smartphone immer noch wie ein Stein in ihrer Schultasche. »Ich hab doch dienstags immer Schülerzeitung. – Darf Lukas bald nach Hause?«

Ihre Mutter strahlte. »Freitag! Sie wollen ihn nur zur Sicherheit noch ein paar Tage beobachten.«

»Ist ja super.« Leonie warf ihren Anorak aufs Fußende von Lukas' Bett. »Hallo, Lukas. Du kommst bald nach Hause.«

»Nach Hause, nach Hause«, echote ihr Bruder. Er drückte sich die Nase schon wieder am Fenster platt, aber von Krankenwagen war weit und breit nichts zu sehen. »Nach Hause, auf Lukas' Planeten.«

Leonie lachte. »Nein, Lukas, nach Hause zu Leonie und Papa. Wir haben übrigens gestern eingekauft, Papa und ich. Auch Pudding für dich, Lukas.« Sie wandte sich wieder ihrer Mutter zu. »Und zwar so viel Zeug ... Ich glaube, du brauchst einen Monat nicht mehr einkaufen zu gehen.«

»Ja, ich habe eben mit Papa telefoniert. Er freut sich so.«

Leonie setzte sich neben Lukas aufs Bett. Jetzt war doch eigentlich alles gut. Warum rumorte es immer noch in ihrem Bauch? Sie hätte gerne mit ihrer Mutter über den Einbruch in Papas Wagen gesprochen. Im Bus hatte sie gelesen, dass der Ex-Freund von Dr. Hendricks schon gestern von der Polizei verhaftet worden war. Dann konnte er das Auto nicht durchsucht haben. Wer war es dann gewesen? Aber Mama hatte genug mit Lukas zu tun. Sie würde sich nur aufregen, wenn sie von der Sache erfuhr.

Vielleicht sollte sie das iPhone auf dem Weg nach Hause einfach wegwerfen. Ihr Vater arbeitete lang, sie musste den Bus nehmen. War doch egal, warum es bei ihm unter dem Beifahrersitz gelegen hatte. Der Akku war sowieso komplett leer. Und das Passwort kannte keiner. Niemand konnte etwas mit dem Handy anfangen.

»Alles in Ordnung, Leonie? Du siehst müde aus.« Ihre Mutter strich ihr über den Kopf.

»Ja, alles okay, Mama. Ich hab nur schlecht geschlafen.«

Nicole nickte. »Wird Zeit, dass ich nach Hause komme. Diese Hin- und Herfahrerei nach der Schule ist zu anstrengend. Du brauchst deinen Bruder nicht jeden Tag zu besuchen, Leonie.«

»Nach Hause kommen«, mischte sich Lukas ein und schaukelte vor und zurück. »Nicht besuchen. Nicht besuchen.«

»Ja, du gehst nach Hause. Ach, ich freu mich.« Leonie sprang vom Bett ihres Bruders auf und umarmte ihre Mutter. Das hatte sie schon lange nicht mehr getan. »Ich hab euch vermisst.« Das war nicht mal gelogen.

Es klopfte, laut und bestimmt. Warum kam die Krankenschwester nicht rein? Leonie ging zur Tür und öffnete. Über einem Mundschutz sahen sie blaue Augen mit hellen Wimpern an. Die Frau trug keinen Kittel. Komische Ärztin.

»Nicht erschrecken.« Sie hatte eine tiefe Stimme und lauter Sommersprossen im Gesicht, die sich bewegten, wenn sie sprach. »Die Schwester wollte mich mit meinen Erkältungsviren nicht ohne Mundschutz hier reinlassen. Sieht spooky aus, ich weiß. Bist du Leonie?«

Hinter ihr stand ein Mann, den Leonie auch noch nie auf der Station gesehen hatte. Sie nickte. Woher wusste die Fremde, wer sie war? Und warum schaute sie sie so neugierig an? Lukas reagierte nicht auf die Besucher, sondern sah gleichmütig weiter aus dem Fenster.

»Johanna Brenner.« Die Frau reichte ihrer Mutter die Hand. »Ich bin Kommissarin bei der Kripo in Krefeld. Und das ist mein Kollege Holtz. Können wir Sie einen Augenblick sprechen?«

Leonies Magen krampfte sich zusammen. Polizei! Die suchten bestimmt nach dem Handy. Sie suchte in der schmalen Lücke zwischen der Wand und dem Kopfende von Lukas' Bett Schutz.

»Brenner und Holz. Holz und Brenner. Holz brennt«, echote ihr Bruder. Manchmal würde sie gerne mit ihm tauschen. In ihrer eigenen Welt leben. Nicht begreifen, was vor sich ging. Die Kommissarin lachte über Lukas' Wortspiel und musste gleich darauf husten.

»Ist meinem Mann was passiert?« Ihre Mutter stand noch immer mitten im Raum.

»Nein, nein.« Der Kommissar ergriff das Wort. »Keine Angst. Aber vielleicht gehen wir besser auf den Flur.«

Leonie traute sich nicht, ihrer Mutter zu folgen, obwohl sie zu gerne wissen wollte, was die Polizei mit ihr besprach. Vorsichtig öffnete sie die Tür einen Spalt und lauschte.

»Es geht um den Tod von Frau Dr. Hendricks«, begann Kommissar Holtz.

»Dr. Hendricks ist tot?« Die Stimme ihrer Mutter klang erschrocken. »Aber wieso? Was ist denn passiert?«

»Sie wurde Opfer eines Gewaltverbrechens.«

Nicole gab einen erstickten Laut von sich. »Ermordet? Das ist ja schrecklich.«

»Sie wussten das noch nicht? Dr. Hendricks war doch die Ärztin Ihres Sohnes, oder?« Der Polizist klang skeptisch.

»Schon. Aber ich bin seit Donnerstagabend mit Lukas hier im Krankenhaus.«

Leonie konnte den Hustenreiz nicht länger unterdrücken. *Zu blöd.*

Die Kommissarin öffnete die Tür ganz und lächelte sie an. »Hast *du* schon davon gehört? Du hattest doch auch Kontakt zu Dr. Hendricks.« Sie zwinkerte ihr zu.

Mist. Leonie sah kurz zu ihrem Bruder, dann schob sie sich ebenfalls in den Flur. Ahnten die Polizisten etwas von Papas Streit? Von dem iPhone? Hitze stieg ihr ins Gesicht. »Ich hab's in der Schule erfahren.«

»Warum hast du mir nicht davon erzählt, Liebes? Bist du deshalb so mitgenommen?« Ihre Mutter wollte ihr über den Kopf streicheln, aber Leonie schüttelte die Hand ab. Das war ihr peinlich vor dieser Frau Brenner. Sie war doch kein Kind mehr.

»Wir versuchen, den Ablauf der letzten Tage von Dr. Hendricks zu rekonstruieren«, nahm der Polizist das Gespräch wieder auf. »Sie sind seit Donnerstagabend hier, Frau Majewski. Die Kinderärztin hatte die Einweisung veranlasst, richtig?«

Leonie hörte wie erstarrt zu. Würde Mama denen von diesen bescheuerten Tropfen erzählen? Und dass Papa Lukas deswegen die Grippemedizin nicht gegeben hatte? Oder wussten die sogar schon davon?

»Ja, wir hatten einen Fehler gemacht«, sagte ihre Mutter leise. Sie lehnte sich neben dem Türrahmen an die Wand.

»Was für einen Fehler?«, hakte der Kommissar nach.

»Wir haben nicht gemerkt, wie schlecht es Lukas ging.«

Natürlich habt ihr das gemerkt, dachte Leonie. Sie spürte, dass Frau Brenner sie beobachtete. Sie versuchte ein Lächeln.

»Er hatte die Grippe, und Dr. Hendricks hatte ihm was verschrieben. Aber mein Mann …« Ihre Mutter zögerte.

»Papa hat gedacht, das wird auch so wieder«, platzte es aus Leonie raus. Typisch Mama, dass sie die ganze Schuld auf Papa schieben wollte. »Und du hast nichts getan.« Die Polizisten wechselten einen Blick.

»Was meinst du mit ›nichts getan‹?«, fragte der Mann jetzt sie. *Verdammt.* Sie sollte den Mund halten.

»Ach, nichts.« Warum blickte die Kommissarin sie so an? Wie mit Röntgenaugen.

»Wir haben ihm die Medikamente nicht gegeben, weil mein Mann dachte, das verträgt sich nicht mit dem Mittel gegen den Autismus.« Nicole sah zu Boden.

»Ein Mittel gegen Autismus?«, fragte Frau Brenner nach.

Wie peinlich. Die wusste sicher ganz genau, dass man Autismus nicht heilen konnte. Nur ihre Eltern waren so verpeilt.

»Ein Kollege hat es ihm empfohlen. Dessen Frau hat damit ihre Migräne wegbekommen.« Jetzt sah ihre Mutter die Kommissarin fast trotzig an.

»Sie reden von GPC?«

Sie wusste es also. Wie selbstbewusst sie dastand. Breitbeinig, mit verschränkten Armen. Die hatte sicher immer alles im Griff.

»Sie kennen das?«, fragte ihre Mutter überrascht zurück.

»Dr. Hendricks hat sich ausführlich über GPC informiert«, erklärte Frau Brenner. »Hatte das mit Ihrem Sohn zu tun?«

»Und wenn schon.« Nicole zuckte die Achseln. »Sie war natürlich sauer, dass wir ihm die Grippemedikamente nicht gegeben haben. Und sie hielt GPC …«, ihre Stimme wurde noch leiser, »na ja, sie hielt es für Betrug.«

»Betrug?« Jetzt redete der Kommissar wieder. Energischer. »Das Problem war wohl eher, dass Sie Ihrem Sohn die Grippebehandlung verweigert haben. Und zwar so lange, bis er ins Krankenhaus musste.«

»Es ist doch schon wieder gut.« Ihre Mutter schob den Jade-Anhänger an ihrer Kette hin und her. »Die Krise war eine ganz normale Entwicklung. Das sagt auch der amerikanische Heiler, mit dem wir gechattet haben. Vor der Heilung kommt immer noch mal eine Krise. Wir hätten das schon durchgestanden, zu Hause. Aber Dr. Hendricks –«

»Mama, er wäre fast gestorben!« Leonie hielt es nicht mehr aus. »Du kapierst aber auch gar nichts.«

»Dein Vater hat gesagt –«

»Immer schiebst du alles auf Papa! Du hast doch danebengesessen. Lukas hat nichts mehr gegessen und getrunken, nicht gesprochen, nichts. Er hat geglüht vor Fieber, und du hast nichts gemacht!«

Leonie spürte die Hand der Kommissarin auf ihrer Schulter, aber sie nahm alles nur noch wie durch Nebel wahr. Die ganze Zeit hatte sie den Mund halten müssen.

»Du wärst schuld gewesen, wenn er gestorben wäre. Nicht Papa!« Ihre Stimme war schrill. »Und mir hast du das Handy weggenommen, damit ich die Ärztin nicht anrufen kann. Sie hat gesagt, das war unterlassene Hilfeleistung. Sie hat gesagt, er wäre gestorben. Ich hasse dich! Ich hasse euch!«

In ihren Ohren rauschte es. Sie musste hier weg. Die dunkle Stimme von Frau Brenner sagte etwas zu ihr, es klang besänftigend, aber Leonie rannte in Lukas' Zimmer, schnappte ihre Schultasche und stürmte an den überraschten Polizisten vorbei durch den Stationsflur. Vor dem Schwesternzimmer konnte sie im letzten Augenblick einem Getränkewagen ausweichen und lief an den vielen bunten Zimmertüren vorbei, ohne sich um die Blicke anderer Eltern zu kümmern. Ein Pfleger rief ihr etwas hinterher.

Endlich war sie im Treppenhaus. Dort war es kühler und leer. Leonie zog ihre Tasche enger an den Körper, unterdrückte ein Schluchzen. Treppen, Treppen, noch mal Treppen, dann erreichte sie das Foyer der Klinik. Alles war zu viel, die Menschen, die Stimmen, die Gerüche. Sie stieß mit einem Rollstuhlfahrer zusammen und entschuldigte sich hastig. Dann war sie an der frischen Luft. Ein Krankenwagen fuhr mit Blaulicht an ihr vorbei, sie spürte wieder die Angst vom letzten Donnerstag, als das Blaulicht vor ihrem Wohnhaus Lichtreflexe geworfen hatte. Als sie Lukas abgeholt hatten.

Unter der Überdachung eines Seiteneingangs blieb Leonie stehen, rang nach Luft. *Scheiße.* Das Leben war einfach beschissen. Sie begann zu schluchzen. Warum war sie nicht erwachsen? Dann könnte sie jetzt weggehen. Weg von ihrer Mutter, weg von ihrem Vater und weg davon, dass sie Lukas nicht einfach so lieben konnten, wie er nun mal war.

Neben dem Parkhaus hing prall und rund eine orangefarbene Sonne und ließ den Horizont in wunderschönen Rottönen leuchten. Der Himmel sah selbst durch die Tränen noch toll aus. *Papa, du darfst einfach nichts mit dem Tod dieser Ärztin zu tun haben.*

***

Johanna wartete im Klinikeingang darauf, dass das Mädchen sich beruhigte. Endlich hörte Leonie auf zu weinen.

»Darf ich dir Gesellschaft leisten?« Sie ging langsam auf sie zu und hielt ihr ein Taschentuch hin. »Ich stelle auch keine blöden Fragen mehr.«

Leonie nahm das Papiertaschentuch und schnäuzte sich.

»Ich weiß, dass du eurer Kinderärztin Bescheid gesagt hast wegen Lukas.« *Und das, obwohl deine Mutter dir das Handy weggenommen hat.*

Das Mädchen nickte unsicher.

»Warst du nicht auch krank? Deine Mutter sagte, dein Bruder und du, ihr hättet beide mit einer Virusgrippe im Bett gelegen.«

Wieder ein Nicken und ein scheuer Blick, der sofort zurück zu den Schuhspitzen wanderte. War sie wegen ihres Bruders so verstört, oder hatte sie Angst vor der Polizei? Johanna zog den Zettel mit der großen, runden Schrift aus ihrer Hosentasche und faltete ihn auseinander.

»Coole Idee mit dem Brief. Wie hast du ihn zu Dr. Hendricks gebracht, wenn du krank warst?«

Leonie schaute verblüfft auf das Stück Papier. »Wo haben Sie das her?«

»Aus der Hosentasche eurer Kinderärztin.«

»Sie hatte meine Nachricht bei sich, als sie umgebracht wurde?«, fragte Leonie erschrocken. Ihre Augen schwammen schon wieder in Tränen.

»Nein, nein, sie trug einen Rock an dem Abend«, beeilte sich Johanna zu entgegnen. Das fehlte noch, dass sie das Mädchen zusätzlich verstörte.

Leonie atmete tief durch. »Ich habe ihn meiner Freundin mitgegeben, als sie mir die Hausaufgaben gebracht hat.«

Johanna musste grinsen. Ganz schön gewitzt, die beiden Teenager. »Finde ich toll, dass dein Bruder sich so auf dich verlassen kann.«

Und deine Eltern auch, selbst wenn sie das gerade nicht begreifen.

Leonie zuckte die Achseln. »Antonia ist in Ordnung. Sie hat mir schon oft geholfen.«

»Eine echte BFF.« Best friends forever. Johanna benutzte die Abkürzung zwar selbst nicht beim Chatten, aber das Mädchen lächelte zum ersten Mal. »Das war mutig von dir, dich gegen deine Eltern durchzusetzen. Hätte ich mich in deinem Alter nicht getraut.«

»Sie hatten Angst vor Ihren Eltern? Kann ich mir gar nicht vorstellen.« Leonies Stimme klang ungläubig.

»Weil ich Polizistin bin und Verbrecher jage?« Sie lachte. »Erstens bedeutet das nicht, dass man nicht auch manchmal Angst hat, und zweitens war das ein langer Weg dahin.«

Der glühend rote Ball der Sonne verschwand endgültig hinter dem Horizont. Johanna betrachtete die erleuchteten Rechtecke an der Fassade des Krankenhauses und fragte sich, welche Dramen sich hinter den Fenstern gerade abspielen mochten. Sie war nur wenig älter gewesen als Leonie, als sie selbst wochenlang hier auf der Intensivstation gelegen hatte.

»Du hast deinem Bruder das Leben gerettet. Das war toll von dir, Leonie.«

Das Mädchen hatte die Arme um den Körper geschlungen und rieb sich die Oberarme. »Das hat Dr. Hendricks auch gesagt.«

»Also sind wir schon zwei. Dann könntest du es ja jetzt mal glauben.«

»Meinen Sie?«

Nun mussten sie beide lachen.

Auch Johanna begann zu frieren. Wurde aber auch wirklich frostig hier draußen. Und Leonie hatte nicht mal eine Jacke an. Sie zog den Parka aus und hängte ihn dem Mädchen über die Schultern. Ein ungewohnt fürsorgliches Gefühl machte sich in ihr breit. Muttergefühle, dachte sie überrascht. Fühlte sich schön an.

»Wollen wir reingehen? Sonst liegen wir morgen beide krank im Bett.«

Leonie zog den Parka über ihren Schultern zusammen. »Danke.« Sie wich Johannas Blick wieder aus. »Muss Lukas jetzt eigentlich ins Heim? Oder zu Pflegeeltern?«

Hatte sie deswegen Angst? Vielleicht hatte Dr. Hendricks das Jugendamt ins Spiel gebracht. Gut möglich bei der Unvernunft von Lukas' Eltern.

»Damit kenne ich mich leider nicht aus, Leonie.« Johanna legte dem Mädchen einen Arm um die Schulter und führte es zum Klinikeingang. »Aber so schnell passiert das nicht. Deine Eltern haben zwar einen Fehler gemacht, aber immerhin in guter Absicht gehandelt. Da gibt es ganz andere Fälle … wenn Eltern schlagen … Kinder einsperren.«

Leonie sah nicht beruhigt aus. Wie konnte sie sie dazu bringen, ihr zu vertrauen?

»Magst du einen heißen Kakao? Da vorne ist ein Automat.« Die Wärme im Foyer tat gut. Leonies Augen sahen im weißen Licht der Deckenlampen müde und gerötet aus.

»Ich muss zurück zu meiner Mutter. Lukas hat sich bestimmt aufgeregt. Er spürt immer sofort, wenn etwas nicht in Ordnung ist.« Sie gab Johanna den Parka zurück und schlang stattdessen wieder die Arme um ihren Oberkörper.

Sie sieht so verloren aus. »Warte bitte noch, bis mein Kollege runterkommt.« Johanna warf einen Euro in den Automaten. »Kakao? Oder lieber was anderes?«

»Nein. Kakao ist gut.«

Sie schwiegen, während erst der Kakao, dann ein Kaffee für Johanna in den Becher lief. In Leonies Gesicht arbeitete es.

»Warum wollen Sie eigentlich mit meinem Vater reden?« Sie wärmte sich die Finger an dem heißen Getränk. »Ich dachte, Sie hätten schon jemanden verhaftet.«

»Zu den Ermittlungen darf ich nichts sagen.« Johanna zögerte. Da war mehr bei Leonie als die Angst, dass ihr Bruder aus der Familie genommen wurde. Wusste sie etwas, das mit dem Tod der Kinderärztin zu tun hatte? Johanna beschloss, mit offenen Karten zu spielen. »Dein Vater hat sich mit Dr. Hendricks gestritten.« *Und sie war dabei.*

Leonie guckte auf den Becher in ihrer linken Hand und umklammerte mit der rechten fest ihre Tasche.

»Ein Streit bedeutet natürlich erst mal gar nichts. Aber trotzdem müssen wir ihn fragen, was da los war.« Sie wollte das Thema beenden. Am Riemen von Leonies Schultasche bemerkte sie ein kleines Stofftier. »Du magst Fledermäuse?«

Das Mädchen löste sich aus seiner Erstarrung. »Die sind total cool. Wie sie hin und her fliegen mit ihrem Ultraschall. Die wechseln so schnell die Richtung – so schnell kann man gar nicht gucken.«

Gutes Thema. Johanna lächelte. »In Berlin habe ich sie im Sommer manchmal jagen sehen. Wenn ich spät nach Hause gekommen bin und nicht gleich pennen konnte. Aber in den letzten Wochen … Die sind bestimmt schon im Winterschlaf.«

»Die schlafen nicht wirklich«, widersprach Leonie und nippte an ihrem Kakao. »Sie drosseln Atmung und Kreislauf runter, damit sie weniger Energie verbrauchen. Aber sie kriegen noch mit, was um sie herum passiert.«

»Du weißt aber 'ne Menge. Ich war in Bio immer … na ja.« Johanna zwinkerte dem Mädchen zu. Ihr Kaffee war leer. Jetzt könnte der Kollege langsam kommen.

»Das habe ich nicht aus dem Bio-Unterricht. Ich hab mal mit Papa eine Exkursion zur Borner Mühle gemacht. Der Mann vom NABU hat uns gezeigt, wo Fledermäuse überwintern und dass man sie auf keinen Fall stören darf. Die Naturschützer kümmern sich auch um den Schnitt der Kopfweiden, damit sie als Lebensraum für die Fledermäuse und Steinkäuze erhalten –«

»Ach, hier seid ihr«, platzte Axel in Leonies Erläuterung. Das Mädchen erschrak.

»Ich geh dann hoch«, murmelte es hastig. »Danke für den Kakao.«

»Gern. War nett, mit dir zu reden.« Johanna streckte ihr zum Abschied die Hand hin. Bemerkte, dass Leonie zögerte. *Sie hat noch was auf dem Herzen.*

»Wir müssen jetzt los«, drängte Axel. Er sah irgendwie angefressen aus. Aber Johanna wollte Leonie nicht so stehen lassen.

»Ich hab noch keine Visitenkarte von meiner neuen Dienststelle, aber«, sie nahm eine Berliner Karte aus der Innentasche des Parkas und schrieb ihre private Handynummer auf die Rückseite, »unter dieser Nummer kannst du mich jederzeit erreichen.«

Leonie nickte vorsichtig.

»Du kannst mich wirklich anrufen, ja? Auch nachts.«

Axel runzelte die Stirn. »Wir müssen weiter, Frau Kollegin.«

Weshalb hatte der es plötzlich so eilig? Wollte er jetzt noch zu André Majewski? »Geh schon mal vor. Ich komme sofort.«

»Aber nicht noch so ’ne Glanzleistung wie gestern, bitte.« Mit dem Handy schon am Ohr rannte Axel zum Ausgang.

Johanna sah ihm nach. *Noch so ’ne Glanzleistung*? Er hatte doch selbst Kinder. Sie legte Leonie, die immer noch auf die Nummer auf der Visitenkarte stierte, als versuche sie, die Zahlen zu verstehen, eine Hand auf die Schulter. »Lass den ruhig motzen. Der kriegt sich schon wieder ein.« Wie sollte sie auf die Schnelle das Vertrauen einer Vierzehnjährigen gewinnen, wenn sich ihr Kollege wie ein Elefant im Porzellanladen benahm? »Als ich so alt war wie du, hatte ich einen schweren Unfall. Die Zeit danach hätte ich nicht überstanden, wenn ich nicht Menschen gehabt hätte, die ich jederzeit anrufen konnte. Deshalb mache ich das.«

Leonie nickte stumm und steckte die Karte ein.

»Versprich mir, dass du dich meldest, wenn du jemanden zum Reden brauchst.« Auch Johanna wandte sich zum Ausgang. »Und jetzt ab mit dir zu deinem Bruder. Der wundert sich bestimmt, wo du bleibst.«

***

»Was sollte das?« Axel fuhr mit quietschenden Reifen die enge, gewundene Ausfahrt des Parkhauses hinunter. »Spielst du jetzt Babysitter für die Tochter eines möglicherweise Tatverdächtigen?« Die Nachricht seiner Ex auf der Mailbox, die er auf dem Weg zum Wagen abgehört hatte, hatte seine Laune auch nicht gerade verbessert. David war nicht in der Schule gewesen.

Seine neue Kollegin antwortete nicht. Die machte wohl lieber alles mit sich allein aus.

»Rennst du immer einfach so aus Befragungen weg? Das war ein Mutter-Tochter-Konflikt. Das geht uns nichts an.«

Johanna blieb aufreizend ungerührt. »Hat Frau Majewski noch was gesagt, was uns weiterhilft?«, fragte sie.

»Wie denn?« Er musste in die Bremsen gehen, weil die Ampel auf Rot sprang. »Erst ist der Junge total ausgeflippt nach dem Auftritt seiner Schwester. Und dann hat sie nur noch geheult, dass sie das alles nicht gewollt hat und dass ihr Mann doch so ein lieber Kerl ist.«

Johanna bekam einen Niesanfall. Sie schnäuzte sich energisch in ein Taschentuch.

»Du gehörst ins Bett. Ich hab keinen Bock darauf, auch noch krank zu werden.« Axel beschleunigte und schlug den Weg zur Autobahn ein. Wenn sein Sohn glaubte, er könne jetzt bei Papa die Füße hochlegen, hatte er sich geschnitten. Morgen ging David zur Schule, sonst war Schluss mit lustig.

»Der vor uns bremst. Pass doch auf!« Johanna klammerte sich am Haltegriff fest.

»Hab ich gesehen«, murmelte Axel. Stieg diesmal so voll in die Eisen, dass das ABS ansprang. Gerade noch mal gut gegangen. Er warf einen Blick auf seine Kollegin. »Sorry.« War sie immer so ängstlich? »Trotzdem: Du kannst doch eine Minderjährige nicht ohne die Eltern befragen. Willst du morgen den nächsten Anschiss von der Gruber kriegen?«

»Ich habe sie nicht befragt.« Johanna ließ den Griff los und wischte sich den verschwitzten Pony aus der Stirn. »Und ich will auch nicht den Babysitter spielen. Aber ich war selbst mal vierzehn. Und die Kleine ist ziemlich verzweifelt.«

»Das verstehe ich ja. Aber es ist nicht unser Job.« Er griff nach den Säureblockern in der Mittelkonsole. »Ich muss mich auf dich verlassen können. Dass du nicht mittendrin wegrennst.« Er drückte gleich zwei Tabletten aus dem Blister. Zu viel Stress. Zu viel Zucker. »Sie sollten das nicht auf die leichte Schulter nehmen. Gehen Sie besser mal zum Arzt damit«, hatte die Apothekerin gesagt, als er sie nach einem stärkeren Medikament gefragt hatte. Wie sollte das gehen, wenn er nicht nur auf seinen Sohn, sondern auch noch auf die neue Kollegin aufpassen musste?

»Ich hab's verstanden.« Johannas Gesicht war rot und fleckig. Sie sah fiebrig aus.

Axel lenkte ein. »Wie ist es heute Mittag gelaufen? Mit der Chefin und Tom?«

»Frag nicht. Ich hab mich entschuldigt. Thema abgehakt.« Ihre Stimme wurde immer heiserer.

»Okay. Ich mach dir einen Vorschlag«, setzte er erneut an. »Wir checken im Präsidium gemeinsam, ob Kivelitz inzwischen das Handy von Dr. Hendricks orten konnte. Anschließend schreibe ich den Bericht über unseren Besuch bei Frau Majewski. Natürlich ohne zu erwähnen, dass du mit der Tochter geredet hast.« Er musste sie ja nicht unbedingt sofort wieder bei der Chefin reinreiten. »Und du fährst nach Hause und haust dich ins Bett.«

»Ist gut.« Sie lehnte den Kopf nach hinten und schloss die Augen. »Danke, Herr Holtz.«

Kleine Retourkutsche? Axel grinste. »Herr Majewski kommt übrigens morgen früh um halb acht ins Präsidium. Laut seiner Frau war er Sonntagabend zur fraglichen Zeit mit seiner Tochter Pizza essen.«

»Ach nee.« Johanna lachte leise. »Hat sie doch noch was gesagt.« Als sie fertig gehustet hatte, drehte sie den Kopf an die Kopfstütze gelehnt zu ihm hin. »Hat sie vom Streit zwischen ihrem Mann und Dr. Hendricks gewusst?«

»Das würdest du jetzt gerne wissen, was?« Er schob Billie Holiday in den CD-Player und ließ sie ein bisschen zappeln. »Hustenbonbon? Ist wohl nicht mehr ganz frisch.«

»Lieber eine Antwort.« Trotzdem wickelte sie das Pfefferminzbonbon aus dem schon verknitterten Papier und steckte es in den Mund.

»Sie wirkte erschrocken, als ich sie nach dem Streit gefragt habe. Das habe ihr Mann ihr gar nicht erzählt.«

Johanna nickte. »Sie ist überfordert. Und ihr Mann und Leonie halten alles von ihr fern, was sie noch mehr beunruhigen könnte.«

»Mag sein. Aber Lukas' Ausraster war wirklich heftig eben. Ich hab gedacht, der Junge zerlegt uns das Krankenzimmer.« Da konnte er froh sein, dass sein Sohn nur die Schule schwänzte. »Irgendwie hab ich sogar kapiert, warum die nach jedem Strohhalm greifen.«

»Einen Kanner-Autisten mit dem Zeug eines Ami-Predigers heilen wollen? Und ihm deshalb keine Grippemedikamente geben?«

»Hast ja recht.« Axel hatte keine Lust mehr, zu streiten. »Dr. Hendricks hatte damit gedroht, das Jugendamt einzuschalten. Das wäre allerdings ein mögliches Motiv.«

»Ach, deshalb.« Wieder hustete Johanna. Drehte sich weg. »Verflixt. Mich hat's ganz schön erwischt.«

»Deshalb ... was?«

»Deshalb hat Leonie mich gefragt, ob ihr Bruder jetzt ins Heim muss.«

Sie näherten sich der Autobahnauffahrt. »Soll ich dich gleich nach Hause bringen?« Axel wollte so schnell wie möglich mit David telefonieren.

»Danke. Aber nach dem, was ich mir gestern geleistet habe ...« Erneut schloss seine Kollegin erschöpft die Augen. »Außerdem steht mein Wagen am Präsidium.«

Er nahm vorsichtig die Kurve der Auffahrt und fädelte sich in den Verkehr ein. »But God bless the child that's got his own«, sang Billie Holiday.

Johanna drehte die Lautstärke auf. »Toller Song. Stehst du auf Jazz?«

Axel sah sie überrascht an. Vielleicht wurde das ja wirklich was mit einem Probelauf am Mikro. »Das KK11 jazzt Krefeld«. Wäre doch eine gute Headline.

»Ich schon. Aber du? Bist du nicht eher die Techno-Generation?«

Johanna zerbiss den Rest des Bonbons. »Das eine schließt das andere nicht aus. Aber ja, im Prinzip bin ich gerne mal auf 'nem Rave.«

»Mit 'nem bisschen Ecstasy oder Amphetaminen?«

»Vorsicht!« Sie sah ihn spöttisch an. »Keine falschen Unterstellungen.«

»War nur 'n Scherz. Unsere Mrs Holiday hier hat an der Nadel gehangen. Alkohol und Drogen. Nicht zu knapp.«

Sie schwiegen beide und lauschten den Songs, während Axel den Wagen durch den Feierabendverkehr lenkte. Vor dem Präsidium ließ er drei Streifenwagen passieren, die sich mit Blaulicht auf den Weg machten, dann steuerte er die nächste

Parklücke an. Johanna richtete sich stöhnend im Beifahrersitz auf.

»Ich muss kurz meinen Sohn anrufen, der hat schon wieder Mist gebaut.« Axel ließ die CD auswerfen, bevor er den Motor abstellte.

»Alles klar. Dann geh ich schon mal rein.«

Die Beifahrertür fiel mit dem ungesund schnarrenden Geräusch ins Schloss, das sie immer machte, seit David den Unfall gebaut hatte. Axel wählte seine Handynummer.

»Der Teilnehmer ist vorübergehend nicht erreichbar«, meldete die Stimme des Providers. *Auch noch feige, der Kerl.* Oder er hing schon jetzt in irgendeinem Club ab. »Na warte, Freundchen.« Dann musste die Standpauke bis morgen warten. Er würde nicht vor zweiundzwanzig Uhr zu Hause sein, wenn er den Bericht noch schrieb.

Mittwoch, 15. November

Johannas Schädel dröhnte. Sie war mit Fieber aufgewacht. Viel zu früh von einem Traum aus dem Schlaf gerissen worden. Wieder eine Gestalt, die sie würgte. Und wieder war sie gelähmt gewesen und hatte ihre Waffe nicht abfeuern können.

Die Luft im Vernehmungsraum war überhitzt und stickig. André Majewski gab widerstandslos zu, am Freitagnachmittag mit Dr. Hendricks gestritten zu haben. Johanna überließ Axel das Fragenstellen; mit ihrem Brummschädel hatte sie Mühe, sich zu konzentrieren.

»Wo waren Sie Sonntagabend zwischen achtzehn Uhr dreißig und neunzehn Uhr dreißig?«, fragte ihr Kollege den großen, breitschultrigen Mann, unter dem der Stuhl im Vernehmungsraum wie eingelaufen wirkte.

»Wieso Sonntagabend? Da hatte die Praxis nicht auf. Der Streit war am Freitag.«

»Bitte beantworten Sie meine Frage.«

Leonies Vater starrte auf seine riesigen Hände, die er im Schoß verschränkt hatte. »Sonntag ... warten Sie. Ich war bei meinem Sohn im Krankenhaus. Ja, genau.«

»Bis halb acht?«, fragte Axel nach. »Ist da die Besuchszeit nicht längst vorbei?«

Majewski zuckte die Achseln. »So genau weiß ich das nicht.«

Johanna räusperte sich, um den Hals frei zu kriegen. »Es wäre wichtig, Herr Majewski. Waren Sie allein in der Klinik? Was haben Sie danach gemacht? Bitte versuchen Sie, sich zu erinnern.«

Majewski presste seine Hände so fest zusammen, dass die Sehnen auf den Handrücken hervortraten. Er arbeitete als Möbeltischler. Das passte. Der konnte zupacken. Er hätte das Opfer aber auch mit bloßen Händen erwürgen können.

»Ich war mit meiner Tochter unterwegs«, sagte er. »Aber das hat Ihnen meine Frau doch schon erzählt.«

Axel, der in Unterlagen auf dem Tisch vor sich geblättert hatte, sah auf. »Wir möchten es gerne von Ihnen selbst hören.« Er zog ein Blatt heraus und setzte sich abwartend zurück.

»Pizza essen.« Leonies Vater fixierte einen Punkt an der Wand hinter Johanna. »Kocht ja gerade niemand zu Hause.«

»Und wo waren Sie Pizza essen? Wann genau? Was haben Sie gegessen? Was hat Ihre Tochter gegessen?« Axel sprach lauter. »Haben Sie vielleicht noch einen Beleg? Lassen Sie sich doch nicht jedes Wort aus der Nase ziehen.«

Der feuert aber los, dachte Johanna. Er glaubt ihm nicht. Tatsächlich wirkte Majewski unsicher. Jetzt drehte er den Ehering an seinem Finger hin und her.

»Herr Majewski, wir brauchen den Namen der Pizzeria«, wiederholte Axel.

»Weiß nicht mehr. Man merkt sich doch nicht alles. Aber ich muss wirklich zur Arbeit. Ich hab letzte Woche schon dauernd gefehlt. Wegen Lukas.«

»Sie erinnern sich nicht an den Namen der Pizzeria?« Axel spitzte süffisant die Lippen. »So groß ist Brüggen nun wirklich nicht. Soll ich mal nachschauen?« Er nahm sein Diensthandy aus der Hosentasche und öffnete den Browser.

»Wollen Sie sich vielleicht lieber mit einem Anwalt beraten?« Johanna beugte sich zu André Majewski. Er hatte die gleichen braunen Augen wie Leonie. Und wenn er Sonntagabend nicht mit ihr essen gegangen war, war er möglicherweise nicht nur ein Zeuge.

»Einen Anwalt?« Majewski sah sie verunsichert an. »Weil ich mich nicht an den Namen der Pizzeria erinnere? Ich bin halt nicht gut in so … Kopfsachen.«

»Sie hatten Streit mit Dr. Hendricks, weil sie das Jugendamt informieren wollte«, sagte sie leise. »Das ist für uns ein mögliches Motiv.«

»Aber das hatte ich doch längst mit ihr geklärt.« Leonies Vater wurde lauter. »Wieso sagen Sie ›Motiv‹?«

»Sie hatten das geklärt? Wirklich?« Axel legte das Handy wieder beiseite und fuchtelte mit einem Blatt Papier herum.

»Warum haben Sie sich dann am Sonntagabend in Geldern vor der Wohnung von Dr. Hendricks aufgehalten? Ich habe hier eine Zeugenaussage.«

War das eine Finte? Oder gab es wirklich einen Zeugen, der Majewski zur Tatzeit in Geldern gesehen hatte?

»Was für eine Aussage?«, fragte der misstrauisch.

»Fahren Sie einen silbernen Audi A4 Kombi, älteres Modell?« Axel gab sich fast gelangweilt.

Was sollte das? Warum hatte er ihr vor der Befragung nichts gesagt? Johanna nahm ihm das Blatt aus der Hand und überflog den Text. Einem Nachbarn An der Fleuth war der Kombi mit Viersener Kennzeichen aufgefallen, weil er seine Einfahrt zugeparkt hatte. Der Wagen war auf André Majewski zugelassen.

»Und auf der Heckklappe prangt ein Borussen-Aufkleber?«, setzte ihr Kollege nach.

Majewski senkte den Kopf und schwieg.

So geht das nicht. Wenn er am Tatort gewesen ist, müssen wir ihn über seine Rechte aufklären.

»Herr Majewski, ich mache Sie darauf aufmerksam, dass Sie ein möglicher Verdächtiger in einem Tötungsdelikt sind. Sie haben das Recht –« Johanna kam nicht bis zum Ende der Belehrung.

»Ja, Herrgott! Wenn Sie es eh schon wissen. Ich war vor dem Haus«, platzte Leonies Vater heraus. »Aber ich wollte nur mit ihr reden.«

»Sie wollten ›nur mit ihr reden‹?« Axel klang ironisch. »Aber dann ist mehr passiert als ›nur reden‹?«

Johanna stieß ihn von der Seite an. »Kann ich dich bitte kurz draußen sprechen?« Ihr Hals schmerzte, ihre Stimme war nur noch ein Wispern. Aber ihr Kollege ignorierte sie.

»Herr Majewski, Sie haben Familie. Ich bin sicher, Sie lieben Ihre Frau und Ihre Kinder.«

Johanna nahm eine Halstablette aus der Hosentasche und versuchte, ihre Stimme wiederzubeleben. Leonies Vater saß wie versteinert auf dem Zwergenstuhl und knetete seine Hände.

»Sie hatten Angst, dass Frau Dr. Hendricks das Jugendamt einschaltet. Das wird jeder verstehen. Auch ein Richter.«

Das ging jetzt aber wirklich zu weit. »Axel –«, setzte sie an, wurde aber erneut von Majewski übertönt.

»Ich wollte bloß mit ihr reden.«

»Sie sollten sich nicht selbst belasten«, sagte Johanna betont ruhig. »Sie haben das Recht, jederzeit einen Verteidiger zu befragen und Beweiserhebung zu Ihrer Entlastung zu beantragen. Haben Sie das verstanden?«

Dem Schreiner brach der Schweiß aus. Er sah verwirrt zwischen Axel und ihr hin und her. »Was für Beweise?«

»Wenn Sie ein Geständnis ablegen, wird man Ihnen das vor Gericht sicher zugutehalten«, nutzte Axel Majewskis Verständnislosigkeit. »Sie tragen eine große Verantwortung.«

»Axel«, zischte Johanna ihren Kollegen verärgert an, aber der fuhr fort.

»Sie sorgen für Ihre Familie. Nicht nur finanziell, richtig?« Seine Stimme dröhnte durch den Vernehmungsraum. »Sie stärken Ihrer Frau den Rücken, Sie sind Ihrer Tochter ein verlässlicher Vater. Immer sind Sie für alle da. Sie wollen, dass es Ihrer Familie gut geht. Und dann …« Er machte eine Pause, bevor er leise weitersprach. »Und dann machen Sie ein Mal einen kleinen Fehler.«

Johanna sprang wütend auf. Das war ein Verstoß gegen alle Regeln der Polizeiarbeit. Viel schlimmer als ihr eigener Fauxpas am Montag. »Sie müssen nichts auf die Einlassungen meines Kollegen erwidern. Ich schlage vor, wir machen eine Pause, und Sie können einen Anwalt –«

»Ein einziges Mal! Einen einzigen Fehler!«, unterbrach Axel sie.

Als ob ich gar nicht im Raum wäre.

»Nein! Sie ist gestürzt!« Majewski brüllte es fast.

Jetzt hat er ihn da, wo er ihn haben wollte. Johanna sank auf ihren Stuhl und blieb mit dem Blick an einem Fleck auf Majewskis Ärmel hängen.

»Ich wollte mit ihr reden, bevor Montagmorgen ist. Aber sie hat mir sofort mit der Polizei gedroht.«

»Sie wollten sie bitten, das Jugendamt nicht anzurufen am Montag.« Axel gab jetzt wieder den Einfühlsamen.

Majewski nickte. »Ich hatte ja kapiert, dass das ein Fehler war mit Lukas. Aber sie hat mir nicht mal zugehört. Die war irgendwie total neben der Spur.«

Kein Wunder nach dem Auftritt ihres Ex-Freunds. Ein letztes Mal versuchte Johanna, die Befragung zu unterbrechen. »Sie sollten sich nicht weiter selbst belasten, Herr Majewski. Klären Sie das besser erst mal mit einem Anwalt.«

Leonies Vater sah erschöpft aus. Erschöpft und unschlüssig. »Sie ist einfach nicht stehen geblieben. Da habe ich sie kurz am Handgelenk festgehalten«, murmelte er. »Plötzlich hatte sie voll die Panik und hat an ihrem Arm gezerrt.« Auf seiner Stirn standen Schweißtröpfchen. »Und als ich sie losgelassen habe, ist sie gestolpert. Rückwärts auf den Kopf gefallen. Mensch, das wollte ich doch nicht!«

Daher die Kopfverletzung. Johanna fragte sich, ob sie diesem Mann zutraute, die Ärztin zwanzig Minuten später erdrosselt zu haben.

»Ich wollte ihr helfen, aber … die hat total geblutet.« Majewski schaute auf seine Hände, drehte am Ehering. »Da habe ich Angst gekriegt.«

»Sie hätten einen Notarzt rufen können. Oder die Polizei.« Axel schlug einen eisigen Ton an.

»Ich weiß.« Leonies Vater klang verzweifelt. »Aber was sollte aus meiner Familie werden, wenn ich schuld an ihrem Tod bin? Ich hab an nichts anderes denken können. Bin einfach abgehauen.«

»Sofort nach dem Sturz?«

»Ich habe sie noch vom Bürgersteig ins Gebüsch gezogen. Und dann bin ich schnell weg.«

»Das heißt, Sie waren sich sicher, dass sie tot war?«, fragte Axel nach.

Majewski sah ihn verwirrt an. »Ja, schon. Sie ist mit dem Kopf auf so 'nen Betonpfeiler geschlagen. Wie im Fernsehen, und da war überall Blut und …« Majewski hielt inne. Plötzlich verstand er, worauf Axel hinauswollte. »Sie meinen, die war gar nicht tot?«

Das ist nicht gespielt. Er weiß nichts von dem Erdrosseln und der Zeit, die dazwischen verging. Erneut stand Johanna auf. Sie mussten die Befragung unterbrechen.

»Danke, Herr Majewski. Wir machen jetzt eine Pause. Axel, kommst du bitte?«

Der Kollege ignorierte sie schon wieder. »War es nicht eher so, dass Sie noch einmal zurückgekehrt sind? Um etwas an sich zu nehmen zum Beispiel? Etwas, das Sie belastet hätte?«

»War sie wirklich nicht tot?« Leonies Vater sah Johanna flehentlich an.

Sie konnte den Mann nicht so sitzen lassen. »Dr. Hendricks war bewusstlos, als Sie sie ins Gebüsch gezogen haben.« *Was der Kollege kann, kann ich auch.* »Und sie ist nicht an der Kopfverletzung gestorben.«

»Johanna!« Axels Stimme hatte einen warnenden Unterton. *Ach, jetzt auf einmal existiere ich wieder.*

»Aber woran ist sie denn gestorben?« Majewski sprang ebenfalls auf, wurde aber von dem Beamten, der bis jetzt reglos in einer Ecke des Raums die Befragung verfolgt hatte, sofort wieder auf den Stuhl gedrückt.

»Was haben Sie nach dem Verlassen des Unfallorts gemacht?« Johannas Sinne waren nur noch auf Majewski gerichtet. Sie wollte sehen, was in seinem Gesicht vor sich ging. Sie wollte jede Nuance seiner Stimme hören.

»Ich bin zu meinem Auto … also mit ihrer Handtasche … also weil ich nicht wollte …« Er verhaspelte sich. Nahm erneut Anlauf. »Ich bin eingestiegen und weggefahren.«

»Und Sie sind nicht wieder zurückgekommen?«

»Nein, natürlich nicht. Aber –«

»Frau Kollegin, kommen Sie mal bitte mit raus.« Axels Stuhl machte ein kratzendes Geräusch auf dem Boden, als er ihn mit Schwung nach hinten schob.

»Du willst eine Unterbrechung?« Sie sah ihn zornig an. »Auf einmal?« In Johannas Ohren rauschte es. Es war zu heiß hier drin. Zu viel Aggression. Zu viel doppeltes Spiel. Wenn Axel gegen die Regeln verstoßen durfte, dann konnte sie das auch.

Ich hab doch sowieso verschissen. Beim KK11 am Niederrhein. Eine bescheuerte Idee, sich auf die Versetzung einzulassen. Die wollten sie nicht in ihrem Team haben. Die würden immer einen Grund finden, sie an die Wand zu stellen.

»Yvonne Hendricks wurde erdrosselt«, sagte sie zu Majewski.

Axel knallte mit der Handfläche auf den Tisch. »Acht Uhr zwanzig. Unterbrechung der Befragung von André Majewski durch KHK Axel Holtz und KOK Johanna Brenner«, diktierte er ins Mikrofon.

Johanna hielt seinem Blick stand, bis er vor ihr den Vernehmungsraum verließ.

***

»Du spinnst wohl!« Axel konnte nicht warten, bis sie im Büro waren. »Täterwissen! Das ist kein Anfängerfehler, das ist ...« Ihm fehlten die Worte. »Das ist Sabotage! Du sabotierst unsere Ermittlungen.«

Zwei uniformierte Kollegen warfen ihnen neugierige Blicke zu.

»Aber *du* musst dich nicht an die Regeln halten?« Die Brenner riss ein Fenster im Flur auf und lehnte sich hinaus. »Du wolltest ihn in die Ecke treiben. Wir hätten längst unterbrechen müssen, das weißt du ganz genau.«

Ihre Heiserkeit reizte Axel nur noch mehr. Warum war sie nicht einfach zu Hause geblieben? »Du hast ihn über seine Rechte aufgeklärt. So what?« War nicht sein Problem, wenn ein Verdächtiger nicht darauf einging.

»Majewski hat doch gar nicht begriffen, was für Konsequenzen seine Aussage hat.« Sie rannte weiter, ohne das Fenster wieder zu schließen. »Er hat Yvonne Hendricks nicht getötet.«

»Und du weißt das?« *Verdammt kalt, die Luft draußen.* Er knallte den Fensterflügel zu und lief ihr hinterher. »Waren das deine Ermittlungsmethoden in Berlin? Hellsehen und Spekulieren? Jetzt kapier ich, warum das LKA dich loswerden wollte.«

Die Brenner war wirklich unberechenbar. Die Sache mit Tom am Montag hatte er ja noch nachvollziehen können. Das Mädchen gestern Abend, Schwamm drüber. Aber heute war sie definitiv zu weit gegangen. Majewski hatte Motiv und Gelegenheit. Von der Kraft ganz zu schweigen.

Die Luft im Büro roch nach dem Essigreiniger, mit dem die Böden im Präsidium geputzt wurden. Staubpartikel tanzten im Licht der niedrig stehenden Herbstsonne. Geblendet zog er den Lamellenvorhang zu. Hatten die Möbel immer schon so abgenutzt und hässlich ausgesehen? In fünf Minuten war Dienstbesprechung.

Johanna Brenner saß mit hochrotem Kopf an ihrem Schreibtisch und kämpfte mit dem Schraubverschluss einer Flasche Mineralwasser.

»Ich kapier's einfach nicht. Willst du nicht mit uns arbeiten, oder was?«

Sie setzte den Hals der Flasche an den Mund und trank in großen Zügen. Als ob sie in der letzten halben Stunde verdurstet wäre, dachte Axel genervt.

Auch danach schwieg sie. *Dann eben nicht.* Er griff zu seinem Handy. Vielleicht erreichte er David noch vor der Teamsitzung. Der war gestern nach Dienstschluss natürlich nicht mehr zu Hause gewesen. Hatte vermutlich bis in die Puppen in irgendeinem Club abgehangen und am Morgen um sechs so komatös geschlafen, dass jeder Gesprächsversuch gescheitert war. Auch jetzt ging nur die Mailbox dran.

»Und du?«, knarzte die angeschlagene Stimme der Brenner. »Willst du mit mir arbeiten?«

Sieh an, sie spricht wieder mit mir.

»Ich hab mindestens dreimal versucht zu unterbrechen, aber du hast mich komplett ignoriert. Ist das die Art, wie du mit Kolleginnen zusammenarbeitest?«

»Wenn Majewski auf einem Anwalt bestanden hätte, hätte ich unterbrochen.« Axel wischte mit dem Daumen über einen Kaffeekranz auf dem Schreibtisch. Genauso ein Saustall hier wie bei ihm zu Hause, seit David da hockte.

»Der Mann war komplett überfordert.« Sie putzte sich mit Nachdruck die Nase. »Du hättest mir sagen müssen, dass er zur Tatzeit in Geldern war. Wir hätten ihn von Anfang an nicht bloß als Zeugen befragen dürfen.«

Er hätte ihr sagen müssen …? Wer war denn auf den letzten Drücker zum Dienst erschienen? »Wenn du nicht so spät gekommen wärst, hätten wir die Befragung vorbereiten können. Teamwork. Kommt dir der Begriff bekannt vor?« Sie gehörte ins Bett. Dann wäre der ganze Mist gerade gar nicht passiert. »Und wenn du gesundheitlich nicht in der Lage bist, rechtzeitig zu kommen, dann lass dich krankschreiben.«

»Was ist hier los?« Die Chefin stand in der Bürotür. »Haben Sie nicht gerade einen Zeugen befragt?«

»André Majewski, den Vater des autistischen Jungen.« Johannas Stimme war nur noch ein Wispern.

Cornelia Gruber zog die Augenbrauen hoch. »Sie klingen aber arg mitgenommen.«

Recht hatte sie. Axel ergriff die Gelegenheit. Wenn er Ergebnisse präsentierte, konnte er am Freitag seinen freien Tag vielleicht doch noch haben. »Majewski war Sonntagabend am Tatort. Er hat einen Streit mit dem Opfer eingeräumt, der zum Sturz auf den Kopf führte. Die anschließende Tötung bestreitet er noch, aber wir sollten ihn auf jeden Fall dem Untersuchungsrichter vorführen.«

Die Chefin nickte. »Gute Arbeit.«

»Außerdem brauchen wir Durchsuchungsanordnungen für seine Wohnung und seinen Wagen«, ergänzte Axel. »Und eine Gegenüberstellung mit dem Zeugen aus der Fleuth.«

»Schön. Das besprechen wir gleich im Team.« Cornelia Gruber wandte sich zum Gehen.

»Ich denke nicht, dass André Majewski die Ärztin erdrosselt hat.«

Muss die Brenner sich jetzt einmischen? »Du verrennst dich«, murmelte Axel ärgerlich. »Du willst bloß das Mädchen schützen.«

»Welches Mädchen?« Die Kriminaldirektorin kam zurück

ins Büro und schloss die Tür hinter sich. »Muss ich da irgendwas wissen?«

»Ich spreche von Majewskis Tochter. Wir haben sie gestern im Krankenhaus getroffen. Und Kollegin Brenner hat ihr für ›Notfälle‹ ihre Handynummer gegeben.« Axel lehnte sich zufrieden zurück. Sollte die Brenner doch gucken, wie sie aus der Sache wieder rauskam.

»Sie haben eine private Beziehung zur Tochter eines Tatverdächtigen? Dann muss ich Sie wegen Befangenheit von dem Fall abziehen.«

»Ich habe keine ›private Beziehung‹.« Johanna verschränkte wütend die Arme. »Ich habe sie gestern zum ersten Mal gesehen.«

»Und trotzdem haben Sie ihr Ihre Handynummer gegeben? Wie alt ist das Mädchen?« Die Chefin runzelte die Stirn.

Axel packte seine Unterlagen für die Teamsitzung zusammen. »Vierzehn.« Der Minutenzeiger der Uhr rückte auf die halbe Stunde. Die Zeit arbeitete für ihn.

Auch Gruber sah jetzt zur Uhr. »Frau Brenner, ich muss Ihnen nicht extra erklären, dass Sie mit der minderjährigen Tochter eines Tatverdächtigen nicht ohne Beisein eines Elternteils reden dürfen?«

»Das müssen Sie nicht, nein.«

»Und der Zusammenhang zwischen der Tochter und der Befragung gerade?« Die Chefin verlor langsam die Geduld.

Axel kannte sie lange genug. Die angespannte Körperhaltung. Der Klang ihrer Stimme. »Ich denke, Kollegin Brenner hat Sympathien für das Mädchen. Auf jeden Fall hat sie Majewski eine Steilvorlage für ein klassisches Teilgeständnis geliefert. Er hat das harmlose Delikt gestanden, leugnet aber das schwerwiegende. Wie aus dem Lehrbuch.« Gruber würde es ja sowieso erfahren. Die Vernehmung war aufgezeichnet worden.

Es klopfte. Ostermann schaute zur Tür herein. Die Kollegen warteten sicher schon im Besprechungsraum.

»Jetzt nicht«, fuhr die Chefin ihn an. Tom zog den Kopf

zurück und verschwand. »Herr Holtz, was meinen Sie mit ›Steilvorlage‹?«

»Frau Brenner hat Majewski mal eben Täterwissen präsentiert.« Axel stand auf.

Johanna Brenner sah ihn fassungslos an. »Weil du ihm keinen Anwalt –«

»Stopp!« Die Kriminaldirektorin näherte sich drohend ihrem Schreibtisch. »Stimmt das, Frau Brenner?«

»Ja, aber es ist nur die halbe Wahrheit.«

»Das reicht, Frau Brenner. Ich werde mir die Vernehmungsprotokolle später anschauen. Aber ich habe auch so schon berechtigte Zweifel an der Professionalität Ihrer Ermittlungsarbeit.«

Okay, das war's, dachte Axel. Sollte ihm recht sein.

»Ich schlage vor, Sie gehen zum Arzt und lassen sich krankschreiben. Wenn Sie gesund sind, sehen wir weiter.«

»Das ist alles ein schlechter Scherz hier, oder?« Die Brenner pfefferte Thermoskanne, Taschentücher und eine Tablettenschachtel in ihren Rucksack und riss ihren Parka von der Stuhllehne. »Bist du jetzt zufrieden?«, fuhr sie Axel an.

Wie ein in eine Falle geratenes Tier. Hinter ihrem Zorn spürte er, wie verletzt sie war. Sie hatte ihm vertraut. Gestern im Auto, zu den Klängen von Billie Holiday, da war eine so harmonische Atmosphäre zwischen ihnen gewesen. Plötzlich tat es ihm leid, wie das Ganze gerade aus dem Ruder gelaufen war.

Johanna riss die Tür auf und rannte in den Staatsanwalt hinein, der gerade davorstand und die Hand zum Klopfen erhoben hatte.

»Hoppla.« Wittkopf nickte ihr gut gelaunt zu. »So viel Temperament am frühen Mittwochmorgen?«

»Entschuldigung.« Sie schob sich seitlich an ihm vorbei. »Sie werden Herrn Majewski dem Haftrichter vorführen müssen, aber … ich bin sicher, dass er das Opfer nicht erdrosselt hat. Ermitteln Sie weiter! Bitte!«

»Und Sie?«, rief Wittkopf ihr erstaunt hinterher. »Wo rennen Sie jetzt hin?«

Scheiße. Axel griff zu seinen Unterlagen und ließ die Chefin mit dem Staatsanwalt allein. Am Montag hatte er so ein gutes Gefühl gehabt. Johanna hatte ihm imponiert. Ihre offene Art. Ihr Umgang mit Sarah Koch. Sogar der Alleingang zu den Eltern. *Ich hätte die Befragung nicht so eskalieren lassen dürfen. Aber wie hätte ich ahnen sollen, dass sie sich so in Schwierigkeiten bringt?*

***

Johanna saß im Auto und zitterte. Vor Wut. Nicht vor Kälte. Er hatte sie eiskalt verraten. Axel hatte sie einfach bei der Chefin denunziert. Jetzt war sie raus. Wie sollte es weitergehen?

Ja, sie hätte Majewski nicht die wahre Todesursache sagen dürfen. Sie hatte einen Fehler gemacht. Das wusste sie selbst. Sie hatte sich nicht mehr unter Kontrolle gehabt, weil sie sich über ihren Kollegen geärgert hatte. Weil sie sich mit Majewski in die Enge gedrängt gefühlt hatte. Aber mit dem Mädchen hatte das nichts zu tun.

Johanna ließ das Fenster auf der Beifahrerseite herunter und atmete tief durch. Sie musste sich beruhigen. Nachdenken.

Manchmal half es, in Krisen was Alltägliches zu tun. Frühstücken zum Beispiel. Aber nicht ausgerechnet in Axels Lieblingsbäckerei. Auf die neugierigen Fragen von Enni hatte sie gerade überhaupt keine Lust. Sie googelte nach einem Bauerncafé in der Nähe. Bei Tönisvorst gab es ein Hof-Café, das gleich aufmachte. »Kieke. Kalle. Kaffe drinke«, versprach die Homepage. Sie gab die Adresse ins Navi ein. Ob sie danach zum Arzt ging, könnte sie immer noch überlegen.

Das Wingertsche Erb lag inmitten von Kappesfeldern, Obstwiesen und Weiden. Back home, dachte Johanna unwillkürlich, als sie an einer Schafherde vorbeilief. Die standen und lagen dicht gedrängt auf einer Wiese und grasten. Sie war zu früh. Noch zehn Minuten bis zur Öffnung.

»Kommen Sie rein, junge Frau. Sie sehen aus, als könnten Sie was Warmes vertragen.« Eine Frau in weißer Schürze schloss ihr auf.

»Danke. Das ist nett.« Der Raum war groß; ein geschwungener Kronleuchter und ein weißer Kamin verliehen ihm ein modernes Ambiente. Johanna setzte sich an einen der rustikalen Holztische und bat um einen Milchkaffee.

»Das Büfett ist auch gleich so weit«, sagte die Wirtin. »Wir haben ganz frische Gänseeier, das Rührei daraus sollten Sie probieren.«

Gänseeier. Die hatte ihr Vater sich früher jeden Samstag auf dem Markt geholt. Johanna schaute über die herbstliche Terrasse hinweg auf die Felder. Das letzte Laub leuchtete in der Sonne und verlieh dem Herbsttag etwas Tröstliches. Sie mochte die Weite der Landschaft. Die Wasserläufe und die von Kopfweiden gesäumten Wege. Die sanften Wölbungen der Erde. Ein Teil von mir wird sich hier immer zu Hause fühlen, spürte sie.

Die Bedienung stellte ihr den Milchkaffee hin. Johanna legte ihre kalten Hände um die wärmende Tasse. *So wie gestern Leonie.* Nein, ihr Fehler eben hatte nichts mit dem Mädchen zu tun gehabt. Sondern mit der Panik in Majewskis Augen. Mit seiner Verzweiflung. Warum hatte Axel auch nicht unterbrochen?

Sie trank in kleinen Schlucken von dem heißen Kaffee und schaute zu, wie sich am Nebentisch eine Gruppe fröhlicher älterer Damen niederließ. In den Tiefen ihres Rucksacks piepste das Diensthandy. Sicher die Gruber. Was wollte die jetzt noch von ihr?

Aber die SMS war von Wittkopf. *Hallo Frau Brenner, kennen Sie schon einen Hausarzt vor Ort? Ich kann Ihnen den Internisten meiner Frau empfehlen.* Dann ein Name und eine Telefonnummer. *Beste Grüße und gute Besserung!*

Ob der Staatsanwalt inzwischen wusste, was vorgefallen war? Aber auch er konnte ihr nicht helfen, wenn Cornelia Gruber sie raushaben wollte. Vielleicht hatte die Kriminaldirektorin sogar recht damit. Vielleicht irrte Joachim sich, wenn er sie für eine gute Ermittlerin hielt. Seit dem Schuss auf Nowak war sie nicht mehr sie selbst. Viel zu dünnhäutig. Unüberlegt. Warum träumte sie immer wieder von diesem Desaster, seit sie am Niederrhein war?

Johanna unterbrach ihre Grübelei und holte sich am Büfett eine Scheibe des deftigen Bauernbrots mit Gänserührei. Dann wählte sie die Telefonnummer, die Wittkopf ihr geschickt hatte. In der Arztpraxis war besetzt.

»Alles in Ordnung?« Die Wirtin stand neben ihr. »Sie sehen aus, als könnten Sie ein Fisternölleken vertragen.«

»Ein Fister-was?«

Die Frau lachte. »Das kennen Sie nicht? Klarer Schnaps mit Rosinen und Zucker.«

Johanna schüttelte sich. »Ich glaube, dann behalte ich doch lieber meine Erkältung.«

Die gute Laune der Frauentruppe am Nachbartisch nahm zu. Lautstark verlangten sie nach einer Runde Fisternölleken.

»Kurieren Sie sich besser mal aus.« Die Wirtin ging zu den Damen hinüber.

Mich auskurieren. Leichter gesagt als getan, wenn Axel sich sofort auf Majewski einschoss. Was war eigentlich mit der GPC-Spur? Johanna googelte die Adresse von Braungart Consulting in Düsseldorf. Knapp vierzig Kilometer. Ein Katzensprung. Die Kollegen vom KK11 würden heute sicher nicht hinfahren. Mit Wohnungsdurchsuchung, Pkw von Majewski und weiteren Befragungen waren sie erst mal ausgelastet.

Als in der internistischen Praxis die Leitung beim dritten Versuch immer noch belegt war, beschloss Johanna, selbst nach Düsseldorf zu fahren. Kivelitz konnte sie von unterwegs nach den Handydaten des Opfers fragen.

Sie trank den Kaffee aus und griff nach ihrem Portemonnaie. Leonies Brief an Dr. Hendricks ragte aus der Seitentasche. *Meine Eltern haben Lukas die Medikamente nicht gegeben. Weil sie glauben, sie könnten ihn vom Autismus heilen mit so einer komischen Medizin.*

War Lukas in diesen lebensbedrohlichen Zustand geraten, weil die Majewskis seine Grippe nicht behandelt hatten oder weil die »komische Medizin« ihn geschädigt hatte? Sie musste unbedingt auch mit den Ärzten im Krankenhaus sprechen. Aber das ging nicht ohne Beschluss.

Als Johanna aufstand, sackte ihr kurz der Kreislauf weg. *Misterkältung!* Sie schulterte ihren Rucksack und schleppte sich zum Wagen. Es würde sich erst noch zeigen, ob Axel Holtz nicht einen riesengroßen Fehler machte, wenn er Leonies Vater für den Täter hielt.

***

Warum hatte Papa sich noch nicht gemeldet? Er hatte versprochen, Leonie nach dem Gespräch bei der Polizei sofort anzurufen. Jetzt war es schon fast zwölf Uhr.

Antonia malte gelangweilt ein Manga-Mädchen in ihr Lateinheft.

»*Immo vero etiam in senatum venit*«, deklamierte Frau Jäger, die Lateinlehrerin. Die Reden von Cicero waren aber auch wirklich ätzend. Leonie konnte sich schon die ganze Stunde kaum konzentrieren.

Sie schaute rüber auf Antonias Zeichnung: große Augen mit einem runden Lichtpunkt neben der Pupille, ein kleiner Schmollmund und kinnlanges, geschwungenes Haar. Gerade skizzierte ihre Freundin eine Blüte in die Frisur.

»Cool«, flüsterte Leonie. Sie zog ihr lautlos gestelltes Handy aus der Hosentasche und warf unter dem Pult einen Blick darauf. Immer noch keine Nachricht von ihrem Vater. Dafür … Sie erschrak. Warum hatte ihre Mutter in der letzten halben Stunde fünfmal versucht, sie zu erreichen? War etwas mit Lukas? Oder Papa?

»Leonie!« Die Stimme der Lehrerin ließ sie zusammenschrecken. »Gib mir bitte dein Telefon. Wenn du die Finger nicht davon lassen kannst, muss ich es bis zum Ende der Stunde konfiszieren.«

Oh nein. Nicht jetzt das Handy abgeben. »Es ist wichtig, Frau Jäger. Meine Mutter hat aus dem Krankenhaus angerufen.«

Die Lateinlehrerin ließ sich nicht auf den Einwand ein. »Das hat sicher Zeit bis nach der Stunde. So lange wirst du auch ohne Telefon auskommen.«

Wie sie »Telefon« sagte anstatt »Handy«. Frau Jäger musste genauso alt sein wie dieses blöde Latein. Auf jeden Fall genauso altmodisch. Leonie beäugte die Strumpfhose der Lehrerin, die sich an den mageren Knien ausbeulte, als sie vom Pult aufstand und zu ihrem Tisch kam. Antonia legte einen Unterarm über das Lateinheft mit dem Manga-Mädchen.

»Aber wenn was mit meinem Bruder ist«, protestierte Leonie noch einmal.

Frau Jäger streckte ihr auffordernd die Hand hin. »Er ist sicher in guten Händen in der Klinik. Gib mir bitte dein Telefon.«

Widerstrebend gab Leonie ihr das Handy.

»Das gilt auch für die anderen. Wenn ich noch jemanden erwische, der –«

Ein Klopfen unterbrach sie. Die Schulsekretärin stand im Türrahmen und entschuldigte sich für die Störung.

»Herr Topütt müsste dringend mit Leonie Majewski sprechen«, sagte sie.

Topütt war der Direktor. Leonie sprang auf. »Herr Topütt? Warum?«

Antonias Hand schob sich in ihre und drückte sie. »Vielleicht ist das Jugendamt da«, murmelte sie. »Wir kriegen das hin.«

»Nimm bitte deine Schulsachen und deine Jacke mit.« Die Sekretärin lächelte. Aber Frau Niebeler war immer freundlich. Leonie raffte ihre Bücher und Stifte zusammen. Sie versuchte, das Zittern ihrer Finger zu kontrollieren, aber ein Bleistift rutschte ihr aus den Händen und fiel zu Boden. Die Klasse tuschelte. Der Kloß in Leonies Hals wurde immer dicker.

»Die haben bestimmt nur ein paar Fragen«, flüsterte Antonia. Sie bückte sich unter den Tisch und hob den Bleistift auf. »Sag denen, dass es Lukas bei euch gut geht.« Sie steckte den Stift in Leonies Jackentasche.

Leonie folgte der Sekretärin mit gesenktem Kopf in den Schulflur. Die Muster auf den Steinzeugfliesen waren ihr vorher noch nie aufgefallen. An der Tür zum Büro des Direktors legte Frau Niebeler ihr aufmunternd eine Hand auf die Schulter.

»Leonie. Komm rein.« Herr Topütt schüttelte ihr die Hand und führte sie zu seinem riesigen Schreibtisch. »Ich habe gehört, dass es deinem Bruder besser geht.«

Sie nickte und setzte sich vorsichtig auf die Kante des Besucherstuhls.

Topütt beugte sich über die Tischplatte zu ihr vor. »Das ist erst mal das Wichtigste.« Seine voluminöse Stimme dröhnte in ihren Ohren, der gewaltige Bauch drückte sich über den Rand der Platte, sodass die Knopfleiste des Hemdes an einer Stelle auseinanderklaffte. Leonie zwang sich, den Blick von Topütts Bauch zu nehmen und ihn anzusehen.

»Ist was passiert?« Ihre Stimme klang piepsig.

»Nicht direkt, aber … deine Mutter hat angerufen und gefragt, ob du heute etwas früher aus der Schule kommen kannst. Sie braucht dich im Krankenhaus.«

»Im Krankenhaus?« Leonie spielte nervös mit der Fledermaus an ihrer Schultasche.

»Wenn ich sie richtig verstanden habe, sollst du bei deinem Bruder bleiben, weil sie irgendwas mit der Polizei besprechen muss.«

Also doch! Die Tasche rutschte Leonie aus den Händen und fiel zu Boden. Sie klammerte sich an der Sitzfläche des Stuhls fest.

»Leonie, das bedeutet gar nichts. Die Polizei befragt sicher alle, die mit dieser ermordeten Ärztin Kontakt hatten. Auch deine Eltern.« Topütt beugte sich noch weiter vor.

Er hatte ja keine Ahnung. So wütend und laut wie am Freitag hatte sie ihren Vater noch nie erlebt. Er war ihr fremd vorgekommen. Fremd und bedrohlich. Der Geruch nach Zigarren drang über den Tisch zu ihr. Leonie wurde übel. Das Bücherregal hinter Topütt schien zu kippen.

»Ist dir nicht gut, Mädchen?« Erstaunlich behände für seine Figur kam der Direktor um den Tisch herum und öffnete ein Fenster. Der kühle Luftzug streifte Leonies Gesicht.

»Lassen Sie mich mal.« Frau Niebeler stand plötzlich neben ihr und hielt ihr ein Glas Cola hin. »Ausnahmsweise. Damit dein Kreislauf in Schwung kommt.«

In Leonies Kopf herrschte Chaos. Sie nahm das Glas und trank es in einem Zug aus. »Danke.« Das kalte Getränk tat gut. Sie konnte wieder sprechen. »Und wenn mein Vater ins Gefängnis muss?«

Herr Topütt warf seiner Sekretärin einen Blick zu. »Am besten, du besprichst alles mit deiner Mutter. Frau Niebeler fährt dich zum Krankenhaus.«

Das war keine Antwort auf ihre Frage. Es sollte aufhören. Die Angst sollte aufhören. Und die schlimmen Gedanken in ihrem Kopf. Die Bilder von der Ärztin. Und ihrem Vater. Leonie tastete nach dem Bleistift in ihrem Anorak und drückte die Spitze so fest sie konnte in die Handfläche. Der Schmerz war besser als das Chaos. »Okay«, sagte sie und stand auf. Erst als sie mit Frau Niebeler im Wagen saß, wischte sie sich verstohlen mit einem Papiertaschentuch das Blut von der Hand.

***

Seit einer Stunde wartete Johanna in dem luxuriösen Bürokomplex in Düsseldorf auf Clemens Braungart.

»Dr. Braungart hat einen wichtigen Termin in der Stadt. Ich kann ihn jetzt nicht stören«, hatte das Vorzimmerpüppchen voller Bewunderung für ihren Chef gesagt. Der abfällige Blick auf Johanna sagte deutlich, dass sie unangemeldeten Besuch einer Polizistin, noch dazu einer in so desolatem Zustand, für eine Belästigung hielt. Johanna hatte den angebotenen Kaffee dann auch abgelehnt und spazierte inzwischen zum wiederholten Male durch die Galerie im Innenhof des riesigen Bürokomplexes.

Das Gebäude am Medienhafen war von irgendeinem Stararchitekten entworfen worden und sah auch so aus. Durch ein Dach aus Glas und Edelstahlstreben malte die Sonne geometrische Muster auf den Holzboden. Hat was, musste Johanna widerstrebend zugeben. Sie blieb in einem Sonnenflecken stehen und drehte ihr Gesicht zum Licht. Die Wärme tat gut. Trotzdem hätte der Chemiker mal langsam auftauchen können. Ihre »Hausaufgaben« hatte sie längst gemacht. Sie hatte im Netz widersprüchliche Berichte über GPC gelesen, sich das Konterfei von Braungart eingeprägt und anschließend mit Kivelitz telefoniert. Der konnte nicht sagen, ob Dr. Hendricks Kontakt zu Braungart aufgenommen hatte, weil ihr Handy nach wie vor nicht geortet werden konnte und der Provider sich mit den Daten Zeit ließ.

Die Aufzüge am Ende des Gangs spuckten in regelmäßigen Abständen Anzugträger aus. Selten mal eine Kostümträgerin. Johanna musterte die Gesichter, aber auch diesmal war der GPC-Boss nicht dabei. Sie musste husten. Nach dem ganzen Zeittotschlagen taten ihr auch die Gliedmaßen weh. Sie lehnte sich an eine der Metallstreben. Ein neuer Schwall Menschen wurde von den Aufzügen ausgespuckt. *Der da!* Schwarzes Haar, dunkel umrandete Brille und gepflegter Bart. Das musste Clemens Braungart sein.

»Dr. Braungart?«, sprach sie ihn an, als er an ihr vorbeilaufen wollte. Der Mann wirkte jünger, als sein Alter laut Profil auf LinkedIn war. Trotz Anzug und Krawatte hatte er etwas Jungenhaftes. Sie zückte ihren Ausweis. »Johanna Brenner, Kripo Krefeld.«

»Die Kripo? Muss ich beunruhigt sein?« Die leichte Ironie in seiner Stimme war ihr wider Willen sympathisch. Der Kerl sah so gar nicht nach den Heilern aus, zu denen ihre Mutter sie nach ihrem Unfall geschleppt hatte.

»Das kann ich Ihnen noch nicht sagen. Es geht um Dr. Yvonne Hendricks.«

Braungart machte ein ratloses Gesicht und lotste sie zu seinem Büro. »Sagt mir nichts.«

»Sie war Kinderärztin. Wurde am Sonntag Opfer eines Gewaltverbrechens.«

Der Chemiker nahm wortlos die Unterschriftenmappe von seiner Sekretärin entgegen und führte Johanna in den angrenzenden Raum dahinter. Sein Büro war riesig. Der stylische Schreibtisch an der Stirnseite, der bestimmt dreimal so groß war wie ihrer bei der Kripo, wirkte verloren darin. »Reden Sie von dieser Sache in Geldern? Das ging groß durch die Medien. Aber persönlich … Nein, ich kannte die Ärztin nicht.«

Durch die bodentiefe Fensterfront sah man auf den Rhein und die Promenade. Johanna blieb beeindruckt stehen und blickte auf das glitzernde Wellenspiel des Flusses. Letzte Sonnenanbeter saßen mit Kaffeebechern auf einer Mauer am Ufer.

»Gefällt es Ihnen?« Braungart beobachtete sie amüsiert und bot ihr dann einen der weißen Ledersessel mit Blick nach draußen an. »Kaffee? Tee? Wasser?«

»Wasser, danke.« Sie setzte sich. Dieser Typ war kein Heilsbringer, sondern ein Geschäftsmann mit Hang zu glamourösem Auftreten. Der glaubte mit Sicherheit selbst nicht an den Mist, den er verkaufte.

»Frau Dr. Hendricks hat zu ›God's Perfect Cure‹ recherchiert. Und zu dem Fall Jonas Becker.«

»Der Becker-Junge. Eine traurige Geschichte.« Braungart stellte zwei Gläser auf den niedrigen Glastisch und schenkte ein. »Ich habe Verständnis dafür, dass der Vater meine Firma angezeigt hat. Er brauchte einen Schuldigen für den Tod seines kleinen Sohnes.« Er setzte sich und lockerte den Knoten seiner Krawatte. »Aber die Beschuldigungen waren natürlich völlig haltlos. Das wissen Sie sicher bereits.«

»Die Staatsanwaltschaft hat die Anzeige nicht weiterverfolgt, ja.«

Braungart öffnete den obersten Knopf seines Hemdes. Er sah Johanna dabei die ganze Zeit in die Augen.

»Die Sache hat Ihnen nicht gerade positive Schlagzeilen gebracht«, fuhr sie fort.

»Entschuldigung.« Er zog die Krawatte aus und lächelte. »Aber Sie haben sicher nichts dagegen, wenn ich ein bisschen legerer hier sitze.«

Der glaubte auch, er könne mit seinem jungenhaften Charme jede Frau einwickeln. Johanna musterte ihn skeptisch, während sie trank. »Dr. Hendricks hatte ein Kind in Behandlung, das durch Ihr Präparat geschädigt wurde.« Das war zwar keine gesicherte Erkenntnis, aber sie wollte ihn aus der Reserve locken. »Hat sie Sie damit konfrontiert? Hat sie Ihnen mit einer erneuten Anzeige gedroht?«

Braungart sah eher amüsiert als beunruhigt aus. »Sie glauben, ich würde wegen einer lächerlichen Anzeige jemanden töten? Sie enttäuschen mich, Frau Brenner.«

»Das Geschäft mit der Hoffnung der Menschen scheint sehr lukrativ zu sein.« Sie ließ den Blick durch das überdimensionierte Büro mit den teuren Möbeln schweifen. »Da gerät man sicher nicht gerne negativ in die Schlagzeilen.«

»Haben Sie ein Problem damit, dass ich Menschen die Möglichkeit gebe, etwas für ihre Gesundheit zu tun?« Sein Ton klang eine Spur schärfer.

»Ich finde es zumindest verantwortungslos, Eltern von Kanner-Autisten glauben zu machen, dass –«

»Moment, Moment!« Jetzt unterbrach er sie und richtete sich in seinem Sessel auf. »Ich habe nie behauptet, dass GPC Autismus heilen könnte. Es ist ein reines Nahrungsergänzungsmittel.«

Der Kerl ließ sich also doch zu einer Reaktion provozieren. »Und die Berichte im Internet?«

»Die liegen außerhalb meines Einflussbereichs. Ich würde so etwas nie lancieren.«

»Aber Sie tun auch nichts, um es richtigzustellen?«

Der Chemiker zuckte die Achseln. »Das Netz ist ein wild wucherndes Gewächs. Jeder, der glaubt, er könnte es zurückschneiden …«

»… macht sich etwas vor«, ergänzte Johanna den Satz. Da musste sie ihm sogar recht geben.

»Nicht doch einen Kaffee?« Braungart fand zu seinem unverschämten Lächeln zurück.

Er fragt nicht mal nach, inwiefern sein Zeug einem weiteren Kind geschadet hat. Johannas Blick folgte einem Frachtschiff, das langsam Richtung Duisburg fuhr. Der Mann wurde ihr immer unsympathischer. Aber selbst wenn er log und Dr. Hendricks doch Kontakt zu ihm aufgenommen hatte, war er viel zu smart, um sich zu einem Gewaltverbrechen hinreißen zu lassen. Jemand wie Braungart würde eher ein Heer von Anwälten engagieren, um mit weißer Weste aus der Sache rauszukommen.

»Würden Sie Ihr ›Gottesgeschenk‹ selbst auch einnehmen?« Okay, die Frage war off topic. Aber sie konnte sie sich nicht verkneifen.

Braungart legte die Fingerspitzen aneinander und lächelte ironisch. »Ich brauche es nicht, nein. Ich habe ein gutes Immunsystem. Aber Sie sehen ein wenig mitgenommen aus, Frau Brenner. Darf ich Ihnen vielleicht etwas anbieten?« Er erhob sich und schloss eine Glasvitrine neben seinem Schreibtisch auf. »Dreimal täglich zwei Tropfen. Wirkt antibakteriell und antiviral.«

»Zu freundlich von Ihnen.« Johanna studierte das Etikett auf dem dunkelbraun getönten Pipettenfläschchen, das von Abkürzungen chemischer Elemente nur so strotzte. »Ist das hier eigentlich eine Art Franchise-Unternehmen von diesem Father Ray?«

»Wenn Sie es so nennen wollen.«

»Und Sie haben überhaupt kein Problem damit, mit einer Verarsche eine Menge Geld zu verdienen?«

Allmählich wirkte Braungart doch angefressen. »Liebe Frau Brenner, sehen Sie es doch mal so: Wenn *ich* es nicht anbiete, kaufen die Leute es übers Internet im Ausland. Und während ich mich an die strengen Auflagen der deutschen Gesetze halte, sind die Präparate aus Asien oder den USA oft massiv verunreinigt. *Dann* kann es wirklich gefährlich werden.«

»Wie schön, dass Sie den Menschen so viel Gutes tun.« Johanna goss den kompletten Inhalt des vermeintlichen Nahrungsergänzungsmittels in ihr leeres Glas. Der Geruch war so beißend, dass sie ihn trotz ihrer verstopften Nase wahrnehmen konnte. Sie hielt Braungart die Flüssigkeit hin. »Würden Sie das trinken? Ich frage mich gerade, ob man damit jemanden töten könnte.«

»Interessante Frage für eine Kommissarin der Kripo.« Er

nahm ihr das Glas ab und stellte es mit so viel Nachdruck auf den Tisch, dass es klang, als würde die Glasplatte springen. »Aber ich kann Sie Ihnen nicht beantworten. Und jetzt würde ich wirklich gerne weiter Leute verarschen, um viel Geld zu verdienen.«

***

Erleichtert ließ Uwe Lehmann die Tür der Praxis hinter sich zufallen. Fast drei Uhr. Sein Magen hing auf den Knien. Gott sei Dank blieb die Praxis am Nachmittag geschlossen.

Die Luft draußen war klar und kalt. Ein Windstoß löste einen Wirbel gelb leuchtender Blätter von der Buche auf der anderen Straßenseite, die in schrägen Linien zu Boden tanzten. Vom angekündigten Tief aus Westen, das mildere Temperaturen und Regen mitbringen sollte, war noch nichts zu spüren. Vielleicht könnte er nach dem verspäteten Mittagessen einen Spaziergang mit Birgit machen. Es würde ihnen beiden guttun.

Im Hausflur roch es nach geschmortem Fleisch und Rotkohl. »Bin zu Hause«, rief er laut.

Er hatte seine Frau angerufen, als klar war, dass er so spät erst aus der Praxis kommen würde. Aber auch das war über zwei Stunden her. Jetzt antwortete sie nicht.

»Birgit?« Er hängte seinen Mantel über einen Bügel in der Eichengarderobe und ging in die Küche. Niemand. Nur das Gulasch köchelte auf kleiner Flamme vor sich hin; die Soße hatte bedenklich an Flüssigkeit verloren. »Birgit? Ist alles in Ordnung?«

Uwe schaltete den Herd aus und ging weiter ins Esszimmer. Der Tisch war gedeckt, seine Frau hatte ihren Teller nicht angerührt. Sie saß wie versteinert auf dem geblümten Ecksofa im Wohnzimmer und hielt ihm wortlos einen Umschlag hin.

»Noch so ein Brief?« *Nicht schon wieder.*

Birgits Hand zitterte, als sie ihm das Papier reichte. Der Umschlag war aufgerissen, das Blatt darin geknickt. Sie musste ihn hektisch geöffnet haben.

Er zog das Schreiben heraus und las. Wieder der absurde

Vorwurf, Birgit würde ihn mit ihrem Asthma erpressen, bei ihm zu bleiben. Danach wurde der Text konkreter:

Wir lieben uns schon seit Jahren, auch wenn Uwe dir nie davon erzählt hat. Er denkt, er kann seine kranke Frau nicht im Stich lassen. Aber ich bin nicht bereit, länger zu warten. Gib ihn endlich frei. Lass uns glücklich werden, bevor es zu spät ist.

Er verstand nicht.

»Birgit, ich habe keine Ahnung, was das soll. Ich schlage vor, wir gehen zur Polizei.«

»Dann weißt du nicht, wer das geschrieben hat?«

»Natürlich nicht.« Sie nahm die Behauptung, er würde eine andere Frau lieben, doch wohl nicht ernst?

»Sicher?«

Uwe setzte sich auf die Kante des Sessels gegenüber und sah seiner Frau in die Augen. »Kennst du mich so schlecht, dass du das glaubst?«

Sie wich seinem Blick aus. »Ich weiß nicht, was ich glauben soll, Uwe. Du müsstest doch zumindest eine Idee haben, wer mir so was schreibt.« Sie sah verletzt und wütend aus.

»Liebes!« Lehmann griff nach ihrer Hand. »Ich weiß es wirklich nicht. Diese Briefe sind einfach nur geschmacklos, gemein und dumm.«

»Aber warum jetzt? Warum bekomme ich ausgerechnet jetzt solche Briefe?« Birgit entzog ihm ihre Hand.

Das wüsste er auch gerne. War das Zufall, dass es fast zeitgleich mit dem Mord an seiner Nachfolgerin passierte? Für einen Augenblick fiel ihm der Blumenstrauß in der Praxis gestern ein. Den hatte bestimmt Beate dorthingestellt. Aber selbst wenn das unpassend gewesen war nach der Ermordung seiner Nachfolgerin und selbst wenn sie an ihm als Chef hing, traute er ihr nicht zu, solche Briefe zu schreiben.

»Hast du einer anderen Frau irgendwas versprochen? Ihr Hoffnungen gemacht?«, hakte Birgit nach.

Er ließ den Brief auf den Couchtisch fallen. »Nein. Natürlich nicht.« Was war in seine Frau gefahren? »Darf ich dich daran erinnern, dass ich frühzeitig aus der Praxis ausgeschieden bin, um mit dir Zeit auf Mallorca zu verbringen?«

»Trotzdem.« Birgit zögerte. Sah ihn trotzig an. »Es wäre ja nicht das erste Mal.«

Das war jetzt nicht ihr Ernst. Uwe stand auf und öffnete ein Fenster. Stickig hier drin. Die Kinder der Nachbarn von gegenüber ließen eine Drohne fliegen und stritten sich lauthals um die Fernsteuerung.

»Das ist fünfundzwanzig Jahre her! Und es war keine Affäre, sondern eine einzige Nacht.«

Seine Frau hatte damals monatelang nicht mehr mit ihm geschlafen. Die Kollegin auf dem Kongress hatte ihn zum Lachen gebracht. Mit ihm geflirtet. Ja, er hatte einen Fehler gemacht. Aber dass Birgit ihm das jetzt wieder auftischte.

»Gelegenheiten hättest du genug gehabt.«

Er starrte sie an. »Wie meinst du das?«

»Die Fortbildungen. Kongresse. Die Abende, an denen du in die Praxis gefahren bist, um noch zu arbeiten. Ich war ja immer zu Hause –«

Er unterbrach sie. »Jetzt hör aber auf. Ich habe ein einziges Mal Mist gebaut, und das ist ewig her. Ist dir vielleicht mal in den Sinn gekommen, dass du genau so reagierst, wie die Verfasserin dieser Schreiben das will?«

Ein Schrei der Nachbarskinder lenkte seine Aufmerksamkeit wieder nach draußen. Die Drohne hatte sich im Geäst eines Baumes verfangen und surrte hilflos vor sich hin.

»Wenn du anfängst, mir zu misstrauen und unsere Beziehung in Frage zu stellen, dann hat dieser Müll sein Ziel erreicht.« Er griff nach dem Schreiben und zerknüllte es.

»Nicht! Uwe. Wir müssen zur Polizei damit.«

Stimmt. Das war vermutlich dumm von ihm gewesen. Er ging durch den breiten Durchgang ins Esszimmer hinüber und glättete das Blatt auf dem Tisch so gut wie möglich. Dann nahm er seinen Teller. »Lass uns was essen.«

Birgit kam ihm in die Küche hinterher. »Du hast recht. Tut mir leid. Ich begreife einfach nicht, warum jemand so was tut.«

Er nickte müde. Dann packte er sich eine Portion von dem verkochten Gulasch auf den Teller. »Nach dem Essen erstatten wir Anzeige. Hat die Wache in Brüggen noch geöffnet?«

Birgit zuckte die Achseln. »Muss ich nachsehen. Sonst fahren wir nach Nettetal.«

Sie aßen schweigend. Draußen warfen die Kinder Steine in die Äste, um ihre Drohne zu befreien. Er begriff ja auch nicht, warum jemand seiner Frau solche Briefe schrieb. Die Person wusste von ihrem Asthma. Aber davon wussten viele. Der Junge gegenüber kletterte in den Baum. Das Spielzeug hing bestimmt acht bis zehn Meter hoch. Sollte er eingreifen? Uwe schob sich ein Stück zusammengefallenes Rindfleisch in den Mund und blieb sitzen.

Nur mal angenommen, Beate empfand tatsächlich etwas für ihn. Käme sie dann als Verfasserin in Frage? Er hatte sich geärgert, als sie der Polizei gestern den Namen »Majewski« genannt hatte. Andererseits hatten Lukas' Eltern tatsächlich Mist gebaut, und Herr Majewski musste äußerst aggressiv in der Praxis aufgetreten sein, sonst wäre Beate nicht beeindruckt gewesen. Sie hatte Erfahrung mit aufbrausenden Eltern. Ihr Fauxpas bei der Befragung durch die Polizei – geschenkt. Aber so geschmacklose Briefe – dazu hatte Beate viel zu viel Contenance. Sie war immer überkorrekt. Beherrscht.

»Was überlegst du?« Birgit legte nach ein paar Bissen ihr Besteck neben den Teller und schenkte Wasser nach.

»Ach, es geht nur um Dr. Hendricks. Ich muss eine Patientenakte rausgeben.« Der Beschluss für die Patientenakte von Lukas Majewski war am Morgen reingekommen. Er drückte Birgits Hand. »Und das da«, er zeigte auf das leidlich geglättete DIN-A4-Blatt, »das ist ein ganz böser Streich. Das sollten wir nicht zu ernst nehmen.«

»Es macht mir Angst, Uwe.«

»Verstehe ich. Aber Montag sind wir sowieso wieder weg.« Der erste Flieger nach Palma de Mallorca ging um fünf Uhr fünfzig. »Und zwar verdammt früh.« Er zwinkerte ihr zu.

Ihr Gesicht entspannte sich etwas. Der Junge im Baum balancierte auf einem Ast und streckte einen Arm nach der Drohne aus. Er geriet gefährlich ins Schwanken. Lehmann aß hastig den letzten Bissen von seinem Teller, ging aber nicht nach draußen. Er war nicht für alle und jeden verantwortlich.

»Magst du auch einen Espresso?« Er half seiner Frau, den Tisch abzudecken.

»Für mich nicht. Danke.« Birgit räumte das Geschirr in die Maschine. »Wir müssen nach Nettetal fahren.« Sie deutete auf das Display ihres Handys, auf dem die Öffnungszeiten der Polizeistation aufgerufen waren.

Während Uwe seine Tasse vorwärmte, verdunkelte sich der Himmel. Die eben noch leuchtenden Blätter sahen nur noch grau und trostlos aus. Das angekündigte Tief. Schon fiel der Regen in schweren Tropfen.

Als er mit dem Espresso an den Tisch zurückkehrte, waren die Kinder ins Haus verschwunden. Nur die Drohne hing noch im Baum und wurde vom Wind hin- und hergeworfen.

***

Den Weg nach Düsseldorf hätte sie sich sparen können. Sie hatte nichts, aber auch gar nichts in der Hand, das Majewski entlasten könnte. Johanna fror und schwitzte gleichzeitig. Musste es jetzt auch noch anfangen zu regnen? Ganz Düsseldorf schien eine einzige Baustelle zu sein. Der Fahrer hinter ihr hupte, als sie vor der Kreuzung die Spur wechseln wollte.

»Ist ja gut«, schimpfte sie. Wo ging es hier zur Autobahn? Rechts war ein Wegweiser zu den Unikliniken. War dort nicht auch das rechtsmedizinische Institut irgendwo? Vielleicht fand sich im Obduktionsprotokoll mittlerweile ein Hinweis auf eine weitere Person. DNA oder Faserspuren. Auf jeden Fall wäre es einfacher, die Einzelheiten von der leitenden Rechtsmedizinerin zu erfragen, als sich selbst durch den Fachjargon des Protokolls zu kämpfen. Johanna setzte den Blinker und bog ab.

»Sie sind also die neue Kollegin unseres jazzenden Hauptkommissars.«

Die zierliche Frau, die jetzt im Flur des Instituts vor Johanna stand, trug keinen Kittel, sondern eine Bluse mit Kelchkragen unter einer taillierten grünen Strickjacke. Mit ihren hochgesteckten dunklen Haaren, aus denen sich einzelne gelockte Strähnen lösten, sah sie eher aus, als hätte sie sich für eine Verabredung zurechtgemacht und nicht für einen Arbeitstag in der Rechtsmedizin.

»Johanna Brenner, genau. Haben Sie kurz Zeit für mich?«

Dr. Silvia Dengendorf musterte sie prüfend. Die feinen Lachfältchen in ihren Augenwinkeln verliehen den herben Gesichtszügen etwas Weiches. »Sie klingen angeschlagen. Was kann ich für Sie tun? Das ist doch sicher nicht nur ein Antrittsbesuch.«

Sie öffnete eine Tür ins Innere der Rechtsmedizin. Eine ihrer Haarsträhnen streifte Johannas Gesicht und löste einen Niesanfall aus.

»Stecken Sie mich bloß nicht an!« Silvia Dengendorf nahm ein Papiertuch aus einem Spender an der Wand und hielt es ihr hin.

»'tschuldigung.« Johanna drehte sich zur Seite. Tolle Frau, dachte sie. Wenn ich mich nicht so mies fühlen würde, würde ich glatt mit ihr flirten. Sie blieb neben dem Spender stehen, bis sich ihr Atem beruhigt hatte. Die Ärztin verschwand hinter einer der Türen, und Johanna beeilte sich, hinterherzukommen. Lästig, dieser Schwindel.

»Haben Sie Fragen zum Obduktionsprotokoll?« Silvia Dengendorf stand vor ihrem Schreibtisch und öffnete das Dokument am Bildschirm.

Johanna versuchte, sich auf die Schrift zu konzentrieren, aber sie konnte den Blick nicht von der geschwungenen Linie ihres Nackens nehmen. Auf den feinen Härchen am Haaransatz lag ein rötlicher Schimmer, der ihr in dem sonst dunklen Haar nicht aufgefallen war. Links neben dem größten Halswirbel hob sich ein ovales Muttermal von der hellen Haut ab.

»Hat es Ihnen die Sprache verschlagen?« Die Medizinerin drehte sich zu ihr um. »Sie dürfen die Tür gern schließen.«

Johanna blieb in ihrem Blick gefangen. Was sollte der alberne Kloß in ihrem Hals? Sie war doch sonst nicht so unsicher, wenn ihr eine Frau gefiel. »Sorry.« Sie räusperte sich. »Mich interessiert das Zeitfenster zwischen Kopfverletzung und Erdrosseln. Wir haben einen Verdächtigen, der angibt, Yvonne Hendricks sei bei einem Streit mit ihm auf den Hinterkopf gestürzt.« Sie drehte sich um, um die Tür zu schließen. War das warm hier.

»Könnte passen. In der Wunde waren Farbpartikel eines Betonpfostens.«

»Aber er bestreitet, sie erdrosselt zu haben.« Johanna konnte nicht weitersprechen. Das Gesicht der Ärztin verschwamm plötzlich vor ihren Augen. In ihren Ohren rauschte es. Im nächsten Moment umfing ein Arm ihre Taille und drückte sie auf die Untersuchungsliege.

»Sie legen sich jetzt erst mal dahin. Es gibt auch ein mögliches Zeitfenster zwischen harmloser Erkältung und Myokarditis. Und das kann kleiner werden, wenn Sie nicht auf sich aufpassen.«

Widerstandslos ließ Johanna sich den Parka ausziehen und sich auf die Liege drücken. Alles tat weh. Sie fühlte sich ausgelaugt und hilflos.

»Ihnen geht es aber gar nicht gut.« Die Ärztin breitete eine Decke über ihre Beine. Dann drückte sie ihr ein Fieberthermometer in die Hand. »Einmal messen, bitte. Ich hole Ihnen in der Zeit was zu trinken.« Sie stellte das Fenster auf Kipp und verließ das Büro.

Johanna schloss die Augen. *Silvia. Schöner Name.* Die Stimme von Silvia Dengendorf klang in ihr nach. Auf einmal spürte sie eine starke Sehnsucht. Vielleicht, weil ihr alles entglitt. Der neue Fall. Ihre berufliche Zukunft.

Ich bin ein Fremdkörper im Team. Ein Fremdkörper hier am Niederrhein.

Ein Fremdkörper war sie auch damals gewesen, als sie so alt war wie Leonie Majewski. Als sie begriffen hatte, dass Männer ihr nichts bedeuteten. *Die missratene Tochter. Fehl am Platz.*

Nicht tauglich für Karnevalsvereine und karikative Tätigkeiten. In Berlin war es einfacher geworden. Anonymer. Bunter.

Das Thermometer piepste. Neunundreißig Komma sieben. Johanna legte es beiseite. Vom Flur her drangen Stimmen durch die angelehnte Bürotür zu ihr. Kamen näher und entfernten sich wieder. Es tat gut, einfach hier zu liegen. Der Erschöpfung für einen Augenblick nachzugeben. Nicht kämpfen zu müssen. Gegen die neue Chefin, gegen wütende Kollegen, gegen ihre Alpträume.

»Fast vierzig Fieber. Sie gehören dringend ins Bett.« Silvia Dengendorf war lautlos zurückgekommen und hielt ihr eine Tasse mit Tee hin. »Ich darf Sie zwar nicht krankschreiben, aber wenn Sie ein Privatrezept mit was Fiebersenkendem wollen …«

Johanna richtete sich auf. Der Tee schmeckte bitter und scharf. Sie verzog das Gesicht. Die Medizinerin musterte sie amüsiert. *Wieder diese Lachfältchen. Und Grübchen hat sie auch noch.*

»Spezialrezept aus der TCM. Alles austrinken.«

Sie nippte in kleinen Schlucken an dem heißen Tee und ließ dabei den Blick über die Silhouette von Silvia Dengendorf wandern, die einen Rezeptblock aus der Schreibtischschublade nahm und etwas notierte. Dann drehte sie sich wieder zu Johanna um und sah sie unverwandt an. Etwas an ihrer Körperhaltung veränderte sich.

»Warum bist du aus Berlin nach Krefeld gekommen? Ist dir das hier nicht zu … eng?«

Ein Gefühl von Freude durchflutete Johanna. Das »Du« fühlte sich richtig an. »Ich bin hier aufgewachsen. In Kempen.«

»Schönes Städtchen. Aber das ist keine Antwort auf meine Frage.«

Sie schaut genau hin. Johanna zuckte die Achseln. Sie hatte keine Antwort. Der Bodensatz des Tees schmeckte scheußlich. Sie begann zu husten.

»Ich höre dich auf jeden Fall noch ab.« Silvia nahm ihr die Tasse aus der zitternden Hand und holte ein Stethoskop aus der Schublade ihres Schreibtischs.

Johanna zögerte. Sie wollte ihre Narben nicht zeigen. Jetzt noch nicht. Widerstrebend öffnete sie die Knöpfe ihres Hemdes. Streifte es ab und legte es auf die Liege. Mit den Händen am Saum des T-Shirts hielt sie inne.

»Ist das ein Problem?« Silvia bemerkte ihr Zögern. »BH kannst du anlassen.«

»Ich weiß.« Sie zog das T-Shirt mit einer raschen Bewegung über den Kopf. Wann hatte sie sich zuletzt so ungeschützt gefühlt? So verletzlich? Du spinnst, sagte sie sich. In ihren Beziehungen hatte sie nie Hemmungen gehabt, sich zu zeigen. Die Narben machten sie interessant. Sie war eine Frau, die etwas erlebt hatte. Die es überlebt hatte.

Im Raum war es still. Silvia nahm die Bügel des Stethoskops wieder aus den Ohren. Ihr Blick wanderte von Johannas Brustkorb hoch in ihr Gesicht. Ihre Augen wirkten noch dunkler, wenn sie so ernst schaute. »Ein Unfall?« Sie fuhr mit den Fingerkuppen am Narbengewebe entlang. Hielt auf Taillenhöhe inne.

»Ich war fünfzehn.« Johanna schaute auf den Regen, der am Fenster nach unten lief. Sie wollte nicht darüber reden. »Ist lange her.«

»Hast du dich deshalb so verschlossen?«

Johanna schüttelte den Kopf. *Verschlossen? Wieso verschlossen? Sie könnte alles von mir haben.* Silvias Augen hatten um die braune Iris einen honigfarbenen Rand. *Wie ein Brunnen, in den man sich stürzen möchte.*

»Wenn du gesund bist, solltest du mir mal bei einem Kaffee davon erzählen«, sagte die Ärztin und setzte die kühle Fläche des Stethoskops auf ihren Brustkorb. »Und jetzt tief einatmen, bitte.«

Johanna schloss die Augen und atmete gegen die Tränen an.

***

Axel drückte fest und lange auf die Klingel. Er wollte das hinter sich bringen. Gut, dass Lukas noch nicht wieder zu Hause war.

Eine Wohnungsdurchsuchung mit Männern in weißen Schutzanzügen würde ihn sicher aus der Fassung bringen.

Im Treppenhaus roch es nach Putzmitteln. Der Boden glänzte feucht. Wenn sie hier durch waren, würden die Fliesen bei dem Regen schlimmer aussehen als vorher. Trotzdem trat Axel sich die Füße gründlicher ab, als er es normalerweise tat. Dann nickte er Lars und seinen Leuten zu. »Sagt mir Bescheid, wenn ihr das Tatwerkzeug oder das Handy der Toten findet.«

Nicole Majewski stand in der Wohnungstür im dritten Stock. Sie wirkte gehetzt und kurzatmig. »Ich hatte noch gar keine Zeit, aufzuräumen. Mein Mann und meine Tochter haben ein Durcheinander veranstaltet.« Sie fuhr sich mit der Hand durch die regennassen Haare.

»Kein Problem.« Axel folgte ihr in die Küche. »Lassen Sie einfach alles, wie es ist.« Er suchte sich einen Weg durch die Kartons und Getränkekästen. Auf dem Tisch standen noch die Reste eines Frühstücks. *Genau wie das Chaos in meiner Wohnung.* Unglaublich, wie schnell David die Räume mit getragenen Klamotten, Pizzakartons und Bierdosen in eine Müllkippe verwandelt hatte.

»Ich verstehe überhaupt nicht, warum mein Mann so viel eingekauft hat.« Nicole Majewski nahm Fruchtkonserven und Gläser mit sauren Gurken aus einem der Kartons und stapelte sie zwischen dem Geschirr auf der Spüle. »Und dann die ganzen schweren Sachen auf das Obst gepackt. Die Bananen sind schon zerquetscht.« Sie griff nach einer Familienpackung Nudeln. »Möchten Sie vielleicht einen Apfel?« Der Konservenstapel auf der Spüle geriet ins Rutschen und stürzte zu Boden. Die Frau sah aus, als würde sie jeden Augenblick in Tränen ausbrechen.

»Frau Majewski! Bitte setzen Sie sich einfach hin.« Axel sammelte die Dosen auf, während sie sich, immer noch mit den Nudeln in der Hand, zögernd auf dem einzigen freien Stuhl niederließ. Im Flur klapperten die Verschlüsse der Spusi-Koffer. Die Kollegen begannen, Schubladen und Schränke zu öffnen.

»Kann Lukas allein im Krankenhaus bleiben?« Er nahm einen Stapel Zeitungen vom zweiten Stuhl und setzte sich zu

Nicole Majewski. Er sollte sie ein wenig ablenken. Ihre Hände zitterten, als sie die Packung zurück in den Karton gleiten ließ.

»Leonie ist bei ihm.« Sie sprach so leise, dass Axel sie kaum verstand. Dann begann sie, mechanisch das Frühstücksgeschirr zusammenzustellen.

Sein Privathandy vibrierte. Schon wieder seine Ex? Petra hatte am Mittag bereits Zores gemacht, weil David den dritten Tag nicht in der Schule gewesen war. Er drückte den Anruf weg.

»Wonach suchen Sie eigentlich?«, fragte Nicole Majewski. »Das muss ein Irrtum sein. Mein Mann hat doch niemandem was getan.«

Axel wäre gerne zu den Spurensicherern hinausgegangen, aber sie würde nicht sitzen bleiben, wenn er sie allein ließ. »Das wird sich bestimmt klären«, erwiderte er knapp und war erleichtert, dass Lars Oehmen mit einem Paar Turnschuhen in der Tür erschien.

»Gehören die Ihrem Mann?« An den Sohlen klebten Erde und Laub.

»Ja, die trägt er gern. Die hätte er ja wirklich mal sauber machen können.« Nicole Majewski sprang auf und griff nach den Schuhen. Lars entzog sie ihr mit einer Entschuldigung und verschwand wieder im Flur.

Axel seufzte. »Bitte, Frau Majewski, setzen Sie sich einfach wieder hin. Möchten Sie etwas trinken?«

»Nein, ich will wissen, was los ist.« Sie klang verzweifelt und wütend zugleich.

Diesmal klingelte das Diensthandy. »Entschuldigung. Das muss ich annehmen.« Aufatmend verließ er die Küche. Vielleicht hatte Ostermann in Straelen Beweismittel gefunden. Majewski behauptete, dort auf dem Heimweg die Handtasche des Opfers entsorgt zu haben.

»Was gibt's, Tom?«

»Wir haben den Müllcontainer.« Der Kollege klang zufrieden. »Und die Handtasche von der Hendricks.«

»Was ist mit dem Handy?« Er sprach leiser.

»Leider Fehlanzeige. Ausweis und Portemonnaie sind noch

drin. Außerdem ein Kalender, Taschentücher, Lippenstift … jede Menge Frauenzeug.«

Mist! Kein Handy. »Danke, Tom. Sucht trotzdem weiter.«

Plötzlich stand Nicole Majewski neben Axel. »Aber warum nehmen die denn meinen Schal mit?«

Allmählich hatte er die Faxen dicke. »Jetzt bleiben Sie mal in der Küche und lassen uns unsere Arbeit machen. Sie bekommen alles zurück.« Er drückte sie zurück an den Küchentisch.

»Aber warum denn meinen Schal?« Sie runzelte die Stirn. Irgendwann verstand sie. »Dr. Hendricks wurde … mit einem Schal …?«

»Dazu darf ich Ihnen nichts sagen.«

»Aber André war mit unserer Tochter Pizza essen. Leonie hat mir selbst davon erzählt.«

Hatte André Majewski seine eigene Tochter etwa um ein Alibi gebeten? Er musste Johanna fragen, was genau sie am Vortag mit Leonie gesprochen hatte.

»Wann kann ich zu meinem Mann?« Nicole Majewski wirkte jetzt trotzig. »Er braucht doch seine Sachen. Zahnbürste und so was.«

»In der Untersuchungshaft dürfen Sie ihn nicht besuchen. Er bekommt alles, was er braucht, von uns.«

Jetzt begann sie tatsächlich zu weinen. Axel riss ein Blatt Papier von der Küchenrolle und reichte es ihr. Schon fast fünf. Bis sie hier durch waren und er nach Hause konnte, würde es wieder zu spät sein, sich seinen Sohn vorzuknöpfen. Hoffentlich fanden sie wenigstens etwas, das die Ermittlungen weiterbrachte. Der Dreck an den Turnschuhen bestätigte vermutlich nur, was Majewski sowieso schon zugegeben hatte. Dass er am Tatort gewesen war.

»Hier. Trinken Sie was.« Er stellte der Frau ein Glas mit Leitungswasser hin. »Sie müssen auf sich achtgeben. Ihre Kinder brauchen Sie.«

Sie nickte. Während sie trank, lauschte Axel dem Regen, der vom Sturm gegen die Fensterscheibe gedrückt wurde. Er mochte das Geräusch. *The sky is crying. Can't you see the tears roll down the street.* Als er Gary B.B. Coleman live gesehen hatte, war er so alt gewesen wie sein Sohn jetzt. Sein Onkel hatte ihn mitgenommen. Und er hatte sich gelangweilt.

»Axel? Kommst du mal?« Lars Oehmen stand in der Tür. Er wandte sich an Nicole Majewski. »Die Waschmaschine ganz rechts, ist das Ihre?«

Zu dritt gingen sie in den Keller. Aus dem Fach für das Waschpulver quoll Schaum, der an der Vorderseite der Maschine bis auf den Boden hinuntergelaufen war.

»Ach du meine Güte. Da hat bestimmt meine Tochter versucht, Wäsche zu waschen.«

Wieder musste Axel Leonies Mutter davon abhalten, sauber zu machen. Lars zog eine Jeansjacke aus der Trommel.

»Ist die von Ihrem Mann?« Auf der Vorderseite waren dunkle Flecken. Blut?

»Er hat sich bestimmt bekleckert. Der kleckert dauernd mit irgendwas«, murmelte sie mit belegter Stimme.

Erneut klingelte das Diensthandy. Die Chefin. Und sie war mächtig wütend.

»Ich hatte gerade einen Anruf aus Düsseldorf. Ihre werte Kollegin hat dort auf eigene Faust ermittelt. Dr. Braungart war not amused.«

Ach, Johanna. Was hatte sie in Düsseldorf zu suchen?

»Sagen Sie ihr, wenn ich morgen früh keine Krankschreibung auf dem Schreibtisch habe, werde ich ein Disziplinarverfahren gegen sie anstrengen.«

»Mache ich. Wir sind hier mitten –«

»Ich verlass mich auf Sie«, unterbrach Cornelia Gruber ihn und legte auf.

Was rannte die Brenner denn jetzt wieder krank und natürlich unbewaffnet herum, anstatt die Füße stillzuhalten und sich ins Bett zu legen? »Kommen Sie, Frau Majewski. Wir gehen wieder nach oben.«

Im Treppenhaus begegneten sie einer alten Frau, deren Lidstrich brutal nach oben verrutscht war.

»Was hat Ihr Mann jetzt wieder angestellt?«, fragte sie die

aufgelöste Nicole Majewski. »Das war mal ein anständiges Haus. Aber jetzt … überall Polizei.«

»Lassen Sie die Frau in Ruhe«, fuhr Axel sie lauter als nötig an. »Und gehen Sie zurück in Ihre Wohnung. Sie behindern unsere Ermittlungen.« Der Tag hatte beschissen angefangen. Und er schien beschissen zu enden.

***

»Kopfbäume wurden schon seit der Bronzezeit 1100 vor Christus als Rohstoff genutzt. Oft aus der Silberweide gezogen, deswegen Kopf*weiden*. Nutzung der Äste und Zweige zum Korbflechten, für Zäune, für den Fischfang. Zum Bau von Dämmen und sogar Fachwerkhäusern«, murmelte Leonie vor sich hin. Sie saß in Lukas' Krankenzimmer auf dem Beistellbett und hatte ihre Ausdrucke auf der Matratze verteilt. Wie hieß die Silberweide noch mal auf Latein? Morgen musste sie das Referat über Kopfbäume am Niederrhein halten. Aber ob sie überhaupt zur Schule gehen sollte? Wenn ihr Vater ein Mörder war, konnte sie sich da nicht mehr blicken lassen.

Schon halb sechs. Wo blieb Mama? Sie legte ihre Notizen zusammen und steckte den Hefter zurück in die Schultasche. Da war es wieder. Das iPhone der Ärztin. Gut, dass sie das nicht zu Hause gelassen hatte.

Leonie war müde. Sie streckte sich auf dem Bett ihrer Mutter aus. Lukas schlief seit über einer Stunde. Der hatte es gut. Der verstand nicht, was los war. Ob Frau Brenner jetzt auch bei ihr zu Hause war? Vielleicht sogar in ihrem Zimmer?

Die Vorstellung, dass sie in ihren Sachen wühlte, war Leonie unangenehm. Die würden den schwarzen Tanga unter den Pullovern in ihrem Kleiderschrank finden. In ihrem Tagebuch lesen. Wie peinlich.

Vielleicht war ihre Mutter aber auch bei Papa im Gefängnis. Leonie versuchte sich ihren Vater in einer Zelle vorzustellen. Der musste doch ausflippen. Er konnte nicht mal abends beim Fernsehen still sitzen, sondern stand immer wieder auf und rannte rum. Das Klopfen an der Zimmertür riss sie aus ihren Gedanken. Sie setzte sich auf.

»Habe ich dich geweckt?« Die rundliche Krankenschwester mit dem Piercing im Nasenflügel und dem dramatischen Lidstrich kam herein. »Das wollte ich nicht. Ich bringe euch Abendbrot.« Sie stellte die beiden Tabletts auf der Fensterbank ab, weil Lukas auf dem einzigen Tisch seine Knopfsammlung ausgebreitet hatte.

Leonie hatte tatsächlich Hunger. Seit dem hastigen Frühstück um sieben hatte sie nichts mehr gegessen. Hatte einfach nichts runtergebracht. Anders als Lukas, der nach einem Spaziergang im Klinikpark, wo er die Krankenwagen aus nächster Nähe beobachtet hatte, glücklich einen Pudding nach dem anderen verspeist hatte.

»Wann kommt eure Mutter zurück?« Vanessa, wie das Schild am Kittel der Schwester verriet, hielt Lukas ein Thermometer an die Stirn. Dann fühlte sie seinen Puls und nickte zufrieden. »Der Doktor hat gesagt, er kann morgen schon nach Hause.«

»Super«, sagte Leonie, ohne wirklich Begeisterung zu spüren. Wenn ihr Vater ein Mörder war, war das jetzt auch egal.

Schwester Vanessa zog die Decke über dem schlafenden Lukas zurecht. »Dann iss du mal schön«, sagte sie und verschwand.

Als Leonie gerade zum zweiten Mal in ihr Käsebrot biss, klopfte es schon wieder. Die ältere Frau in der Tür wischte ein paar Regentropfen von ihrem Mantel und kam leise ins Zimmer.

»Hallo. Ich bin Frau Grunau aus der Kinderarztpraxis.« Sie stellte ihren Schirm neben dem Waschbecken ab.

Leonie legte das Butterbrot beiseite. Ach, deshalb kam sie ihr bekannt vor.

»Ich wollte kurz schauen, wie es Lukas geht. Ist eure Mama nicht da?« Die Frau sah sich im Krankenzimmer um, als könnte sich Leonies Mutter irgendwo versteckt haben.

»Sie musste kurz weg.« Jetzt erinnerte Leonie sich. Frau Grunau war am Freitag in der Praxis gewesen, als ihr Vater sich mit Dr. Hendricks gestritten hatte.

»Ich verstehe. Gibt sicher ’ne Menge zu erledigen.«

Leonie wollte weiteressen. Und die Sache mit ihrem Vater ging niemanden etwas an. »Meinem Bruder geht’s gut. Er muss schlafen.«

»Sicher.« Frau Grunau holte eine Tafel Schokolade aus der Handtasche und legte sie auf Lukas’ Nachttisch. »Die mag er doch bestimmt.«

»Ja, danke.« Warum war sie hergekommen? Wollte sie überprüfen, ob *sie* jetzt das Jugendamt anrufen sollte?

»Kommt euer Vater auch gleich?«

Die war aber neugierig. »Weiß nicht«, murmelte Leonie. Dann ging es bestimmt um das Jugendamt. »Er arbeitet noch.«

»Nett von dir, dass du dich so um deinen Bruder kümmerst.« Frau Grunau lächelte und setzte sich.

Leonie nickte nur. Warum ging die blöde Kuh nicht? Wahllos zog sie ein Buch aus ihrer Schultasche.

»Ich muss Hausaufgaben machen. Wir schreiben Freitag Mathe.«

»In welcher Klasse bist du?«

Die Augen von Frau Grunau hatten die gleiche Farbe wie die Augen der Kommissarin gestern. Aber trotzdem sahen sie völlig anders aus. Irgendwie kälter, obwohl das vermutlich Quatsch war.

»In der achten.« Leonie rutschte auf dem Bett hin und her.

»Was sollen denn die ganzen Knöpfe hier auf dem Tisch?« Die Frau schob einen Teil mit der Hand zur Seite, um Platz für ihre Handtasche zu schaffen.

»Nicht!« Jetzt brachte sie auch noch alles durcheinander. Lukas bewegte sich im Bett. »Das ist seine Sammlung. Die hat eine ganz bestimmte Reihenfolge«, fuhr Leonie leiser fort. Und wenn jemand die verändert, dann flippt er aus, ergänzte sie in Gedanken.

»Entschuldigung.« Frau Grunau sortierte die Knöpfe zurück in gerade Reihen, aber dadurch wurde die Unordnung nur noch größer.

Leonie stand auf. »Lassen Sie mich das machen.« Hoffentlich

kriegte sie es hin. Gott sei Dank atmete Lukas wieder ruhig und gleichmäßig.

Als Frau Grunau ihr Platz machte, quietschten ihre Loafer auf dem PVC-Boden. Das Geräusch jagte Leonie eine Gänsehaut über den Rücken.

Wie am Freitag, als sie die Polizei rufen wollte. Sie erschrak. Ob Frau Grunau den Kommissaren von dem Streit erzählt hatte? Vielleicht war ihr Vater deswegen verhaftet worden. Und jetzt wollte die rauskriegen, ob er der Mörder war?

»Was ist los? So schlimm mit den Knöpfen?« Frau Grunau stand neben dem Fenster und sah amüsiert aus.

»Nein, geht schon«, erwiderte Leonie. Vom Flur her hörte sie die Stimme ihrer Mutter. *Endlich.* Sie atmete auf.

»Tut mir leid, es hat etwas länger gedauert.« Ihre Mutter kam betont schwungvoll ins Zimmer, aber sie sah verheult aus.

»Da sind Sie ja, Frau Majewski. Schön, dass ich Sie noch antreffe.« Frau Grunau hielt ihr die Hand hin.

»Guten Abend.« Nicole erwiderte den Händedruck und sah Leonie fragend an.

Schick sie weg, Mama. Ich will wissen, was mit Papa ist.

Aber die Frauen begannen ein Gespräch über »diese schreckliche Sache mit Dr. Hendricks« und die gesundheitlichen Fortschritte ihres Bruders. Leonie packte ungeduldig ihre Sachen zusammen. »Mama?«, unterbrach sie die Unterhaltung.

»Gleich.« Ihre Mutter erzählte von den netten Ärzten im Krankenhaus.

»Mama!«, sagte Leonie lauter.

»Moment noch! Frau Grunau ist extra hergefahren, um nach uns zu sehen.«

Dann eben nicht. Dann würde sie jetzt selbst zu Papa fahren. Leonie zog sich ihren Anorak über und klappte das Käsebrot zusammen. Das konnte sie auch unterwegs essen.

»Wo willst du hin? Du kannst nicht nach Hause.« Jetzt wurde ihre Mutter doch unruhig.

»Sind die noch da?« Hoffentlich verstand Mama, dass sie die Polizei meinte.

»Nein, aber –«

Leonie fiel ihr ins Wort. »Ich hole mir nur ein paar Sachen und übernachte bei Antonia.«

»Hast du die Rietkamps gefragt?«

»Die sind bestimmt einverstanden.« Sie hatte schon öfter spontan bei Antonia geschlafen.

»Na gut. Aber …« Ihre Mutter zupfte an einer Haarsträhne, wie sie es immer machte, wenn sie nervös war. »Erschrick nicht. Es sieht schlimm aus von der Durchsuchung.«

»Durchsuchung?«, fragte Frau Grunau.

Leonie blickte ihre Mutter wütend an. *Die kapiert mal wieder gar nichts.* »Mensch, Mama! Poste es doch gleich auf Facebook: Mein Mann ist im Knast, und unsere Wohnung hat die Polizei durchsucht.« Lukas setzte sich im Bett auf. Toll, jetzt war er endgültig wach. »Ich ruf dich an, Mama. Bis morgen.«

Genau wie gestern, dachte Leonie, als sie durch die langen Krankenhausflure zum Ausgang lief. Schon wieder war sie sauer auf ihre Mutter. Im Foyer blieb sie stehen. Wie kam sie am schnellsten nach Krefeld ins Präsidium? War ihr Vater überhaupt dort? Würde sie sich trauen, ihn nach dem iPhone zu fragen? Und würde er ihr die Wahrheit sagen? Leonie warf das Käsebrot nach zwei weiteren Bissen weg und suchte auf ihrem Handy nach einer Busverbindung.

***

Der Druck auf ihre Brust wird stärker und stärker. Johanna umklammert den Griff ihrer Waffe. Ihr Zeigefinger liegt am Abzug. *Du musst jetzt schießen. Du stirbst sonst.* Sie ringt nach Luft. Die Gestalt über ihr lacht. Das ist nicht Nowak. Sie zittert. Kann den Finger nicht bewegen. Ein Handy klingelt.

Mit einem Schrei fuhr Johanna im Bett auf. Luft! Sie atmete durch den Mund ein. So viel wie möglich. Durch das Husten hindurch hörte sie immer noch ein Handy klingeln. Das Geräusch hatte sie nicht geträumt. Wer wollte denn jetzt noch was von ihr?

Sie beugte sich über die Bettkante und angelte nach dem Diensthandy auf dem Boden. Stieß dabei etwas Kaltes, Schweres um. Flüssigkeit ergoss sich über ihre Hand. *Shit.* Die Flasche O-Saft war noch offen gewesen. Das Klingeln hörte auf. Johanna drückte Papiertaschentücher in die Saftpfütze und schaute aufs Display.

Neunzehn Uhr vier. Sie hatte mehr als drei Stunden geschlafen. »Eine neue Nachricht«, verkündete die Mailbox. Der Anruf kam von ihrem Kollegen.

»Axel hier. Warum gehst du nicht an dein Handy? – Dieser Dr. Braungart hat sich bei der Chefin über dich beschwert. Und ich durfte das ausbaden. Du sollst morgen früh deine Krankschreibung reinbringen. Außerdem muss ich wissen, was du gestern mit dem Mädchen geredet hast. Es geht um das Alibi von Majewski. Also ruf mich zurück!«

Der klang immer noch angepisst. Johannas Herz wummerte rasend schnell, verschluckte sich immer wieder. Die Angst aus dem Traum hielt sich hartnäckiger als sonst. Sie hatte keine Kraft, dagegen anzugehen. Das war eine idiotische Idee gewesen, zur Kripo Krefeld zu wechseln. Als ob sie die Sache mit Nowak nicht mit an den Niederrhein nehmen würde. Sie hatte getötet. Einen Mann, der nicht bewaffnet gewesen war. Natürlich, da hätte ein Messer in seiner Hosentasche sein können. Aber sie hatte diese eine Sekunde zu schnell reagiert. Und das fühlte sich beschissen an.

In ihrem Kopf pochte es, aber wenigstens das Fieber schien runtergegangen zu sein. Die Tropfen, die Silvia ihr verschrieben hatte, halfen.

Silvia. Sie war anders als die Frauen, die Johanna in Berlin getroffen hatte. Die sie für ein paar Wochen, manchmal auch Monate in ihr Leben gelassen hatte. Johanna hatte das Gefühl gehabt, Silvia konnte direkt in sie reinschauen. Sah ihre Schwäche, ihre Erschöpfung, ihre Mutlosigkeit. Vor ihr würde sie nichts verbergen können. Das durfte sie nicht zulassen. Es machte sie zu verletzlich. Gleichzeitig hatte sie noch nie eine Frau so begehrt.

Sie stakste auf wackligen Beinen rüber zur Küchenzeile und setzte einen Topf mit Wasser auf. Sie sollte Axel zurückrufen. Sich entschuldigen. Ja, vielleicht hatte sie sich geirrt mit Majewski. Vielleicht hatte er die Ärztin erdrosselt. Es gab keine andere Spur. Sie hatte es versaut heute Morgen. Aber was blieb von der guten Ermittlerin, die sie vor Nowak gewesen war, wenn sie sich nicht länger auf ihr Gespür verlassen konnte?

Johanna hängte einen Beutel Salbeitee in die Tasse und goss kochendes Wasser darüber. Dann kroch sie mit dem Tee zurück ins Bett. Heute lief aber auch alles gegen sie. Dass Braungart sich über ihren Besuch beschweren würde, damit hatte sie nicht gerechnet. Gut, sie hatte am Ende vielleicht ein bisschen überzogen, aber gleich bei der Vorgesetzten meckern … Schwamm drüber. Vielleicht war es eh egal. Vielleicht musste sie den Job an den Nagel hängen. Sie konnte sich sowieso nicht vorstellen, zwischen Kopfweiden, Windmühlen und grasenden Schafherden wirklich heimisch zu werden. Sie schloss die Augen und döste ein, bis ein dunkler, dumpfer Ton sie hochschrecken ließ. Richtig, sie musste den Kollegen ja noch zurückrufen.

»Ja. Hallo, Axel?« Ihre Stimme war rau. Am anderen Ende der Leitung stammelte jemand unter Schluchzern etwas, das sie nicht verstand. Eine Mädchenstimme. »Leonie?« Johanna war auf einen Schlag hellwach und klar. »Bist du das?«

Das Licht im Foyer des Präsidiums war grell, wenn man aus der Dunkelheit kam. Johanna kniff die Augen zusammen. Leonie kauerte mit hochgezogenen Beinen auf dem Stuhl neben der alten Notrufsäule und hatte die Arme um ihre Knie geschlungen.

»Hey, alles okay? Was ist los?« Johanna setzte sich neben sie.

Leonie wischte sich übers Gesicht. »Der will mich nicht zu meinem Vater lassen.« Sie deutete mit dem Kinn auf den Beamten am Empfang.

Wer kümmert sich eigentlich um das Mädchen, wenn die Mutter im Krankenhaus und der Vater in U-Haft ist?

»Wie lange bist du schon hier?« Die Tasche mit der Fledermaus stand unter dem Stuhl. »Bist du direkt von der Schule hergekommen?«

Leonie schüttelte den Kopf und zog ihre Schultasche auf den Schoß, als müsse sie sie vor irgendwas schützen. »Ich war bei Lukas. Meine Mutter musste nach Hause. Wegen der Durchsuchung.«

Dann hatten die Kollegen Majewskis Wohnung also schon auf den Kopf gestellt.

Leonie sah sie ängstlich an. »Haben Sie was Schlimmes gefunden?«, fragte sie leise.

Das wüsste ich auch gern.

»Ich weiß es nicht, Leonie. Ich war nicht dabei.« Zwei Kollegen in Uniform, die Johanna nicht kannte, gingen grüßend vorbei. Sie sollten hier nicht sitzen bleiben. Wenn jemand vom KK11 sie mit der Tochter des Tatverdächtigen sah, würde es noch mehr Ärger geben. »Sollen wir uns ins Auto setzen? Offiziell bin ich nämlich krank.« Sie zwinkerte Leonie zu.

»Kann ich nicht vorher meinen Vater sehen? Bitte! Sie können mich doch bestimmt zu ihm bringen.«

»Das darf ich nicht, Leonie. In Untersuchungshaft ist Besuch von Angehörigen nicht erlaubt.«

»Aber ich muss ihn unbedingt was fragen.«

»Du willst wissen, ob er Frau Dr. Hendricks getötet hat?«

Leonie zog die Ärmel des Anoraks über ihre Hände und nickte.

Wie ging man als Vierzehnjährige mit so einer Ungewissheit um? Auf keinen Fall allein.

»Wo übernachtest du eigentlich? Ich halte es für keine gute Idee, wenn du allein –«

»Kann ich denn wenigstens mit ihm telefonieren?« Das Mädchen sah sie verzweifelt an. »Ich hab ihm auf die Mailbox gesprochen, aber er ruft nicht zurück.«

»Er musste sein Handy abgeben. Solange wir ermitteln, darf er außer zu einem Anwalt keinen Kontakt zur Außenwelt aufnehmen.«

Wieder hörte Johanna im Treppenhaus Männerstimmen. Das fehlte gerade noch, dass Axel oder Tom Ostermann sie hier antrafen. »Lass uns woandershin gehen.« Sie legte Leonie einen Arm um die Schultern und führte sie durch die Doppeltür nach draußen. In Berlin hätte sie sie in ihre Wohnung mitnehmen können. Da gab es ein Gästesofa und einen Chef, dem sie das hätte erklären können. Aber hier?

Im Wagen schnallte Leonie sich mechanisch an und saß wie ein Häufchen Elend neben ihr. Johanna schaltete die Innenbeleuchtung an.

»Hast du schon was gegessen?«

»Keinen Appetit.«

Eine Spur von Trotz lag in der dünnen Stimme. Das war gut. »Wie wär's mit einem Burger? Ich hab auch noch nichts gegessen.« Tatsächlich hatte Johanna Hunger, seit sie in der Kälte unterwegs war.

»Hat Papa wirklich Dr. Hendricks getötet?«

»Das weiß ich noch nicht.«

»Aber warum haben Sie ihn verhaftet?« Das Gesicht des Mädchens sah jetzt verschlossen aus.

»Er war Sonntagabend vor der Wohnung der Ärztin, Leonie.« Sie redete schon wieder zu viel. »Und solange wir nicht genau wissen, was dort passiert ist, muss er leider in U-Haft bleiben.«

Leonie wickelte den Trageriemen ihrer Tasche um ihr Handgelenk und zog ihn zusammen, bis die Haut sich rötete.

»Nicht.« Johanna löste das Lederband von der Hand des Mädchens. Axel hatte etwas von einem Alibi gesagt. War Leonie deshalb so verstört? Weil sie ihrem Vater ein falsches Alibi gegeben hatte? »Das ist 'ne beschissene Situation für dich gerade«, setzte sie vorsichtig an. »Und wenn du etwas gesehen oder gehört hast, das deinen Vater belasten könnte, musst du mir das nicht sagen. Niemandem von der Polizei.«

Leonie sah stur geradeaus.

»Aber du solltest auch nicht ganz allein damit bleiben.« Regen trommelte auf das Autodach. Johanna legte müde den Kopf gegen die Kopfstütze. »Du könntest mit jemandem reden, der von Berufs wegen schweigen muss. Eine Ärztin oder Psychologin zum Beispiel.«

»Ich weiß nicht«, murmelte Leonie.

Hatte sie »nicht« oder »nichts« gesagt? Johanna startete den Wagen. »Okay. Lass uns einfach fahren.« Die Beleuchtung erlosch. »Aber ich lasse dich auf keinen Fall heute Nacht allein zu Hause. Gibt es jemanden, wo du pennen kannst?«

»Ich kann bei meiner Freundin übernachten.«

»Bei dieser Antonia? Deiner BFF?«

Diesmal konnte sie dem Mädchen kein Lächeln entlocken. Leonie nickte bloß. Dann drehte sie abrupt den Kopf und sah Johanna an. »Warum tun Sie das?«

»Was meinst du?«

»Warum sind Sie hergekommen? Sie hätten mir auch am Telefon sagen können, dass ich nicht zu meinem Vater darf.«

»Du hast geweint.«

»Aber ... Sie kennen mich gar nicht. Und eigentlich stehen Sie doch auf der anderen Seite.«

»Auf der anderen Seite.« Johanna lächelte. »Du meinst, weil ich Polizistin bin und du die Tochter eines Tatverdächtigen?«

Leonies braune Augen wirkten in der Dunkelheit fast schwarz.

»Das sind nur die Rollen, die wir in dieser Sache spielen müssen. Die haben wir uns nicht ausgesucht.«

Welche Rolle würde ich eigentlich gerne für Leonie spielen?

»Ich war selbst mal ein Teenager. Und ich weiß, wie es sich anfühlt, wenn's einem mies geht und man niemanden hat.« *Besonders, wenn man vierzehn ist und das Gefühl hat, diese Einsamkeit ist absolut und für immer.*

»Sie meinen diesen Unfall?«

»Auch. Aber nicht nur.« Johanna spürte, wie Leonie sich entspannte. »Ich erzähl dir beim Essen davon. Burger oder lieber Pizza?«

»Burger.« Ein vorsichtiges Lächeln zeigte sich auf Leonies Gesicht.

Das war gut. »Und danach fahre ich dich zu deiner Freundin.« Dann konnte sie auch kurz mit Antonias Eltern reden.

***

Seit Johanna Brenner ihr gesagt hatte, dass ihr Vater Sonntagabend bei der Ärztin gewesen sei, ergab alles einen Sinn. Dass er erst mitten in der Nacht nach Hause gekommen war, obwohl er mit ihr hatte Pizza essen wollen. Die dreckigen Schuhe und die Flecken auf seiner Jacke. Das Smartphone von Dr. Hendricks in seinem Auto und der Großeinkauf. Vielleicht hatte er schon gewusst, dass die Polizei ihn früher oder später einsperren würde.

Scheiße, Papa. Was hast du getan?

Leonie saß auf Antonias Bett und wartete, dass ihre Freundin aus dem Bad zurückkam. Was war am Sonntag passiert? War ihr Vater genauso ausgetickt wie Freitag in der Praxis? Hatte er sie geschlagen? In den Wald gelockt? Wie war Dr. Hendricks eigentlich gestorben? Leonie wollte sich das nicht ausmalen. Sie wollte diese Bilder nicht. Verzweifelt legte sie die Stirn auf die Knie und zog sich das Federbett über den Kopf.

»Spielst du Verstecken?« Die Matratze geriet ins Schwingen, als Antonia sich neben sie auf das Bett warf und an der Decke zog. »Du bist ja immer noch nicht umgezogen.«

Leonie griff nach dem Schlafanzug, den ihre Freundin ihr rausgesucht hatte. »Ich mach ja schon.« Sie zog Pullover und T-Shirt aus.

Antonia hielt ihr eine Tüte Lakritz hin. »Hier! Du brauchst Nervennahrung.«

»Ich bin total satt von dem Cheeseburger mit Pommes. Johanna hat darauf bestanden, dass ich alles aufesse.«

»Johanna? Du nennst sie Johanna?« Ihre Freundin nahm sich selbst eine Handvoll Lakritz.

»Sie hat mir das Du angeboten.«

»Krass. Die ist wirklich cool, die Kommissarin. Dass die mit dir zum Burgerladen gefahren ist.«

Leonie nickte. Johanna hatte ihr sogar von ihrer Homosexualität erzählt. Und wie ihre Eltern darauf reagiert hatten. Aber das würde sie für sich behalten.

»Nur mein Bruder!« Antonia verdrehte beim Kauen die Augen. »Der hat die ja bald ausgezogen mit seinen Blicken. Ich meine … die sieht gut aus, aber die ist doch bestimmt doppelt so alt wie wir.«

Leonie streifte den BH von den Schultern und zog sich hastig das Oberteil des Schlafanzugs an. Nicht dass Jochen hier reinplatzte und sie oben ohne sähe. Eben war er richtig nett zu ihr gewesen. Als Johanna gegangen war, hatte er einen Arm um sie gelegt und sie an sich gezogen. »Das ist echt 'ne krasse Nummer«, hatte er gesagt. »Aber wir kriegen das schon hin.« Die kurze Umarmung hatte sich gut angefühlt. Warm und aufregend.

»Mach dir nicht so viele Gedanken.« Antonia hielt ihr erneut das Lakritz hin.

»Ich hab keinen Appetit.«

»Mein Vater sagt morgen seinem Anwalt Bescheid. Der holt deinen Papa schon da raus.«

Sie war sich da nicht so sicher. Aber es war wirklich nett, dass Herr Rietkamp sich um einen Verteidiger kümmern wollte.

»Ich geh dann mal Zähne putzen.« Sie öffnete die Zimmertür, vergewisserte sich, dass Jochen nicht im Flur war, und schlich auf Zehenspitzen ins Bad.

Als Leonie zurückkam, lag eine Matratze auf dem Boden, und Antonia bezog gerade ein zweites Kopfkissen. »Kann ich dich was fragen?« Sie schaute auf.

Sie will bestimmt wissen, ob ich meinem Vater einen Mord zutraue. Leonie war so müde, dass sie nur die Achseln zuckte.

»Heute Mittag in der Schule, als ich dir geholfen hab, deine Sachen zusammenzuräumen …«

Was kam denn jetzt? Antonia fackelte doch sonst nicht lange rum, wenn sie etwas wissen wollte.

»Das iPhone. Ist das deins?«

Ihr schoss das Blut in die Wangen. *Mist.* Antonia hatte das Smartphone gesehen. Was sollte sie jetzt sagen?

»Hast du es gestohlen?« Antonia sah sie ungläubig an.

In Leonies Kopf herrschte Chaos. Sie konnte ihrer Freundin nicht die Wahrheit sagen. Sie brauchte eine unverfängliche Erklärung. Im Bus gefunden. Bei eBay ersteigert. Von einer Nachbarin geliehen. »Es lag in Papas Auto«, platzte es aus ihr heraus.

Antonia legte das Kissen ans Kopfende der Matratze und holte das Smartphone aus Leonies Tasche. »Aber das gehört doch nicht deinem Vater, oder? Das sieht so …«

»Nach einer Frau aus«, ergänzte Leonie. »Ich weiß.« Irgendwie war es gut, dass es jetzt raus war. »Ich hab erst gedacht, er hat ’ne Freundin, aber jetzt …«

Antonia begriff sofort, worauf sie hinauswollte. »Krass, jetzt sag nicht, das gehörte Dr. Hendricks.«

Ja, krass. Sie hätte losheulen können.

»Wow. Dann hat er sie wirklich …?« Ihre Freundin versuchte, das Gerät zu starten. »Der Akku ist leer. Wir müssen es laden.« Sie suchte in ihren Schreibtischschubladen nach einem Ladekabel.

»Nein, nicht!« Leonie griff nach Antonias Arm. Es fühlte sich nicht richtig an, dass die unternehmungslustig mit dem iPhone durchs Zimmer lief. »Außerdem braucht man ein Passwort. Ich bringe es morgen zur Polizei.«

»Jetzt warte doch mal!« Antonia war plötzlich total aufgekratzt. »Wann hast du es eigentlich gefunden?«

»Montagabend.« Wozu wollte sie das wissen?

»Und Dienstagmorgen war der Wagen von deinem Vater aufgebrochen. Richtig?«

»Ja. Ich hab mir auch schon gedacht, dass jemand danach gesucht hat. Aber –«

»Das ist doch der Beweis!« Antonia hielt triumphierend das Smartphone in die Höhe.

»Jetzt schrei doch nicht so.« Wenn Herr und Frau Rietkamp was mitbekamen … »Was für ein Beweis?«

»Dass dein Vater es nicht war«, sagte ihre Freundin jetzt leiser.

Leonie zappelte unruhig mit dem Fuß. Nun war Antonia aber drüber. Das hier war kein TKKG-Spiel. Und sie waren auch nicht die drei Fragezeichen.

»Verstehst du nicht?« Antonias Wangen glühten. »Da hat jemand gesehen, wie sich dein Vater mit der Ärztin gestritten hat. Und dass er ihr Smartphone mit ins Auto genommen hat.«

»Selbst wenn. Weshalb hätte er das Ding haben wollen?«

»Weil da irgendwas Wichtiges drauf ist. Weil er die Situation ausgenutzt hat, um die Ärztin beiseitezuschaffen!«

»Mensch, Antonia, du redest einen Müll.« *Beiseiteschaffen.* Wie sich das anhörte. Leonie griff nach dem iPhone, aber ihre Freundin versteckte es hinter ihrem Rücken.

»*Der* hat die Ärztin getötet. Weil er wusste, dass die Polizei deinen Vater verdächtigen würde. Kennst du die Folge von ›Blacklist‹, wo –«

Jetzt reichte es aber. »Gib mir das Handy zurück. Du guckst zu viel Netflix. Ich bringe es morgen zur Polizei.«

Aber Antonia stürzte in den Flur und hämmerte gegen die Zimmertür ihres Bruders.

***

Zum dritten Mal ging Johanna auf dem Laptop die Scans durch, die die Kriminaltechnik von den durchwühlten Unterlagen aus Yvonne Hendricks' Wohnung gemacht hatte. Kivelitz hatte ihr am Nachmittag Zugangsdaten zum polizeiinternen Server gemailt.

Dieser Dr. Lehmann war so nervös gewesen am Dienstag. Vielleicht hatte die Ärztin auch gegen ihn etwas in der Hand gehabt. Aber wer auch immer die Wohnung durchwühlt hatte, derjenige könnte in der Hast etwas übersehen haben. Etwas, das ihr weiterhelfen würde.

Ihr Tee war kalt geworden. Johanna überlegte, ob sie aufstehen und neuen kochen sollte, entschied sich aber dagegen. Stattdessen zog sie die Bettdecke höher und scrollte sich erneut durch die Dateien.

Die Recherchen zu GPC und die Zeitungsartikel über den verunglückten Jungen ließ sie links liegen und konzentrierte sich auf die Kontoauszüge. Mehrere hohe Überweisungen waren in den letzten Wochen rausgegangen. Alle an Dr. Uwe Lehmann. Vermutlich hatte sie das Geld für den Kauf der Praxis in Raten an ihn überwiesen. Johanna hatte keine Vorstellung, ob die Summe realistisch war. Oder ob sie den Preis durch irgendein Wissen über ihren Vorgänger hatte drücken können. Ansonsten eine Zahlung an einen Notar. Eine Kautionszahlung für die Wohnung. Und jede Menge Kleinkram: Barabhebungen, Stromkosten, Versicherungen. Miete, Krankenkasse, Rentenversicherung. Alles völlig unverfänglich.

Johanna nahm die tränenden Augen vom Bildschirm und trank einen Schluck kalten Tee. Dreiundzwanzig Uhr. Die Kopfschmerzen machten es ihr schwer, sich noch länger zu konzentrieren. Aber sie wollte das noch einmal durcharbeiten. Es ging hier nicht um sie. Es ging um Leonie.

Sie stand auf und nahm eine dritte Schmerztablette. Wieder zog es im Raum, obwohl das Fenster geschlossen war. Musste ziemlich windig sein da draußen. Johanna stellte sich vors Fenster und schaute zu, wie der Nieselregen sich auf der Scheibe sammelte, bis die feinen Tropfen zusammenliefen und in Schlieren nach unten flossen. Heute waren die Sterne nicht zu sehen. Nur die Lichter der Rheinbrücke und einiger Industriegebäude bei Uerdingen funkelten in der Nacht. Auf dem Nachbargrundstück schaukelte der Wind die Äste der Kopfweiden hin und her.

Als Kind waren ihr die Gehölze in der Dämmerung unheimlich gewesen. Die langen Zweige sahen aus wie Arme, die nach ihr griffen. Vielleicht waren an ihrer Angst aber auch die Geschichten des alten Reintjes schuld gewesen. Der Nachbar hatte erzählt, dass Hexen in den Kopfweiden hausten und sich ungezogene kleine Mädchen zum Nachtisch holten, wenn die nach Einbruch der Dunkelheit noch draußen unterwegs waren.

Hexen! Johanna grinste. Der Nachbar war weit über neunzig gewesen und hatte als junger Mann bei Bislich eine Fähre über den Rhein betrieben. Und nebenberuflich kleine Kinder mit Gruselgeschichten erschreckt, dachte sie.

Sie setzte sich zurück aufs Bett und ging die Scans der medizinischen Unterlagen durch. Da war das Programm der Jahrestagung der Deutschen Gesellschaft für Kinder- und Jugendmedizin e. V., versehen mit handschriftlichen Notizen zu einem Hotel. Dann mehrere Fachartikel über Kinderheilkunde: »Supraventrikuläre Tachykardien im Kinder- und Jugendalter«, »Update Pneumologie/Allergologie« und »Erworbener Stridor«. Johanna googelte »Stridor«. »Krankhafte Atemgeräusche durch Verengung der Luftwege«.

Die hatte sie gerade auch. Sie hustete den Hals frei und rief den Obduktionsbericht auf. Am Ende hatte sie mit Silvia gar nicht mehr über diese merkwürdige Pause zwischen Kopfverletzung und Erdrosseln gesprochen. Auf jeden Fall musste der Sturz heftig gewesen sein. Yvonne Hendricks hatte nicht nur aus der Platzwunde geblutet, sondern auch unter der intakt gebliebenen Schädeldecke war ein Gefäß gerissen. »Ruptur der Arteria meningea media führte zu ausgedehntem Epiduralhämatom«, stand in dem Bericht. Postmortal könne nicht mit Sicherheit festgestellt werden, ob diese Blutung von allein zum Stillstand gekommen wäre. Kopfverletzungen konnten tückisch sein. Manchmal führten sie erst Stunden später zu Schwellungen und lebensbedrohlichem Ansteigen des Hirndrucks.

Johanna drückte eine kühle Wasserflasche gegen ihre fiebrigen Wangen und klickte ungeduldig alle Unterlagen aus der Wohnung im Schnelldurchlauf noch einmal durch. Nichts. Keine neue Spur. Entweder war der Täter gründlich gewesen. Oder es gab ganz einfach keine weiteren Verdächtigen. Dann musste André Majewski in der Wohnung gewesen sein. Um Unterlagen für das Jugendamt zu vernichten? In Lukas' Patientenakte hatte die Kinderärztin keinen Hinweis auf die Verletzung der Fürsorgepflicht eingetragen.

Johanna stellte den Rechner beiseite und versuchte, sich Majewskis Gesichtsausdruck bei der Befragung am Morgen in Erinnerung zu rufen. Hatte er dieses Entsetzen doch nur gespielt? Oder war er im Nachhinein so erschrocken über seinen Kontrollverlust gewesen, dass er es nicht mal spielen musste?

Wie auch immer, sie wollte morgen wieder zum Dienst erscheinen. Sie würde sich bei Axel und ihrer Vorgesetzten entschuldigen. Sie würde versuchen, sich auf das Team einzulassen. Es gab keinen Weg zurück nach Berlin. Und vielleicht verschwanden die Alpträume, wenn sie nach vorne schaute und einen neuen Fall erfolgreich abschließen konnte.

Vor allem sollte Leonie Gewissheit bekommen. Sie sollte sich nicht jahrelang mit Zweifeln herumschlagen müssen, ob ihr Vater ein Mörder war oder nicht. Das war alles, was Johanna für das Mädchen tun konnte. Sie konnte Leonie nicht versprechen, dass ihr Vater nicht der Täter war. Sie konnte die Welt nicht heil machen. Das konnte niemand. Aber sie konnte alles versuchen, um herauszufinden, was wirklich geschehen war. *Du musst jetzt schlafen. Es geht nicht um dich.* Der Gedanke fühlte sich stimmig an.

Drei Stunden später erwachte Johanna schweißgebadet. Eine Frau! Die Gestalt, die im Traum auf ihr gekniet und sie gewürgt hatte, war eine Frau. Beim Aufsetzen fiel ihr beinahe der Laptop zu Boden. Sie machte Licht. Du hast dich zu viel mit den alten Hexengeschichten beschäftigt, dachte sie. Jetzt verfolgt dich nicht mehr Nowak, sondern eine Hexe.

Aber vor dem Alptraum war da noch etwas anderes gewesen. Ein Traumrest, den sie instinktiv festhalten wollte. *Silvia?* – Richtig. Sie hatte von ihr geträumt. Sie waren beide in der Natur gewesen, auf einem Acker, an einem Wasserlauf. Unter einer Reihe Kopfweiden hatten wüst durcheinander Ausdrucke von Obduktionsberichten gelegen. Silvia war über die Blätter gelaufen; ihre bloßen Füße hatten Abdrücke darauf hinterlassen. Als seien sie nass gewesen. Oder der Untergrund so weich, dass sich jeder Druck darauf abzeichnete. Johanna hatte hinter ihr herlaufen wollen, aber sie war wie gelähmt gewesen. Am Ende waren ihr nur die Spuren von Silvia geblieben.

Verlustangst, schoss es Johanna durch den Kopf. Okay, das war der Teil, der mit ihr persönlich zu tun hatte. Aber warum schienen ihr diese Fußabdrücke so bedeutsam? Abdrücke auf Papier. Abdrücke im Text. Ungeduldig fuhr sie den Laptop wieder hoch. War bei einem der Scans auf dem Rechner nicht auch ein Abdruck gewesen?

Noch einmal die Kontoauszüge. Versicherungsunterlagen, Mobilfunkvertrag, Zeitungsartikel. Erst an einem der medizinischen Fachartikel blieb Johannas Blick hängen. Sie vergrößerte das Blatt auf dem Rechner. Da hatte sich etwas eingeprägt, eindeutig. Im oberen Drittel der Seite war der Abdruck einer handschriftlichen Notiz zu sehen. Sie zoomte näher heran. Zwei Worte. Ein längeres und ein kürzeres. Vielleicht durchgedrückt von einem Blatt, das darübergelegen und das der Täter mitgenommen hatte?

Johanna machte einen Screenshot und verschärfte die Kontraste auf dem Bildschirm. War das ein Name? Fing der mit »J« an? – Nein, Spekulieren gehörte nicht zu ihren Ermittlungsmethoden, wie Axel ihr an den Kopf geworfen hatte. Aber die KTU konnte die Wörter im Original bestimmt sichtbar machen. Sie suchte sich die Nummer von Lars Oehmen aus der Telefonliste. Hielt gerade noch inne, nachdem sie die ersten Ziffern eingetippt hatte. Keine gute Idee, Oehmen um drei Uhr in der Nacht aus dem Bett zu klingeln. Das musste bis morgen warten. Sie schrieb ihm eine Mail und versuchte weiterzuschlafen.

Donnerstag, 16. November

Welche Laus war seinem Kollegen denn über die Leber gelaufen? So ungeduldig kannte Axel Oehmen gar nicht. Der sah genauso übernächtigt aus, wie er selbst sich fühlte. Wie lange hatte der gestern im Müll gewühlt? »Been working and working but I still got so terribly far to go«, sang Axel leise am Ohr des Kollegen, während er neben ihm aus dem Besprechungsraum ging.

»Was flüsterst du mir da zu? Kannst du nicht normal mit mir reden?«, pflaumte Oehmen ihn an. Mit dem war aber wirklich nicht gut Kirschen essen heute.

»Nina Simone. Große Lady des Jazz. Ich dachte, ihr Worksong passt, so wie du aussiehst.«

»Ich war tatsächlich bis spät in der Nacht im Labor. Und heute wird es auch nicht besser.« Der Kollege blieb mitten auf dem Flur stehen und richtete den Blick auf eine Person hinter Axel.

»Herr Holtz, wir müssen die Vernehmung von Herrn Majewski auf den frühen Nachmittag verschieben«, hörte er die Stimme von Cornelia Gruber. »Sein Anwalt hat mich gerade angerufen.«

Majewskis Anwalt? Gestern hatte er sich aufgeregt, als sie ihm einen Pflichtverteidiger an die Seite gestellt hatten. Obwohl es bei Verdächtigen in Tötungsdelikten gesetzlich vorgeschrieben war.

»Dr. Thöne kann erst ab vierzehn Uhr«, fuhr seine Chefin fort.

Thöne. Wie kommt Majewski zu dem? Axel kannte den Strafverteidiger aus früheren Prozessen. Aufsteigender Stern am Advokatenhimmel. Der kostete eine Stange Geld, das die Familie kaum haben dürfte.

»Aber bei der Gegenüberstellung mit dem Zeugen aus der Fleuth um zwölf bleibt es?«

»Natürlich. Der Beschluss liegt vor. Frau Brenner hat sich übrigens noch immer nicht wegen der Krankschreibung gemeldet.«

Mich hat sie auch nicht zurückgerufen, dachte Axel, sagte aber nichts. War die Kollegin jetzt komplett abgetaucht?

Oehmen räusperte sich, als wolle er etwas sagen, schüttelte dann aber den Kopf, als Axel ihn fragend anschaute.

»Ich kümmere mich drum«, bot Axel seiner Chefin an. Ein bisschen rumschleimen konnte nicht schaden. Er wollte den Tag morgen freihaben. Probentag im Jazzkeller. »Noch was, Frau Gruber.«

Sie sah von dem Aktenstoß unter ihrem Arm hoch. Die Blätter verschoben sich gegeneinander, und sie konnte das Bündel nur mit Mühe am Abrutschen hindern.

»Wir stecken zwar mitten in einer Mordermittlung, aber ich hatte schon im Sommer für morgen einen freien Tag eingetragen.«

Die Kriminaldirektorin zog die Augenbrauen hoch.

»Aus familiären Gründen«, schob er hastig hinterher. Das war nicht einmal gelogen. David war in der Nacht nicht nach Hause gekommen. Der war genauso auf Tauchstation wie die neue Kollegin.

»Das gefällt mir zwar nicht, aber –«

»Ich wäre natürlich jederzeit übers Diensthandy zu erreichen«, versicherte Axel.

Cornelia Gruber nickte. »Von mir aus. Reden Sie mit Ihren Kollegen.« Sie umklammerte den Aktenstapel mit beiden Armen und balancierte ihn weiter zu ihrem Büro.

»Familiäre Gründe?« Lars Oehmen hatte die Hände vor dem Körper verschränkt und tippte mit den Daumen aufeinander. »Du meinst das Konzert am Samstag, richtig?«

»Gemischte Gemengelage«, murmelte Axel.

»Aus was?«

»Konzert und spätpubertierendem Sohnemann. Der hockt seit Montag bei mir in der Bude und geht nicht mehr zur Schule, weil er sich für den zukünftigen Star am DJ-Himmel hält.«

Oehmens Laune besserte sich merklich. »Der Apfel fällt nicht weit vom Stamm.«

»Gibt's noch was Dringendes?« Er ließ dem Kollegen den Vortritt ins Büro. Aber für Small Talk hatte er keine Zeit. Er musste Johanna anrufen. Die Gegenüberstellung und das Verhör vorbereiten. Das Protokoll zur Durchsuchung bei den Majewskis fertig schreiben.

»Eine Kleinigkeit.« Lars ließ sich auf Johannas Bürostuhl fallen und drehte sich dreimal um die eigene Achse, bevor er einen Zettel aus der Hosentasche zog.

»JEREMIAS FINK«, las Axel die großen Druckbuchstaben darauf. »Wer soll das sein?«

Der Kriminaltechniker zuckte die Achseln. »Dein Job, das rauszufinden. Ich hatte heute Morgen auf jeden Fall eine Mail von der schönen Johanna im Postfach, dass sich auf einem der Papiere aus Yvonne Hendricks' Wohnung etwas durchgedrückt hatte, was sich am Rechner nicht entziffern ließ.«

»In welcher Datei?« Axel fuhr den Computer hoch und winkte den Kollegen zu sich hinter den Schreibtisch. Der ruderte auf dem Bürostuhl neben ihn.

»Hier.« Oehmen öffnete ein Dokument und deutete auf eine dunkle Stelle an der oberen Ecke eines Artikels. »Ich hab die Abdrücke vor der Teambesprechung schnell mit Fingerabdruckpulver bepinselt.«

»Geheimschrift sichtbar machen.« Axel grinste. »Wie früher als Kind.«

»Deswegen bin ich bei der Kriminaltechnik gelandet.«

»Vielleicht ein Patient von Dr. Hendricks.« Der Artikel beschäftigte sich mit Lungenerkrankungen bei Kindern.

»Keine Ahnung. Auf jeden Fall habe ich deiner Kollegin den Namen gegeben. Ich dachte, du solltest darüber Bescheid wissen. Zumal eure Chefin offensichtlich denkt, dass sie sich krankschreiben lassen wird.« Oehmen drehte sich noch einmal um die eigene Achse und fuhr dann mit dem Stuhl zurück hinter Johannas Schreibtisch. »So, und jetzt muss ich los. Der Müll ruft.«

»Danke, Lars. Und bring mir das Tatwerkzeug!«, rief Axel ihm hinterher.

»Jeremias Fink.« Axel klemmte den Zettel unter den Fuß des Bildschirms. Er würde den Teufel tun, sich mit irgendeinem zufällig auf einen Notizzettel gekritzelten Namen zu beschäftigen, während sich die Arbeit sowieso schon stapelte. »Sie haben eine neue Nachricht«, meldete die Mailbox. Die Nummer war von Johanna. Hoffentlich saß sie beim Arzt. Ihre Stimme klang zumindest mächtig verschnupft. Und kleinlaut. Sie entschuldige sich für gestern. Sie habe einen Fehler gemacht bei der Befragung. Sie hoffe, dass sie trotzdem noch mit ihm zusammenarbeiten könne.

Ging klar. Er würde da nicht nachtragend sein. Aber die Nachricht auf der Mailbox ging weiter: Sie habe den alten Kinderarzt im Verdacht, einen so schwerwiegenden Behandlungsfehler begangen zu haben, dass Dr. Hendricks ihn damit erpresst haben könnte. Bevor sie ihn deswegen befrage, wolle sie mit der Mutter von Jeremias Fink sprechen. Sie sei bereits auf dem Weg zu ihr. Nach Moers.

Na super. Erst entschuldigte sie sich, und dann ermittelte sie auf eigene Faust weiter. Immerhin hatte sie ihm diesmal Bescheid gesagt. Ein erster Schritt in die richtige Richtung. Axel beschloss, sich die gute Laune über den freien Tag von niemandem verderben zu lassen, und stürzte sich in die Vorbereitungen für die Gegenüberstellung.

***

Die Wohnung von Jennifer Münten, geborene Fink, lag in einem Gründerzeithaus inmitten eines eng bebauten Innenstadtstraßenzugs. Anders als die frisch sanierte Fassade der Kinderarztpraxis sah dieser Altbau nach Verfall aus. Putz bröckelte von den Fensterleibungen, und durch das Mauerwerk zogen sich Risse. Nirgendwo Parkmöglichkeiten. Johanna stellte den Wagen auf dem Parkplatz eines Supermarkts an der nächsten Querstraße ab.

Viertel nach elf. Jennifer Münten hatte sich am Telefon ein »Bitte nicht vor halb zwölf« ausbedungen. Johanna steckte sich ein Hustenbonbon in den Mund und schaute noch einmal in die spärlichen Infos in der Datenbank: Jeremias Fink, geboren im März 2006, gestorben im September 2009, allergischer Schock bei frühkindlichem Asthma. Patient von Dr. med. Uwe Lehmann. Man hatte sowohl gegen den Arzt als auch gegen die alleinerziehende Mutter ermittelt. Die Untersuchungen waren jedoch sehr schnell ohne Ergebnis eingestellt worden. Aber wenn der Tod des Jungen nur ein tragischer Unglücksfall gewesen war, warum hatte Dr. Hendricks den Namen zehn Jahre später notiert? Vielleicht war sie in der Praxis auf Unterlagen gestoßen, die ein neues Licht auf den Tod des Kindes warfen.

Johannas Diensthandy piepte. Die SMS kam von Axel. *Chefin wartet nach wie vor auf Krankschreibung. Melde dich bitte bei ihr. Stecke bis über beide Ohren in Arbeit. Viel Erfolg in Moers. Und gute Besserung! A.*

Johanna atmete durch. Das klang nicht mehr sauer. Zu blöd, dass sie verschlafen hatte. Sonst hätte sie vor der Teamsitzung mit ihm über ihren Verdacht sprechen können. Aber sie hatte tief und fest und ganz ohne Alptraum geschlafen, bis der Anruf von Lars Oehmen sie um halb neun geweckt hatte. Mit so großer Verspätung wollte sie in keine Besprechung platzen, daher hatte sie sich gleich auf den Weg zu Jennifer Münten gemacht.

Über die Mutter des toten Jungen hatte Johanna in POLIS nicht viel finden können. Geboren 1990 in Brüggen, mit der Mittleren Reife von der Schule abgegangen, keine Ausbildung. Ihren Sohn hatte sie schon mit sechzehn bekommen. Als er starb, war sie aus Brüggen weggezogen und hatte in Moers eine Lehre zur Bäckereifachverkäuferin begonnen. Zwei Jahre später Hochzeit mit einem Dieter Münten, Kfz-Mechaniker, mit dem sie inzwischen drei Kinder hatte. Am Telefon war sie Johanna unsicher vorgekommen. Passiv. Sie hatte nicht einmal gefragt, warum sich die Kripo nach so langer Zeit erneut für den Tod ihres Sohnes interessierte.

Als Johanna sich die abgetretenen grauen Holzstufen hinaufgeschleppt hatte, öffnete ihr Jennifer Münten mit einem weinenden Baby auf dem Arm die Wohnungstür. Sie sah jünger aus als Ende zwanzig. Ihre langen, von silbern gefärbten Strähnchen durchzogenen Haare hatte sie zu einem losen Zopf zusammengebunden. Über einer rosafarbenen Leggings trug sie ein weites schwarzes Sweatshirt mit Pailletten am Ausschnitt, auf denen das Baby Spuren ausgespuckter Milch hinterlassen hatte.

»Johanna Brenner. Kripo Krefeld. Danke, dass Sie so spontan Zeit für mich haben.« In der Wohnung roch es süßlich. Jennifer Münten klopfte ihrem Kind unablässig auf den Rücken.

»Augenblick noch. Ich muss dem Kleinen schnell eine frische Windel machen. Er hat gerade getrunken.« Sie verschwand hinter einer der großen Holztüren.

Johanna schaute sich im Wohnzimmer um. Ein zweites Kleinkind, dem dunklen Pullover mit Fußballmotiv nach zu urteilen ein Junge, spielte mit Legosteinen. Auf dem riesigen Fernsehschirm, der im Gegensatz zu den Möbeln brandneu aussah, lief eine Reality-Show, in der Kollegen der Autobahnpolizei Raser verfolgten.

Die Wand hinter einem großen Ledersofa war fast lückenlos mit gerahmten Fotos der Familie bedeckt. Schnappschüsse zeigten die Kinder auf dem Arm ihrer Mutter oder beim Spielen. Das nackte Baby auf dem Bauch eines riesigen Teddybären sah dagegen nach dem Werk eines Profis aus. Ebenso die große Aufnahme in der Mitte, auf der die ganze Familie in Jeans und weißen T-Shirts kunstvoll ineinander verschlungen war.

Sie zelebriert ihr Familienglück, dachte Johanna. Sie trat näher an die Bilder heran. Jeremias konnte sie nicht entdecken. Er gehörte nicht in ihr neues Leben. Auch eine Art, mit dem Verlust eines Kindes umzugehen.

»Meine Kinder sind mein Ein und Alles«, sagte die Stimme von Jennifer Münten hinter ihr. Trotz ihrer Körperfülle hatte sie sich auf Socken lautlos über den Dielenboden bewegt. Der Säugling kuschelte sich zufrieden an ihre Schulter. Sie deutete auf das spielende Kind. »Das ist Finn. Die Große geht schon in den Kindergarten.«

Familienidyllen waren Johanna seit jeher suspekt. Man wusste nie, was hinter einer schönen Fassade wirklich passierte. Die ihrer eigenen Familie hatte ihr gereicht. »Jeremias ist nicht auf den Fotos?«, fragte sie.

Jennifer Münten streichelte dem Baby über den Kopf. »Mein Mann will das nicht. Er sagt, ich soll mich nicht jeden Tag absichtlich an den Schmerz erinnern.«

»Leider muss ich Ihnen jetzt doch noch mal ein paar Fragen zum Tod Ihres ersten Sohnes stellen. Damals bestand der Verdacht, dass der behandelnde Arzt eine Mitschuld haben könnte.«

Die Mutter ließ sich samt Säugling auf der Lehne eines abgestoßenen Plüschsessels nieder und räumte mit der freien Hand Kuscheltiere, Puzzlesteine und Eisenbahnwaggons von der Sitzfläche. Dann bot sie Johanna den Platz an.

»Jeremy, ja.« Ihre Stimme wurde leise. »Jeremy war sehr krank.«

»Jeremy?« Geburts- und Sterbeurkunde waren auf »Jeremias« ausgestellt. »War sein Vater Engländer?«

»Nein, nein. Er fand den Namen einfach cool. Wegen Jeremy Irons.«

Jeremy Irons? Mit dem hatte sie hier nicht gerechnet. Hätte eher auf Fußballer oder Schlagersänger als Namensgeber getippt. Zu blöd, sich immer wieder bei Vorurteilen zu ertappen. »Hat Ihr damaliger Freund die Vaterschaft nicht anerkannt?« Die Papiere machten keine Angaben zum Kindsvater.

»Der hat sich verzogen, als ich im achten Monat war.« Jennifer Münten setzte sich zwischen die Spielsachen auf das Sofa. »Hat wohl Panik gekriegt.«

Und sie hat ihr Kind trotzdem nach dem Schauspieler benannt, den er klasse fand?

»Ich bin bei meinen Eltern geblieben und mit achtzehn dann mit Jeremy ausgezogen.« Sie schaukelte das Baby vor und zurück, obwohl es längst eingeschlafen war.

»Und wann ist das frühkindliche Asthma bei ihm diagnostiziert worden?«

»Diagnostiziert!« Jeremys Mutter spuckte das Wort aus, als hätte sie in einen faulen Apfel gebissen. »Das ist überhaupt nicht diagnostiziert worden. Mir hat das auf jeden Fall keiner gesagt. Sonst hätte ich ihn doch nicht mit den Nachbarskindern auf den Spielplatz gelassen.«

»Dr. Lehmann hat Sie nicht über die Erkrankung Ihres Sohnes aufgeklärt?« Laut der Akte hatte er die Diagnose etwa fünf Monate vor dem Tod des Jungen gestellt.

Jennifer Müntens Wangen färbten sich dunkelrot. »Nein, das habe ich erst von der Polizei erfahren.« Sie stand abrupt auf. »Aber Sie werden mir das ebenso wenig glauben wie Ihre Kollegen damals.«

Die ist wütend und verletzt, dachte Johanna. Immer noch. Sie wartete, bis die Frau den Säugling in ein Bettchen mit hellblauem Himmel gelegt und seine Decke um ihn herum festgesteckt hatte. »Ich bin nicht hier, um Ihnen irgendwelche Vorwürfe zu machen. Es wird schwer genug für Sie gewesen sein damals.«

Jennifer Münten zuckte die Achseln. Sie sah aus, als nähme sie Anlauf, etwas zu sagen, entschied sich dann aber offenbar dagegen. Stattdessen ging sie in die Küche und kam mit einer Flasche Malzbier zurück. »Möchten Sie auch was? Ist gut für den Milchfluss.«

Für den Milchfluss. Johanna lachte. Das brauchte sie eher nicht. Sie hatte zwar Durst, aber mit Blick auf die von Kinderhänden verschmierten Becher auf der Küchenplatte verzichtete sie lieber darauf, um ein Glas Wasser zu bitten.

»Dr. Lehmann hat behauptet, ich hätte Jeremy die falsche Arznei gegeben«, murmelte Jennifer Münten.

»Obwohl er selbst Ihrem Sohn die Medikamente verordnet hatte?«

Die Mutter nickte. Umfasste den Drehverschluss der Plastikflasche fester. »Die Arzthelferin hat mir die Tropfen sogar mitgegeben.« Das Malzbier gab beim Öffnen ein Zischen von sich. Finn hörte auf zu spielen und schaute interessiert zu seiner Mutter hinüber.

»Sie haben kein Rezept bekommen, sondern gleich das Medikament?«

Wieder ein Nicken. Der Junge kam gelaufen und wollte auch Malzbier.

»Was waren das für Tropfen?«

»Ich weiß nicht mehr, wie die hießen. Das war an dem Freitagnachmittag, als ich das letzte Mal in der Praxis war. Samstag ist Jeremy dann –« Jennifer Münten brach ab und zog einen grünen Plastikbecher zwischen einem Zeitungsstapel und leeren Süßigkeitenpackungen heraus. Das musste Finns Becher sein, wenn Johanna die Reaktion des Kindes richtig interpretierte.

Dann hat die Mutter das Präparat, das zu dem allergischen Schock führte, nicht in einer Apotheke, sondern in der Praxis erhalten.

»Ihre Kollegen haben die Packung doch damals mitgenommen«, erklärte Jennifer Münten ungeduldig. »Steht das denn nicht alles in Ihren Unterlagen?« Sie goss ihrem Sohn einen Fingerbreit Malzbier in den Becher.

Sie hatte recht. Johanna musste sich unbedingt die Ermittlungsakte aus dem Archiv besorgen. »Aber es war nicht Dr. Lehmann, der Ihnen das Präparat gegeben hat?«

»Warum fragen Sie mich, wenn Sie mir doch nicht glauben? Der war an dem Nachmittag gar nicht mehr da, das war seine Helferin.« Finn hing inzwischen lautstark bettelnd am Bein seiner Mutter. Sie kniete sich neben ihn und stellte seinen Becher zwischen die Spielsachen auf den Couchtisch.

»Wissen Sie noch, wie die Angestellte hieß?« Johanna schwitzte immer stärker in dem Plüschsessel. Die Wohnung war überheizt. Ihr Mund war trocken.

»Nee, keine Ahnung.« Jennifer Münten wischte ihrem Sohn eine Locke aus dem Gesicht. »Mit beiden Händen trinken«, ermahnte sie ihn dann. »Ich hatte mittags mit dem Doktor telefoniert, weil Jeremy so schrecklich gehustet hat. Er hat gesagt, ich soll mir was abholen kommen und ihm dreimal am Tag geben.«

Ferndiagnose am Telefon? Johanna runzelte die Stirn. Finn hielt den Becher fest in beiden Händen und trank schmatzend. Wasser wäre jetzt toll, dachte sie.

»Ich erinnere mich nur, dass die Arzthelferin an dem Nachmittag total unfreundlich war«, fuhr Jennifer Münten fort. »Die hat gedacht, ich kümmere mich nicht gut um Jeremy. Weil der so oft krank war.« Sie tupfte Finn mit einem Spucktuch des Babys Reste des Malzbiers vom Kinn. Trank selbst etwas und hielt plötzlich in der Bewegung inne. »Das Unverschämteste war aber, dass sie hinterher behauptet hat, sie hätte mir die Tropfen gar nicht gegeben.«

Das war in der Tat merkwürdig. In Johannas Schädel hämmerte jemand immer stärker von innen gegen ihre Schläfen. Ihr Körper schrie nach frischer Luft und Flüssigkeit. Der süßliche Geruch in dem mit Spielzeug übersäten Wohnzimmer verursachte ihr Übelkeit. »Danke für Ihre Zeit.« Sie stand auf. Ihr T-Shirt klebte schweißnass an ihrem Rücken.

Auch Jennifer Münten erhob sich vom Boden und ignorierte ihren Sohn, der sich an ihre Beine klammerte und quengelte. »Weshalb sind Sie eigentlich gekommen? Wird das jetzt alles noch mal untersucht?«

Johanna schüttelte den Kopf. »Die Nachfolgerin von Dr. Lehmann ist getötet worden. Sie hatte sich den Namen Ihres Sohnes notiert, und wir fragen uns natürlich, warum.«

»Ich war nie wieder in der Praxis«, beteuerte Münten. »Ich wusste nicht mal, dass Dr. Lehmann aufgehört hat.« Der Junge brach in ohrenbetäubendes Geheul aus. Sie streichelte ihm über den Kopf.

»Natürlich. Ich wollte auch nur noch mal von Ihnen selbst hören, wie das damals gelaufen ist.« Kindergebrüll und Kopfschmerzen vertrugen sich überhaupt nicht. Das Pochen in Johannas Schädel wurde unerträglich. Sie reichte Jennifer Münten die Hand.

»Ich habe das hinter mir gelassen. Ich bin glücklich mit Dieter und den Kindern. Ich will nicht, dass das alles wieder aufgerollt wird.« Auch der Säugling fing jetzt an zu weinen.

»Das kann ich Ihnen leider nicht versprechen.« Sie wandte sich zur Tür. »Danke für Ihre Zeit. Ich finde allein raus.«

Sie verließ die Wohnung, als wäre sie auf der Flucht. *Zu viel Mutterliebe. Zu viel Gekümmere. Zu viel Geschrei.* Mit jeder Stufe wurde das Kinderweinen in ihrem Rücken leiser. Auf der Straße atmete sie erleichtert durch. Ihr Gesicht glühte schon wieder. Was jetzt? Doch eine Krankschreibung?

Jennifer Münten log sicher nicht vorsätzlich, wenn sie jede Verantwortung für den Tod von Jeremias von sich wies. Wie zuverlässig ihre Erinnerung nach so vielen Jahren noch war, war allerdings fragwürdig. Manche Menschen verwandelten ihre Fehler über die Jahre in eine Unschuldserzählung, die sie am Ende selbst glaubten. Johanna musste unbedingt mit Lehmann sprechen. Aber nicht, bevor sie die Akte von damals nicht gelesen hatte.

***

»Wo bleibt dein Bruder?« Leonie sah sich zum x-ten Mal auf dem Schulhof um. Die zweite Pause war fast vorbei. Sie wollte endlich das iPhone zurückhaben.

»Bleib doch mal cool. Der schreibt Mathe-Leistung.« Antonia verstand offenbar ihre Unruhe nicht. »Vielleicht haben sie später angefangen und Nachschreibezeit bekommen.« Diesmal hielt sie Leonie Schokolade hin.

Dass sie so dünn blieb, obwohl sie ständig Süßigkeiten aß. Leonie kam sich neben ihrer Freundin immer unförmig und plump vor. »Nein, danke«, murmelte sie müde. Die Geschwister hatten sie am Vorabend mit ihrem Vorschlag, das iPhone zu hacken, einfach überstimmt. Jochen hatte sich von Antonias Neugier anstecken lassen. Und sie hatte sich nicht getraut, ihm zu widersprechen. Er sollte sie nicht für ein ängstliches kleines Mädchen halten. Aber dann war er mitten in der Nacht mit dem Smartphone zu einem Freund vom Chaos Computer Club aufgebrochen. »iPhones sind schwer zu knacken. Ist zwar ein Vierer, aber allein kriege ich das nicht hin«, hatte er gesagt. Ich hätte ihn aufhalten sollen, dachte Leonie.

»Jetzt mach dir nicht so viele Gedanken!« Antonia leckte ihren Zeigefinger ab und steckte den Rest der Tafel zwischen die Bücher. »Wäre doch toll, wenn wir was finden, was deinem Vater hilft.«

Wäre toll, ja. Wenn … ja, wenn. Was sollten sie da überhaupt finden? Das war eine saublöde Idee gewesen, selbst Detektiv zu spielen. Warum hatte sie sich gestern im Burgerladen nicht getraut, es Johanna zu geben? Die wäre vielleicht nicht mal sauer gewesen, dass Leonie es schon zwei Tage mit sich herumgeschleppt hatte.

»Wann ist dein Bruder überhaupt nach Hause gekommen?«, fragte sie ihre Freundin. Als sie gegen zwei endlich einschlafen konnte, war er auf jeden Fall noch nicht zurück gewesen.

»Keine Ahnung. Ich hab gepennt. Ich hoffe nur, er hat Mathe jetzt nicht vergeigt.« Antonia lachte. »Da versteht unser Vater keinen Spaß.«

Und die Polizei verstand vermutlich keinen Spaß, wenn sie das Handy nicht endlich abgab. Leonie behielt den Haupteingang im Auge. Die ersten Schüler gingen schon zurück ins Gebäude. Fünfte Stunde. Da hatten sie Musik. Konnte man notfalls zu spät kommen.

Ihre Freundin stieß sie mit dem Ellbogen an. »Jetzt freu dich wenigstens über dein Referat. Hat doch super geklappt!«

Leonie war selbst erstaunt gewesen, dass sie nicht nur gestottert und sich einen abgebrochen hatte.

»Die hat dir Glück gebracht.« Antonia schnippte mit dem Finger gegen die Fledermaus. »Habe ich dir eigentlich erzählt, dass mir im Sommer mal eine nachts durch das Fenster –«

»Da sind sie!« Leonie unterbrach ihre Freundin. Jochen kam mit zwei anderen Jungen auf den Schulhof. Antonia winkte ihrem Bruder, aber er war in sein Gespräch vertieft. Die mussten bestimmt die Klausur besprechen. Jochen sah fast so erhitzt aus wie beim Leichtathletik-Event im Frühjahr.

»Ist der blöd?« Antonia hatte mal wieder keine Geduld. Sie stürmte los.

»Jetzt warte doch mal.« Leonie hielt sie am Arm fest.

»Ich will wissen, was die gefunden haben.« Ihre Freundin verlor keine Zeit. »Und? Habt ihr das iPhone gehackt?«, platzte sie ins Gespräch der Jungs.

Leonie wäre am liebsten im Boden versunken. Es war gestern Abend schon peinlich genug gewesen, im Schlafanzug in Jochens Zimmer aufzulaufen. Der sah selbst verschlafen noch süß aus, hatte sie festgestellt. Gerade wirkte er allerdings genervt.

»Du könntest mich ruhig mal fragen, wie Mathe gelaufen ist, nachdem ich mir wegen euch die Nacht um die Ohren geschlagen habe«, giftete er seine Schwester an. »Erklärst du Papa das, wenn ich die Klausur verhauen habe?«

»So schlimm wird's schon nicht gewesen sein«, sagte Antonia leichthin. »Du bist doch gut in Mathe.«

»Es tut mir leid«, sagte Leonie leise. »Das war eine blöde Idee, dass wir das Smartphone hacken wollten. Gib's mir einfach zurück. Ich bring es zur Polizei.«

Jochen zog ein Päckchen Zigaretten aus seiner Jackentasche. »Geht nicht. Ein iPhone hackt man nicht eben so.« Er gähnte. »Tobias ist noch dran.«

Tobias ist dran? Leonie wurde heiß und kalt gleichzeitig. Was sollte das jetzt heißen? Hatte Jochen das Handy von Dr. Hendricks etwa bei seinem Freund gelassen? Obwohl er wusste, dass es um einen Mord ging? Die Klingel ertönte zum zweiten Mal und zeigte endgültig das Ende der Pause an. »Du hast es nicht wieder mitgebracht?« Sie hörte selbst, wie panisch ihre Stimme klang. Aber es war ihr egal. Sollte er doch denken, sie sei ein ängstliches kleines Mädchen. Es war einfach unvernünftig.

»Ist doch gut, wenn dieser Tobias das hinkriegt«, warf ihre Freundin ein.

Nein, das war gar nicht gut. »Dann fahre ich zu ihm und hole es«, sagte Leonie. Sie traute sich nicht, Antonias Bruder einen Vorwurf zu machen. Aber das Handy musste endlich zur Polizei.

Jochen legte ihr eine Hand auf die Schulter. »Mach dir keinen Kopf. Tobias ist okay. Und die Suche nach einem Bug dauert nun mal.«

Ein »Bug«. Was war das nun wieder?

»Hey. Keiner kann das Ding orten. Nicht mal die Polizei. Da haben wir vorgesorgt.« Er gähnte wieder. »Du brauchst dir wirklich keine Gedanken zu machen.«

So weit hatte Leonie noch gar nicht gedacht. »Wie lange dauert das mit so einem ... Bug?«, fragte sie kleinlaut. Warum konnte sie sich nie durchsetzen?

Jochen zuckte die Achseln. »Tobias ruft mich an, wenn er es gehackt hat. Und, hey ...« Wieder sah er sie mit seinen blauen Augen an, dass ihre Knie noch weicher wurden. »Ich hab ihm natürlich nicht gesagt, worum es geht. Er denkt, da sind irgendwelche Fotos von ’nem Mädel drauf, die ich haben will. Also bleib ganz ruhig, okay?«

»Okay«, murmelte Leonie und wurde rot. *Wie peinlich.* Antonia grinste. Die hatte jetzt bestimmt mitbekommen, dass sie ihn süß fand.

»Ich hau mich ins Bett. Die Aktion hat mich fast die ganze Nacht gekostet. Also macht’s gut, Mädels.« Weg war er.

Die letzten Schüler gingen zurück zum Unterricht. Leonie stand wie gelähmt im Windschatten des Vordachs und beobachtete ein paar Tauben, die sich um die Reste eines Butterbrots stritten.

»Wir müssen rein«, sagte Antonia. »Musik ist schon dran.«

»Ist mir egal.« In Leonies Kopf herrschte Durcheinander. Was sollte sie jetzt machen? Vielleicht Johanna anrufen?

»Ich hab auch keinen Bock mehr. Komm, wir machen blau.« Ihre Freundin überquerte den Schulhof. »Dann kriegen wir auch mit, wenn Tobias anruft.«

»Kennst du ihn? Wo geht er zur Schule?« Vielleicht könnte sie sich das Handy doch holen fahren.

»Ich glaube, der studiert oder so was. Jochen hat ihn beim Chaos Computer Club kennengelernt. Auf jeden Fall ist der schon was älter.«

Leonies Handy piepte. Eine SMS von ihrer Mutter. *Lukas wird heute schon entlassen. Packe gerade unsere Sachen. Kommst du nach der Schule nach Hause? LG, Mama.*

Dann hatte Schwester Vanessa gestern recht gehabt. »Ich muss nach Hause. Mama und Lukas kommen gleich aus dem Krankenhaus.«

»Siehst du! Alles wird gut.«

»Alles?« Leonie bezweifelte, dass es ihrem Vater gerade gut ging. Trotzdem spürte sie Erleichterung, dass Mama und Lukas nach Hause kamen. »Kann ich jetzt doch ein Stück Schokolade haben?«

Antonia grinste und drückte ihr die halbe Tafel in die Hand. »Das mit deinem Vater kommt bestimmt auch wieder in Ordnung. Jetzt, wo Papas Anwalt bei ihm ist.«

Leonie wusste nicht, wie Anwälte arbeiteten. Und ob es sein konnte, dass ein Anwalt ihren Vater aus der Untersuchungshaft freibekommen konnte. Die Schokolade war mit Joghurtcreme gefüllt. Sie ließ sie langsam auf der Zunge schmelzen. Die Süße war tröstlich. Während Antonia auf dem Weg zur Bushaltestelle die neuesten Tweets las, antwortete Leonie ihrer Mutter.

Dann rief sie Johannas Handynummer auf und begann eine Nachricht: *Liebe Johanna*, tippte sie. Oder sollte sie sie anrufen? Sie zögerte. Löschte die beiden Wörter wieder. Es hatte sich gut angefühlt, mit Johanna einen Burger zu essen. Sie war so cool. Und selbstbewusst. Noch nie hatte ein Erwachsener Leonie so viel von seinem Leben anvertraut. Von dem schweren Autounfall, nach dem sie fast im Rollstuhl gelandet wäre. Von dem Streit mit ihrem Vater, als sie ihre erste Freundin nach Hause gebracht hatte. Sie hat nie aufgegeben, dachte Leonie. Sie hat sich durchgekämpft. Jetzt ist sie Kommissarin bei der Kripo.

Sie hielt dem Busfahrer ihre Monatskarte hin und ließ sich erschöpft neben Antonia auf einen Platz sinken. *Ich darf jetzt auch nicht aufgeben. Egal, was Papa getan hat.*

***

»Geht es Ihnen nicht gut?«

Uwe Lehmann zuckte zusammen. Er hatte Beate nicht klopfen hören. Zu geschockt war er von dem Anruf seiner Frau. »Doch, doch«, beeilte er sich zu sagen.

Sie stellte seinen Mittagskaffee vorsichtig zwischen der Tastatur und einem Stapel Unterlagen ab und berührte kurz seine Schulter. »Ziemlich anstrengend gerade, was?«

»Ja, ja. So schlimm war die Grippewelle seit Jahren nicht.« Abwesend rührte er einen Löffel Zucker in seinen Kaffee. Eine tote Katze! Die Verfasserin der Briefe hatte Birgit ein Paket mit der toten Katze ihrer Nachbarin zugestellt!

»Immerhin geht es dem kleinen Majewski wieder besser. Ich habe gehört, er kommt heute aus dem Krankenhaus.« Beate füllte die Blumenvase mit frischem Wasser.

»Das ist schön.« Ob Beate in der Lage wäre, seiner Frau eine tote Katze zu schicken? Das Tier musste ertränkt worden sein, zumindest hatte Maria das eben schluchzend am Telefon erzählt. Uwe hatte die Frauen gebeten, sofort zur Polizei zu gehen. Er sah Beate zu, wie sie mit geschickten Griffen die Blumen in der Vase neu sortierte. Sie trug eine smaragdgrüne Seidenbluse mit Manschetten, die bis über ihre Handgelenke reichten, darunter einen knielangen Rock. So habe ich sie noch nie gesehen, dachte er. Sie ist verändert. Da konnte eigentlich nur ein Mann im Spiel sein.

»So schick heute, Beate! Gibt es was zu feiern?« Er beobachtete ihre Reaktion beim Trinken über den Rand der Kaffeetasse. Geburtstag hatte sie auf jeden Fall nicht.

»Nein, aber … Autsch!« Sie hatte sich an einer Rose gestochen, die sie gerade in der Mitte des Blumenstraußes platzieren wollte. Beate steckte den Zeigefinger in den Mund und schüttelte den Kopf. »Mir war einfach danach«, murmelte sie.

Die Polizisten in Nettetal gestern hatten ihn nach möglichen Verehrerinnen gefragt. Beate? Hatte sie sich seinetwegen so schön angezogen? Sollte er sie auf die Briefe ansprechen? Seine Frau war furchtbar erschrocken gewesen, als die Beamten den Begriff »Stalking« in den Raum geworfen hatten. Kein Wunder nach der Sache mit Dr. Hendricks. Lehmann selbst hatte den Gedanken, er könne gestalkt werden, eher peinlich gefunden.

»Möchten Sie noch einen Kaffee?« Seine Angestellte riss ihn aus seinen Gedanken. Sie hatte die renitente Rose jetzt in der Vase untergebracht und sah fragend auf seine Tasse.

Die war tatsächlich leer. Uwe Lehmann hatte gar nicht gemerkt, wie schnell er getrunken hatte. »Danke, nein, aber … darf ich Sie etwas fragen, Beate?« Wie formulierte er das jetzt am geschicktesten?

»Natürlich.«

»Sie kennen doch meine Frau.«

Sie nickte. War da etwas Erwartungsvolles in ihrem Blick?

»Sie erhält seit ein paar Tagen Drohbriefe.« Er behielt Beate im Auge, aber die verzog keine Miene. »Vermutlich von einer Frau.«

»Das tut mir leid.«

»Die Polizei vermutet, dass jemand aus meinem beruflichen Umfeld dahinterstecken könnte.«

Sie zog die Augenbrauen hoch. »Denken Sie, dass Melanie … oder Julia? – Das kann ich mir nun wirklich nicht vorstellen.«

»Ich mir auch nicht«, stimmte er zu. »Fällt Ihnen sonst jemand ein?« Sie hielt seinem Blick so gelassen stand, dass ihm das Gespräch schon wieder unangenehm war.

»Eine Patientenmutter vielleicht?«, schlug sie vor. »Die waren nicht alle glücklich damit, dass Sie aufgehört haben.«

Wenn sie die Briefe geschrieben hatte, log sie gut. Aber eine Katze zu ertränken? Das war etwas anderes, als Briefe zu schreiben. Da war Gewalt im Spiel. »Denken Sie an jemand Bestimmten? Hat jemand nach meiner Privatadresse gefragt?«

»Das nicht. Aber …« Sie begutachtete ihre Fingerspitze, die nach dem Stich des Dorns gerötet war. »Frau Dr. Hendricks hatte einfach eine ganz andere Art als Sie. Das hat nicht jedem gefallen. – Ich bin allergisch«, fügte sie hinzu.

Sie spricht von sich selbst, dachte Uwe. Beate hatte bei ihren wiederholten Anrufen zwar immer nur medizinische Unstimmigkeiten mit seiner Nachfolgerin erwähnt. Aber möglicherweise hatte sie größere Probleme mit Dr. Hendricks gehabt, als er ahnte. »Nun gut, wir müssen weitermachen.«

»Ich kann ja mal meine Kolleginnen fragen, ob denen etwas aufgefallen ist.«

»Gute Idee. Und schicken Sie mir das nächste Kind rein.« Er sah ihr hinterher, als sie auf leisen Sohlen sein Behandlungszimmer verließ. *Manchmal tun Menschen Dinge, die man ihnen niemals zugetraut hätte.* Das hatte diese Kommissarin Brenner am Dienstag gesagt. Vielleicht hätte er Birgit und Maria mit der toten Katze direkt zur Kripo nach Krefeld schicken sollen. Für den Fall, dass es eine Verbindung zum Mord an Dr. Hendricks gab. Aber Beate … Nein, er traute ihr nicht zu, das Tier getötet zu haben.

***

Muuhre Jubbel – Axel war angenehm gesättigt vom rheinischen Möhreneintopf mit Mettwurst. Für seinen Geschmack könnte im Herbst in der Kantine häufiger die deftige niederrheinische Kost auf dem Speiseplan stehen. Er wartete ab, bis seine Chefin die Formalitäten mit Majewski und seinem Anwalt erledigt hatte. Dann ging er zum Angriff über.

»Herr Majewski, der Zeuge hat Sie bei der Gegenüberstellung eindeutig als den Mann identifiziert, der Sonntagabend An der Fleuth war.«

»Mein Mandant bestreitet auch gar nicht, zur fraglichen Zeit dort gewesen zu sein. Die Gegenüberstellung hätten Sie dem Steuerzahler sparen können.«

Rechtsanwalt Thöne. Axel hatte schon im Gerichtssaal miterlebt, wie er Zeugen die Worte im Mund verdreht und sie so verunsichert hatte, dass sie am Ende unglaubwürdig dastanden.

»Außerdem haben wir bei der Durchsuchung Ihrer Wohnung eine Jacke und Schuhe sichergestellt, an denen sich sowohl Blut vom Opfer als auch Erde und Laub vom Tatort befinden«, fuhr er fort. Bloß nicht von Thöne rausbringen lassen.

Wieder antwortete der Anwalt. »Auch das bestreitet mein

Mandant nicht. Beides rührt von dem Unfall während seines Gesprächs mit dem Opfer her.«

Unfall. Gespräch. Das Geschehen sprachlich herunterspielen. Die Kopfverletzung mochte ein Unfall gewesen sein. Aber das Erdrosseln nicht. Und Axels Trumpf kannte Thöne noch nicht. Den hatte Kivelitz ihm erst nach der Mittagspause auf dem Weg zum Verhör zugesteckt. Er hatte nicht mal mehr Gelegenheit gehabt, seiner Chefin die Ausdrucke der Mobilfunkdaten zu geben.

»Mit ›Unfall‹ meinen Sie die Kopfverletzung, die dem Opfer von Ihrem Mandanten während einer tätlichen Auseinandersetzung zugefügt wurde?«

André Majewski, der bisher so zusammengesunken auf seinem Stuhl gesessen hatte, als wolle er in der Rückenlehne verschwinden, richtete sich auf. »Ich habe sie nur am Arm festgehalten. Es gab keine tätliche Auseinandersetzung.«

Thöne legte ihm eine Hand auf den Unterarm. Lassen Sie mich reden, sagte die Geste. Der matt glänzende Stoff seines maßgeschneiderten Anzugs und die sorgfältig manikürten Hände wirkten wie ein Fremdkörper neben Majewskis rauen Arbeiterhänden. »Wie Sie hören, war vonseiten meines Mandanten kein Vorsatz im Spiel. Worauf wollen Sie also hinaus, Herr Hauptkommissar?«

Dass diese Anrede immer so ironisch klang bei ihm. Axel sah Cornelia Gruber an. Vielleicht wollte sie etwas einbringen, bevor er mit den Handydaten rausrückte.

»Ob Unfall oder Vorsatz, entscheidet der Richter«, beendete sie das Geplänkel. Dann legte sie Majewski das Foto einer Handtasche vor. »Herr Majewski, diese Tasche haben wir gestern aus einem Müllcontainer in Straelen geholt. Ist das die Tasche, die Sie Dr. Hendricks abgenommen und dort hineingeworfen haben?«

Der Angesprochene nickte.

»Leider waren weder das Smartphone noch die Schlüssel des Opfers darin. Und sie waren auch nicht in Ihrer Wohnung. Was haben Sie damit gemacht?«

Sein voller Magen und der Duft des Kaffees auf dem Tisch im

Büro der Kriminaldirektorin stimmten Axel friedlich. Genauso wie die Aussicht auf ein langes Wochenende mit viel Jazzmusik. Wenn er jetzt noch seinen Sohn befrieden konnte …

Diesmal reichte ein leichtes Kopfschütteln des Anwalts, um Majewski am Sprechen zu hindern. Thöne ließ den Inhalt eines Zuckerpäckchens in seinen Kaffee rieseln und rührte gründlich um, bevor er antwortete: »Mein Mandant weiß nichts über den Verbleib dieser Gegenstände.«

»Und der ›Verbleib‹ des Tatwerkzeugs?«, setzte Axel nach. »Weiß Ihr Mandant vielleicht etwas darüber?«

Thöne lächelte amüsiert. »Wie er bereits ausgesagt hat, hat er die Tat nicht begangen. Ihre Kollegin hatte ihn ja gestern dankenswerterweise über die eigentliche Todesursache unterrichtet. Wo ist sie eigentlich? Ich hatte gehofft, sie kennenzulernen.«

Klar, den Seitenhieb konnte er sich nicht entgehen lassen. Axels Chefin sog hörbar die Luft ein.

»Unsere Kollegin tut hier nichts zur Sache«, fegte sie den Fauxpas vom Tisch.

Jetzt aber mal Butter bei die Fische. Axel griff nach Kivelitz' Ausdruck. »Wo waren Sie in der Nacht von Sonntag auf Montag zwischen vierundzwanzig Uhr und zwei Uhr früh, Herr Majewski?«

»Zu Hause. Das habe ich doch schon gesagt.«

»Wann genau sind Sie dort angekommen?«

Majewski zögerte. »Das weiß ich nicht. Ich bin durch die Gegend gefahren. Ich habe nicht auf die Uhr geschaut.«

Thöne mischte sich ein. »Mein Mandant macht ab jetzt von seinem Aussageverweigerungsrecht Gebrauch. Wenn Sie keine neuen Erkenntnisse haben, würde ich gerne erst mal in Ruhe die Akten studieren und über einen Haftprüfungsantrag entscheiden.«

»Haftprüfung? Das wird kaum Aussicht auf Erfolg haben.« Cornelia Gruber rückte ihre Brille zurecht. »Wir reden von einem Tötungsdelikt, Herr Dr. Thöne.«

»Bei dem Sie für die Schuld meines Mandanten keinerlei Beweise haben, Frau Kriminaldirektorin.«

Axel wurde ungeduldig. *Vielleicht ja doch.* »Herr Majewski, Sie haben behauptet, dass Sie den Tatort direkt nach dem Sturz von Dr. Hendricks verlassen haben und mit Ihrem Pkw durch die Gegend gefahren sind.«

Wieder ein stummes Nicken.

»Das entspricht aber nicht der Wahrheit.« Der Anwalt hörte auf, an seiner Kaffeetasse zu spielen. Axel genoss die fragenden Blicke der anderen. »Tatsächlich belegt die Funkzellenabfrage Ihres Handys, dass Sie eine halbe Stunde nach dem Streit immer noch in der Nähe des Tatorts eingeloggt waren.« Er reichte seiner Chefin den Ausdruck und lehnte sich zurück. Aus der Nummer konnte Thöne seinen Mandanten nicht so leicht rausquatschen.

»Aber ich *bin* abgehauen!« Majewski sprach lauter. »Sie drehen da doch irgendwas mit diesen Daten. Ich habe sie nicht erwürgt.«

»Ich rate Ihnen zu schweigen. Und ich beantrage, die Befragung an dieser Stelle –«

»Mir ist schlecht geworden«, fiel Majewski seinem Anwalt ins Wort. »Ich kann kein Blut sehen.«

Ein Kerl wie ein Baum, der kein Blut sehen konnte? »Sie sind am Tatort geblieben, weil Ihr Kreislauf nicht mehr mitgespielt hat? Habe ich Sie richtig verstanden?« Axel blieb skeptisch.

»Mein Mandant wird keine weitere Aussage machen.« Jetzt sprach Thöne laut und bestimmt.

Majewski sah ihn verunsichert an. »Warum soll ich das denn nicht erklären? Es war doch so.«

Er begreift die Spielregeln einer juristischen Auseinandersetzung nicht, dachte Axel. Johanna hatte recht gehabt. Dieser Mann war ein bisschen naiv. Er nickte ihm auffordernd zu.

»Ich bin in meinen Wagen gestiegen und losgefahren. Aber da war das ganze Blut an meinen Händen. An meiner Jacke. Auf dem Lenkrad.« André Majewski starrte auf seine Handflächen, als klebte immer noch Blut daran. »Und ständig klingelte dieses Handy. Das hat mich wahnsinnig gemacht.«

»Ihr Handy klingelte?« Der Kerl log doch. »Laut Übermittlungsdaten haben Sie in diesem Zeitraum keine Anrufe bekommen.«

»Nicht *mein* Handy!«, rief Majewski aus. »Das Smartphone von der Ärztin. Als ob jemand ahnte, dass ihr was passiert ist. Das war irgendwie gruselig.«

»Dann waren Sie doch im Besitz des Handys von Dr. Hendricks.«

Thöne legte noch einmal eine Hand auf den Unterarm seines Mandanten, aber der ließ sich nicht stoppen.

»Es war in der Handtasche. Außerdem musste ich kotzen. Ich hab angehalten und –«

»Wo genau?«, fragte Axel dazwischen.

Majewskis Gesicht glühte. »Keine Ahnung, wie das hieß. Ich hab sie doch nicht getötet. Ich …« Er schluchzte auf und presste seine Hände so fest um sein Glas, dass es zersprang. Wasser ergoss sich über die Tischplatte und den Boden. Die Scherben in seinen Handflächen färbten sich rot.

»Okay, wir unterbrechen hier.« Die Chefin raffte die Unterlagen vom Tisch. »Sie sind verletzt. Brauchen Sie einen Arzt?«

Axel stand auf. Warum zum Teufel hatte Majewski ein Glas anstelle eines Kunststoffbechers in die Hand bekommen? Der Verdächtige blickte erschrocken auf die Schnitte in seiner Hand. Seine Gesichtsfarbe wechselte von Rot zu Kreidebleich.

»Ich beantrage hiermit die Sicherstellung des Erbrochenen zur Beweiserhebung«, sagte Thöne ungerührt.

Wie zum Beleg seiner Aussage beugte sich Majewski seitlich neben den Stuhl und begann zu würgen. Axel nahm hastig Papiertücher aus dem Spender an der Wand und hielt sie ihm hin. Cornelia Gruber rief den Kollegen aus dem Flur herein.

»Wir brauchen einen Arzt.« Sie deutete auf Majewski. »Und holen Sie einen Verbandskasten.«

Die Glasscherben reflektierten das Licht der Deckenleuchte. *Ideale Waffen, um sich und anderen zu schaden.* Axel zog den Tisch zur Seite und hielt die verletzte Hand in die Höhe, um den Blutfluss zu stoppen. Nur Thöne blieb ungerührt.

»Die Funkzellen auf dem Land sind groß. Die Daten beweisen lediglich, dass das Handy meines Mandanten in Tatort*nähe* war«, argumentierte er in das Chaos hinein.

»Wir haben Sie verstanden«, fauchte Cornelia Gruber. »Und wir werden die Sicherstellung des Erbrochenen veranlassen.«

Na, da würde Oehmen aber seine Freude haben.

Thöne nickte zufrieden. Er stand auf, warf einen kurzen Abschiedsblick auf seinen Mandanten und balancierte um die Wasserpfütze, in die sich Blutschlieren mischten, aus dem Büro.

Der verschwindet genauso plötzlich, wie er aufgetaucht ist. Dann musste die Frage nach den Einbruchspuren an Majewskis Wagen noch warten. Endlich kam der Kollege mit dem Verbandszeug zurück. Ganz schön tief, der Schnitt. Gleich hinter ihm erschien Hilgers von der Streife.

»Axel, kann ich dich kurz sprechen?«

»Was gibt's?« Warum tauchte der jetzt hier auf? Nach einem Blick auf Majewski, der aufgehört hatte zu würgen und sich geduldig einen Verband anlegen ließ, ging er zu dem Polizeiobermeister in den Flur.

»In der Leitstelle kam gerade eine Meldung wegen Ruhestörung und Sachbeschädigung rein. Die Anruferin sagt, aus deiner Wohnung würden Gegenstände auf ihren Balkon geworfen.« Hilgers grinste bis über beide Ohren. »Außerdem hat angeblich jemand in ihren Blumenkasten gepinkelt. Adresse stimmt.«

David! – Die Anruferin musste Frau Burhenne von untendrunter sein. Eine freundliche ältere Dame. *Na warte, Sohnemann!* Axel ignorierte die Schadenfreude des Kollegen. »Habt ihr schon eine Streife geschickt?«

»Willst du nicht selbst nach dem Rechten sehen?«

Er zögerte kurz, dann siegte sein Ärger. »Ich kann jetzt hier nicht weg. Fahrt ruhig hin.« Was immer da bei ihm gerade aus dem Ruder lief, vielleicht musste David eben die Staatsmacht kennenlernen.

Hilgers zog die Augenbrauen hoch. »Echt?«

»Ja, macht mal ruhig. Und grüßt meinen Sohn von mir.« Jetzt war Schluss. Heute Abend würde er David rausschmeißen.

***

Uwe Lehmann hatte seit dem Mittag nichts mehr von seiner Frau gehört. Hastig zog er sich nach dem letzten Patienten den Kittel aus und wählte noch einmal ihre Handynummer. Mailbox. Er nahm seine Jacke vom Garderobenständer. Vielleicht war sie noch unterwegs und hörte das Klingeln nicht. Ob es bei der Polizei so lange dauerte? Oder sie war bei Maria geblieben und hatte ihr Handy zu Hause liegen lassen. Das passierte ihr öfter, obwohl er sie ermahnte, allein schon wegen ihres Asthmas immer daran zu denken. Egal, er würde in wenigen Minuten zu Hause sein.

»Sichern Sie bitte die Daten, bevor Sie die Rechner runterfahren«, rief er Beate im Vorbeigehen zu. Sie stand am Empfangstresen und sortierte die Post.

»Ja, natürlich.« Sie lächelte ihn an. »Ich bräuchte noch eine Unterschrift für den Kollegen Blum.«

Uwe nickte abwesend und griff nach dem Papier, das sie ihm reichte. Diese rötliche Spur auf der Innenseite des Handgelenks. Er sah genauer hin. Der Kratzer reichte bis unter die Manschette ihrer Bluse. Das konnte nicht von der Rose sein.

»Sie wirken müde.« Beate ließ die Hand sinken. »Kann ich irgendwas für Sie tun?«

Was war das in ihrem Blick? Nur Besorgnis? Oder mehr? Unmöglich, dass diese Frau … »Was ist das für ein Kratzer?«, fragte er tonlos.

»Ach, das ist nichts.« Sie lächelte. »Von der Gartenarbeit.«

Gartenarbeit? Sie hatte doch keinen Garten. »Ich sollte mir das mal anschauen. So was kann sich leicht entzünden.«

»Das ist nicht nötig«, wehrte sie ab.

Aber als er nach ihrem Arm griff, ließ sie ihn gewähren. Ihre Hand war kühl. Er versuchte, den Ärmel der Bluse hochzuschieben. »Könnten Sie das mal öffnen, bitte?«

Ungeschickt begann sie, mit der linken Hand die kleinen Perlmuttknöpfe zu öffnen.

Ohne zu zögern. Ohne zu protestieren. Er beobachtete ihr Gesicht, während sie einen Knopf nach dem anderen löste. Es war zu still in der Praxis. Irgendwas geriet gerade außer Kontrolle.

Beate schob wie in Zeitlupe den Ärmel bis über den Ellbogen hoch und hielt ihm die Innenseite ihres Unterarms hin. »Das ist aber wirklich nicht nötig«, sagte sie leise.

Das Vibrieren in ihrer Stimme. Die Art, wie sie ihn ansah. Uwe Lehmann begriff plötzlich. Der Kratzer auf ihrem Handgelenk sah genauso aus wie der an Marias Arm, als sie beim Grillfest mit ihrer Katze gespielt hatte. Sehr fein am Beginn, dann etwas tiefer, sodass sich Schorf gebildet hatte. Er schaute Beate in die Augen. Sprachlos. Irritiert. Wie konnte es sein, dass jemand ihm nach dreißig Jahren plötzlich so fremd war? So unheimlich? Wer war sie eigentlich?

»Haben Sie meiner Frau die Briefe geschrieben?« Er kannte die Antwort.

Beate schwieg. Sie sah ihn nur an. Mit einem weichen, verletzlichen fragenden Blick.

Er ließ ihre Hand los. »Was ist mit Ihnen los?« *Ich sollte wütend sein. Sie in ihre Schranken verweisen.* Stattdessen fiel ihm nur diese hilflose Frage ein. Er wandte sich ab. *Ich muss Ordnung in meine Gedanken bekommen.*

»Ich wollte doch immer ... All die Jahre wollte ich nur mit dir zusammen sein.«

Verdammt. Verdammt und zugenäht. »Beate, Sie haben sehr viel für diese Praxis und für mich getan, aber ...« Er war immer noch sprachlos. Konnte das Wort »Liebe« nicht aussprechen. Nicht in diesem Zusammenhang. Nicht mal, um es zu verneinen. Das war doch völlig irre. Das hatte doch nichts mit der Realität zu tun. *Wir lieben uns schon seit Jahren.* So hatte es in dem zweiten Schreiben gestanden. Hatte Beate wirklich in dem Glauben gelebt, er empfinde etwas für sie?

»Du hast es mir doch immer wieder gezeigt«, murmelte sie. »Ich habe verstanden, dass du deine Kinder nicht im Stich lassen wolltest. Und später dann deine kranke Frau ... Aber jetzt. Ich habe so lange auf diesen Augenblick gewartet.«

Ihm schwirrte der Kopf.

»Du bist anders als die anderen Männer da draußen. Du bist was Besonderes.«

»Beate! Bitte. Was soll ich Ihnen gezeigt haben?«

Sie sah überrascht aus. Verwirrt. »Weißt du das nicht mehr?« Sie sprach jetzt drängender auf ihn ein. »Du hast mich getröstet, als meine letzte Beziehung kaputtging.«

Das war bestimmt fünfzehn Jahre her. Er hatte ihr bloß Mut machen wollen, die Suche nach einem Partner nicht aufzugeben.

»Du hast mir die goldene Armbanduhr geschenkt.« Sie hielt ihm das andere Handgelenk hin. »So ein schönes Geschenk hast du sonst keiner Angestellten gemacht.«

Weil keine von ihnen fünfundzwanzig Dienstjahre bei ihm gewesen war.

»Und du hattest Verständnis dafür, dass es mir nach dem Tod meiner Mutter nicht gut ging. Anders als diese … diese Frau Dr. Hendricks.«

Auch diesen Hass in ihrer Stimme hatte Uwe noch nie gehört. Was war zwischen seiner Nachfolgerin und ihr vorgefallen? Er wehrte sich gegen die Abgründe, die sich in seinen Gedanken auftaten.

»Du hast mich blind verstanden bei dem kleinen Fink damals. Und du wusstest, dass du dich immer auf mich verlassen konntest. Das wusstest du doch?«, drängte Beate. Sie griff nach seiner Hand.

»Hören Sie auf, mich zu duzen.« Er riss seine Hand weg. Taumelte ein paar Schritte zurück. Das Klingeln an der Haustür brachte ihn zur Besinnung. Wenn das Birgit und Maria waren! Die durften auf keinen Fall mit Beate zusammentreffen. »Entschuldigen Sie, Beate. Aber Ihnen muss doch klar sein, dass das verrückt ist, was Sie da sagen.«

Sie schwieg. Sah ihn an, als wäre er der Verrückte.

»Ich habe Sie behandelt wie alle anderen auch. Ich liebe meine Frau. Ich will nichts von Ihnen. Sie haben sich da völlig verrannt!«

Sie schüttelte den Kopf. »Das stimmt doch nicht. Warum gibst du es nicht endlich zu?«

»Verdammt, Beate!« Er schrie fast. Mäßigte sich wieder. »Sie können doch nicht ernsthaft glauben, ich würde Ihre …«, immer noch zögerte er, es auszusprechen, »Ihre Gefühle erwidern?« Er fühlte sich angeekelt. Mitleidig. Wütend. Alles zugleich.

Es klingelte erneut. Uwe rührte sich nicht.

Auch Beate stand unbewegt da. Sie maß ihn mit Blicken. Als ob sie auf der Lauer lag.

»Ich liebe meine Frau«, sagte er noch einmal. Er musste das jetzt ein für alle Mal klären. Und zwar so deutlich wie nur irgend möglich. »Ich habe Sie als zuverlässige Angestellte geschätzt, Beate. Aber da war niemals mehr.«

Ihre Augen verengten sich. Sie nahm die Uhr vom Handgelenk und legte sie auf den Tresen. »Und ich habe gedacht ...« Ihre Stimme war wieder fest. Fast spöttisch jetzt. »Dabei bist du genau wie die anderen.«

Jetzt hasst sie mich. Uwe Lehmann hatte das sichere Gefühl, ihren Hass besser ertragen zu können als ihre »Liebe«. Das dritte Klingeln war lang und energisch. »Sie lassen in Zukunft meine Frau in Ruhe. Haben Sie mich verstanden?«

Beate antwortete nicht.

Er ging zur Tür. »Sie sollten sich Hilfe suchen, Beate«, sagte er. »Machen Sie sich Ihr Leben nicht kaputt.«

***

In der Kinderarztpraxis schien niemand mehr zu sein. Obwohl noch Licht brannte. Dass Johanna erst so spät hier war, lag wieder mal an der blöden Grippe. Nach dem Besuch bei Jennifer Münten hatte sie sich mit dem Fieber erst mal zurück ins Bett packen müssen. War tief und fest eingeschlafen. *Gleich sechs Uhr.* Die hatten bestimmt längst Feierabend gemacht. Der Wind peitschte den Regen bis in den überdachten Eingangsbereich gegen ihre Jeans. Dann war sie vergeblich nach Brüggen gefahren. Und eine Krankschreibung konnte sie heute auch vergessen. Plötzlich wurde die Tür doch aufgerissen. Dr. Lehmann stand mit gerötetem Gesicht und zerzausten Haaren vor ihr. Wenn er nicht so verstört ausgesehen hätte, hätte sie vermutet, ihn beim Sex gestört zu haben.

»Ach, Sie«, sagte er, als habe er mit jemand anderem gerechnet. »Was wollen Sie jetzt wieder? Die Patientenakte von Lukas Majewski ist längst bei Ihren Kollegen.«

Johanna unterdrückte den Hustenreiz und versuchte, gegen den Wind anzusprechen. »Es geht um etwas anderes. Darf ich reinkommen?« Sie zog die Kapuze vom Kopf, aber Lehmann blieb hartnäckig im Türrahmen stehen und versperrte den Eingang. Ahnte er, worüber sie mit ihm sprechen wollte? Hatte er deshalb zunächst nicht geöffnet?

»Können wir das auch draußen besprechen?«, fragte er und sah unruhig hinter sich in den Hausflur.

Doch Sex? War da noch jemand? Sicher nicht seine eigene Frau. Die Jeans klebte mittlerweile nasskalt an Johannas Beinen. Ein Schwall Wasser lief von ihren Haaren in den Hemdkragen. Sie begann zu niesen. Aber wenn sie jetzt noch unangemeldet mit dem Arzt auf dem Präsidium auftauchte, wäre Cornelia Gruber sicher »not amused«, wie Axel sagen würde. Dann musste sie Lehmann eben auf der Straße befragen.

»Sie hatten vor zehn Jahren einen Jungen in Behandlung, der an einem allergischen Schock starb.«

»Reden Sie von Jeremias Fink?« Er wirkte überrascht. Aber er wusste sofort, von wem sie sprach. Hatte er mit Nachfragen gerechnet?

»Genau, von dem rede ich.« Auf der Fahrt nach Brüggen hatte Johanna an jeder roten Ampel in die polizeiliche Untersuchung von 2009 reingelesen. Die Kollegen hatten nicht zweifelsfrei klären können, woher die Mutter das Pulmasept forte, das für den allergischen Schock verantwortlich war, bekommen hatte. Die Aussagen von Jennifer Münten und Dr. Lehmann hatten sich damals schon widersprochen. In der Patientenakte war keine Verschreibung zu finden. Aber er hätte sie nachträglich löschen können. Oder er hatte die Anweisung mündlich an seine Sprechstundenhilfe gegeben.

Lehmann schloss die Tür jetzt ganz und drängte sie noch weiter auf den Bürgersteig. »Der Junge hatte Asthma«, rief er gegen das Brausen des Sturms in Johannas Ohr. »Das war tragisch. Aber ein Unglück.« Hinter dem erleuchteten Fenster der Praxis bewegte sich die Silhouette einer Frau.

Interessant, dachte Johanna, obwohl es in ihrem Kopf schon wieder zu hämmern begann. »Das Pulmasept war bei Asthma kontraindiziert. Das muss Ihnen doch klar gewesen sein.«

Der Arzt warf unruhig einen Blick zum Fenster. »Ich habe das Präparat nicht verordnet. Lesen Sie die Patientenakte!« Er machte Anstalten, wieder hineinzugehen.

»Selbst wenn Sie es nicht verordnet haben …« Ein Hustenanfall hielt sie vom Sprechen ab. Es war ja auch bescheuert, hier gegen Sturm und Regen anbrüllen zu müssen. »Frau Münten, damals Frau Fink, gibt an, es von einer Ihrer Angestellten bekommen zu haben. Und zwar auf *Ihre* Veranlassung.« Wer immer da drinnen war, allmählich hatte sie genug von dem Gespräch auf dem Bürgersteig. »Haben Sie vielleicht absichtlich ›vergessen‹, das in der Akte festzuhalten?«

Lehmanns Gesichtszüge verhärteten sich. »Das ist eine bloße Unterstellung. Was hat das mit Dr. Hendricks' Tod zu tun?« Durch den Glaseinsatz der schweren Holztür fiel Licht. Er sah sich wie gehetzt um.

Wen wollte er vor ihr verbergen? »Könnte auch eine Ihrer Angestellten auf eigene Faust das Pulmasept rausgegeben haben? Dann sollten Sie mir sagen, wer damals bei Ihnen gearbeitet hat.«

»Das kann ich gerne morgen raussuchen, Frau Brenner, aber …« Lehmann fuhr sich durch die Haare, die mittlerweile nass am Kopf klebten. »Ich habe gerade einen privaten Notfall, und ich müsste jetzt wirklich …« Er unterbrach sich, weil die Tür von innen geöffnet wurde. Beate Grunau stand mit einem grün-blau gemusterten Knirps-Regenschirm im Flur.

»Guten Abend.« Die Sprechstundenhilfe reichte Johanna die Hand. »Warum stehen Sie bei dem scheußlichen Wetter denn hier draußen?« Sie ließ im Unklaren, ob die Frage an ihren Chef oder an Johanna gerichtet war.

Lehmann starrte sie an wie ein Gespenst. »Bleiben Sie bitte noch, Beate! Ich muss mit Ihnen sprechen.«

Mit mir will er nicht reden, weil er sich angeblich um einen Notfall kümmern muss, aber mit seiner Angestellten schon?

»Können wir das nicht morgen erledigen? Ich hab längst Feierabend.«

Die Miene des Arztes wirkte versteinert. »Ich will Sie morgen nicht mehr hier sehen. Geben Sie mir bitte Ihre Praxisschlüssel.«

Was ging denn hier ab? War das eine Kündigung? Dr. Lehmann hatte am Dienstag zwar schon angesäuert ausgesehen, als Beate Grunau den Namen Majewski erwähnt hatte, aber da musste noch etwas anderes zwischen den beiden vorgefallen sein. Johanna versuchte, in den Gesichtern von Lehmann und Grunau zu lesen, aber da waren zu viele widersprüchliche Emotionen.

Beate Grunau zog einen Schlüsselbund aus der Handtasche und zerrte an einigen Schlüsseln. Es gelang ihr nicht, sie vom Schlüsselring zu drehen; ihr Schirm fiel zu Boden.

Was war das in ihrer Miene? Hass? Wut? Verachtung? Die nassen Klamotten hingen eisig an Johannas Gliedmaßen, und jede Windböe löste ein Schmerzecho in ihrem Kopf aus. So konnte sie nicht arbeiten.

»Mir reicht jetzt das Theater hier.« Der Boden schwankte unter ihren Füßen, weil der Kreislauf verrücktspielte. »Entweder wir gehen gemeinsam in die Praxis, oder wir klären auf dem Präsidium, was los ist.«

»Gerne«, sagte Beate Grunau und hob ihren Schirm auf. »Kommen Sie doch bitte mit rein.«

Lehmann folgte widerwillig und riss ihr im Gehen den Schlüsselbund aus der Hand. »Lassen Sie mich das machen!«

»Ich wollte Sie sowieso noch anrufen.« Die Angestellte ließ Johanna den Vortritt und schloss die Tür zum Hausflur. Uwe Lehmann sah überrascht von den Schlüsseln hoch.

»Worum geht es?« Johanna trocknete sich mit ihrem Schal das Gesicht ab.

»Frau Dr. Hendricks wollte ihren Vorgänger anzeigen. Weil sie herausgefunden hat, dass er am Tod eines Jungen schuld ist.«

»Das ist doch Unsinn. Ich weiß nichts von einer Anzeige«, brüllte Lehmann sie an.

Bei dem liegen die Nerven aber ganz schön blank. Vielleicht war sie auf der richtigen Spur, und das Frieren hatte sich gelohnt.

Die Grunau ließ sich nicht von ihrem Chef einschüchtern. »Natürlich wissen Sie nichts von der Anzeige. Frau Hendricks wollte am Montag mit der gefälschten Akte, die sie bei der Umstellung der Praxis-Software entdeckt hat, zur Polizei.«

»Sie sind verrückt, Beate. Sie sind krank!« Lehmann wandte sich an Johanna. »Diese Person bedroht meine Frau.«

Johanna rauchte der Kopf. Was ging denn hier gerade durcheinander? Und warum hatte Beate Grunau nicht schon am Dienstag von der möglichen Anzeige erzählt? »Können wir das bitte nacheinander klären? Von welchem Jungen reden –« Sie wurde übertönt.

»Er will nur davon ablenken, dass er einen Grund gehabt hätte, Dr. Hendricks zu töten.«

»Eine tote Katze!« Lehmanns Stimme überschlug sich. »Sie hat meiner Frau eine tote Katze geschickt.«

»Sie machen sich lächerlich!«, schrie Grunau zurück.

Johanna dröhnten die Ohren. Sie schlug mit der Hand auf den Tresen, um sich Gehör zu verschaffen. »Ich werde jetzt die Kollegen rufen. Und dann werden wir das alles in Ruhe klären.« Sie zog ihr Handy aus der Jackentasche.

Lehmann griff nach ihrem Arm. »Bitte. Ich muss nach Hause zu meiner Frau. Von mir aus erstatte ich morgen Selbstanzeige, aber –«

»Dann geben Sie zu, dass Sie den Tod des Jungen verschuldet haben?«

»Ja, aber –«

»Vor fünf Minuten haben Sie das noch abgestritten.« Merkte er nicht, wie widersprüchlich er sich verhielt? Sie konnte ihn auf keinen Fall gehen lassen. »Es tut mir leid, aber Sie müssen bitte mit aufs Präsidium kommen, Herr Dr. Lehmann.«

Ein Anflug von Schadenfreude blitzte im Gesicht von Beate Grunau auf, die jetzt mit verschränkten Armen ruhig am Tresen lehnte. Johanna verfluchte ihren desolaten Gesundheitszustand. Die Sache mit Jeremias Fink war nicht der einzige Konflikt, der sich hier gerade entlud. »Und Sie kommen bitte morgen früh um acht aufs Präsidium nach Krefeld, um Ihre Aussage zu machen.« Sie wählte die Nummer der Zentrale, um eine Streife für Lehmann anzufordern. Wenn der Arzt wirklich ein Motiv hatte, durfte sie kein Risiko eingehen.

***

Ob Lukas ihren Vater gar nicht vermisste? Er hatte zwar kurz nach Papa gefragt, als sie sich zum Essen setzten, dann aber wie jeden Abend in Zeitlupe sein Marmeladenbrot in kleine, möglichst rechtwinklige Stücke geschnitten und diese von rechts nach links aufgegessen. Jetzt verlangte er lautstark seinen Himbeerjoghurt.

»Ich hol ihn.« Leonie nutzte den Weg in die Küche, um auf ihr Handy zu schauen. Immer noch keine Nachricht von Antonia. Warum meldete sich Jochens Freund denn nicht?

»Seine Löffel stehen im Trockenständer«, rief ihre Mutter ihr hinterher.

Lukas' rote Löffel. Die waren sogar mit im Krankenhaus gewesen. Wenn er nicht mit einem seiner roten Löffel essen konnte, gab es mindestens eine Viertelstunde lang Geschrei.

»Hier. Himbeerjoghurt für Lukas.« Sie stellte ihm den geöffneten Becher hin.

»Für Lukas«, echote ihr Bruder.

Während er sich voller Appetit über den Nachtisch hermachte, biss Leonie lustlos in ihr Brötchen. Nach der Schule war sie so müde gewesen, dass sie bis zum Abendessen geschlafen hatte. Und jetzt war es zu spät, zu diesem Tobias zu fahren und das iPhone zurückzuholen. Sie wusste auch immer noch nicht, wo Jochens Freund wohnte.

»Wir schaffen das!« Ihre Mutter drückte ihre Hand.

Hatte Mama sie beobachtet? Ihr besorgtes Gesicht bemerkt? Leonie versuchte zu lächeln.

»Der Anwalt hat eben angerufen«, sagte Nicole. »Er legt Haftbeschwerde ein. Vielleicht kann Papa bald nach Hause.«

Haftbeschwerde? Was bedeutete das genau? Sie konnte sich nicht vorstellen, dass die Polizei jemanden freiließ, der verdächtigt wurde, getötet zu haben. Aber ihre Mutter schien voller Hoffnung zu sein. *Die weiß auch nichts von dem iPhone in Papas Auto.* »Klingt gut«, murmelte Leonie ausweichend. Vielleicht sollte sie nach dem Abendbrot Johanna anrufen. Ihr von dem Handy erzählen, auch wenn es gar nicht mehr bei ihr war. Aber dann würde sie Jochen und seinen Freund mit reinziehen. Nee, das ging auch nicht. Sie sah ihrem Bruder zu, der den Joghurtbecher auskratzte, bis er fast sauber war.

»Lukas geht gleich schlafen«, sagte ihre Mutter, um das allabendliche Zubettgeh-Ritual einzuleiten.

»Schlafen. Gleich schlafen«, wiederholte er, ohne aufzusehen.

»Und vorher Zähne putzen.« Nicole nahm Lukas den Becher weg. »Der ist leer. Kein Joghurt mehr.«

»Leer. Mehr. Lukas mehr.«

Hoffentlich gab es jetzt kein Geschrei. Leonie schob ihren eigenen Teller in die Mitte des Tisches und zeigte Lukas ihre leeren Handflächen.

»Kein Essen mehr, Lukas. Nicht für Leonie. Nicht für Mama. Alle gehen jetzt Zähne putzen.«

»Zähne putzen. Alle Zähne putzen«, echote er und stand auf.

Das war noch mal gut gegangen. Kein Protest. Leonie wartete geduldig, während er seinen Stuhl so lange vor- und zurückschob, bis die Lehne exakt parallel zur Tischkante ausgerichtet war. Seine Welt musste geordnet sein.

»Kannst du ihm einen Schlafanzug raussuchen?«, bat ihre Mutter leise. »Ich muss schnell noch telefonieren.«

Als Lukas im Bett war, ging Leonie die Mathe-Aufgaben für die Klassenarbeit am kommenden Tag durch. Aus dem Zimmer ihres Bruders erklang das beruhigende Murmeln ihrer Mutter. Ihr Handy klingelte. Endlich! Sie schloss die Zimmertür.

»Du musst herkommen. So schnell wie möglich.« Antonia sprudelte los, bevor Leonie auch nur Hallo sagen konnte. »Jochen holt gerade das Handy bei Tobias ab. Der hat es tatsächlich geschafft.«

»Und was ist drauf? Was von meinem Vater?« Leonies Puls ging in die Höhe.

»Weiß ich noch nicht. Wir checken das gleich gemeinsam.« Ihre Freundin klang euphorisch.

»Es ist schon fast halb neun. Die Busse fahren nur noch jede Stunde. Eh ich bei euch bin …« Sie zögerte. Andererseits konnte sie unmöglich schlafen gehen, ohne zu wissen, was auf dem iPhone war.

»Dann bleib doch über Nacht wieder bei mir«, schlug Antonia vor.

»Meine Mutter wird nicht begeistert sein.« Es klingelte an der Wohnungstür. *So spät noch?* Leonie dachte sofort an ihren Vater. *Aber nein, Unsinn.* Jetzt ließ sie sich auch schon von falschen Hoffnungen verleiten.

»Sag ihr, dass du mir unbedingt Mathe erklären musst. Ist noch nicht mal gelogen.« Antonia stöhnte. »Ich raff das immer noch nicht, wie ich die Formeln nach Ypsilon auflöse.«

»Okay, ich versuch's. Da kommt gerade Besuch, ich melde mich wieder.« Sie legte auf und lauschte an der Zimmertür. Hoffentlich war das nicht Frau Janssen, die mitbekommen hatte, dass Lukas wieder zu Hause war. Die Frauenstimme kam Leonie bekannt vor, aber sie konnte sie nicht zuordnen. Auf jeden Fall nicht die Nachbarin.

Der Bus kam in fünf Minuten. Sie raffte ihre Schulbücher zusammen und stopfte Schlafanzug und frische Unterwäsche mit in die Tasche. Auf dem Weg zum Bad riskierte sie einen Blick ins Wohnzimmer. Die Sprechstundenhilfe von Dr. Hendricks! *Was will die denn schon wieder?*

»Das ist so nett von Ihnen, dass Sie sich noch mal erkundigen, Frau Grunau.« Ihre Mutter nahm die Wolldecke vom Sofa. »Bitte, setzen Sie sich doch. Kann ich Ihnen etwas anbieten?«

»Was für ein Wetter da draußen.« Die Frau legte ihren nassen Mantel über einen der Stühle. »Aber machen Sie sich bitte keine Umstände.«

»Ach, Leonie. Komm doch zu uns.«

Mist, jetzt hatte Mama sie entdeckt. »Ich muss zu Antonia. Wir schreiben morgen Mathe.« Leonie grüßte Frau Grunau mit einem kurzen Nicken. *Warum starrt die mich so an?*

»Du willst so spät noch nach Niederkrüchten? Es ist stockfinster.«

Klar, dass ihre Mutter nicht begeistert war. »Ich hab's ihr versprochen. Ich kann sie doch nicht hängen lassen. Außerdem haben die Rietkamps Papa den Anwalt geschickt.« Diesem Argument konnte ihre Mutter schlecht widersprechen.

»Ich könnte Ihre Tochter fahren«, schlug Frau Grunau vor. »Ich bin mit dem Wagen hier. Mir macht das nichts aus.«

Hatte die nichts Besseres zu tun? *Wenn sie glaubt, ich rede mit ihr über Papa, hat sie sich aber geschnitten.* Ihre Mutter war natürlich sofort einverstanden.

»Das wäre sehr nett. Ich kann Lukas jetzt nicht allein lassen.«

»Mache ich gern.« Frau Grunau stand auf und griff nach ihrem Mantel. »Mir wäre es auch nicht recht, wenn meine halbwüchsige Tochter allein im Dunkeln unterwegs wäre.«

Damit war die Sache wohl beschlossen. Leonie seufzte. »Ich muss kurz ins Bad.« Sie sammelte Zahnbürste und Creme ein und stopfte sie neben die Bücher. Gut, dann wurde sie wenigstens nicht nass. Und schneller ging es auch.

Frau Grunau fuhr einen schwarzen SUV. Der Wagen musste eine Stange Geld gekostet haben.

»Ist der an Ihrem Mantel abgegangen?«, fragte Leonie und angelte im Fußraum des Beifahrersitzes nach einem schwarzen Knopf, an dem ein dunkelgrüner Fetzen Wollstoff hing.

»Kann sein.« Frau Grunau riss ihr den Knopf förmlich aus der Hand und startete den Motor, obwohl sie noch gar nicht richtig saß. »Schnallst du dich bitte an?«

Leonie schloss hastig die Beifahrertür und griff zum Gurt. Frau Grunau fuhr so rasch los, dass die vollgestopfte Schultasche auf ihrem Schoß umkippte und Bürste und Creme herausrutschten. Sie beugte sich hinunter. Als der Wagen beschleunigte, stieß ihr Kopf hart gegen das Handschuhfach. *Autsch! Die hat aber einen sportlichen Fahrstil!* Hätte sie der Frau gar nicht zugetraut. »Wir müssen zum Venekotensee«, erklärte sie. »Die Rietkamps wohnen an der Elmpter Straße.« Sie rieb sich den Kopf.

Frau Grunau sah unverwandt geradeaus durch die Windschutzscheibe in den Regen und fuhr in halsbrecherischem Tempo weiter. Leonie schob ihre Utensilien diesmal tief in die Tasche und schloss die Magnetverschlüsse. Warum fuhren sie jetzt an der Aral-Tankstelle vorbei?

»Ich glaube, wir fahren in die falsche Richtung«, sagte sie lauter. Gischt spritzte an der Beifahrerseite hoch, als sie durch eine große Pfütze bretterten. Auf der Landstraße beschleunigte der Wagen weiter.

»Fünftausend Euro?«, fragte Frau Grunau. »Du glaubst, du kannst mich um fünftausend Euro erpressen?«

Sie klang so wütend, dass Leonie Angst bekam. *Wovon redet die?*

»Glaub mir, ich weiß, in welcher Lage du bist. Ich hatte auch einen gewalttätigen Vater.« Frau Grunau warf ihr einen kurzen Blick zu; schaute dann wieder auf die Straße.

Einen gewalttätigen Vater? »Aber mein Vater ist nicht gewalt–«

»Pass bloß auf, dass du nicht auf die schiefe Bahn gerätst!«

Sie näherten sich einem Lkw, Frau Grunau setzte zum Überholvorgang an. »Gib mir das Handy, dann vergessen wir diese lächerliche Erpressung.«

»Ich habe Sie nicht erpresst!« Leonie musste schreien, um gegen den Lärm des Lkw anzukommen. In der Kurve kam ihnen ein Wagen entgegen. Sie umklammerte ihre Tasche. Frau Grunau ging noch mehr aufs Gas und scherte im letzten Augenblick vor dem Laster ein.

»Ich merke sofort, wenn mich jemand anlügt«, brüllte sie. »Wo hast du das Handy? Hatte dein Vater es in eurer Wohnung versteckt?«

Meint sie das iPhone von Dr. Hendricks? Woher weiß sie

davon? »Ich habe kein Smartphone gefunden«, log Leonie verzweifelt. Wohin fuhren sie? Da vorne kam schon die Autobahnauffahrt.

»Ich bringe dich erst zu deiner Freundin, wenn du mir das Handy gegeben hast.« Die Arzthelferin fuhr an der Auffahrt vorbei und blieb auf der Landstraße, die nach Heinsberg führte.

Obwohl die Scheibenwischer auf der höchsten Stufe arbeiteten, konnte Leonie die Schilder kaum noch lesen. Hundertzwanzig Stundenkilometer, hundertdreißig. Sie bekam Panik. »Ja, Sie haben recht, ich hatte es gefunden.« Ihre Stimme klang schrill. Der Wagen wurde langsamer. »Aber ich habe es nicht mehr. Ehrlich! Ich konnte es doch gar nicht einschalten ohne Passwort.«

»Du hast es nicht mehr? Wo ist es dann?«

»Ich hab's weggeworfen. Damit die Polizei es nicht bei uns findet.« Das müsste plausibel klingen, oder? Sie durfte Antonia und Jochen da nicht mit reinziehen.

»Du lügst doch schon wieder!«

Der Bremsvorgang kam so abrupt, dass nur der Gurt Leonie davor bewahrte, gegen das Armaturenbrett zu knallen. Sie streckte einen Arm zum Türöffner aus, aber Frau Grunau griff nach ihrem Handgelenk und riss ihren Oberkörper zu sich hinüber.

»Ich lasse mich von dir nicht an der Nase herumführen, Fräulein. Wo ist das Handy?«

Sie standen auf offener Strecke mitten auf der Fahrbahn, aber das schien die Grunau nicht zu stören.

»Aua! Sie tun mir weh!« Leonie versuchte ihr Handgelenk zu befreien, aber der Griff wurde nur umso fester.

»Erst das Handy!«

»Aber ich hab's wirklich nicht mehr!«

Statt einer Antwort bekam sie eine Ohrfeige. Ihr Kopf prallte gegen die Kopfstütze.

»Du hältst mich wohl für blöd.«

Von hinten näherte sich ein Wagen. Leonie saß wie gelähmt und sah im Seitenspiegel, wie die Scheinwerfer immer näher kamen. *Hoffentlich sieht der uns.* Der Fahrer hupte, während er gerade noch rechtzeitig zum Überholvorgang ansetzte. *Wenn da jetzt einer auf der Gegenfahrbahn gewesen wäre.*

»Also, wo ist das Handy?« Frau Grunau hatte das Manöver ungerührt verfolgt.

»Bitte fahren Sie weiter«, wimmerte Leonie. Ihre Wange brannte. Noch nie hatte jemand sie geschlagen. Ein zweiter Wagen näherte sich. »Bitte! Es ist viel zu gefährlich, hier zu stehen.«

Frau Grunau stieß einen verächtlichen Laut aus, aber dann ließ sie ihr Handgelenk los und fuhr an. *Hilfe. Ich muss Hilfe rufen.* Leonie tastete in der Hosentasche nach ihrem eigenen Handy und zog es in Zeitlupe unter ihrem Anorak hervor. Diese Unberechenbare neben ihr durfte nichts merken. Sie versuchte, es in dem schmalen Zwischenraum zwischen Beifahrertür und Sitz zu halten. Die kühle glatte Oberfläche des Displays fühlte sich beruhigend an. Ob sie den Entriegelungscode ohne Hingucken eingeben könnte?

»Was machst du da?« Frau Grunau schaltete die Innenbeleuchtung an.

Oh nein. Sie hat es bemerkt. Leonie schob das Handy hastig unter ihren Oberschenkel, aber es war zu spät. Der Wagen bog in einen Feldweg ab und blieb stehen. Dann beugte die Grunau sich über sie und presste ihren Oberkörper gegen die Rückenlehne.

»Wen wolltest du anrufen?« Sie zog Leonies Handy hervor.

Ich muss raus hier. Ich muss abhauen. »Meine Freundin. Ich muss ihr doch sagen, dass ich später komme.« Leonie löste den Gurt, während sie sprach.

Die Verrückte hatte von ihr abgelassen und stierte auf das Handy. »Wie ist das Passwort?«

Vielleicht konnte sie weglaufen, wenn sie abgelenkt war. »Zwei drei null vier.« Lukas' Geburtsdatum. Leonie zog am Türgriff. Das erste Ziehen löste nur die Zentralverriegelung. Frau Grunau warf das Handy in die Mittelkonsole und gab Gas.

»Versuch es erst gar nicht!« Der Wagen rumpelte über den

Feldweg. Schlamm spritzte hoch. Konnte sie auch während der Fahrt rausspringen? Noch fuhren sie nicht sehr schnell. Der Weg war uneben und nass.

»Das hättest du nicht machen dürfen mit dem Foto.«

Was für ein Foto? Ein Foto von dem Mord? Hatte ihr Vater Frau Grunau fotografiert, wie sie die Ärztin …? Leonie zog panisch am Türgriff. Das Schloss sprang auf, aber der Fahrtwind drückte die Tür zurück. Aus der Dunkelheit kam der durchdringende Schrei eines Tieres. Sie drückte mit beiden Händen und all ihrer Kraft gegen die Wagentür.

»Du bleibst hier!«

Leonie spürte, wie sie an den Haaren zurückgerissen wurde. Dann prallte sie mit dem Gesicht auf das Armaturenbrett. Der Wagen schlingerte. Ihre Nase! Benommen tastete sie nach dem Schmerz. Blut lief ihr warm über die Finger.

»Ich lass mich von einer Göre wie dir doch nicht verarschen.« Wieder fasste diese Wahnsinnige um ihren Hinterkopf und schlug ihren Kopf nach vorne.

Der zweite Aufprall erwischte Leonie an der Stirn. Ihr wurde schwarz vor Augen.

***

Uwe Lehmann lenkte seinen Wagen in die Einfahrt und drückte auf die Fernbedienung für das Garagentor. Was für ein grässlicher, beschissener Tag. Ja, vielleicht war es gut, dass er endlich Selbstanzeige erstattet hatte. Er würde Birgit die Sache in einer ruhigen Minute erklären. Viel unheimlicher war die Situation mit Beate. Die war ja völlig durchgedreht. Lebte in ihrer eigenen Welt, die mit der Realität nichts zu tun hatte. Und er hatte nichts davon bemerkt. Uwe atmete hörbar aus und verriegelte seinen Wagen.

Einundzwanzig Uhr fünfzig. Im Haus war es dunkel und still. Die Rollläden im Erdgeschoss waren geöffnet. Dann war Birgit sicher bei den Nachbarn geblieben. Als Frau Brenner ihm auf der Fahrt ins Präsidium endlich geglaubt hatte, dass er die

Drohbriefe und die tote Katze nicht erfunden hatte, hatte sie eine Streife geschickt, die nach seiner Frau schauen sollte. Die Beamten hatten Birgit bei den Gebauers angetroffen. Unversehrt und wohlauf. Was ihn nur halb hatte beruhigen können.

Er schenkte sich Whisky ein und ließ sich in seinen Sessel sinken. Dann schaltete er den Fernseher an, um etwas Normalität in den Abend zu bringen. Nachrichten. Das übliche politische Gezänk. Er schaute eine Weile zu, konnte sich jedoch nicht auf die Berichte konzentrieren. Immer wieder wanderten seine Gedanken zu dem Streit mit Beate. Eine solche Drohkulisse aufzubauen, hätte er ihr nie zugetraut.

Ja, er hatte gewusst, dass sie lange keinen Partner gehabt hatte. Dass ihre Ehe in jungen Jahren katastrophal ausgegangen war. Ihr Ex-Mann hatte sie mit Schulden sitzen lassen. Sie hatte angefangen, Medikamente zu stehlen und an Junkies zu verkaufen, um das Geld für die Kredite aufzubringen. Als Beate sich bei ihm beworben hatte, war sie von dem Krankenhaus, in dem sie vorher gearbeitet hatte, gerade gefeuert worden. Bekam nirgendwo eine Stelle.

Natürlich hatte auch er Bedenken gehabt, sie zu beschäftigen. Aber sie hatte im Einstellungsgespräch ehrlich von ihren Problemen erzählt. Er hatte in ihr eine verzweifelte junge Frau gesehen, die unverschuldet in Not geraten war. Und die eine zweite Chance verdient hatte.

Uwe Lehmann ließ den Whisky langsam seine Kehle hinabrinnen. Das warme Brennen in Hals und Magen tat gut. Allmählich fiel das Gefühl der Anspannung von ihm ab.

Es war ja dann auch gut gegangen. All die Jahre war in der Praxis nie etwas vorgefallen. Beate war fleißig, zuverlässig und loyal gewesen. Vielleicht sogar zu loyal. Er hätte nicht zulassen dürfen, dass sie die Akte des kleinen Fink fälschte, um ihn zu schützen. Er hätte von sich aus die Wahrheit sagen müssen. Hatte das Drama von heute Abend da seinen Anfang genommen? Vielleicht hatte sie von dem Zeitpunkt an geglaubt, sie sei für ihn mehr als eine Angestellte?

Uwes Magen knurrte. Kein Wunder. Er hatte seit dem Frühstück nichts mehr gegessen. Die Linsensuppe in der Küche war kalt. Er stellte den Herd an und nahm Brot aus dem Schrank. Zweiundzwanzig Uhr zehn. Jetzt könnte Birgit aber mal rüberkommen. Als er sie auf ihrem Handy anrief, ertönte dessen Klingelton im Flur. Hat sie es wieder mal zu Hause vergessen, dachte er und wählte die Festnetznummer der Nachbarn.

Es dauerte lange, bis Maria dranging. »Hallo?« Ihre Stimme klang verschlafen.

»Ich bin's, Uwe. Entschuldige, dass ich so spät noch störe. Ist Birgit bei euch?«

»Uwe? Du?« Die Nachbarin räusperte sich, um die Stimme frei zu kriegen. »Birgit ist doch längst zu Hause.«

Er ging mit dem Hörer zurück ins Esszimmer. Beide Teller waren unberührt. »Seit wann?«

»Gleich nachdem die Polizei bei uns war. Du kannst dir ja vorstellen, wie beunruhigt sie war, dass du zur Kripo musstest. Wo bist du denn jetzt?«

Wenn Birgit direkt nach dem Besuch der Streife rübergegangen war, musste das länger als drei Stunden her sein. Hatte sie mit dem Essen auf ihn warten wollen? Der Whisky rumorte in seinem Magen. *Ruhig bleiben. Ganz ruhig bleiben.* Er ignorierte Marias Frage. »Dann schläft sie bestimmt schon. Danke, Maria.« Er musste nach oben. Nach Birgit sehen. Vielleicht steckte ihre angeschlagene Gesundheit dahinter. »Entschuldige die Störung. Und … Maria, es tut mir sehr leid, was mit deiner Katze passiert ist.«

Hektisch lief er die Treppe hinauf. Die Tür zum Schlafzimmer stand offen. Auf dem Bett war Kleidung verteilt, die jemand in Hast aus dem Schrank gerissen haben musste.

»Birgit?« Er stürzte weiter ins Bad. Dann in sein Arbeitszimmer, ins frühere Kinderzimmer, ins Gästezimmer. Von seiner Frau keine Spur. Wo steckte sie? Ihr Auto stand auf jeden Fall in der Garage. Lehmann rief jetzt lauter ihren Namen. Hockte sie irgendwo im Haus mit einem schweren Asthmaanfall?

Als er zum dritten Mal an der geöffneten Schlafzimmertür vorbeilief, fiel ihm auf, dass es nur *seine* Hemden und Pullover waren, die da über das Bett verteilt lagen. Hatte sie aussortieren wollen? Oder schon Sachen für Montag rausgesucht?

Egal. Uwe rannte weiter in den Keller und machte Licht in allen Räumen. Sein Herz klopfte bis zum Hals. Nirgendwo eine Spur von Birgit. Fehlte nur noch der Garten. Ratlos schaute er von draußen auf das hell erleuchtete Haus. Wie vor zwanzig Jahren, dachte er. Als wohnten die Kinder noch bei uns und wir hätten Besuch. Aber auch im Garten war niemand. Bloß bei den Nachbarn gegenüber stand ein Wagen mit laufendem Motor. Konnte das ein Taxi sein, das Birgit nach Hause brachte? Er ging bis zum Zaun und sah hinüber. Nein, das war nur irgendein SUV, der auf jemanden wartete.

Im Haus roch es jetzt verbrannt. *Mist, die Suppe.* Er stürzte in die Küche und zog den Topf vom Herd. Birgit war definitiv nicht hier. Wo war sie dann? Diesmal konnte er die Angst nicht verdrängen. Der Geruch der angebrannten Linsen verursachte ihm Übelkeit. Er schaffte es gerade noch nach oben ins Bad und erbrach sich. Als er sich den Mund ausspülte, fiel sein Blick auf die Ablage über dem Waschbecken. Seine Zahnbürste stand nicht mehr im Becher. Auch der Rasierapparat, sein Deo und sein Aftershave waren verschwunden. Birgit musste das zusammengepackt haben, bevor sie verschwunden war. Aber warum? – Der Mann im Spiegel sah alt und erschöpft aus.

»Du kannst dir ja vorstellen, wie beunruhigt sie war«, hatte Maria am Telefon gesagt. Hatte Birgit vielleicht gedacht, er sei verhaftet worden?

Ein Blick ins alte Kinderzimmer bestätigte seine Vermutung: Die Reisetasche fehlte. Uwe suchte nach weiteren Anhaltspunkten. Der dunkelgrüne Mantel seiner Frau hing nicht mehr an der Garderobe im Erdgeschoss. Und der Schlüsselbund, der sonst in der Schale auf der Kommode lag, fehlte. Dann musste sie sich auf den Weg zu ihm gemacht haben. Vermutlich mit einem Taxi. Das wäre eine Erklärung. Er trank ein Glas Wasser und biss in eine Scheibe Brot. Allmählich beruhigte sich sein Magen. Vielleicht war sie noch in Krefeld auf dem Präsidium. Er sollte dort anrufen.

Auf dem Weg zum Telefon fiel sein Blick auf ihre Handtasche, die auf der Anrichte im Esszimmer stand. »Aber die hätte sie doch mitgenommen«, murmelte er vor sich hin. Wieder diese Angst, die sich anfühlte, als krieche ihm eisige Kälte bis in die Haarwurzeln. Er kippte den Inhalt der Tasche auf den Tisch. Portemonnaie, Ausweis, Taschentücher, Notfallspray. Alles da. Sie konnte kein Taxi genommen haben! Sofort kam der Gedanke an Beate zurück. Wollte die sich an ihm rächen für den Korb, den er ihr gegeben hatte?

»Herrgott, kannst du nicht den Motor ausmachen?«, beschimpfte er den Wagen auf der gegenüberliegenden Straßenseite. Er wählte die Nummer der Kripo von der Visitenkarte, die diese Frau Gruber ihm mitgegeben hatte. Eine Beamtin der Leitstelle meldete sich. Nein, sie könne sich nicht an eine Frau erinnern, die ihrem Mann Sachen bringen wollte. Und nein, im KK11 sei niemand mehr.

»Sie können es morgen ab sieben Uhr versuchen. Wenn ich Sie richtig verstehe, geht es um eine erwachsene Frau? Wie lange wird sie denn vermisst?«

»Seit vier Stunden, aber –«

»Vier Stunden? Ist sie dement?«

»Nein, aber –«

»Sie können eine erwachsene Person nicht nach vier Stunden als vermisst melden. Vielleicht ist sie ausgegangen. Oder bei Freunden.«

Sollte er der Polizistin jetzt die ganze komplizierte Geschichte erzählen?

»Hatten Sie vielleicht Streit? Weshalb wollte sie Ihnen eigentlich Sachen vorbeibringen?« Die Stimme der Beamtin klang misstrauisch.

Konnte der Kerl draußen nicht endlich den Motor abstellen? »Nein, kein Streit«, murmelte Uwe. Das hatte keinen Sinn. Die Anzeige wegen der Drohungen lag noch in Nettetal. »Vielen Dank.« Er legte auf.

Bis morgen früh konnte er nicht warten. Dann würde er eben selbst nach ihr suchen. Er steckte Handy, Portemonnaie und

Birgits Notfallspray ein und trat in den Regen. Die Drohne, mit der die Kinder gestern gespielt hatten, zappelte noch im Baum über dem Scheinwerferlicht des SUV. Als er die Garage mit der Fernbedienung aufdrückte, blendete der Wagen plötzlich ab und fuhr ohne Beleuchtung los. Da war doch niemand eingestiegen! Lehmann sah ihm hinterher. Hatte der auf *ihn* gewartet? Ihn beobachtet? So ähnlich musste sich Dr. Hendricks gefühlt haben, als sie gestalkt wurde. Und jetzt war sie tot.

Ruhig bleiben, ermahnte er sich. Nicht die Nerven verlieren. Wenn Beate mit dem Verschwinden seiner Frau zu tun hatte, würde er sie zur Rede stellen. Was für einen Wagen fuhr sie eigentlich? Er hatte weder Marke noch Kennzeichen des SUV von gegenüber erkennen können. Uwe Lehmann legte den Gang ein und machte sich auf den Weg zu seiner Angestellten.

* * *

Leonie erwachte von einem drückenden Schmerz in ihrem Kopf. Sie öffnete benommen die Augen. Sie lag auf dem Rücken, und es war dunkel um sie herum. Dunkel und kalt. Wo war sie?

Sie wollte sich an die schmerzende Stirn fassen, aber ihre Handgelenke waren aneinandergebunden und rechts von ihrer Taille an etwas Unbewegliches gefesselt.

Nein! Hilfe! Mama, Papa!

Die Angst machte sie mit einem Schlag hellwach. Sie zerrte an dem Band um ihre Gelenke. Es fühlte sich weich an. Gab etwas nach. Aber viel zu wenig, um sich zu befreien.

Auch ihre Füße waren fixiert. Sie bewegte die eiskalten Finger. Tastete. Fühlte nur eine glatte und eisige Oberfläche, von der sie nicht wusste, was es war. Erst als ihre Augen sich an die Dunkelheit gewöhnt hatten, konnte sie den Raum zumindest in Schemen wahrnehmen. Er musste groß sein. Sehr groß. Von weit oben kam ein schwacher Lichtschein. Sie drehte den Kopf nach rechts. Dort war der Raum in regelmäßigen Abständen von Stützpfeilern unterbrochen.

Ich muss an so einem Pfosten festgebunden sein.

Etwas berührte ihre Beine. Es bewegte sich schnell und leicht. Eine Ratte? Leonie schrie, aber es kam nur ein klagender, hilfloser Laut heraus, der von den Wänden zurückgeworfen wurde.

Mein Mund. Ich kann ihn nicht öffnen.

Voller Panik zerrte und strampelte Leonie; sie wand sich, sie wehrte sich mit aller Kraft gegen ihre Fesseln. Plötzlich drang etwas Spitzes, Scharfes durch die Jeans in ihr Bein. Wieder schrie sie erstickt auf. Lag dann wie erstarrt. Wärme breitete sich an ihrer Wade aus. Dort, wo der Schmerz war. Blut?

Blut!

Jetzt erinnerte sie sich. Der Schlag gegen das Armaturenbrett, das Blut, das aus ihrer Nase gelaufen war. Deshalb bekam sie so schlecht Luft. Eine neue Angst flackerte in ihr auf. Sie könnte ersticken. Sie musste sich zusammenreißen. Ruhig atmen. Ein und aus. Ein und aus. Allmählich wurde es besser.

Der schwarze SUV. Frau Grunau. Leonie hörte wieder die Stimme. *Ich lass mich von einer Göre wie dir doch nicht verarschen.* War sie hier noch irgendwo? Oder hatte sie sie eingesperrt und allein gelassen?

Bitte nicht. Mir ist so kalt.

Ein Luftzug streifte Leonies Gesicht. Sie spürte ihn auch an ihren Fußgelenken, die nackt in den Sneakern steckten. Unter der hohen Decke klapperte etwas im Wind. Sie wandte sich in die Richtung, aus der das Geräusch kam. In der Wand gegenüber den Stützpfeilern hoben sich dunkelgraue Rechtecke vom Schwarz ab. Fenster? Oberlichter? Wie lange dauerte es noch, bis es Tag wurde?

Leonie hatte kein Gefühl dafür, wie lange sie bewusstlos gewesen war. Antonia musste sie längst vermissen. Die würde sicher bei ihrer Mutter anrufen.

Mama weiß, wer mich gefahren hat. Sie ruft die Polizei. Und die gehen dann zu dieser Grunau.

Sie schloss erschöpft die Augen. Ihre Nase war geschwollen, das Atmen tat weh. Vielleicht konnte sie das Klebeband über ihrem Mund ein wenig lösen. Ein paar Millimeter würden reichen, um besser Luft zu kriegen. Leonie bewegte die Lippen und versuchte, mit den Zähnen an das Band zu kommen. Sie verzog das Gesicht, schnitt Grimassen. Spürte die Zugkraft des Klebebands, das über ihre Wangen bis zu den Ohren reichte. Sie arbeitete verbissen. Schnaufte. Endlich spürte sie einen winzigen Luftzug an ihrer Oberlippe. Eine kleine Lücke zwischen Band und Haut. Schon besser. Sie hielt erschöpft inne.

Wieder huschte etwas an ihr vorbei, berührte ihre Handgelenke. Sie zappelte, um das Tier zu verscheuchen.

Ich muss ruhig bleiben. Nachdenken. Ich muss mir überlegen, was ich sage, wenn diese Wahnsinnige zurückkommt. Kommt sie überhaupt zurück?

Leonie begann zu zittern. Die Angst und die Kälte machten das Nachdenken schwer. Sie versuchte, sich das Gespräch im Wagen von Anfang an in Erinnerung zu rufen.

Die Frau wurde erpresst. Mit einem Foto, das auf dem iPhone gewesen sein musste. Nur Jochens Freund konnte dieses Foto gefunden und dafür fünftausend Euro gefordert haben. Vielleicht sollte sie der Grunau von Tobias erzählen. Einfach die Wahrheit sagen. Er hatte es nicht anders verdient. Aber sie kannte nicht mal seinen Nachnamen.

Dann wird sie zu Antonia und Jochen gehen. Und ich hab ihr auch noch die Adresse genannt.

Unter ihren nackten Fußgelenken spürte sie etwas Kantiges, das sich schmerzhaft in die Haut drückte. Leonie bewegte die Beine, diesmal vorsichtig. Bei jeder Bewegung klapperte und klirrte es unter ihr. Das Geräusch kam ihr bekannt vor. Sie tastete mit den gefesselten Händen auf dem Boden. Das waren Scherben. Rauer als Glas. Und nicht so scharfkantig, auch wenn sie sich daran die Wade verletzt hatte. Die alte Ziegelei, schoss es ihr durch den Kopf. *Sie hat mich in die alte Ziegelei gebracht.* Dann war es nicht weit bis nach Hause. Die Vorstellung war tröstlich.

Tobias. Tobias musste der Erpresser sein. Aber was war so Schlimmes auf diesem Foto? Und was hatte ihr Vater damit zu tun?

Papa kann gar nichts mit dem iPhone fotografiert haben, er kannte doch das Passwort nicht. Der Gedanke erleichterte

Leonie. Aber trotzdem hatte diese Frau Grunau mitbekommen, dass das Gerät bei ihrem Vater war. Sie musste an dem Sonntagabend also dort gewesen sein. Dort, wo Dr. Hendricks getötet worden war. Leonie schauderte. Wenn diese Irre tatsächlich die Mörderin war …

Dann kommt sie vielleicht gar nicht mehr zurück. Dann lässt sie mich hier einfach verdursten.

Jetzt weinte Leonie doch. Musste sofort nach Luft japsen, weil ihre Nase komplett zuschwoll. Sie rang nach Atem und dachte an ihren Bruder. *Hallo, Lukas vom Knopfplaneten.* Es hatte sie schon immer beruhigt, wenn sie ihm beim Sortieren seiner Knöpfe zugesehen hatte. Jetzt schlief er bestimmt längst.

Ein Geräusch am unteren Ende des Raumes ließ sie zusammenzucken. Sie konnte den Eingang nicht sehen, aber da schabte etwas auf Metall. Knarrte. Der Luftzug wurde stärker. Vielleicht schon die Polizei? Leonie versuchte, trotz des Klebebands zu schreien, um auf sich aufmerksam zu machen.

»Tut mir leid, dass ich dich so lange allein gelassen habe.« Frau Grunau ging neben ihr in die Hocke und leuchtete ihr mit einer Taschenlampe ins Gesicht. »Ich musste noch was erledigen.«

Leonie blinzelte ins Licht.

Sie ist zurückgekommen. Vielleicht darf ich nach Hause gehen.

»Nicht erschrecken. Das tut jetzt ein bisschen weh.« Mit einem Ruck riss Frau Grunau das Klebeband von ihrem Mund. »Ich habe dich an der Lippe verletzt, warte.« Sie legte die Taschenlampe auf ihren Oberschenkeln ab und wühlte in ihrer Handtasche.

Leonie fuhr mit der Zunge über ihre ausgetrockneten Lippen. Sie schmeckten metallisch, nach Blut. Sie drehte den Kopf zu der Wand, die der Strahl der Taschenlampe beleuchtete. Die groben Mauersteine hinter den Pfeilern waren mit Graffiti bedeckt. Zwischen den Tonscherben am Boden wuchs Efeu. Definitiv die alte Ziegelei. »Bitte machen Sie mich los«, flehte sie. Ihre Kehle brannte. »Ich laufe nicht weg.«

Frau Grunau tupfte mit einem Taschentuch an ihrem Mund herum. »Wenn du mir sagst, wo das Handy ist, lass ich dich laufen. In deiner Tasche war es nicht. Und auch nicht in deinem Anorak.«

»Ich hab solchen Durst.« Sie konnte kaum sprechen. Ihre Schleimhäute fühlten sich an, als hätte sie Sand gegessen.

»Erst das Handy.« Die Frau spuckte auf ein zweites Taschentuch und rieb etwas weniger sanft unter Leonies Nase herum.

»Ich habe es wirklich nicht mehr. Ich habe es …« Nein, das durfte sie nicht sagen.

»Sag schon! Was hast du damit gemacht?« Frau Grunau hatte die Reinigung von Leonies Gesicht beendet und stand auf. Bei jeder ihrer Bewegungen tanzten im Licht der Taschenlampe unheimliche Schatten über Boden und Wände.

Ich will nach Hause. Ich sag ihr jetzt einfach die Wahrheit.

»Ich hab es jemandem gegeben, der Passwörter rauskriegen kann.« Solange sie Tobias nicht erwähnte, brachte sie auch Jochen und Antonia nicht in Gefahr. »Der muss der Erpresser sein. Wirklich. Ich war das nicht.« Leonie versuchte, den Gesichtsausdruck in der Dunkelheit über ihr zu lesen.

»Du musst mir schon einen Namen sagen.« Frau Grunau ging wieder in die Hocke und strich ihr eine Haarsträhne aus der Stirn.

»Er heißt Fabian.« Sie nannte den ersten Namen, der ihr einfiel. »Fabian Kremer.«

Ihre Entführerin runzelte die Stirn. »Du lügst mich doch nicht schon wieder an, oder?«

»Nein. Bitte lassen Sie mich gehen«, bettelte Leonie. »Ich lüge nicht.«

»Und wo finde ich diesen Fabian Kremer?«

Lass dir was einfallen. Du darfst jetzt nicht zögern.

»Ich weiß nicht, wo er wohnt. Ich kenne ihn aus der Schule.« In der Schule konnte diese Frau doch niemandem etwas tun, oder?

»Welche Schule?«

Sollte sie ein anderes Gymnasium nennen? Eines, wo ihre

Freunde nicht hingingen? Leonie zögerte einen Augenblick zu lang.

»Jetzt pass mal auf, Fräulein.« Frau Grunau beugte sich über sie und leuchtete ihr direkt ins Gesicht. »Du kannst mich natürlich belügen. Oder schweigen. Aber das wird nicht besonders angenehm für dich, glaub mir.«

Leonie blinzelte. Der Mantel der Grunau roch nach nasser Wolle und gebratenen Zwiebeln. Sie musste würgen.

»Das wird eine lange, kalte Nacht. Und vielleicht auch noch ein langer, kalter Tag, wenn du glaubst, du müsstest diesen Fabian Kremer schützen.«

»Gymnasium St. Wolfhelm in Schwalmtal«, murmelte sie.

Frau Grunau nickte. »Gut.« Sie richtete sich auf. Der Geruch verschwand.

»Darf ich jetzt nach Hause? Sie haben gesagt, Sie lassen mich laufen, wenn ich Ihnen sage –«

»Erst, wenn ich das Handy habe.« Die Frau legte die Lampe wieder ab und holte eine Thermoskanne aus ihrer Tasche. »Aber ich hab was zu trinken für dich.«

Das war gemein. Eben hatte sie noch gesagt, sie würde sie freilassen. »Sie können mich doch nicht die ganze Nacht hier einsperren«, sagte Leonie entsetzt. »Mir ist so kalt und –«

»Trink«, unterbrach ihre Entführerin sie barsch. Sie hielt ihr einen Becher mit dampfender Flüssigkeit an den Mund.

Leonie schüttelte verzweifelt den Kopf. »Nein, bitte! Ich halte das nicht aus.«

»Vertrau mir. Es wird dir besser gehen, wenn du das getrunken hast.«

Frau Grunau schob eine Hand unter Leonies Hinterkopf und hob ihren Mund an den Becher. Leonie trank. Erst in winzigen Schlucken. Dann immer gieriger. Das Zeug schmeckte bittersüß, aber sie hatte Durst, und die Wärme tat gut.

Die Frau schenkte nach und pustete kurz auf die dampfende Oberfläche. Dann flößte sie ihr den zweiten Becher ein. »Pass auf, mit wem du dich einlässt, Leonie! Du bist ein hübsches Mädchen. Das lockt die Kerle an.«

Was sollte diese Warnung denn jetzt? Von schräg unten sah das Gesicht der Sprechstundenhilfe gruselig aus. Tiefe Furchen zogen sich durch die bleiche Grimasse. Hexe, schoss es Leonie durch den Kopf.

»Männer nutzen einen bloß aus, wenn man nett zu ihnen ist. Vertraue keinem von denen. Hörst du? *Keinem!*«

Wovon redete sie? Warum erzählte sie ihr das? Nach dem zweiten Becher Tee hörte Leonie auf zu zittern. Eine wohltuende Ruhe breitete sich in ihr aus.

»Ich spreche aus Erfahrung, Mädchen. Du kennst doch Dr. Lehmann?« Frau Grunau legte Leonies Kopf ab und schraubte die Thermoskanne zu. »Er hat mich zwanzig Jahre lang angelogen, kannst du dir das vorstellen?«

Der Name Lehmann schien ihr vertraut, aber sie konnte sich nicht erinnern, warum. Sie war so schrecklich müde. Plötzlich hatte sie keine Angst mehr. »Weiß nicht«, murmelte sie.

Die Stimme kam von weit her. »Ich war so naiv. Aber jetzt ... Glaub mir, das wird er mir büßen.«

Leonie konnte den Sinn der Worte nicht mehr erfassen. Das Letzte, was sie mitbekam, waren zwei Hände, die ihr etwas unter den Kopf schoben und den Schal enger um den Hals wickelten.

Freitag, 17. November

Ihr eigener Schrei weckte Johanna. Sie richtete sich im Bett auf und rang nach Luft. Leonie! Sie hatte geträumt, das Mädchen läge missbraucht und erdrosselt in einem Maisfeld.

Ruhig. Ganz ruhig. Es war nur ein Traum.

Sie trank den Rest Wasser aus der Flasche am Bett und ließ sich zurück aufs Kissen sinken. Fünf Uhr dreizehn. Ihr Herz hämmerte stolpernd gegen den Brustkorb; ihr Atem beruhigte sich nur langsam.

Leonie. Marta.

Die Bilder der Mädchen hatten sich im Traum überlagert. Marta, der Schrottplatz, das Autowrack, auf dessen Rückbank sie gelegen hatte. Leonie im Feld, mit auf gleiche Weise grotesk verdrehten Armen und Beinen. Wurde sie denn nie mit dem Anblick der geschundenen Elfjährigen fertig?

Um die Bilder zu verscheuchen, ging Johanna ins Bad und wusch sich das Gesicht. Ihr kurzes Haar klebte durchgeschwitzt am Kopf. Mit nassen Fingern wuselte sie durch die Haare, bis sie in alle Himmelsrichtungen standen.

Besser. Widerständiger.

Leonie hatte sich nicht gemeldet gestern. Hatte sie deshalb so schlecht geträumt? Johanna hatte gehofft, das Mädchen habe nach dem Burger-Essen Vertrauen zu ihr gefasst und würde sich melden, um ihr zu erzählen, wie das Referat über die Kopfbäume gelaufen war. Aber vielleicht war Leonies Tag einfach zu vollgepackt gewesen. Vermutlich war sie noch bei ihrer Freundin.

Hat sich gut angefühlt, mich im Burger-Laden mit ihr zu unterhalten. Wär schön, irgendwann selbst eine Tochter zu haben. Der Gedanke überraschte Johanna. Sie hatte noch nie den Wunsch nach einem Kind verspürt.

Immer noch prasselte der Regen gleichmäßig und monoton auf das Dachfenster. Ganz schön ausdauernd, das schlechte

Wetter am Niederrhein. Johanna füllte ein Glas mit kaltem Leitungswasser und löste ein Aspirin darin auf. Sie wollte diesen Arbeitstag durchhalten. Dann wäre Wochenende. Zeit zum Ausruhen.

Cornelia Gruber war erstaunlich kooperativ gewesen, als sie gestern Abend mit Lehmann im Präsidium aufgetaucht war. Ganz im Gegensatz zu Tom Ostermann. Der war als Einziger noch im Büro gewesen und hatte gleich mit Feindseligkeiten um sich geworfen. Wie sie dazu komme, trotz Krankschreibung so spät zu einer Befragung aufzukreuzen? Eigenmächtig eine Streife anzufordern? Die Ermittlungen durch ihr Handeln zu gefährden?

Sehr unprofessionell, im Beisein eines Außenstehenden interne Streitigkeiten auszutragen. Immerhin war die Chefin klaglos zurück ins Präsidium gekommen und hatte kapiert, dass in der Praxis etwas aus dem Ruder gelaufen war. Und dass es für den Fall relevant sein könnte.

Johanna trank das Aspirin und schleppte sich zurück ins Bett. Noch eine Stunde, bis sie aufstehen musste. Sie wickelte die Decke fest um ihren Körper und lauschte dem Geräusch des Regens. Um acht würde sie sich erst mal diese Frau Grunau vorknöpfen. Die war vor zehn Jahren Mitwisserin gewesen, als Lehmann den Tod des Jungen vertuscht hatte. Laut seiner Aussage hatte sie sogar eigenmächtig die Patientenakte verändert. Das konnte stimmen. Zumindest war sie die einzige Angestellte, die damals schon bei ihm gearbeitet hatte. Was bedeutete, dass nur sie Jennifer Münten das Pulmasept rausgegeben haben konnte. Ob sie aber tatsächlich die Urheberin der Drohungen gegen die Frau des Arztes war? Die Gruber wollte sich gleich bei Dienstbeginn mit den Kollegen in Schwalmtal in Verbindung setzen. Vielleicht konnte die KTU feststellen, mit welchem Drucker die Drohbriefe ausgedruckt worden waren.

Einen neuen Verdächtigen im Mordfall Hendricks hatten sie mit Lehmann aber nicht eindeutig. Er hatte abgestritten, von einer Anzeige seiner Nachfolgerin zu wissen. Auch dazu wollte sie gleich Beate Grunau befragen.

Johanna drehte sich auf die Seite und versuchte, noch einmal einzuschlafen. Die Bilder der toten Mädchen aus dem Traum stahlen sich sofort mit in den Halbschlaf. Und mit ihnen ein Gefühl von Bedrohung. *Shit.* Als die Kirchturmglocke sechsmal schlug, schaltete sie das Licht wieder ein und schrieb Leonie eine Textnachricht: *Hey, wie geht's? Wie war dein Referat gestern? Ich muss am Wochenende vielleicht kurz nach Berlin, Klamotten holen. Aber du kannst mich immer anrufen. LG, Johanna.* Spätestens in einer Stunde würde das Mädchen sicher wach werden.

Unter der Dusche dachte sie über den alten Kinderarzt nach. Wie verstört Dr. Lehmann gewesen war, als sie in den Streit mit seiner langjährigen Sprechstundenhilfe geplatzt war. Und zwar, *bevor* sie nach Jeremias Fink gefragt hatte. – Nur mal angenommen, er hätte recht. Seine Angestellte würde seine Frau in einer Art Liebeswahn bedrohen. Am Dienstag war Beate Grunau ihr einfach nur farblos und streng vorgekommen. Eine, die einen Stock verschluckt hatte. Die den Laden im Griff hatte. Aber gestern war etwas aufgeblitzt, das Johanna nicht einordnen konnte. Diese Coolness, mit der sie ihren Chef ans Messer liefern wollte. Ein Aufblitzen von Hohn, vielleicht sogar Hass, als Lehmann die Contenance verloren und sie angeschrien hatte.

Sie ist mir unheimlich. Ihr Verhalten hat so was Unberechenbares. Aber wäre sie so weit gegangen, die neue Ärztin zu töten, um den geliebten Chef zu schützen?

***

Das Stechen in Ohren und Fingern war das Erste, was Leonie wahrnahm. Die Kälte tat weh. Ihr Körper zitterte.

Wo bin ich?

Sie fühlte sich benommen. Es fiel ihr schwer, sich zu erinnern, was passiert war. Da war nur diese schreckliche Kälte. Und immer noch Dunkelheit.

Leonie versuchte, die Zähne am Aufeinanderschlagen zu hindern. Sie hatte kaum noch Kontrolle über ihre Muskulatur.

Arme und Beine fühlten sich taub an. Der Tee! Frau Grunau hatte ihr Tee gegeben. Dabei war sie eingeschlafen.

Was war da drin? Wie lange habe ich geschlafen?

Ihr Atem ging schnell. Als würde sie über den Sportplatz rennen. Die Haut ihres Gesichts brannte vor Kälte. Sie fuhr sich mit der Zunge über die rissigen Lippen. Schmeckte wieder das Blut. Durst! Sie hatte großen Durst.

Als Leonie den Kopf bewegte, fiel ihr auf, dass sie jetzt auf der Seite lag. Sie konnte ihre Hände sehen, die immer noch an dem Pfeiler fixiert waren. Und da lag etwas unter ihrem Kopf. Der Geruch war vertraut. Eine Mischung aus Leder und dem Parfüm, das sie manchmal benutzte.

Meine Schultasche!

Je wacher sie wurde, desto klarer erinnerte sie sich an das Gespräch. Sie hatte der Sprechstundenhilfe diesen Phantasienamen gesagt. Fabian Kremer. Aber die richtige Schule. Ob es noch lange dauerte, bis es Tag wurde und die Grunau im Gymnasium auftauchen würde?

Leonie hatte jedes Zeitgefühl verloren. Sie konnte nicht sagen, ob sie eine Stunde oder zwanzig Stunden geschlafen hatte. In der Dunkelheit der Halle suchte sie nach den helleren Vierecken in der Wand. Aber die befanden sich jetzt hinter ihrem Rücken; sie konnte den schmerzenden Kopf nicht weit genug drehen. Waren das überhaupt Fenster? Vielleicht wurde es hier nie hell.

Ihre Hände fühlten sich taub an. Sie rieb die Finger, soweit die Fesseln es zuließen. Komisch. Die waren jetzt nicht mehr weich, sondern hart und rund. Ein Seil? Frau Grunau musste sie neu gefesselt haben, als sie sie auf die Seite gedreht hatte.

Leonie schob den Kopf nach vorne und hauchte ihren Atem gegen die schmerzenden Hände. Das bisschen Wärme verflüchtigte sich viel zu schnell. Vielleicht kam sie mit den Zähnen an den Knoten. Sie spannte ihre Arme an und zog den Oberkörper näher an den Pfeiler. Ja, so müsste es gehen.

Mit den Schneidezähnen riss sie an der Rundung der Schlinge. Biss so fest sie konnte zu, bis sie zitterte und keuchte. Aber sie hatte keine Chance. Der verdammte Knoten saß zu fest. Leonie legte den Kopf wieder auf der Schultasche ab.

Wie würde Frau Grunau reagieren, wenn sie rausfand, dass es gar keinen Fabian Kremer gab? Würde sie noch einmal zurückkommen? Oder war sie dann vielleicht so wütend, dass sie sie einfach ihrem Schicksal überließ?

Leonie schluchzte auf. Ein Mensch kann drei Wochen ohne Nahrung überleben, aber nur hundert Stunden ohne Wasser. Das hatte sie gemeinsam mit ihrem Vater im Fernsehen mal in einer Reportage über die Überlebenden eines Schiffbruchs gesehen. Hundert Stunden. Das waren ... ungefähr vier Tage. Aber vielleicht wäre sie vorher schon erfroren.

Das halte ich nicht aus! Warum findet mich denn niemand?

In der Dunkelheit raschelte und quiekte es. Etwas Pelziges berührte ihr Fußgelenk, huschte an ihrer Wade entlang. Eine Tonscherbe klirrte.

»Bleib hier«, flüsterte Leonie. Jetzt machten ihr die Ratten keine Angst mehr. Sie hatten ihr nichts getan, während sie geschlafen hatte. Ein Tier war wenigstens etwas Lebendiges. Etwas Warmes. Sie hörte ein kurzes Scharren an der Wand hinter sich. Dann war es wieder still.

Ich muss mal. Verdammt!

Sie konnte doch nicht einfach in die Hose machen. Die Feuchtigkeit des Bodens drang durch den Stoff der Jeans an ihre Haut. Bildete sie sich das ein, oder wurde das Zittern immer stärker?

Was würde Johanna an meiner Stelle tun?

Wieder zog Leonie mit den Zähnen an der Fessel, biss immer stärker zu und zerrte daran, bis ihr die Zähne wehtaten. Aber der Knoten gab keinen Millimeter nach. Ihre Hände zitterten jetzt völlig unkontrolliert und schlugen gegen den Pfeiler. Sie hielt inne und versuchte, ihren Atem zu beruhigen. Dieser zappelnde Körper fühlte sich fremd an. Sie starrte auf die Schemen ihrer Hände wie auf etwas, das nicht zu ihr gehörte.

Das sind gar nicht meine. Komische Hände. Wie die wackeln. Wie die Beine des Kasperles in dem Marionettentheater, in dem ich mit Mama und Lukas war.

Sie erschrak. Natürlich waren das ihre Hände. Wurde sie jetzt verrückt? *Verrückt vor Angst.* Das sagte man doch so. Dann musste das schon mal jemandem passiert sein. Sie presste die Augenlider zusammen.

Denk an was Schönes! Wenn du fest daran glaubst, wird es bald wieder so sein.

Die Tasche, das war ihr kuscheliges Kopfkissen. Sie lag in ihrem warmen Bett.

Und es duftet nach Croissants, weil Sonntagmorgen ist und Mama dann immer welche zum Frühstück aufbackt.

Leonie stellte sich den feinen, weichen Sand unter ihren Füßen letztes Jahr in Holland vor. Lukas' leuchtende Augen beim Sortieren der Muscheln, die sie für ihn gesammelt hatte. Wie sie Lakritztee getrunken und Suikerbrood gegessen hatten – dieses leckere Weißbrot mit Zuckerstückchen darin. Sie hörte das Triumphgeheul ihres Vaters beim Monopolyspielen. Seine kräftige dunkle Stimme beim Zählen des Spielgeldes. Sogar sein Schimpfen, weil sie abends noch mal allein an den Strand runtergegangen war, kam ihr jetzt schön vor. Verlässlich.

Papa!

Als sie kleiner war, hatte er sie oft hochgehoben, bis über seinen Kopf, hatte sie mit kräftigen Armen bis unter die Decke gestemmt. Dann hatte er sie durch die Luft gewirbelt, bis sie vor Lachen und Jauchzen kaum noch Luft bekam. Er war ihr so stark vorgekommen. Niemand konnte ihm etwas tun. Er würde sie vor allem beschützen. Der Gedanke an ihren Vater trieb Leonie Tränen in die Augen.

Ich habe mich geirrt. Du kannst mich nicht mehr beschützen. Du darfst einfach kein Mörder sein, Papa.

***

Uwe Lehmann schrak hoch und sah sich irritiert um. Sofa? Wohnzimmer?

Richtig, er hatte sich nach der nächtlichen Suche nach Birgit ein Stündchen ausruhen wollen. Wie lange hatte er geschlafen?

Draußen erwachte die Straße zögerlich zum Leben. Jemand zog einen Mülleimer über den Bürgersteig. Ein Motorrad beschleunigte lautstark. Gegenüber schlug dumpf eine Autotür ins Schloss.

Der SUV! Steht der etwa wieder vor dem Haus?

Beim Aufstehen stolperte Uwe über seine Schuhe und konnte sich gerade noch an der Wand abstützen. Mit wummerndem Herzen ließ er den elektrischen Rollladen hochfahren. Er schob den Vorhang eine Handbreit zur Seite. Nein, kein SUV. Nur der Nachbar von gegenüber, der früh zur Arbeit musste. Jetzt bremste er plötzlich ab und setzte den Wagen zurück in die Einfahrt. *Bestimmt was vergessen.* Im Licht der Heckscheinwerfer bückte der Mann sich hinter dem Wagen und hob etwas vom Boden auf. *Die Drohne?* Vielleicht hatte der Wind sie aus den Ästen gerissen. War das wirklich erst vorgestern gewesen, dass die Kinder damit gespielt hatten? Es kam Uwe wie eine Ewigkeit vor.

Er schleppte sich in die Küche. Sechs Uhr fünfzehn. Immer noch kein Lebenszeichen von Birgit. Wie betäubt heizte er die Espressomaschine vor und las den Einkaufszettel, den sie vor ihrem Verschwinden geschrieben hatte. Die Handschrift war ihm schmerzlich vertraut. Der schwungvolle Bogen, mit dem sie das B malte. Das altmodische Pfund-Zeichen hinter der Notiz für das Hackfleisch.

Als sprächest du mit mir. Verdammt, wo steckst du?

Beate hatte nicht geöffnet, als er um kurz nach elf bei ihr Sturm geklingelt hatte. Er hatte schließlich auf die anderen Klingeln gedrückt, um wenigstens in den Hausflur zu gelangen. Dort hatte er gegen ihre Wohnungstür gehämmert, bis ein Nachbar gedroht hatte, die Polizei zu holen. Ob sie wirklich nicht zu Hause gewesen war?

Uwe drückte das Kaffeemehl im Siebträger zusammen und brauchte drei Versuche, bis er ihn richtig eingesetzt hatte.

Die hat sich bestimmt bloß taub gestellt. Hat im Bett gelegen und meiner Verzweiflung gelauscht. Vielleicht hat es ihr sogar Genugtuung bereitet.

In ohnmächtiger Wut presste er seine Hände zu Fäusten zusammen. *Wo ist meine Frau? Was hast du mit ihr gemacht?*

Die Espressomaschine verbreitete mit allmorgendlichem Dröhnen Kaffeeduft in der Küche. Er musste sich beruhigen. Vielleicht hatte Beate gar nichts mit Birgits Verschwinden zu tun. Er durfte seiner Phantasie nicht zu viel Raum geben. Hastig ging er mit der Tasse ins Bad. Eigentlich hatte er gleich um sieben im Präsidium sein wollen. Das schaffte er jetzt schon nicht mehr.

Nach dem vergeblichen Besuch bei Beate hatte er ohne Ergebnis mit allen Krankenhäusern der Umgebung telefoniert und war anschließend die halbe Nacht auf unterschiedlichen Routen die Strecke zwischen Krefeld und Brüggen abgefahren. Wenn Birgit nicht selbst gefahren war, musste jemand sie chauffiert haben. Jemand, der ihm vielleicht nicht gleich einfiel, weil seine Frau viel mehr Kontakte zu Nachbarinnen und Freundinnen pflegte als er selbst.

Mit Fernlicht hatte er im Schritttempo den Straßenrand abgesucht. Bürgersteige, Fahrradwege, Feldraine, Waldränder. Sogar die A 52 war er in lebensgefährlich langsamem Tempo entlanggefahren. Immer den Standstreifen und die Leitplanken im Blick. An sämtlichen Tankstellen hatte er das Foto von Birgit gezeigt, das er immer in der Brieftasche bei sich trug. Niemand hatte sie gesehen. Ein Tankwart hatte ihm um drei Uhr nachts schweigend einen Kaffee hingestellt und »Geht aufs Haus« gesagt.

Was der wohl gedacht hat? Dass meine Frau mir weggelaufen ist?

Die ganze Suche war vermutlich sinnlos gewesen. Aber unterwegs hatte er sich Birgit nahe gefühlt. Er hätte sowieso nicht schlafen können. Und irgendwo *musste* sie entlanggekommen sein.

Sechs Uhr vierzig. Die Katzenwäsche und ein frisches Hemd mussten für heute reichen. Auf dem Küchentisch schrieb Uwe hastig einen Zettel: »Aus familiären Gründen bleibt die Praxis heute geschlossen.« Dann vergewisserte er sich, dass er die

Visitenkarte von »KD Cornelia Gruber« noch in der Hosentasche hatte. Jetzt konnte sie ihn nicht länger beschwichtigen. Jetzt mussten ihre Leute nach Birgit suchen.

***

»Der Teilnehmer ist im Moment nicht erreichbar.« Johanna hatte aufgehört mitzuzählen, wie oft sie diesen Satz in den letzten Stunden gehört hatte. Allmählich versagten ihre Selbstberuhigungsstrategien. Eine Vierzehnjährige, die ihr Smartphone stundenlang abgeschaltet ließ? Sie parkte ihren alten Golf vor dem Präsidium und suchte im Internet nach der Festnetznummer der Familie Majewski. Leonies Mutter nahm nach dem zweiten Klingeln ab.

»Guten Morgen, Frau Majewski. Kriminaloberkommissarin Johanna Brenner hier. Wir haben uns am Dienstag –«

»Ja, ja. Ich weiß. Ist etwas mit meinem Mann?« Leonies Mutter klang beunruhigt.

»Nein. Da laufen die Ermittlungen noch. Ich versuche gerade, Ihre Tochter zu erreichen. Ist sie zu Hause?«

»Leonie ist bestimmt schon in der Schule. Sie schreibt heute eine Mathearbeit.«

Bestimmt schon? Das klang, als ob Frau Majewski sich nicht sicher sei. »Wann ist sie denn aus dem Haus gegangen?«, fragte Johanna nach.

»Lukas! Nein!« Im Hintergrund klirrte es laut, ein Glas schien heruntergefallen zu sein. »Entschuldigung, mein Sohn räumt gerade den Kühlschrank aus. Einen Augenblick bitte.«

Sie behielt beim Warten den Eingang des Präsidiums im Auge. Nach und nach trudelten die Kollegen ein. Axel hatte sie noch nicht gesehen. Aber vielleicht war er schon vor ihr angekommen. Beate Grunau müsste auch gleich zu ihrer Zeugenaussage erscheinen.

»Frau Brenner, da bin ich wieder … Leonie hat bei einer Freundin übernachtet, die Mädchen wollten Mathe lernen. Ist irgendwas nicht in Ordnung?«

»Nein, nein. Machen Sie sich keine Gedanken. Ich hatte ihr bloß versprochen, mich zu melden. Das ist alles.« Hoffentlich war das wirklich alles. »Wie ich höre, sind Sie wieder zu Hause. Geht es Ihrem Sohn besser?« Gerade kämpfte sich Cornelia Gruber mit einem rot gepunkteten Regenschirm, der vom Wind immer wieder umgestülpt wurde, über den Bürgersteig. Der dunkle BMW auf der anderen Straßenseite kam Johanna bekannt vor. Gehörte der nicht Dr. Lehmann?

»Lukas geht's gut. Und Leonie freut sich bestimmt, wenn Sie anrufen. Um halb zehn ist Pause. Versuchen Sie es doch dann noch einmal.«

»Danke, Frau Majewski.« Eine Klassenarbeit war zwar eine Erklärung dafür, dass Leonie ihr Handy jetzt ausgeschaltet hatte. Aber warum waren die Kurznachrichten vom frühen Morgen nicht durchgegangen?

»*Ich* muss mich bedanken. Das war sehr nett, dass Sie sich Mittwoch um Leonie gekümmert haben.«

»Gerne.«

»Ich bin so froh, dass alle uns unterstützen. Gestern Abend ist sogar die Arzthelferin extra vorbeigekommen, um nach Lukas zu sehen.«

Arzthelferin? Johanna war wie elektrisiert. »Sprechen Sie von Frau Grunau, der Frau vom Empfang?«

»Ja, genau. Sie hatte uns Mittwoch schon im Krankenhaus besucht. Weil sie ... na ja ... sie hatte von dem Verdacht gegen meinen Mann gehört und hat mir ihre Unterstützung angeboten.«

Beate Grunau suchte also Kontakt zur Familie Majewski. *Sicher nicht aus reiner Nächstenliebe.* Johanna kroch eine Gänsehaut den Rücken hinunter.

»Auf jeden Fall war ich froh, dass sie Leonie gestern Abend zu den Rietkamps bringen konnte«, fuhr Frau Majewski fort. »Ich hab das nicht gern, wenn meine Tochter allein im Dunkeln unterwegs ist. Man weiß ja nie, wer sich da draußen –«

»Wann war das?«, unterbrach sie Leonies Mutter.

»So um halb neun.«

Das war zweieinhalb Stunden nach der Szene in der Praxis. »Tut mir leid, ich muss Schluss machen«, beendete sie das Telefonat. »Alles Gute.«

Was will diese Grunau von Leonie? Johanna ignorierte den Hustenanfall, den die kalte Luft außerhalb des Wagens auslöste, und hastete ins Präsidium.

Der Kollege am Empfang hob eine Hand zum Gruß. »Fieses Wetter, was?«

Für Small Talk hatte sie jetzt keine Zeit. »Sag mal, hast du eine Beate Grunau ins KK11 weitergeschickt? Ist für acht Uhr zu einer Zeugenbefragung bestellt.« Der Minutenzeiger der großen Uhr im Flur rückte gerade auf acht Uhr sieben vor.

»Nee, da war niemand.« Er griff zu seiner Kaffeetasse.

»Hat sie angerufen und abgesagt?« Johannas Beunruhigung wuchs. Irgendetwas stimmte da nicht. Gestern hatte sie doch noch dringend eine Aussage machen wollen.

»Nicht bei mir. Vielleicht oben?«

Eher unwahrscheinlich. Sie hat nur meine Durchwahl. Was hatte sie gestern in der Praxis übersehen? Wenn Beate Grunau wegen der gefälschten Akte und der Drohbriefe an Frau Lehmann nicht im KK11 erschien, war das immer noch keine Erklärung dafür, dass sie den Majewskis einen Besuch abgestattet hatte. Die Angst aus dem Traum stieg wieder in Johanna auf.

»Sagst du bitte oben Bescheid, dass ich in zwei Stunden zurück bin?« Sie musste sich Gewissheit verschaffen, dass es Leonie gut ging.

»Ja, aber –«

»Sorry. Ich hab's eilig.« Auf dem Weg zum Wagen googelte sie nach der Adresse von Leonies Gymnasium.

***

Axel drehte sich im Bett herum und zog die Decke über die Ohren. Schon wieder das blöde Telefon. *Ist nur das Festnetz.* Wenn es wichtig wäre, würden sie ihn auf dem Diensthandy anrufen.

Er musste dringend Schlaf nachholen. Und die Proben begannen erst mittags. Ungeduldig stopfte er das Kissen unter seinem Kopf zurecht.

Seinen Sohnemann hatte er höchstpersönlich um sieben aus dem Bett geschmissen und zur Schule geschickt. David hatte nicht mal gemeckert. Er hatte was wiedergutzumachen, das war sogar ihm nach dem gestrigen Nachmittag klar. Seine kleine Party war völlig aus dem Ruder gelaufen.

»Papa, ich kannte die gar nicht«, hatte er rumgedruckst. »Die hatten die Message irgendwie aus dem Internet.«

Schlechte Entschuldigung! Erst recht für das wiederholte Schulschwänzen. Er hatte David so lange mit Rauswurf gedroht, bis der hoch und heilig versprochen hatte, zuerst das Abi zu machen. Schule gegen Unterkunft, lautete der Deal. Und den Installateur für die mit Handtüchern verstopfte Toilette würde sein Sohn auch bezahlen. Ganz zu schweigen von einem Blumenstrauß für Frau Burhenne. Die Teenager, die David »gar nicht kannte«, hatten tatsächlich versucht, auf ihren Balkon zu pinkeln. Das würde ein schönes Gespött geben am Montag im Präsidium. Aber jetzt war erst mal Wochenende.

Das Rauschen des Regens vor dem gekippten Fenster und die Wärme des Bettes besänftigten Axels Ärger. Im Halbschlaf hörte er erneut das Klingeln des Telefons, ließ sich aber nicht vom Einschlafen abhalten. Wenn es wichtig war, würde der Anrufer schon auf den Anrufbeantworter quatschen.

Die Türklingel ein paar Minuten später ließ sich dagegen nicht ignorieren. Sie schrillte laut und ausdauernd.

»Ja, ja«, brüllte Axel. »Ich mach schon auf.« Welcher Idiot wollte jetzt wieder was von ihm?

Er stolperte in den Flur und warf einen Blick durchs Küchenfenster, bevor er zur Tür ging. Ein Streifenwagen stand in zweiter Reihe direkt vor dem Haus. Zwanzig nach acht. Schaffte der Junge es nicht mal eine Stunde lang, nichts anzustellen? Axel setzte eine Flasche Wasser an den Mund und betätigte den Türöffner.

»Gruß von deiner Chefin vom KK11.« Der junge Kollege

hatte die Treppen im Laufschritt genommen und stand unverschämt frisch und gut gelaunt vor ihm. »Du sollst dich unverzüglich bei ihr melden.«

»Sie hat euch extra vorbeigeschickt?« Axel ließ die Flasche sinken. Das klang nach Ärger. Dann war es dringend. »Und ich hab mich auf 'nen freien Tag gefreut.«

»Dumm gelaufen.« Der Streifenkollege blickte grinsend auf seine mit Noten bedruckten Boxershorts. »Seid ihr nicht mitten in einer Mordermittlung?«

Er nickte. »Ich ruf sofort an. Danke euch.«

»Kleiner Kater, was?« Das Grinsen des Kollegen wurde noch breiter.

»Schönen Tag noch«, sagte Axel mit Nachdruck und schloss die Wohnungstür. Warum hatte die Chefin ihn nicht auf dem Diensthandy angerufen? Anstatt gleich die Kollegen auf ihn zu hetzen.

Neben der Garderobe stand eine Sammlung leerer Bierflaschen. *Deswegen die Bemerkung mit dem Kater. Dabei hab ich die gar nicht getrunken.* Wo war jetzt das blöde Diensthandy? Axel durchwühlte die Taschen seiner Jacke und seiner Jeans, konnte es aber nicht finden. *Das darf doch nicht wahr sein.* Endlich sah er es unter einem Stuhl liegen. Musste aus der Hosentasche gerutscht sein. Der Akku war leer. *Scheiße.* In dem ganzen Ärger mit seinem Sohn war ihm das komplett durchgegangen. Er hängte das Gerät ans Ladekabel und wählte Cornelia Grubers Nummer.

Sie nahm sofort ab. »Herr Holtz. Endlich. Wieso sind Sie nicht erreichbar?«

Die hatte aber eine unterirdische Laune. »Tut mir leid, der Akku –«

»Ich brauche Sie hier. Sofort!«, befahl seine Chefin. »Frau Lehmann ist verschwunden, und wir müssen leider davon ausgehen, dass ihr etwas zugestoßen ist.«

»Die Frau des Kinderarztes?« Axel verstand nicht. Majewski saß doch in U-Haft. Sein Gehirn weigerte sich, auf Arbeit umzuschalten. Er rieb sich den Nacken.

»Kennen Sie vielleicht noch eine andere Frau Lehmann im Zusammenhang mit unserem Fall?«, fragte Gruber zurück.

»Nein, aber –«

»Sie wurde bedroht«, unterbrach seine Chefin ihn ungeduldig. »Die Kollegen in Nettetal hatten die Anzeige schon aufgenommen. Aber denen war die Brisanz der Sache natürlich nicht klar.«

»Bedroht? Von wem?« Was hatte das mit dem Mord an der Kinderärztin zu tun? Ein Massenmörder in Brüggen, der es auf medizinische Berufe abgesehen hatte? Absurder Gedanke. *Ich brauch dringend einen Kaffee. Vielleicht klappt's dann auch wieder mit dem Denken.*

»Dr. Lehmann vermutet, dass eine seiner Angestellten aus Eifersucht seine Frau bedroht. Aber das müssen wir erst überprüfen.«

»Und diese Angestellte ist jetzt auch im Mordfall Dr. Hendricks verdächtig?« Axel schwirrte der Kopf.

»Auf jeden Fall war sie zur Befragung einbestellt und taucht nicht auf. Ich habe hier einen völlig aufgelösten Ehemann sitzen, Herr Holtz, Ihre Kollegin Brenner ist wieder nicht zum Dienst erschienen, und Sie kommen jetzt bitte sofort her.«

Was zum Teufel war seit gestern Nachmittag im Präsidium alles passiert?

Die Stimme seiner Chefin verriet, dass es nicht ratsam war, weitere Fragen zu stellen. »Zwanzig Minuten. Ich beeil mich.« Ohne kurze Dusche konnte er sich beim besten Willen nicht auf den Weg machen. *Ohne Kaffee eigentlich auch nicht.*

Damit war das Wochenende gelaufen. Keine Proben, kein Konzert. Auf dem Weg ins Bad stieß Axel mit dem Fuß gegen eine leere Weinflasche, die David beim Aufräumen übersehen haben musste. Sein zwanzig Jahre alter Bordeaux! Na klar, Murphys Gesetz: Wenn die Kumpel seines Sohnes seinen Wein soffen, dann natürlich den teuersten. Er kickte die Flasche gegen die Wand und stellte wütend den CD-Player so laut, dass er ihn unter der Dusche noch hören konnte.

»You've been on a fast train and it's going off the rails.« So gechillt wie Solomon Burke wäre er auch gern. Er drehte das Wasser heißer. *Off the rails.* Diese Mordermittlung war auch aus den Gleisen gesprungen. Oder verlief zumindest auf anderen, als er erwartet hatte.

***

»Klasse 8a, Raum 105.« Das musste Leonies Klassenzimmer sein. Johanna klopfte energisch und drückte sofort die Klinke hinunter. Auf die Mathematikarbeit konnte sie keine Rücksicht nehmen. Ein Mann Mitte fünfzig mit kariertem Hemd und dünnem Haar stand vom Pult auf und versperrte ihr den Blick in den Raum.

»Haben Sie das Schild nicht gesehen?«

»Brenner. Kripo Krefeld. Es ist dringend.« Johanna hielt ihm den Ausweis vors Gesicht. In der Klasse wurde es unruhig. Die ersten Schüler tuschelten.

»Herrschaften, bitte!« Der Mathelehrer drehte sich um. »Wer pfuscht, fliegt raus.«

Johanna suchte die Bankreihen nach Leonie ab. Blieb mit dem Blick an Antonia Rietkamp hängen, die aufgesprungen war.

»Ist was mit Leonie?«

Dann war sie tatsächlich nicht in der Schule. *Ich wusste, dass da was nicht stimmt.* Johanna bekam Angst.

»Setz dich wieder hin, Antonia!«, schimpfte der Lehrer. »Worum geht es, Frau Brenner? Hat das nicht zehn Minuten Zeit? Dann ist die Stunde sowieso zu Ende.«

Nein. Nicht mal zehn Minuten, dachte Johanna. Der Schmerz in ihrem Kopf explodierte schon wieder. »Vielleicht kann ich kurz draußen mit Antonia reden?«

»Ich kann das sowieso nicht, Herr Knippertz.« Das Mädchen raffte Arbeitsblätter und Stifte zusammen.

»Das ist keine gute Idee, Antonia. Du weißt, dass du dir noch ein Mangelhaft nicht leisten kannst«, warnte Knippertz, aber Antonia schnappte sich ihre Tasche und legte die Arbeit aufs Lehrerpult.

»Ist mir egal.«

Im Klassenzimmer setzten erneut Wispern und Füßescharren ein. Leonies Freundin stürzte so schnell aus dem Raum, dass Johanna sie erst am Treppenabsatz einholte.

»Was ist mit Leonie? Warum kommen Sie in die Schule?«

Jetzt hatte sie nichts mehr von dem betont coolen Teenager, als der sie sich vorgestern in ihrem Elternhaus präsentiert hatte.

»Ich hatte gehofft, du kannst mir das sagen.« Das Mädchen wich Johannas Blick aus. »Habt ihr nicht gestern Abend zusammen für die Arbeit gelernt?«

»Sie ist nicht gekommen!« Antonia nahm ihr Handy aus der Jackentasche. »Mann! Die SMS kam mir gleich so komisch vor.«

Muss doch zu Hause bei Mutti und Lukas bleiben. Wir sehen uns morgen. Gruß, Leonie, lautete die Kurznachricht.

»›Gruß, Leonie‹«, murmelte Antonia. »So was schreibt sie sonst nie. Und sie nennt ihre Mutter auch nicht ›Mutti‹, sondern ›Mama‹.« Sie sah Johanna ängstlich an. »War sie letzte Nacht nicht zu Hause?«

Johanna schüttelte den Kopf. *Gestern, 21.43 Uhr*, stand neben der Nachricht. Frau Majewski hatte von acht Uhr dreißig gesprochen. *Ich habe es geahnt. Die Grunau hat sie in ihrer Gewalt.*

»Fuck, fuck, fuck.« Antonia trat mit der Schuhspitze gegen das geschmiedete Treppengeländer.

Ja, fuck! Johanna versuchte, einen klaren Kopf zu bewahren. »Du warst schon beunruhigt, bevor ich hier aufgetaucht bin, richtig? Ist da noch was anderes als die SMS?«

Das Mädchen sah zu Boden und antwortete nicht.

»Hast du eine Vermutung, wer die Nachricht geschrieben hat? Wenn es Leonie nicht war.«

»Ich habe keine Ahnung.« In Antonias Gesicht las Johanna nicht nur Angst, sondern auch ein schlechtes Gewissen.

Sie weiß irgendwas. Sie hat irgendwas ausgefressen.

»Hör zu, Antonia! Das hier ist kein Spiel. Es gibt kein nächstes Level und kein nächstes Leben. Wenn du irgendwas weißt, dann sag es mir *jetzt*!« Am liebsten hätte sie das Mädchen geschüttelt.

»Ich konnte sie halt nicht erreichen gestern Abend«, begann Antonia zögernd. »Normalerweise hätten wir gechattet oder telefoniert.«

»Wann hast du denn versucht, sie zu erreichen?«

»Nach der SMS.« Antonias Blick wanderte immer wieder zwischen Johannas Augen und dem Boden hoch und runter. »Ich hab immer nur die Mailbox drangehabt. Dabei schaltet Leonie ihr Phone nie aus!«

»Und davor? Was hat sie dir über ihren Vater erzählt?« *Jetzt rede endlich!* »Über den Mord an Dr. Hendricks? Antonia! Wusste Leonie etwas, das sie in Gefahr bringen konnte?«

»Ja! Verdammt, sie hatte dieses iPhone«, stieß Antonia hervor und rannte die Treppe hinunter.

Sprach sie vom Smartphone des Opfers? Die Möglichkeit riss Johanna fast den Boden unter den Füßen weg. Mit zitternden Knien folgte sie dem Mädchen nach unten. »Ein iPhone? Was habt ihr damit gemacht? Wo ist es?«

»Wir haben es gehackt«, platzte Antonia heraus. »Und das war auch noch meine Idee.«

Zu ihrer Linken hörte Johanna Schritte im Flur. Ein Schatten verschwand hinter dem Treppenabsatz. Dem konnte sie jetzt nicht nachgehen. Die Situation war noch beschissener als befürchtet. »Ihr habt es geschafft, ein iPhone zu hacken?« *Zwei vierzehnjährige Mädchen?*

»Nicht wir. Mein Bruder hat's einem Freund gegeben. Der kann so was.«

Ihr Bruder. Dessen Freund. Durch wie viele Hände war das Smartphone gegangen? »Und wo ist es jetzt? Hat Leonie es bei sich?« *Warum hat sie mir beim Burger-Essen nicht davon erzählt?*

Antonia griff in ihre Schultasche und zog ein mit Unterschriften bekritzeltes Handy heraus. »Wir haben gedacht, wir finden vielleicht was, was ihrem Papa helfen könnte. Leonie hatte es in seinem Auto gefunden.«

In Majewskis Wagen. Deshalb hat die KTU vergeblich danach gesucht! Johanna schaltete das Gerät an. »Kennst du das Passwort?«

»YP2307«, murmelte Antonia.

Tatsächlich erschien der Startbildschirm. »Wie lange habt ihr schon Zugriff darauf?«

»Seit gestern Abend erst. Deshalb sollte Leonie ja zu mir kommen.«

Aber dann ist Beate Grunau aufgetaucht.

»Okay, Antonia.« Sie hatte jetzt keine Zeit für eine Standpauke. »Ich rufe eine Streife, die dich und deinen Bruder aufs Präsidium bringt. Dort müsst ihr meinen Kollegen alles genau erzählen. Und ihr müsst auch diesen Hackerfreund deines Bruders dazuholen.« Um den sollten Axel und Kivelitz sich dann kümmern.

Das Mädchen nickte kleinlaut. Wieder hatte Johanna den Eindruck, dass da noch jemand im Flur war. Sie machte sich mit Antonia auf den Weg zum Sekretariat, konnte aber niemanden entdecken.

»Wir müssen eure Eltern informieren, weil ihr minderjährig seid. Euch wird nicht viel passieren, aber das hier«, sie konnte ihren Ärger nicht länger herunterschlucken, »hätte wirklich in die Hände der Polizei gehört. Das ist dir schon klar, oder?«

Antonia sah betreten zu Boden. »Es tut mir leid. Ich wollte Leonie doch nur helfen.«

Als sie das Mädchen im Sekretariat abgegeben hatte, durchsuchte Johanna mit flattrigen Händen die Dateien auf Yvonne Hendricks' iPhone. Irgendetwas musste zwischen der Ärztin und Beate Grunau vorgefallen sein.

Da waren zwei Versionen der Patientenakte Jeremias Fink. Dann hatte Dr. Hendricks die Fälschung tatsächlich entdeckt und hätte ihren Vorgänger möglicherweise angezeigt.

Das nächste Dokument war viel interessanter. »Sehr geehrte Frau Grunau, hiermit kündige ich Ihnen fristlos wegen des Diebstahls von Medikamenten (siehe beigefügtes Beweisfoto) und wegen Urkundenfälschung zulasten von Jeremias Fink.« Johanna überflog die Lebensdaten des Jungen und las mit zunehmendem Entsetzen weiter: »Ich setze Sie weiterhin davon in Kenntnis, dass ich zeitgleich Anzeige erstatten werde und …«

Die winzige Schrift auf dem Display verschwamm vor ihren Augen. Beate Grunau hatte ein Motiv. Für den Mord an der Ärztin. Und für die Entführung Leonies, weil sie an das Smartphone kommen wollte. *Und ich habe sie laufen lassen.*

***

Leonie konnte sich kaum noch bewegen. Nach unzähligen vergeblichen Versuchen, ihre Handfesseln zu lösen, war das Zittern am ganzen Körper so stark geworden, dass sie resigniert aufgegeben hatte.

Ich will nach Hause. Mama! Papa! Warum kommt denn niemand?

In der Halle war es mittlerweile hell geworden. Die Vierecke unter dem Dach waren also tatsächlich Fenster. Im Tageslicht erkannte Leonie Schienen, die durch den Raum bis zu einem verschlossenen Tor führten. Zu ihren Füßen lagen in einem großen Haufen rostige Stahlträger und Rohre kreuz und quer übereinander. Wie spät war es? Frau Grunau musste längst in der Schule gewesen sein.

Bitte kommen Sie zurück. Ich sage Ihnen auch alles.

Die Halle war riesig. Wenn Leonie den Kopf zu ihrer linken Schulter drehte, konnte sie durch das marode Dach ein Stück Himmel sehen, über den der Wind große graue Wolken trieb. Es hatte aufgehört zu regnen. Sie horchte auf die Geräusche von draußen. Irgendwann mussten doch Menschen vorbeikommen. Das leise, unregelmäßige Dröhnen könnten Autos sein. Die alte Ziegelei lag in der Nähe einer Landstraße. Manchmal rumpelte es auch lauter. Vielleicht Lastwagen. Einmal hörte sie das Beschleunigen eines Motorrades. Aber die Straße war zu weit weg, als dass man ihr Rufen hören würde.

Da! Ein neues Geräusch. Hat da gerade ein Hund gebellt? Leonie biss die klappernden Zähne zusammen und lauschte angestrengt. Wo Hunde waren, waren auch Menschen.

»Hilfe! Hilfe!« Ihr Rufen war ein tonloses Krächzen. Zu trocken war ihr Mund. Ihre Zunge. Ihr Hals. Sie sammelte einen

Rest Speichel. Räusperte sich. Versuchte es dann noch einmal. »Hallo? Bitte helfen Sie mir! Ich bin hier eingesperrt!«

Niemand antwortete. Leonie schrie weiter, so laut sie konnte. Hielt zwischendurch inne, um zu horchen. Außer dem Schlagen ihres Herzens, das so sehr bummerte, dass sie glaubte, es hören zu können, waren da nur der Wind und die Motorengeräusche.

Ich muss meine Kraft einteilen. Ich darf nur schreien, wenn jemand vorbeikommt.

Gab es eigentlich Felder rings um das Ziegeleigelände? Bauern, die auch im Spätherbst nach dem Rechten sehen mussten? Sie konnte sich nicht erinnern. Irgendwer musste doch längst nach ihr suchen. *Antonia weiß, dass ich sie nicht im Stich lassen würde.*

Aber wenn die Polizei sie einfach nicht finden konnte? Frau Grunau hatte ihr das Handy weggenommen. Sonst hätten sie das bestimmt orten können.

Leonie zitterte so heftig, dass sie die Kontrolle über ihre Blase verlor. Einen kurzen Augenblick lief der Urin angenehm warm an ihrem Schenkel hinab. Dann wurde das Bein an der nassen Stelle nur noch kälter. Scham und Verzweiflung ließen sie wimmern. Das Geräusch klang fremd. Als käme es von außerhalb. Sie schaute gequält an ihrem Körper hinunter.

Das ist nicht meiner. Das bin ich nicht.

Wieder das Gefühl, verrückt zu werden.

Ich halt das nicht aus. Ich halt das nicht aus.

Sie schloss die Augen und summte leise. Zufällige Töne, die sich bebend aneinanderreihten und schließlich eine Melodie ergaben. Sie kannte das Lied. Das hatte ihre Mutter ihr zum Einschlafen vorgesungen. Früher. Als sie klein war. Leonie summte lauter. Jetzt sang jemand den Text dazu. »Weißt du, wie viel Sternlein stehen an dem blauen Himmelszelt?«

Es ist alles in Ordnung. Mama singt mir was vor, damit ich einschlafen kann. Es ist warm im Bett. Und kuschelig. Ich spüre ihre Hand auf meiner Stirn. Sie streichelt mich.

War da nicht wirklich eine Hand auf ihrem Gesicht? Ganz sanft.

»Gott der Herr hat sie gezählet.«

Nicht aufhören, Mama, nicht aufhören.

War das ihr Papa, der ihre zitternden Beine festhielt? Leonie blinzelte durch die Lider. Natürlich war da niemand.

Schnell die Augen wieder schließen.

»Dass ihm auch nicht eines fehlet.«

Wenn niemand sie rechtzeitig fand? Dann würde sie ihre Eltern nie wiedersehen.

Nicht darüber nachdenken. Wenn du darüber nachdenkst, wirst du verrückt.

Leonie summte weiter.

***

Johanna drückte gleichzeitig auf alle fünf Klingeln des Backsteinbaus. Beate Grunaus Wohnung war nur zwei Straßen von der Kinderarztpraxis entfernt. Warum zum Teufel war im KK11 niemand zu erreichen? Axel ging nicht an sein Handy. Bei Kivelitz war ständig besetzt. Der Anruf ins Büro von Cornelia Gruber wurde zu Ostermann umgeleitet, der offensichtlich Telefondienst machen musste. Der hatte ihre Angst um das Mädchen nicht ernst nehmen wollen.

»Die ist bestimmt abgehauen«, hatte er gesagt. »Außerdem gehört Brüggen in die Zuständigkeit der Gladbacher Kollegen.«

Johanna war so sauer gewesen, dass sie ihm nichts von dem Smartphone des Opfers erzählt hatte. Sie hatte nur knapp um Axels Rückruf gebeten. Dann würde sie das iPhone halt direkt zu Oehmen bringen. Und spätestens wenn Antonia und ihr Bruder im Präsidium eintrafen, würde ihr Kollege sich schon bei ihr melden.

»Wer ist denn da?« Endlich reagierte jemand auf ihr Klingeln.

»Kriminalpolizei. Lassen Sie mich bitte ins Haus!«

Der Türsummer ertönte. Eine zierliche alte Frau mit Rollator schlurfte Johanna in Zeitlupe entgegen. »Werde ich jetzt verhaftet? Ich hoffe, Ihre Zellen sind behindertengerecht.«

Trotz ihrer Anspannung musste Johanna lächeln. Die Frau

gefiel ihr. Schalk blitzte aus ihren fast blind wirkenden Augen. »Hätte ich denn einen Grund, Sie zu verhaften?« Sie trat den Feststeller der Haustür herunter und warf einen Blick auf die Straße. Wo blieben die Kollegen von der Streife? »Ich suche nach einem vermissten Mädchen. Vierzehn Jahre alt. Braune Augen und lange braune Haare.«

Die Frau wiegte bedächtig den Kopf hin und her. »Hier wohnen leider gar keine Kinder mehr. Alle groß und weggezogen.«

»Und zu Besuch? Gestern Abend bei Frau Grunau zum Beispiel?«

Wieder verneinte die alte Dame. Sie klammerte sich an die Griffe des Rollators und schaute Johanna von unten an. »Eine höfliche Person, diese Frau Grunau. Die wohnt schon fast so lange hier wie wir.« Ihr von Falten durchzogenes Gesicht nahm einen bekümmerten Ausdruck an. »Aber Besuch hat sie eigentlich nie. Ich glaube, die hat gar niemanden.«

Ein Streifenwagen fuhr vor. Endlich. »Kennen Sie Beate Grunau gut? Sind Sie mit ihr befreundet?« Johanna winkte den Kollegen zu.

»Nein. Sie lebt sehr zurückgezogen. Ich glaube, sie arbeitet viel. Aber jetzt ist sie endlich mal verreist.«

»Verreist? Wann?« Eine neue Welle der Angst strömte durch Johannas Körper. Das klang nicht gut. Es klang nach Flucht.

»Heute Morgen.« Die Alte musterte mit schief gelegtem Kopf neugierig die Beamten in Uniform, die abwartend im Flur stehen blieben. »Ich steh immer früh auf, um Kaffee zu machen. Mein Mann, wissen Sie, der kann fast nur noch –«

»Wann genau haben Sie sie heute Morgen gesehen?«, fragte Johanna nach. Die Zeit drängte.

»Sie ist um kurz nach sieben mit einem Koffer aus dem Haus gegangen. Möchten Sie vielleicht einen Kaffee? Ich könnte Ihnen einen kochen, dauert auch nicht lang.«

Johanna legte eine Hand auf die schmale Schulter und warf einen Blick auf das Klingelschild. »Vielen Dank, Frau Leopold. Wir haben leider keine Zeit.«

Vor der Wohnungstür im zweiten Stock versuchte Johanna ein letztes Mal, Axel zu erreichen. Wieder nichts. *Shit.* Der jüngere der beiden Kollegen, der sich mit »Philipp« vorgestellt hatte, stocherte mit seinem Pick-Set im Schloss herum. Der ältere sah skeptisch zu, wie Johanna ihre Nase frei schniefte.

»Kripo Krefeld? Warum ermittelt ihr hier in Brüggen?«

Wollte er jetzt eine Zuständigkeitsdiskussion anfangen? »Weil das Mädchen im Zusammenhang mit einem Tötungsdelikt in Geldern verschwunden ist.«

»Und die Wohnung? Ohne Beschluss? Da gehen wir aber auf deine Verantwortung rein.«

Johanna nickte. Sie konnte nicht warten. Ungeduldig sah sie zu, wie Philipp den Pick im Zylinder des Schlosses vor und zurück bewegte. Endlich sprang die Tür auf.

Der erste Eindruck der Wohnung entsprach dem Bild, das sich Johanna schon in der Praxis von Beate Grunau aufgedrängt hatte: ordentlich, streng, ein wenig altmodisch. Geradlinige Massivholzmöbel waren mit silbernen Kerzenhaltern und geschmackvollen Glasschalen dekoriert. Die geblümten Kissen auf dem Sofa thronten streng symmetrisch auf den Lederpolstern. Nirgendwo waren Staub oder Flecken zu sehen.

»Könntest du ihren Kellerraum durchsuchen?« Johanna drückte dem jüngeren Kollegen gleich sämtliche Schlüssel vom Schlüsselbrett in die Hand. »Nach allem, was einem jungen Mädchen gehören könnte. Schultasche, Schlafzeug, Kleidungsstücke. Oder …«, sie schluckte, »ob irgendwas auf eine Entführung hindeutet. Fesselmaterial, Werkzeuge.«

»Geht klar.« Philipp sprang im Laufschritt zurück nach unten.

»Und wir gehen hier alles durch.« Sie zog sich Handschuhe über und ging weiter ins Schlafzimmer.

Ein penibel gemachtes Boxspringbett. Eine glänzende weiße Schminkkommode. Sie öffnete den Kleiderschrank und fand nur leere Bügel. In einer Schublade mit Unterwäsche verloren sich drei einsame Schlüpfer. *Sie ist tatsächlich abgehauen.* Johanna brach der Schweiß aus. Die Flucht schien ihr wie ein

Schuldeingeständnis. Für den Mord an Dr. Hendricks. Für den Mord an …?

Im Bad standen nur noch ein verwaister Zahnputzbecher und eine angefangene Packung Kleenex auf der Ablage vor dem Spiegel. Etwas Weißes lugte unter dem Hänge-WC hervor. Johanna zog eine leere Medikamentenpackung hervor. Zolpidem. Ein starkes Schlafmittel. Sie sicherte die Schachtel und wandte sich dem grauhaarigen Kollegen zu, der mit einem Blatt Papier in der Badezimmertür aufgetaucht war.

»Das hier lag auf dem Esstisch.« Er reichte ihr den Zettel. »Sechzehn Uhr dreißig mit British Airways: Düsseldorf → London Heathrow«, stand handschriftlich darauf.

In sechs Stunden. Die Chefin muss den Flughafen informieren.

Johanna überflog den Rest der Notizen. Endziel war der Internationale Flughafen Hosea Kutako. Wo zum Teufel war das?

Der Kollege wischte bereits auf seinem Smartphone herum. »Dieses Hosea Dingsbums ist der Flughafen von Windhoek. Namibia.«

Namibia? Kannte Beate Grunau dort jemanden? Oder wollte sie einfach nur möglichst weit weg? Johanna wurde ihrer Angst um Leonie kaum noch Herr. Sie wischte sich den Schweiß von der Stirn und warf einen Blick in die Küche.

Auch hier sah alles nach Aufbruch aus. Kaffeemaschine und Toaster waren ausgestöpselt. Ein einzelnes grünes Trinkglas stand kopfüber auf der Spüle. Johanna riss die Schranktüren auf. Geschirr, eine Küchenmaschine, kleinere Lebensmittelvorräte und … Sie hielt inne. Jede Menge Wodka. Doch ein Suchtproblem? Das passte zum Text des Kündigungsschreibens und zu dem Foto, auf dem zu sehen war, wie Beate Grunau sich am Medikamentenschrank der Praxis bediente.

Aus dem überquellenden Mülleimer unter der Spüle, der in der sonst so ordentlich zurückgelassenen Wohnung fehl am Platz wirkte, zog Johanna einen silbernen Bilderrahmen heraus. Das Foto darin zeigte Dr. Lehmann und Beate Grunau in festlicher Kleidung.

Ich hätte Lehmann glauben sollen. Dann wäre Leonie jetzt vielleicht nicht in Gefahr.

Mit lautem Fluchen machte Johanna ihrer Anspannung Luft. Sie wollte zurück ins Präsidium. Die Zeit drängte. »Hast du noch irgendwas gefunden?«, fragte sie den Kollegen im Esszimmer. »Sonst brechen wir hier jetzt ab.«

Auf dem Weg nach unten kam ihnen vom Erdgeschoss her Philipp entgegen.

»Was ist das?« Sie deutete auf den Karton, den der Kollege jetzt mit nach draußen brachte.

Er zog einen Laptop heraus. »Ein neues MacBook! Würde ich mir auch gern holen. Aber die Dinger sind mir zu teuer. Warum bewahrt sie das im Keller auf?«

»Weil es aus dem Einbruch bei unserem Mordopfer stammt«, murmelte Johanna geistesabwesend. *Sie hat Yvonne Hendricks getötet. Das ist der Beweis.*

Im Hausflur rauschte das Funkgerät.

»Wir kommen«, hörte Johanna die Stimme des älteren Kollegen. »Wir sind in zehn Minuten da.«

»Was ist los, Horst?« Philipp schob den Karton neben den Küchenmüll in Johannas Kofferraum.

»Im Brachter Wald wurde eine Leiche gefunden. Weiblich, circa –«

»Weiblich?« Die Panik schlug wie eine gewaltige Welle über Johanna zusammen. Reflexhaft suchte sie Halt an der Karosserie.

Horst kräuselte spöttisch die Lippen. »Für ’ne Kripofrau bist du aber zartbesaitet. Ist nicht eure Vierzehnjährige.«

Sie sank auf der Kante des Kofferraums in sich zusammen.

»Alles in Ordnung mit dir?« Philipp hockte sich vor ihr hin. Er sah besorgt aus.

»Ist nur die blöde Erkältung. Geht schon wieder.« Sie musste sich zusammenreißen. Die Tote war nicht Leonie.

»Philipp, komm! Wir müssen den Fundort sichern. Wir sind am nächsten dran.«

»Kommst du zurecht?« Der junge Polizist zögerte. »Wie lange brauchen deine Kollegen noch?«

Johanna stemmte sich von der Kante des Kofferraums hoch. »Keine Sorge. Hau schon ab.«

Sie sah dem Streifenwagen hinterher, der mit Blaulicht und Martinshorn in Richtung Brachter Wald raste. *Es ist nicht Leonie. Nicht Leonie.* Sie durfte keine Zeit verlieren. Wohnung versiegeln, KTU informieren, ins Präsidium fahren. Wo war eigentlich der Zettel mit den Flugdaten? Sie schleppte sich zurück in die Wohnung.

Gut. Der Kollege hatte mitgedacht. Das Blatt lag in einer Asservatentüte auf dem Esstisch. Beim Verlassen der Wohnung fiel Johannas Blick auf ein Foto neben dem Garderobenspiegel: Zwei Mädchen, das ältere an der Schwelle zur Pubertät, das jüngere im Kindergartenalter, blickten ernst in die Kamera. Das ältere sah bleich und streng aus; die schmalen Lippen waren aufeinandergepresst. Das musste Beate Grunau mit zwölf oder dreizehn Jahren sein. Das jüngere Mädchen hatte kaffeebraune Haut und wilde schwarze Locken. Sie saßen eng beieinander auf einem Bett und hielten sich an den Händen. Bettgestell und Nachttisch sahen nach Krankenhaus aus.

Will sie deshalb nach Afrika? Wer ist das farbige Mädchen?

Johanna nahm den Rahmen von der Wand, versiegelte die Wohnungstür und wählte Kivelitz' Nummer. Endlich war die Leitung frei.

***

Axel schloss behutsam die Tür von Cornelia Grubers Büro hinter sich und ließ die Atemluft durch seine gespitzten Lippen ausströmen. Grässlich, dem Ehemann einer verschwundenen Frau gegenüberzusitzen, während gleichzeitig die Meldung über einen Leichenfund reinkam. Seine Chefin hatte ihm das Fax mit einem warnenden Blick weitergereicht. Dr. Lehmann sollte nichts von der Toten erfahren, bevor die Identität nicht geklärt war. Aber Alter und äußere Merkmale passten zu seiner Frau.

»Verdammt noch mal, Patrick. Was ist da los?« Er legte Kivelitz das Foto aus Lehmanns Brieftasche neben die Tastatur und setzte sich auf die Kante des Schreibtischs. »Noch eine Tote. Wenn das wirklich die Frau des Arztes ist, kann das kein Zufall sein.«

Vielleicht hat Johanna recht. Vielleicht habe ich mich zu früh auf Majewski festgelegt.

»Die vermisste Birgit Lehmann?« Patrick saß mit hektischen roten Flecken im Gesicht hinter drei riesigen Bildschirmen und öffnete schon seine zweite Flasche Cola.

Noch einer im Stress, dachte Axel und nahm ihm die Flasche aus der Hand. »Yep. Offiziell für die Suchmeldung. Aber maile es vorher mal den Gladbacher Kollegen, die in den Brachter Wald gefahren sind.«

Kivelitz legte das Foto in den Scanner. »Johanna versucht übrigens die ganze Zeit, dich zu erreichen. Die Tochter von André Majewski ist seit gestern Abend spurlos verschwunden.«

Leonie Majewski? Axel wurde unruhig. Jetzt auch noch ein vermisster Teenager. Hastig nahm er einen großen Schluck aus Kivelitz' Cola. Essen würde heute vermutlich flachfallen.

»Außerdem hat Johanna das Smartphone und die gestohlene IT der Kinderärztin gefunden«, fuhr Patrick fort.

Axel verschluckte sich fast beim Trinken. »Wo hat sie das denn her? Wo steckt sie eigentlich?« Magensäure stieg hinauf in seine Speiseröhre. Ärgerlich stellte er die Cola zurück auf den Schreibtisch.

»Vor fünfzehn Minuten war sie auf jeden Fall in Brüggen.« Kivelitz ignorierte das Klingeln seines Telefons. »Da hat sie die Wohnung von einer …«, er schaute auf seine Notiz neben der Tastatur, »Beate Grunau durchsucht. Die hatte das Zeug im Keller. Und ist wahrscheinlich auf der Flucht, auf jeden Fall hat sie ein Flugticket für heute Nachmittag.«

Dann stand die Angestellte jetzt unter dringendem Tatverdacht im Tötungsdelikt Yvonne Hendricks. Und wenn Dr. Lehmann recht hatte mit seinem Verdacht … Axel hatte das Gefühl, dass sein Magen von einer Faust zusammengepresst wurde. War Beate Grunau ein zweites Mal zur Täterin geworden?

»Haben wir was über sie in der Datenbank?« Er musste Johanna unbedingt zurückrufen. Aber das Diensthandy lag noch zum Laden in seinem Büro.

Kivelitz klickte sich so schnell auf zwei Bildschirmen gleichzeitig durch diverse Datensätze, dass Axel schon beim Zuschauen konfus wurde. »Sie ist Anfang der Achtziger mal mit dem Betäubungsmittelgesetz in Konflikt geraten«, fasste Patrick zusammen. »Damals hat sie an ihrer Arbeitsstelle Medikamente gestohlen und vertickt, weil sie Schulden hatte. Aber viel interessanter ist das hier.« Er deutete mit dem Kinn auf den mittleren Bildschirm. »1975 war sie Opfer einer Straftat. Der Lebensgefährte ihrer Mutter hat sie krankenhausreif geprügelt. Ist dann wegen Kindstötung und versuchten Totschlags zu zehn Jahren Haft verurteilt worden.«

»Kindstötung?« Axel spürte das Kribbeln in seinen Armen. So einem Typen hatte er als junger Polizist mal eine reingehauen. Und er war sich bis heute nicht sicher, ob ihm das nicht wieder passieren könnte.

»Ein Säugling. Ist an einem Schütteltrauma gestorben.«

»Was für eine brutale Scheiße.« Häusliche Gewalt. »Wie alt war Beate Grunau da?«

»Zwölf. Sie hat ein halbes Jahr mit Knochenbrüchen und inneren Verletzungen im Krankenhaus gelegen.« Kivelitz schickte die Mail mit dem eingescannten Foto von Frau Lehmann raus. »War aber nicht hier, sondern in Landshut.«

Deshalb der bayerische Akzent. »Danke, Patrick. Ich fahr jetzt zum Fundort. Sag Bescheid, wenn klar ist, ob die Tote Birgit Lehmann ist.« *Aber vorher rufe ich Johanna zurück.*

Im Gang dachte Axel über Beate Grunau nach. Bis auf das kleine BtM-Vergehen war sie völlig unauffällig geblieben. Aber so frühe und massive Gewalterfahrungen ließen sich nie ganz aus dem Gedächtnis löschen. Manchmal reichte schon ein kleiner Auslöser, dass sich ein Trauma Bahn brach und zu Handlungen führte, die für einen Außenstehenden kaum nachvollziehbar waren.

Vor der Tür seines Büros wartete Ostermann mit zwei Jugendlichen auf ihn. »Ich hab gerade gar keine Zeit, Tom. Können wir das später machen?«

Der Kollege sah ihn triumphierend an. »Nee. Ist wichtig. Geht um eine Aussage zum Fall Hendricks.«

Mussten die Teenager ausgerechnet jetzt damit vorbeikommen? Axel schaute in ihre Gesichter. Das Mädchen sah verängstigt aus. Der Junge, der etwa im Alter seines Sohnes sein musste, gab sich cool. »Warum nimmst du die Aussage nicht selbst auf?«, fragte er Tom. Er wollte die Gladbacher Kollegen nicht warten lassen.

»Frau Brenner hat gesagt, wir sollen mit Hauptkommissar Holtz reden. Wegen Leonie.« Das Mädchen spielte nervös an seinen Haaren herum.

Frau Brenner. Dann hatte Johanna schon mit den Teenies gesprochen? »Ihr seid also Freunde von Leonie Majewski. Habt ihr sie als vermisst gemeldet?«

»Die ist wahrscheinlich abgehauen«, warf Ostermann ein. Er lehnte mit verschränkten Armen an der Wand. »Hat sie auch allen Grund zu. Erzählt ihm mal, was ihr für 'n Mist gebaut habt!«

Dem Mädchen stieg das Blut in die Wangen. »Leonie würde niemals abhauen«, beteuerte es.

Der Junge kaute auf einem Kaugummi herum und gab sich alle Mühe, unbeteiligt zu wirken. »Wir haben bloß 'n Phone gehackt«, nuschelte er. »Sonst nix.«

»Moment mal.« Axel dämmerte etwas. »Redest du vom Smartphone der getöteten Kinderärztin?« So was Saudummes hätte David auch einfallen können.

Der Junge zuckte die Schultern und konzentrierte sich auf sein Kaugummi. Das Mädchen begann zu weinen.

»Und jetzt ist Leonie weg«, schluchzte sie.

So gerne Axel sich um sie gekümmert hätte, er musste dringend los.

»Ist die Fahndung nach ihr schon raus?«, fragte er Tom.

Ostermann runzelte die Stirn. »Hältst du das nicht für ein bisschen übertrieben? Sie ist noch keine vierundzwanzig Stunden weg.«

»Nein, das halte ich nicht für übertrieben.« Toms Ärger auf Johanna hatte bei der Arbeit nichts zu suchen. »Sie ist vierzehn Jahre alt. Und ihr Verschwinden steht im Zusammenhang mit einem Tötungsdelikt.«

Das Mädchen schluchzte heftiger. Ihr Bruder legte ihr einen Arm um die Schultern.

»Du kümmerst dich jetzt um die beiden und nimmst ihre Aussage auf, Tom! Nimm dir einen Kollegen dazu. Oder frag die Chefin.«

Ostermanns Gesicht wurde immer verschlossener.

»Wir sollen auch meinen Kumpel noch holen«, warf der Junge ein.

»Kumpel? Was hat der damit zu tun?«

»Er hat uns beim Hacken geholfen. Ihre coole Kollegin sagt, ich soll Ihnen die Adresse geben.«

Coole Kollegin. Soso. Axel verkniff sich das Grinsen. Kivelitz tauchte am Ende des Flurs auf. Er hielt das Foto von Birgit Lehmann hoch und nickte.

»Scheiße«, rutschte es Axel heraus. Dann sah er die erschrockenen Blicke der Jugendlichen. »Hat nichts mit eurer Freundin zu tun. Aber besprecht bitte alles mit meinem Kollegen hier. Herr Kivelitz ist eh viel besser für so was geeignet als ich.« In seinem Büro sammelte er im Laufschritt Diensthandy und Jacke ein. »Denk dran, die Eltern zu informieren«, rief er Ostermann auf dem Weg nach draußen zu.

Die Stimme von Johanna auf der Mailbox war heiser und undeutlich. Wenn er sie richtig verstand, war sie gerade mit einem Kofferraum voller Beweismittel im Privat-Pkw auf dem Weg ins Präsidium. Er wählte ihre Nummer. Mailbox. Heute war aber echt der Wurm drin.

***

Johanna fuhr genervt durch den gefühlt fünfundzwanzigsten winzigen Ortskern. Hier hatte jedes Dorf seine eigene kleine Backsteinkirche. Und an jeder Kreuzung eine Ampel. Sie war nicht die Einzige, die an diesem Freitagvormittag den Unfallstau auf der Autobahn umfahren wollte. »Ja, ist gut, Lars«, sagte sie in die Freisprechanlage. »Ich gebe die Sachen direkt in der KTU ab. Kann aber dauern. Vollsperrung der A 52. Ich kurve hier gerade durch die Walachei.«

Oehmen lachte. »Dito. Ich bin in Gegenrichtung unterwegs. Vielleicht begegnen wir uns ja. Wo steckst du gerade?«

Johannas Schädel dröhnte. Alle Geräusche drangen nur gedämpft durch ihre zugeschwollenen Gehörgänge. Mühsam hielt sie das Zittern unter Kontrolle, das begonnen hatte, als Patrick ihr vorhin gesagt hatte, dass die Tote im Wald Birgit Lehmann sei.

»Viersen-Boisheim. Ah, verdammt!« Johanna stieg in die Bremsen. Der Wagen kam um Haaresbreite vor einem Kinderwagen zum Stehen. Die Mutter sah sie erschrocken an und nahm ihre Kopfhörer aus den Ohren.

»Alles in Ordnung bei dir?« Oehmens Stimme in der Freisprechanlage holte Johanna aus der Erstarrung.

»Ja, ist noch mal gut gegangen. Wie kann man mit Kinderwagen und Ohrstöpseln einfach so auf die Straße rennen?« Sie schaute in den Rückspiegel. Glück gehabt, dass der schwarze SUV hinter ihr noch rechtzeitig hatte bremsen können.

»Die jungen Leute von heute.« Oehmen lachte. »Ich muss weitermachen. Pass auf dich auf!«

Wo war das verflixte Paracetamol? Johanna ließ die Straße nicht aus den Augen, während sie ihren Rucksack vom Beifahrersitz herüberzog und darin wühlte. Das Fieber war gestiegen, und sie hatte Schüttelfrost. Vielleicht hatte sie die Frau auch deshalb zu spät gesehen. Sie verließ Boisheim und entschied sich, weiter auf der Landstraße zu bleiben. Der SUV setzte gerade zum Überholen an, als ihr Handy klingelte.

Axel! Endlich!

Sie stieß den Rucksack zurück auf den Beifahrersitz und griff nach ihrem Diensthandy. Ihr Auto erhielt einen Stoß von links. *Was soll das?*

Johanna umklammerte das Lenkrad und versuchte, den Golf

in der Spur zu halten. Der SUV war bestimmt doppelt so schwer. Der zweite Stoß erwischte sie heftiger. Sie ging aufs Gas. Und hatte doch keine Chance gegen den PS-stärkeren Wagen, der mühelos mit beschleunigte. Aus den Augenwinkeln nahm sie eine Frau mit Kopftuch und Sonnenbrille wahr.

Beim dritten Stoß verloren die Reifen auf der rechten Seite den Halt. Der Wagen geriet ins Schlingern. Einem Baum konnte Johanna noch ausweichen, dann kippte der Horizont.

Sofort war alles wieder da. Die Schreie ihrer Freunde. Das Gefühl brechender Knochen. Die panische, namenlose Angst.

Nicht noch einmal. Bitte nicht.

Etwas Hartes flog gegen ihren Kopf, die Landschaft verschwamm vor ihren Augen. Dann verlor Johanna das Bewusstsein.

Ein Stechen in der linken Schulter brachte sie wieder zur Besinnung. Jemand machte sich an ihren Händen zu schaffen. Sie öffnete mühsam die Augen. Die Helligkeit ließ den Schmerz in ihrem Kopf explodieren.

Was ist passiert? Bin ich verletzt?

»Da sind Sie ja wieder«, sagte eine Stimme. »Wo haben Sie das Handy?«

Die Frau tastete ihren Oberkörper ab, öffnete ihren Parka. Johanna wollte sie abwehren, aber sie konnte ihre Hände nicht bewegen. Diesmal zwang sie sich, die Augen geöffnet zu halten. Ihre Hände waren ans Lenkrad gefesselt.

Ich bin nicht bewaffnet. Ich habe keine Chance.

Sie zerrte an den Knoten an ihren Handgelenken. Der scharfe Schmerz in der Schulter nahm ihr erneut fast das Bewusstsein.

»Sie sollten besser still halten, Frau Brenner. Sie haben sich das Schlüsselbein gebrochen.«

Tatsächlich. Jetzt konnte sie die Stimme zuordnen. Das war Beate Grunau. Die löste gerade den Gurt und beugte sich in den Fahrerraum, um die Innentaschen ihres Parkas zu durchsuchen.

Wie hat sie mich gefunden? Leonie …

In Johannas Ohren fiepte es. Sie zitterte am ganzen Körper. Als sie sprechen wollte, kam nur ein krächzender Laut heraus.

»Das ist der Schock.« Beate Grunau schob ihre verspiegelte Sonnenbrille auf die Stirn und beugte sich in den Fußraum hinunter. Mit dem Foto aus ihrer Wohnung in der Hand tauchte sie wieder auf.

»Weshalb haben Sie das mitgenommen? Das geht Sie nichts an.« Sie klang wütend. Verletzt.

»Afrika?«, flüsterte Johanna. Vorsichtig versuchte sie, ihre Beine zu bewegen. Außer einem Druckgefühl im Knie hatte sie keine Schmerzen. Gut. Die Beine hatten nichts abbekommen. *Sprich mit ihr! Du musst mit ihr reden, zu ihr durchdringen. Das ist deine einzige Chance.*

»Wo haben Sie das Handy der Hendricks?« Beate Grunau legte das Foto auf dem Wagendach ab.

Vielleicht war es besser, kooperativ zu sein. Die Beweismittel konnte sie eh nicht mehr retten. »In meinem Rucksack.«

»Und wo ist der?«

Johanna schaute sich im Innenraum des Wagens um. Sobald sie den Kopf drehte, wurde ihr übel. »Der war eben noch auf dem Beifahrersitz.« Sie lehnte sich wieder an der Kopfstütze an und versuchte, Beate Grunau in die Augen zu sehen. Die wich ihrem Blick aus. Ihr Gesicht hatte etwas Sachliches. Undurchdringliches. Sie ging um den Wagen herum und öffnete die Beifahrertür. Der Rucksack fiel heraus, offenbar hatte er zwischen Sitz und Karosserie geklemmt.

Während Grunau ihn öffnete und den Inhalt auf die Sitzfläche kippte, warf Johanna im Rückspiegel einen Blick auf ihre geschwollene Nase. Irgendwie schief. Darunter Blut. Was auch immer ihr bei dem Unfall ins Gesicht geknallt war, es musste ihr Nasenbein gebrochen haben. Jetzt kriegst du endgültig nur noch Luft durch den Mund, dachte sie.

Beate Grunau wühlte in Taschentüchern, Portemonnaie, Medikamenten und Asservatentüten. Fluchte.

»Seitentasche«, wisperte Johanna. Allmählich ließ das Schlottern nach. »War es das, was Sie gestern Abend von Leonie Majewski wollten?« Sie deutete mit dem Kinn auf das iPhone, das Grunau gerade in ihre eigene Manteltasche steckte. »Was haben Sie mit dem Mädchen gemacht? Wo ist es?«

Beate Grunau antwortete nicht. Stattdessen griff sie nach dem Diensthandy, das zwischen den anderen Sachen auf dem Beifahrersitz lag, und öffnete das Gehäuse.

»Dr. Hendricks wollte Sie anzeigen. Und Ihnen kündigen.« Johanna ließ den Blick nicht von ihr. »Haben Sie sie deshalb getötet?«

Die winzige Sim-Karte fiel Grunau aus der Hand. »Ach, verdammt!« Ihre Finger zitterten, als sie sie aufhob und versuchte, sie zu zerbrechen.

»Sie hätte Ihr ganzes Leben kaputtgemacht«, fuhr Johanna fort. »Mit Mitte fünfzig und einer Anzeige am Hals hätte Sie niemand mehr eingestellt.«

Beate Grunau brach sich den Nagel des Zeigefingers an der Sim-Karte ab. Auf ihrer Stirn stand Schweiß. »Die feine Frau Doktor. Hat gedacht, sie ist was Besseres. Die wollte mich von Anfang an loswerden.« Wieder rutschte die Karte aus ihren Fingern.

Sie ist nervös. »Vielleicht mit den Zähnen«, schlug Johanna vor.

»Sie hat behauptet, ich würde trinken. Ich wär nicht tragbar für die Praxis.« Sie biss auf die Sim-Karte. Endlich knackte es. »Alles gelogen! Sie wollte mich bloß demütigen.«

Die Wodkaflaschen in der Wohnung sprachen eher dafür, dass die Kinderärztin recht gehabt hatte. Aber Johanna schwieg.

»Der kam es doch gerade recht, dass die Akte vom kleinen Fink aufgetaucht ist.« Grunau warf die beiden Teile der Sim-Karte hinter sich ins Feld. »Das wollte sie natürlich mir anhängen anstatt Lehmann. Die Großen lässt man laufen, die Kleinen hängt man. War doch immer schon so.« Sie sah zur Straße hoch. Das Gelände war zum Wald hin abschüssig. Der Wagen stand so tief in einer Senke, dass niemand auf ihn aufmerksam wurde.

»Dr. Lehmann hätte sich nicht aus seiner Verantwortung stehlen können«, sagte Johanna leise. Ihr Hals brannte. Das

Sprechen strengte sie an. »Bei einer Anzeige wäre rausgekommen, dass er einen Fehler begangen hat.«

»Lehmann«, spuckte Beate Grunau aus. »Der ist doch genauso verlogen wie alle anderen.« Sie verschwand aus Johannas Blickfeld. Ein Luftzug ging durch den Wagen, als sie den Kofferraum öffnete. »Ich wäre elendiglich krepiert. Wie meine Mutter«, zischte sie von hinten. »Lieber wäre ich vom Hochhaus gesprungen.«

Ihre Mutter? Egal, da konnte Johanna nicht nachfragen. Sie musste sich auf das Wesentliche konzentrieren. *Woher wusste sie, dass ich das iPhone und die Beweismittel im Auto habe?* Plötzlich fiel ihr der Schatten im Schulflur wieder ein.

»Hat Leonie Ihnen verraten, dass ihre Freundin das Smartphone hat?«, fragte sie, so laut es ihre Stimme zuließ. »Waren Sie deshalb heute Morgen im Gymnasium?«

Beate Grunau kam mit dem Karton aus dem Kofferraum vor die Fahrertür. »Sie hat mich belogen. Aber ich habe dem Mädchen nichts getan.« Oben fuhr donnernd ein Lkw entlang. »Ich habe sie nur festgesetzt, damit sie mich nicht verraten kann, bevor ich weg bin.« Mit großen Schritten ging sie die Böschung hinauf zur Straße.

Dann lebt sie. Leonie lebt! Die Erleichterung gab Johanna neue Kraft. Vielleicht konnte sie ihre Hände befreien. Sie schob die rechte Hand am Lenkrad entlang nach oben, bis sie mit den Fingerspitzen an den Knoten der linken gelangte. Das Seil war glatt und ließ sich gegeneinander verschieben.

»Lassen Sie das!« Grunau war zurück und zog den Knoten fester an.

»Sperren Sie mich zu ihr!«, schlug Johanna vor. »Dann können Sie sicher sein, dass mich niemand findet, bis Ihr Flug geht.« Zu zweit würden sie sich vielleicht befreien können. Und die Kollegen wussten längst Bescheid. Sie würden Beate Grunau spätestens am Flughafen festnehmen.

»Unterschätzen Sie mich nicht, Frau Brenner. Den Fehler hat schon Dr. Lehmann gemacht.«

War das eine Drohung? Wollte sie sie töten? Wie Yvonne

Hendricks und – Johanna begann wieder heftig zu zittern – Birgit Lehmann?

***

Die tote Birgit Lehmann sah friedlich aus, als hätte sie sich unter dem Baum nur ein wenig ausruhen wollen. Ihr Kopf war auf einer Wurzel abgelegt. Der Körper mit einem Mantel zugedeckt, dessen oberster Knopf abgerissen war. Die Kollegen der Gladbacher Kripo hatten bereits begonnen, den Fundort zu sichern, als Axel eintraf.

Um keine Spuren zu verwischen, blieb er in einiger Entfernung stehen und wählte noch einmal Johannas Nummer. »Der Teilnehmer ist vorübergehend nicht zu erreichen.« Verflucht! Was bedeutete das nun wieder? Erst rief sie ihn tausendmal an. Und dann machte sie ihr Diensthandy aus? Das ergab keinen Sinn.

»Wer hat sie gefunden?«, fragte er einen jungen Kollegen der Schutzpolizei, der an der Absperrung frierend von einem Bein aufs andere trat.

»Eine Spaziergängerin mit Hund. Die stand unter Schock. Wir haben nur ihre Personalien aufgenommen und sie vom Notarzt nach Hause bringen lassen.«

»Dann wart ihr als Erste hier?«

»Jau. Wir sind von der Dienststelle Brüggen.«

Axel blieb hinter der Absperrung und ließ den Fundort auf sich wirken. Zumindest aus der Entfernung sah er keine Anzeichen äußerer Gewalt an der Toten. Eine Kollegin fotografierte gerade Reifenspuren, die fast bis zum Leichnam reichten. Er ging in die Hocke, um den Untergrund gegen das Licht zu betrachten. Da waren Fußabdrücke und jede Menge abgeknickter Gräser und Pflanzenstängel. Nichts sprach dafür, dass die Frau des Arztes an diesem regnerischen Novemberabend gestern freiwillig in den Wald gekommen war. Es musste stockfinster gewesen sein. Und sie hatte unter schwerem Asthma gelitten, wie ihr Mann vorhin erwähnt hatte.

»Ganz schön was los bei euch diese Woche«, sagte der

Schutzpolizist, dessen Namensschild ihn als »P. Hannig« auswies. »Erst die tote Kinderärztin. Dann entführt die mutmaßliche Täterin einen Teenager. Und jetzt das.«

»Wieso ›entführt‹?«, fragte Axel. Bislang galt Leonie Majewski offiziell nur als vermisst.

»Deine Kollegin hat doch in der Wohnung dieser Beate Grunau nach Hinweisen auf ein Versteck gesucht.«

»Dann habt ihr KOK Brenner bei der Durchsuchung unterstützt?« Vielleicht konnte Hannig ihm weiterhelfen, wenn Johanna schon nicht erreichbar war.

»Bis wir hierher gerufen wurden«, bestätigte der.

»Und? Habt ihr was gefunden?«

Der Kollege sah ihn irritiert an. »Nur Beweismaterial, das mit der Kinderärztin zu tun hat. Habt ihr denn noch gar nicht miteinander gesprochen?«

Axel scharrte mit dem Fuß ein paar vertrocknete Blätter zusammen. »Ich kann sie nicht erreichen. Allmählich mache ich mir Sorgen.«

Hannig rieb sich frierend die Oberarme. »Sie wollte die Wohnung versiegeln und dann zurück nach Krefeld fahren. Sah ziemlich fertig aus. Erkältet. Ich hab kurz gedacht, die klappt uns zusammen.«

Das klang nicht beruhigend. Dann müsste Johanna längst im Präsidium angekommen sein. KHK Heisenberg, leitender Ermittler der Gladbacher Kripo, kam jetzt auf Axel zu und bestätigte ihm das Fehlen äußerer Verletzungen. »Wir müssen abwarten, was die Rechtsmedizin sagt«, schloss er. »Ihr vermutet einen Zusammenhang mit der Frauenleiche in Geldern?«

Der Kleinbus der Spurensicherer, der im Schritttempo über den Waldweg kroch, lenkte Axel ab. »Lass uns später reden. Das gibt bestimmt eine gemeinsame Moko.«

Heisenberg streckte zustimmend einen Daumen in die Höhe und ging zurück zu seinen Spusi-Leuten.

»Wäre gut, wenn ich den ungefähren Todeszeitpunkt wüsste«, rief Axel ihm hinterher. »Dann haue ich wieder ab.« Er wählte erneut Johannas Nummer. Wieder nur die Mailbox.

Der durchdringende Gesang eines Vogels lenkte seinen Blick in die Baumkronen. Sonnenstrahlen brachen durch die Wolken und ließen die letzten Regentropfen auf den Ästen glitzern. Die Luft duftete nach Erde und Moos. Ein friedlicher Ort, dachte er. All diese Bäume waren vermutlich älter als er selbst. Und älter als die Frau, die dort lag.

Auf der kleinen Lichtung setzte die ruhige Betriebsamkeit der Spurensicherer ein. Einer von ihnen zog vorsichtig den durchnässten Mantel der Toten zur Seite.

»Sie muss mindestens sechzehn Stunden tot sein«, rief er kurz darauf mit dem Thermometer in der Hand herüber. »Vielleicht etwas länger.«

Dann war Birgit Lehmann vor zwanzig Uhr gestern Abend gestorben. So früh? Die Streifenkollegen hatten sie noch um halb sieben bei der Nachbarin angetroffen. Danach musste sie in ihr Haus rübergegangen sein und eine Tasche mit Sachen für ihren Mann zusammengepackt haben. War sie bereits dort getötet worden? Axel wollte gerade im Präsidium anrufen, als Hannig ihm vom Streifenwagen aus aufgeregt winkte.

»Es gab einen Unfall. Ein weißer Golf, Kennzeichen ›Berlin – JB – 456‹. Ist das nicht deine Kollegin?«

Nicht auch noch ein Unfall. Er lief zum Streifenwagen hinüber. »Wo?«

»An der B 509 zwischen Boisheim und Lobberich.« Hannig legte das Funkgerät beiseite.

»Ist meine Kollegin verletzt?«

»Wissen wir nicht. Der Wagen liegt im Feld, der muss sich überschlagen haben. Aber da ist niemand.«

Der grauhaarige Kollege, der an der Motorhaube des Streifenwagens lehnte und rauchte, ließ sich nicht aus der Ruhe bringen. »Vielleicht hat sie jemanden angehalten und ist auf dem Weg ins Präsidium.«

»Gab es einen Notruf bei der Leitstelle?« Axel konnte sich nicht vorstellen, dass Johanna ohne Not die Beweismittel zurückgelassen hätte.

»Nee.« Im Gegensatz zu seinem älteren Kollegen wirkte

Hannig besorgt. »Kein Notruf. Der Wagen wurde erst vor zehn Minuten von einem Lkw-Fahrer entdeckt, der sich die Füße vertreten wollte.«

Vielleicht war es wirklich nur ein Unfall, den Johanna unverletzt überstanden hatte. Aber Axel konnte das Gefühl, dass etwas außer Kontrolle geraten war, nicht abschütteln. Was, wenn Beate Grunau doch noch einmal in ihre Wohnung zurückgekehrt war? Und Johanna sich an ihre Fersen geheftet hatte, weil sie Leonie Majewski finden wollte?

Er griff nach dem Funkgerät. »Zentrale? Hier KHK Holtz vom KK11 Krefeld. Der Wagen gehört meiner Kollegin. Möglicherweise liegt eine Straftat vor. Bitte nichts verändern! Ich bin schon auf dem Weg zur Unfallstelle.«

»KHK Holtz. Zentrale hat verstanden.« Die Verbindung unterbrach mit einem Klacken.

Im Wagen brach Axel der Schweiß aus. Dieses Flattern in seinen Eingeweiden war vertraut. Seit der Sache mit Grimme hatte er es jedes Mal, wenn ein Kollege in Gefahr war. Johanna war unbewaffnet. Und sie war allein.

Matthias hat auch seine Waffe nichts genutzt, dachte er und setzte auf dem Waldweg zurück. Aber wie hätte er ahnen sollen, dass die neue Kollegin eine heiße Spur verfolgte?

***

Uwe Lehmann presste mit dem Handrücken gegen den Türöffner und ging wie ferngesteuert durch die Doppeltür des Präsidiums nach draußen. Jenseits des überbauten Eingangs empfing ihn gleißender Sonnenschein.

Zu hell. So viele Autos. Zu laut.

Er schirmte seine Augen mit einer Hand an der Stirn ab und setzte mechanisch einen Fuß vor den anderen. Vorbei an den Flaggen mit dem Polizeiwappen. Vorbei an dem mit Zacken besetzten Tor, das den Parkplatz der Streifenwagen von der Straße trennte. Vorbei auch an seinem eigenen Auto, dessen Parkticket längst abgelaufen sein musste.

Birgit lebt nicht mehr. Sie ist tot. Birgit tot …

Der Sinn der Worte, die sich fortwährend in seinem Kopf drehten, ging im Lärm der Straßenbahn unter. Ein Autofahrer hupte. Ein Radfahrer wechselte auf den Bürgersteig und fuhr so nah an ihm vorbei, dass er zusammenschrak.

Alles zu viel.

Seine Sinne waren geschärft, als hätte jemand einen Lautstärkeregler hochgedreht. Lehmann kreuzte eine Querstraße. Vor dem Kiosk unterhielt sich lautstark eine Gruppe junger Männer in einer fremden Sprache. Die Stimmen dröhnten in seinen Ohren. Hastig lief er weiter. Vorbei an der Bushaltestelle, an der eine einzelne Frau mit mehreren grünen, prall gefüllten Plastiktüten wartete. Vorbei an dem verlassenen Gebäude eines in Konkurs gegangenen Besteckherstellers. Vorbei an einer Schnapsflasche, die in der quadratisch beschnittenen Buchsbaumhecke lag. Vor dem Kreisverkehr hielt er inne.

Wohin? Gehen, immer weiter, aber wohin?

Frau Gruber hatte ihn gefragt, ob er erst mal bei seinen Kindern unterkommen könne. Oder bei Freunden. Sein Haus sei ein potenzieller Tatort, an dem Spuren gesichert werden müssten.

Mein Haus. Das unser Haus war. Hätte ich das nicht spüren müssen, wenn Birgit dort gestorben ist?

Er hatte der Kriminaldirektorin wortlos seine Schlüssel in die Hand gedrückt. Die fürs Haus. Und die für die Praxis. Als sie ihm angeboten hatte, ihn von Kollegen fahren zu lassen, hatte er nur stumm den Kopf geschüttelt.

Wohin denn? Wohin?

Uwe Lehmann wartete, bis beide Spuren des Kreisverkehrs frei waren. Dann überquerte er die Straße, die Schienen der Straßenbahn. In der kleinen Parkanlage im Innern des Runds setzte er sich auf die erste Bank. Die Sitzfläche war nass vom Regen. Egal. Er schloss die Augen.

Ruhe. Ein bisschen Ruhe.

In den Wald wäre er sofort gefahren. Dorthin, wo sie Birgit gefunden hatten. Er wollte sie sehen. Aber das durfte er nicht.

Spurensicherung. Sie seien noch nicht sicher, wo und wie sie gestorben war. Lehmann wusste nicht, ob er Frau Gruber das glauben sollte. Vielleicht verschwieg sie ihm etwas. Vielleicht wollte sie ihn schonen.

Ich bin Arzt. Ich weiß, wie der Tod aussieht.

Birgit. In ihrem dunkelgrünen Mantel. Sie würden jeden Zentimeter ihrer Kleidung, ihres Körpers, ihrer Haut und ihres Haars absuchen. Sie würden sie ausziehen. Sie aufschneiden und ausweiden. Jedes ihrer Körperteile wiegen, vermessen, fotografieren.

Es ist nur ihr Körper. Ihr toter Körper.

Lehmann konnte sich gerade noch zur Seite drehen. Er erbrach eine dunkle Flüssigkeit. Wischte sich den Mund mit einem Taschentuch ab. Die Gänseblümchen im Gras hatten jetzt dunkle Sprenkel.

Jetzt habe ich euch beschmutzt. Das tut mir leid.

Der Verkehr stockte. Ein Polizeiwagen fuhr mit Blaulicht in den Kreisverkehr ein und verließ ihn vor dem Landgericht wieder. Für ein paar Sekunden übertönte die Sirene die anderen Geräusche. Dann nahm alles wieder seinen gewohnten Rhythmus auf. Ein paar Schulkinder spielten um den Brunnen in der Mitte des Kreisverkehrs Nachlaufen.

Seine Söhne! Er musste sie anrufen. Lehmann tastete in der Jackentasche nach seinem Handy. Starrte auf das Display. Ließ die Hand zurück in den Schoß sinken.

Vielleicht wird alles wie vorher, wenn ich es niemandem erzähle. Als wäre nichts geschehen. Ungesagt gleich ungeschehen.

Vielleicht war Birgits Tod ja auch eine Strafe. Weil er gelogen hatte, als ein kleiner Junge gestorben war.

Unsinn. Du stehst unter Schock.

Die Nässe der Bank war durch seine Jacke und seine Hose gedrungen. Seine Frau würde mit ihm schimpfen. Man erkältet sich so leicht mit feuchter Kleidung auf der Haut. – Birgit. Jetzt konnte sie nicht mehr schimpfen.

Wir sind bloß ein Scherz der Natur. Tiere, die ein Bewusstsein entwickelt haben. Und darunter leiden müssen.

Uwe Lehmann verbarg sein Gesicht in den Händen und weinte.

***

Im Autoradio liefen die Dreizehn-Uhr-Nachrichten. Keine Meldung über eine Tote im Brachter Wald. Oder über ein vermisstes Mädchen. Johanna lag reglos auf der Rückbank des SUV. Ihre Handgelenke waren hinter dem Rücken zusammengebunden, über ihre Augen spannte sich ein Schal. Bei jedem Bremsmanöver stieß sie mit der lädierten Schulter gegen die Lehne, und der Schmerz nahm ihr fast den Atem.

Jetzt bloß nicht in Panik geraten. Du hast das Richtige getan. Sie bringt dich zu Leonie.

Johanna presste eine Schläfe gegen die Sitzfläche und versuchte, den Schal über ihren Augen einige Zentimeter nach oben zu schieben. Wenigstens den Untergrund wollte sie beim Aussteigen sehen können. Die Füße der Grunau. Das Auto fuhr nach längerem Stillstand an, stoppte aber nach ein paar Metern erneut.

»... immer noch Vollsperrung auf der A 52 in beide Richtungen. Die Bergungsarbeiten dauern voraussichtlich bis in den Nachmittag an«, erklärte der Sprecher der Verkehrsnachrichten. »Auch die Umleitungsstrecken sind inzwischen überlastet.«

»Ausgerechnet heute«, schimpfte Beate Grunau und schaltete das Radio aus. Johanna hörte, wie die Klappe des Handschuhfachs aufsprang, etwas fiel zu Boden.

Sie ist nervös. Vielleicht wird sie unachtsam.

»Sie haben noch Zeit, bis Ihr Flug geht«, sagte Johanna möglichst laut. Die Wolldecke, unter der sie versteckt war, wurde von ihrem Gesicht gezogen.

»Was haben Sie gesagt?«

»Sie werden Ihren Flug sicher erreichen.« Unter dem Schal hindurch konnte Johanna die Umrisse der Mittelkonsole wahrnehmen. Gut so. Sie sollte Beate Grunau in ein Gespräch verwickeln. »Namibia. Wollen Sie zu dem Mädchen auf dem Foto?«

Die Decke legte sich wieder über ihr Gesicht. Aber diesmal blieb ein Spalt offen, sodass Johanna den kühlen Luftzug spürte, als ein Fenster summend heruntenglitt.

»Zu Kira, ja. Meine Halbschwester heißt Kira.« Die Grunau fuhr langsam wieder an. Fummelte ein weiteres Mal am Handschuhfach herum.

Eine Halbschwester. »Dann kam Kiras Vater aus Afrika?«

Statt einer Antwort murmelte Beate Grunau etwas von »Raus mit dir«. Dann schloss sich das Fenster wieder. Im Wagen wurde es still.

»Sie stehen Kira nahe. Hat sie Sie damals im Krankenhaus besucht? Was ist Ihnen passiert? Ein Unfall?«, probierte Johanna es erneut. Das Sprechen strengte sie an. Sie musste den Hustenreiz unterdrücken. Ihre Bronchien machten gurgelnde Geräusche.

»Er hat mich halb totgeschlagen. Einer von Mutters Kerlen. Immer hat sie solche Männer angeschleppt. Die soffen und prügelten.«

Ob sie das eben mit »elendiglich krepiert« gemeint hat?

»Und zu allen sollte ich ›Papa‹ sagen. Sie hat nicht gerafft, was diese Männer für Schweine waren. Hat sich alles schöngesoffen.« Die Stimme der Grunau war voller Abscheu.

Alkoholmissbrauch. Gewalt. Vielleicht auch sexueller Missbrauch.

»Meist haben sie nur meine Mutter geschlagen, wenn sie betrunken waren. Aber Manni ist eines Tages komplett ausgerastet. Wie der mich angestarrt hat, als ich meine Geschwister aus der Wohnung schaffen wollte.« Ein bitteres Lachen. »Nicht mal, als das Baby tot war und das Jugendamt ihr die anderen Kinder weggenommen hat, hat sie aufgehört zu saufen. Das war doch keine Mutter.«

Beate Grunau fuhr immer ruckartiger. Unkonzentriert. Sie wechselte so schnell zwischen Beschleunigen und Abbremsen, dass der Schmerz Johanna die Luft nahm. Sie presste die Lippen zusammen. Bloß keinen Laut von sich geben. Sie wollte den Redefluss nicht unterbrechen.

»Nur ich musste zurück zu ihr. War ja die Älteste. Irgendwer musste sich ja um sie kümmern.«

Der Wagen fuhr ruhiger. Johanna atmete durch. Nie Kind sein dürfen. Rollentausch zwischen Mutter und Tochter. Typisch bei alkoholkranken Eltern.

»Wissen Sie, wie das ist? Wenn alle mit dem Finger auf einen zeigen. ›Ist das nicht die kleine Grunau, deren Mutter säuft? Deren Stiefvater sie halb totgeprügelt hat?‹« Sie standen wieder. Beate Grunau trommelte ungeduldig auf dem Lenkrad herum. »Selbst wenn man das Opfer war, ist man für immer beschmutzt.« Sie stieß lautstark Luft aus. »Aber mit siebzehn bin ich ausgezogen. In ein Schwesternwohnheim in Würzburg. Das war eine gute Zeit.«

Johanna konnte den Husten nicht länger unterdrücken. Die Stimme verschwand hinter ihren Atemgeräuschen.

»… hätte das nicht machen dürfen«, sagte Frau Grunau, als Johanna wieder etwas hören konnte. »Er hätte mich nicht benutzen dürfen.«

Einer ihrer Stiefväter? Sprach sie von Missbrauch?

»Die Praxis war doch unser gemeinsames Kind.«

Nein, sie spricht von Dr. Lehmann.

»Ich habe immer alles für ihn getan. Ich habe immer an unsere Zukunft geglaubt. Wenn seine Kinder groß sind, habe ich gedacht. Wenn es seiner Frau besser geht.« Der Wagen bewegte sich. »Dabei hat er mir die ganze Zeit nur was vorgemacht.«

Hass und Verzweiflung lagen in ihrer Stimme. Sie hat wirklich geglaubt, er würde sie lieben, dachte Johanna. *Sie* hat sich die ganze Zeit etwas vorgemacht. »Haben Sie Frau Lehmann in den Wald gebracht?«, fragte sie heiser.

»Sie hat nicht leiden müssen, Frau Brenner. – Muss denn jede Ampel auf Rot springen!« Sie bremste.

Johanna schauderte. *Nicht leiden müssen.* Was würde passieren, wenn sie an Leonies Versteck ankämen? Wollte sie sie dann auch *nicht leiden* lassen? Sie bewegte die Finger hinter ihrem Rücken, die sich allmählich taub anfühlten.

»Männer denken immer, sie kämen ungestraft davon.« Grunaus Stimme war näher an ihrem Gesicht. Sie musste sich umgedreht haben. »Nehmen sich, was sie wollen, und dann lachen sie noch über dich, weil du so blöd warst, es ihnen zu geben. Aber nicht mit mir. Ich lasse mich nicht länger zum Opfer machen.«

»Auch nicht zum Opfer von Yvonne Hendricks«, ergänzte Johanna.

Jemand hupte. Beate Grunau stieg so heftig aufs Gaspedal, dass Johanna gegen die Rückenlehne gepresst wurde. Diesmal schrie sie unwillkürlich auf.

»Seien Sie still!«, keifte die Grunau sie an.

Johanna war nicht sicher, ob sich die Aufforderung auf ihre Bemerkung zu Dr. Hendricks oder auf den Schrei bezog. Sie keuchte. Versuchte, den Schmerz zu ignorieren.

»Sie sollte nur auf die Anzeige verzichten. Ich hätte mir freiwillig eine neue Stelle gesucht. Aber bevor ich mit ihr reden konnte, stand Majewski neben ihr. Die haben gestritten. Und als sie dann mit der Kopfverletzung dalag ...«

Das Klacken des Blinkers kündigte eine Kurve an. Johanna verlagerte ihr Gewicht zum Vordersitz, um nicht wieder gegen die Rückenlehne zu stoßen.

»Das war wie ein Wunder. Ich dachte, sie ist tot und alles wird wie vorher. Endlich liefen die Dinge mal in meinem Sinne. Das war ausgleichende Gerechtigkeit.«

Der Wagen bog nach links ab. Johanna hatte das Gefühl für die Dauer der Fahrt und die Länge der Strecke längst verloren. Wie weit war es noch bis zu dem Versteck von Leonie? Das Mädchen war seit sechzehn Stunden verschwunden.

»Ich konnte nicht wieder zurück. Das war wie ein Reflex«, sagte Beate Grunau hart.

Der Wagen wurde langsamer. Wieder hörte Johanna das Geräusch des Blinkers. Nach dem Abbiegen ruckelten sie über unebenes Gelände. Dann keine Bewegung mehr. Kurz darauf stoppte auch das Motorgeräusch. Sie waren angekommen.

Ruhig. Ruhig atmen.

Sie konnte nichts planen. Sie musste ihrer Intuition vertrauen.

Darauf, dass sie im entscheidenden Augenblick richtig reagieren würde.

»Ja, Kira lebt in Namibia«, sagte die Stimme von vorne. »Sie ist zu ihrem Vater gegangen. Der war der Einzige, der nicht geprügelt hat.«

***

Beim Anblick von Johannas Wagen zog sich Axels Magen zusammen. Fahrertür und Beifahrertür standen offen. Der rechte vordere Kotflügel war komplett verbeult.

Wie ausgeweidet. Wehrlos. Ausgeliefert.

Er hob die Thermoskanne auf, die neben der Beifahrertür in der Wiese lag, und ging um den Golf herum. Auf der Fahrerseite zogen sich dunkle Farbspuren über den weißen Lack. Johanna musste von einem zweiten Fahrzeug von der Straße abgedrängt worden sein.

Wenn das Absicht war …

Die Polizistin, die auf den Wagen aufpassen sollte und neben einem Baumstumpf am Rande der Wiese geraucht hatte, kam zu ihm herüber. »Der gehört deiner Kollegin?«

Axel nickte. »KOK Johanna Brenner. War der Kofferraum leer, als du herkamst?«

»Bis auf eine Wasserflasche. Wir haben nichts rausgenommen.«

Die Beweismittel waren also verschwunden. Nur Beate Grunau konnte ein Interesse daran gehabt haben, sie an sich zu nehmen. »Und der Lkw-Fahrer, der das Unfallfahrzeug gefunden hat? Könnte er den Wagen nach was Brauchbarem durchsucht haben?«

Die junge Polizistin sah ihn gelangweilt an. »Glaube ich nicht. Er sagt, er hat nichts angerührt. Außerdem liegen auf dem Beifahrersitz Portemonnaie und Schlüssel offen herum.« Sie deutete auf Johannas Geldbörse.

Axel zog sich Handschuhe über und schaute hinein. Geld. Dienstausweis. Bankkarte. Alles noch da.

»Der Unfallverursacher war er auf jeden Fall nicht. Sein Truck war rot«, fügte die Polizistin hinzu. »Ich hab aber Personalien und seine Handynummer. Falls du selbst noch mal mit ihm sprechen willst.«

»Im Moment nicht.« Johanna war jetzt wichtiger. Der Airbag hatte ausgelöst und hing schlaff am Lenkrad herunter. Die roten Flecken mussten Blut sein. Zu wenig für eine größere Verletzung. »Hast du irgendeinen Hinweis, was meiner Kollegin passiert sein könnte?«

»Wir haben den Waldrand abgesucht. Da war niemand. Auch sonst keine Meldungen.« Sie musterte ihn forschend. »Du glaubst, dass der Unfall im Zusammenhang mit einer Mordermittlung steht?«

Er zuckte die Achseln. Er musste unbedingt in Erfahrung bringen, was für einen Wagen Beate Grunau fuhr. Die Lackspuren … »Ich brauche auf jeden Fall die Spurensicherung. Könntest du dich darum kümmern?«

»Klar. Mache ich.« Sie griff nach ihrem Funkgerät und zog sich zurück zu dem Platz, wo sie vorhin geraucht hatte.

Axel untersuchte den Fußraum auf der Beifahrerseite. Taschentücher. Medikamentenpackungen. Eine aufgerissene Tüte Hustenbonbons.

Wo steckst du, verdammt? Warum hast du keine Hilfe gerufen?

Er wählte Kivelitz' Nummer. »Hey, Patrick. Ich bin jetzt an der Unfallstelle. Es gibt fremde Lackspuren an der Fahrerseite. Muss natürlich die KTU ran, aber kannst du schon mal rauskriegen, was für einen Wagen diese Beate Grunau fährt?«

»Einen schwarzen SUV, Marke Nissan Qashqai, VIE-KG-63«, antwortete Kivelitz sofort. »Der ist schon in der Fahndung. Was ist passiert?«

»Das wüsste ich auch gern. Aber es könnte sein, dass diese Grunau Johanna von der Straße abgedrängt hat. Die Beweismittel sind verschwunden.« Unter Axels Fuß knackte es, als er erneut um den Wagen herumging.

»Und Johanna?«

Axel zog ein kaputtes Smartphone zwischen Grashalmen und

Herbstlaub hervor. Johannas Diensthandy! Sie konnte sich gar nicht melden. »Ich habe keine Ahnung. Jemand hat ihr Handy zerstört. Und die Sim-Karte fehlt.« Sein Magen krampfte sich zusammen.

»Deshalb konnte ich es nicht orten«, murmelte Patrick. Er klang beunruhigt.

Er mag sie, dachte Axel. Unser Computer-Nerd zeigt Gefühle. »Ich denke nicht, dass sie schwer verletzt ist. Aber sie ist unbewaffnet. Und gesundheitlich angeschlagen.«

»Denkst du, Beate Grunau hat sie in ihrer Gewalt?«

Sieht ganz danach aus. »Hast du schon einen Beschluss für die Ortung von Grunaus Handy?« Er lief in größer werdenden Radien um Johannas Wagen herum und suchte den Boden ab.

»Wittkopf hat sich sofort drum gekümmert. Aber nix. Kein Signal.«

Dann hatten sie keine Spur von Beate Grunau. Zwei tote Frauen, ein verschwundenes Mädchen.

Und jetzt auch noch Johanna …

Der Duft einer Zigarette stieg Axel in die Nase. Die junge Polizistin stand wieder neben dem Baumstumpf und quarzte. Sollte er sie um eine Kippe anschnorren? Bis vor drei Jahren hatte er auch geraucht.

Bis Grimme gestorben ist, weil ich während einer Observation Zigaretten holen war.

Das Schuldgefühl beim Gedanken an den jungen Kollegen hatte ihm jetzt gerade noch gefehlt. »Ich brauche einen Spürhund«, sagte er leise zu Kivelitz. »Hinter der Unfallstelle beginnt direkt ein Wald, und uns fehlt jede Spur von Johanna.«

»Geht klar. Fuck.«

Auf halbem Weg zur Straße reflektierte etwas das Sonnenlicht. Axel beschleunigte seine Schritte. »Patrick? Warte mal! Ich habe hier gerade ein weiteres Handy gefunden. Ziemlich altes Teil.« Er war sich sicher, es nie bei Johanna gesehen zu haben. »Ist abgeschaltet.«

»Bring es her. Ich krieg das hin.« Kivelitz klang erleichtert, etwas tun zu können.

»Wenn es der Grunau gehört, dauert mir das zu lang.«

»Du hast nur drei Versuche«, warnte Patrick.

»Ich weiß.« Er zögerte. Gab sich einen Ruck. »Sag mir mal ihr Geburtsdatum.«

»16. Januar 1963. Aber –«

Er musste es versuchen. Er wollte sich auf keinen Fall hinterher vorwerfen, etwas versäumt zu haben. Axel tippte die Ziffern für Geburtstag und -monat ein.

PIN ungültig. Sie haben zwei verbleibende Versuche.

Dann vielleicht das Jahr? – Wieder falsch. Unruhig lief Axel an der Straße auf und ab.

Aus seinem Handy ertönte Kivelitz' Stimme. »Was machst du da? Bring es lieber her!«

Das ging jetzt nicht. Er drückte den Kollegen weg.

Du musst dich konzentrieren.

Als die ganze Sache mit Passwörtern und PINs losgegangen war, hatte er selbst öfter die Kombination aus Monat und Jahr verwendet. Beate Grunau war etwa so alt wie er.

Und wenn es gar nichts mit ihrem Geburtsdatum zu tun hat?

Das Risiko musste er eingehen. Er war es Johanna schuldig.

»0163«.

Er hielt die Luft an. Tippte zögernd auf »Okay«. Eine Begrüßungsmelodie ertönte.

Yes!

Axel ballte die linke Hand zur Faust. Das Gerät hatte nicht mal eine Bildschirmsperre. Mit fliegenden Fingern durchsuchte er Telefonbuch und Anruflisten. Beate Grunau hatte kaum Kontakte. Keine Fotos. Keinen Internetverlauf. Das gab nichts her. Nur ein Icon auf dem Startbildschirm fiel ihm ins Auge. *Easy Tracking.* Hatte sie Dr. Lehmann etwa per GPS-Tracker überwacht? So viel technisches Verständnis hätte er ihr gar nicht zugetraut.

Als Axel die App öffnete, erschien eine Umgebungskarte. Der blinkende Cursor war keine fünf Kilometer entfernt. Das konnte nicht der Kinderarzt sein. Der war sicher noch im Präsidium in Krefeld.

»Auto-Tracker?«, fragte die junge Kollegin, die ihre Zigarette beendet hatte und ihm neugierig über die Schulter schaute.

Klar, das war ein Auto-Tracker! Warum hatte er daran nicht selbst gedacht? »Du hast mich gerettet«, rief er der verdutzten Polizistin zu und sprintete zu seinem Wagen. Mit etwas Glück war Beate Grunau noch ganz in der Nähe.

***

Leonie blickte irritiert auf ihre Hände. Zuerst hatte der Kälteschmerz sie immer heftiger gequält. Aber jetzt taten sie kaum noch weh. Auch das Zittern hatte fast aufgehört. Nur dass draußen so viele Hunde bellten, irritierte sie. Anfangs hatte sie um Hilfe gerufen, sobald sie ein Geräusch gehört hatte. Aber niemand war gekommen. Nun hatte sie keine Kraft mehr.

Sie lag reglos auf der Erde und versuchte, die Muster zu verstehen, die die Sonne auf den Boden hinter den Pfeilern malte. Ein Gewirr aus bebenden Linien und tanzenden Flecken. Mal waren sie scharf umrissen wie die Konturen eines zu stark bearbeiteten Instagram-Fotos. Mal verschwammen sie und wurden diffus, als ob jemand Weichzeichner darübergelegt hätte. Wenn sich eine Wolke vor die Sonne schob, verschwanden die Muster ganz.

Sie wollen mir was sagen. Die Sonne spricht mit mir durch die Muster. Alles hat eine Bedeutung.

Der Schatten des Pfeilers, an den sie gefesselt war, war an der Wand von dem gesprayten Totenkopf ganz links über das Hakenkreuz zu dem neongelben Schriftzug »Boom!« gewandert. *»Boom!«* Was sollte das bedeuten?

»Eine Sonnenuhr«, flüsterte ihre Mutter. *»Verstehst du? Wie im alten Ägypten.«* Ihr Atem kitzelte Leonie am Ohr. Sie kicherte. Fing an zu husten. Dann begriff sie, dass niemand in der Halle war.

Ich werde verrückt. Meine Mama kann gar nicht hier sein.

Leonie schloss die Augen. Sofort spielten die Hunde draußen

verrückt. Waren die allein unterwegs? Sie heulten wie Wölfe. Vielleicht waren es wirklich Wölfe. Vielleicht hatte sie nur noch nicht gehört, dass die Wölfe auch am Niederrhein zurück waren. Hier gab es doch überall Wälder.

Wie bei Dornröschen. Ich schlafe, und irgendwann kommt ein Prinz und küsst mich wach.

Eine Stimme in ihrem Innern ermahnte sie, wach zu bleiben.

Aber ich bin so müde.

Leonie zwang sich, die Augen wieder zu öffnen. Die Umrisse der Schatten schärften sich im Licht. Der Wind, der immer noch von Zeit zu Zeit mit den Fenstern und Dachschindeln klapperte und ihr mit kühlen Fingern die Haare zauste, hatte die Wolken verjagt. Sie schaute auf ihre Beine. Ihre Füße kamen ihr so weit weg vor. Dieser nasse Oberschenkel, diese spitzen Knie. Alles fühlte sich fremd an.

Ein Hauch von Wärme lenkte ihre Aufmerksamkeit zurück auf das Seil an ihren Handgelenken. Das Sonnenlicht hatte den Zeigefinger der rechten Hand erreicht. Der Nagel hob sich weiß von der leicht gebräunten Haut ab.

Ja! Füttere mich, Sonne! Füttere mich mit Licht und Wärme.

Vielleicht konnte sie die Hände dann besser bewegen. Sie musste nur warten, bis die Sonne weit genug gewandert war. Um sich wach zu halten, begann Leonie zu zählen. Erst bis hundert. Sie stoppte. Keine Veränderung. Das Licht hatte sich höchstens einen Millimeter bewegt. Dann musste sie eben bis tausend zählen. Oder zehntausend.

Als Leonie die Augen wieder öffnete, lagen Hände und Fesseln in gleißendem Licht. Sie musste eingeschlafen sein. Gott sei Dank hatten die Wölfe sie geweckt.

Du hast nicht viel Zeit. Dann geht die Sonne wieder unter.

An ihren Handgelenken zeichneten sich rote Striemen ab. Die Haut war aufgerieben, weil sie immer wieder an dem Seil gezerrt hatte. Erst jetzt, im Sonnenlicht, sah sie, dass einzelne Fasern sich gelöst hatten. Dann war es doch nicht vergeblich gewesen, dass sie an der Fessel herumgebissen hatte!

Du musst weitermachen.

Wenn sie sich ganz doll anstrengte, konnte sie die steifen Finger wieder bewegen. Langsam. Und ungelenk. Aber immerhin.

Es ist so anstrengend, diesen Knoten zu lösen. Und wenn ich es nicht schaffe …

»Du bist doch meine Große.« Noch einmal ihre Mutter. Leonie schaute sich um. Da war niemand.

Natürlich nicht.

Wieder erschrak sie über sich selbst. Sie wimmerte. Dann schob sie ihr Gesicht näher an den Knoten. Beißen und ziehen. Beißen und ziehen. Immer an derselben Stelle. Wenn sie genug Fasern zerbiss, könnte sie das Seil vielleicht auseinanderreißen. Sie versuchte, die Schneidezähne gegeneinander zu verschieben und die Fasern damit zu zersägen. Dann zerrte sie wieder an dem Seil. Als ihr der Kiefer wehtat, lehnte sie die Stirn gegen die Hände.

»Ja, ruh dich ein wenig aus.«

»Jetzt halt die Klappe!« Sie wollte ihre Mutter anschreien, aber nur ein Lallen kam heraus.

Wie betrunken. Ich klinge wie betrunken. Sie kicherte. Zerrte ein letztes Mal mit den Zähnen an der Fessel. Ein warmer Tropfen fiel auf ihre Hand. Erst schaute Leonie nach oben. Dann begriff sie, dass es eine Träne war.

Weinen und Lachen. Das ist wie Regen und Sonnenschein. Wie Lieben und Hassen. Wie Ja und Nein.

Erschöpft legte sie sich wieder auf die Schultasche.

»Komm. Ich singe dir ein Schlaflied.«

Alles nicht echt. Ihre Mama nicht. Das Heulen der Wölfe nicht. Und das Auto draußen auch nicht.

Das Auto? Das war neu. Leonie lauschte angestrengt. Jetzt war es wieder still, aber dann hörte sie das Schlagen einer Autotür. Stimmen! Das waren wirklich Stimmen. Sie spürte ihr Herz klopfen, es gab Hoffnung.

»Hilfe! Ich bin hier!«

Zu leise. Die hören dich nicht.

Etwas klapperte und scharrte an der Tür. Da musste jemand sein.

»Schrei! Schrei!«, flüsterte ihre Mutter. Und Leonie schrie.

***

Johanna zögerte. Es war waghalsig, Beate Grunau in diesem Zustand anzugreifen. Vorsichtig hob sie den Kopf so weit, dass sie unter der Augenbinde den Boden und den Sockel des Gebäudes, vor dem sie standen, sehen konnte. Eine Backsteinmauer. Eine schwere, verwitterte Holztür. Grunau schien mit einem Schloss beschäftigt zu sein.

Denk nach! Wo gibt es hier verlassene Gebäude?

Die letzten Meter vor dem Aussteigen hatte der schwere SUV geruckelt und geschaukelt. Sie mussten von der Straße auf unebenes Gelände abgebogen sein. Auch auf dem kurzen Fußweg vom Wagen bis vor das Gebäude war sie über Steine und Grasbüschel gestolpert. Ein paarmal war sie fast ausgerutscht, weil der Boden lehmig und voller Pfützen gewesen war.

Auf Höhe ihres Gesichts, dort, wo sie nicht hinschauen konnte, klapperte und schabte etwas. Metall auf Holz. Metall auf Metall. Johanna versuchte, möglichst leise zu atmen und sich nur aufs Hören zu konzentrieren. Weit hinter ihr das unregelmäßige Rauschen des Verkehrs. Von dort mussten sie gekommen sein. Ob sie schnell genug an der Straße sein konnte, um ein Auto anzuhalten? Etwas fiel zu Boden.

»Mist.« Beate Grunau fluchte. Die Bewegung, mit der sie den Schlüsselbund aufhob, war hastig. So ungenau, dass sie beim ersten Bücken danebengriff.

Johanna bewegte sich in Zeitlupe einen Schritt zurück und drehte den Kopf zur Straße.

»Denken Sie nicht mal dran!«, fuhr die Grunau sie an.

Weglaufen würde sowieso nicht funktionieren. Auf diesem Untergrund würde sie sich so schnell auf die Schnauze legen, dass Grunau sie in null Komma nichts eingeholt hätte. Dann blieb nur ein Angriff.

Mit zusammengebundenen Armen?

Sie war eine gute Kampfsportlerin. Hatte im Training aus Spaß mal so was mit einem Kollegen durchgespielt. Aber das hier war kein Spiel. Das hier war todernst. Johanna checkte Grunaus Fußgelenke. Die Stiefel reichten bis zur Mitte der Wade. Achillessehne ging also nicht. Dann blieb nur die Kniekehle.

Es ist riskant. Sie wird schnell wieder auf die Beine kommen. Und dann sehr wütend sein.

Ein leises Klicken signalisierte ihr, dass das Schloss aufgesprungen sein musste.

Du hast keine Zeit mehr. Ihr Standbein ist in deiner Reichweite.

Johanna verlagerte ihr Gewicht nach unten. Balancierte ihr Gleichgewicht aus. Metall schabte über Metall. *Gleich ist es zu spät.* Sie hörte jemanden rufen.

Leonie!

Johanna trat mit aller Kraft zu. Beate Grunau knickte ein. Dann ein dumpfer Aufprall, bevor sie zu Boden stürzte.

Nachtreten. Nierengegend. Das Adrenalin schärfte Johannas Wahrnehmung. Dehnte die Zeit.

Kein Stöhnen. Kein Schrei. Kein Reflex, um den Sturz abzufangen? Instinktiv erstarrte sie. Ihr Puls raste in ihren Halsschlagadern. Der Kopfschmerz loderte im Rhythmus ihres Herzens und fühlte sich an, als wolle er ihren Schädel sprengen.

Sie bewegt sich nicht mehr. Johanna machte einen schnellen Seitschritt in Richtung Kopf. Da war ein blutiger Abdruck auf Beate Grunaus Stirn.

Sie ist gegen das Schloss geprallt. Das ist deine Chance.

»Leonie? Ich bin hier. Johanna Brenner.« Sie streifte an der Kante des Tors den Schal von ihren Augen. Das Licht blendete.

»Johanna?« Die Stimme des Mädchens klang schwach.

Du musst schnell sein. Sie kann jeden Augenblick wieder zu Bewusstsein kommen. Sie kniff die tränenden Augen zusammen. Das zweiflügelige Holztor war mit einem Metallriegel versehen, der noch zur Hälfte über einer Öse hing und den Zugang versperrte. »Ich bin gleich bei dir.« Sie umschloss den Riegel mit dem Mund und zog daran.

Er sitzt zu fest. Ihre Lippen rissen auf. Das Gewicht des Metalls drückte nach unten. Johanna schob die gesunde Schulter unter den Riegel und hob ihn an. *Und jetzt nach vorne ziehen.* Ihre Schulter rutschte ab. Sie versuchte es noch einmal.

»Mir ist so kalt«, klagte das Mädchen aus dem Innern.

Du musst da jetzt rein.

»Ich bin gleich bei dir«, rief Johanna lauter. Sie trat einen Schritt zurück und hakte eine Fußspitze unter das Metall. Zog es zu sich hin. Musste erneut um ihr Gleichgewicht kämpfen. *Nicht hinfallen.* Sie fixierte einen Punkt an der Wand. Dann musste eben der Blick als Haltepunkt reichen. *Und jetzt ziehen.* Das verrostete Metallband bewegte sich nur millimeterweise. Immer wieder musste sie innehalten und neu das Gleichgewicht suchen.

Beim dritten Versuch konnte sie die Spitze ihres Turnschuhs zwischen Riegel und Tür schieben. Mit einem entschlossenen Schrei zog sie das Bein zum Körper. Der Verschluss löste sich knirschend von seiner Halterung und hing nach unten.

Geschafft.

Johanna warf einen letzten Blick auf die bewusstlose Beate Grunau. Dann schob sie sich durch den Türspalt ins Innere der Halle.

***

Wütend trat Axel gegen eine Zuckerrübe, die am Rand des Ackers liegen geblieben war. Nichts! Nichts, nichts und noch mal nichts. Weit und breit nur Kappesfelder, Kopfweiden und Kühe. Die ganze niederrheinische Erdverbundenheit. Wo war der Nissan-SUV der Grunau?

Das Signal in der Tracking-App hatte sich nicht mehr bewegt, seit er die App geöffnet hatte. Und genau hier war es am stärksten. Der Sender *musste* hier sein. Axel ging in Zeitlupe an der Landstraße entlang und hielt den Blick auf den Boden gerichtet.

Sie hat ihn entsorgt. Ist hier langgekommen und hat ihn während der Fahrt aus dem Fenster geworfen.

Das hätte er Beate Grunau gar nicht zugetraut. Jetzt hatte er wieder keine Spur von ihr. Geschweige denn von Johanna oder dem Mädchen.

Sein Diensthandy klingelte. Eine unbekannte Nummer.

»Holtz«, brüllte er ins Mikro.

»Dengendorf. Sie haben aber eine Laune heute, Herr Hauptkommissar.«

Die Rechtsmedizinerin. Die hatte ihm gerade noch gefehlt. Die Sache mit der Knochensäge nahm er ihr übel. *Und natürlich hat sie gleich wieder diesen ironischen Ton am Leib.* »Was gibt's? Sind Sie endlich bei der Leiche im Brachter Wald angekommen?«

»Stimmt es, dass Ihre Kollegin verunglückt ist?«

Axel blieb wie angewurzelt stehen. Weshalb fragte die Dengendorf nach Johanna? Die kannten sich doch gar nicht.

»Ja, ich war eben am Unfallort. Keine Spur von Frau Brenner. Aber wieso interessiert Sie das?«

Wieder beantwortete die Rechtsmedizinerin seine Frage nicht, sondern schwenkte zurück auf die tote Frau Lehmann.

»Der Leichnam weist keine Anzeichen äußerer Gewalteinwirkung auf.«

So weit war er auch schon gekommen. »Was ist mit ihrem Asthma? Könnte das ein Anfall gewesen sein?«

Ein Traktor, auf dessen Hänger sich die Heuballen türmten, kroch im Schneckentempo über die Landstraße. Der Bauer blieb hinter Axels Pkw stehen und winkte die Autofahrer vorbei, die sich hinter ihm stauten.

Fahrerseite! Ich Rindvieh. Ich muss auf der anderen Straßenseite suchen.

»Ich habe keine Petechien gefunden«, erklärte Silvia Dengendorf. »Aber die treten beim Erstickungstod durch Asthma auch nicht immer auf. Deswegen kann ich das erst nach der Sektion mit Sicherheit ausschließen.«

»Und Anzeichen einer Vergiftung? Unsere Tatverdächtige arbeitet in einer Arztpraxis und hat Zugriff auf Medikamente.«

»Keine Verfärbungen an Schleimhäuten oder Fingernägeln. Aber auch dazu Genaueres erst nach der Leichenöffnung und einer chemisch-toxikologischen Untersuchung.«

»Dann haben wir nichts?« Axel wechselte die Straßenseite und nahm die Suche nach dem Tracker wieder auf.

»Leider nein. Sobald Ihre Kollegen von der Spurensicherung fertig sind, schaue ich sie mir genauer an.«

Axel hob eine dunkle Schachtel vom Boden auf. Kaugummipackung. Er warf sie zurück ins Feld.

»Ich werde beim Entkleiden auf jeden Fall nach Einstichstellen suchen. Und Sie sehen nach, ob am Arbeitsplatz Ihrer Verdächtigen Medikamente fehlen!«

Weiter hinten hob sich ein kleiner Gegenstand hell von der Erde zwischen den Getreidestoppeln ab. Axel stapfte widerwillig durch den durchnässten Acker. »Logisch. Ich bin lange genug dabei, Frau Doktor. Wir melden uns bei Ihnen.« Er hob ein Kästchen von der Größe einer Fernbedienung auf. Ein durchgeschnittenes Kabel ragte aus einer Seite. Der Sender! Auf diese Weise würde er Johanna also nicht finden.

»Herr Holtz!«, sagte Dengendorf hastig, bevor er das Gespräch beenden konnte. »Könnten Sie mich auf dem Laufenden halten, was Johanna angeht?« Sie räusperte sich. Fügte ein »bitte« hinzu.

Was war denn mit der los? Gefühlsäußerungen hatte er von ihr noch nie gehört. Jetzt klang sie wirklich besorgt. Aber sie war ihm noch eine Antwort schuldig. »Kennen Sie Johanna Brenner schon länger?«

»Nein, aber ... sie war Mittwoch wegen Ihres Falls bei mir, und wir ...« Wieder zögerte sie.

Axel war an seinem Auto angekommen. Er streifte die nasse Erde am Asphalt so gut es ging von seinen Schuhsohlen. »Und Sie ...?«, echote er.

»Nun ... ich mochte sie auf Anhieb sehr. Wir hatten uns verabredet.«

Endlich kapierte er. *Die haben ein Date. Sieh an!* »Ich melde mich, sobald ich etwas weiß«, erwiderte er eine Spur freundlicher.

Im Wagen sah sich Axel den Tracker genauer an. Die winzige grüne Signallampe leuchtete noch. Vermutlich war ein Akku in dem Kästchen. Was Sinn ergab, wenn das Fahrzeug gestohlen wurde und der Dieb die Autobatterie abklemmte.

Scheißding. Hat mich in die Irre geführt und mich Zeit gekostet.

Er warf den Sender auf den Beifahrersitz und stellte die Musik lauter. *Nur eine kurze Pause. Ich muss nachdenken.* Was war da passiert nach dem Unfall? Wozu war eine Frau in der Lage, die aller Wahrscheinlichkeit nach bereits zwei Menschen getötet hatte? Was hatte die mit seiner Kollegin gemacht? Mit der kleinen Majewski?

Stopp! Wenn er sich hier Worst-Case-Szenarien ausmalte, konnte er gar keinen klaren Gedanken mehr fassen. Vor dem Tod von Matthias Grimme war ihm das nie passiert. Dass er die Distanz verlor. Von Angst überschwemmt wurde. Damals war alles schiefgelaufen. Drei Minuten … Bloß drei Minuten hatte er sich vom Wagen entfernt. Und ausgerechnet in dieser Zeit war der Dealer, den sie gesucht hatten, aus dem Haus gekommen. Natürlich war es leichtsinnig von Grimme gewesen, ihn allein stellen zu wollen. Er hatte was reißen wollen mit seinem jugendlichen Elan und Ehrgeiz. Mit dem Gefühl von Unverwundbarkeit, das sich als tödlicher Irrtum herausgestellt hatte. Ein einziger Messerstich hatte gereicht. Matthias hatte seine Waffe nicht mal mehr ziehen können.

Das hier ist eine ganz andere Situation. Johanna hat Mist gebaut. Nicht nur einmal. Und alle Indizien wiesen auf Majewski hin.

Trotzdem. Er fühlte sich verantwortlich. Hätte er ihre Einwände ernst nehmen sollen? »Scheiße!« Axel schlug so fest auf das Lenkrad, dass es wehtat.

»I say a little prayer for you. Forever and ever, you'll stay in my heart«, sang Aretha Franklin. Nicht der richtige Song. Er tauschte Aretha gegen Metallica und drehte den Lautstärkeregler noch weiter auf. Er wollte die Bässe in seinem Körper spüren. Er wollte mitgrölen können, ohne seine Stimme zu hören. »Fortune, fame, mirror vain, gone insane, but the memory remains.«

Ja, das war besser. Axel ließ die Fenster herunter und atmete die kalte Luft tief ein. Das Display seines Diensthandys leuchtete auf. Die Chefin.

Jetzt reiß dich zusammen.

Ja, er sei noch unterwegs. Nein, keine Spur von der Kollegin. Auch nicht von dem Mädchen. Und nicht von der Tatverdächtigen. Nur ihr Handy habe er an der Unfallstelle …

Die Idee tauchte so plötzlich und ungefragt auf wie eine Pop-up-Werbung im Internet. *But the memory remains.*

Hastig versprach er, ins Präsidium zurückzukommen, und beendete das Gespräch. Dann sah er sich noch einmal Grunaus Handy an. – Volltreffer! Die App hatte den Streckenverlauf der letzten hundert Tage aufgezeichnet.

Das hier war der momentane Standort. Hier lag der Sender seit dreizehn Uhr zwölf.

Davor die Unfallstelle. Sie war nur wenige Kilometer entfernt.

Von zehn Uhr sieben bis zwölf Uhr dreiundzwanzig war das Signal im westlichen Teil von Brüggen gewesen. Konnte Beate Grunau da noch in ihrer Wohnung gewesen sein? Oder davor?

Sie hat mitbekommen, dass ihre Wohnung durchsucht wurde. Dann ist sie Johanna gefolgt und hat den Unfall verursacht. Axels Puls beschleunigte sich weiter.

Der Eintrag davor führte zum Gymnasium in Schwalmtal. Er war irritiert. Warum war sie dorthin gefahren, wenn sie Leonie Majewski gestern Abend schon in ihre Gewalt gebracht hatte?

Also noch weiter zurück. Am Donnerstagabend hatte sich Beate Grunau nach ihrem Dienst in der Praxis an mehreren Orten jeweils nur kurz aufgehalten. Den Fundort der Leiche von Frau Lehmann konnte er zuordnen. Aber die anderen Standorte in und um Brüggen? Er aktivierte die Satellitenansicht. Da waren Wohnhäuser. Und ein Eintrag außerhalb des Städtchens tauchte gleich zweimal auf. Axel zoomte sich in die Karte hinein.

Das Gelände der alten Ziegelei! Die Hallen standen schon seit Jahren leer. Er setzte das Blaulicht aufs Autodach und raste los. Nur neun Kilometer. Vielleicht würde er auch Johanna dort finden.

***

»Leonie!« Johanna ging neben dem Mädchen auf die Knie. »Du hast es gleich geschafft. Ich bring dich hier raus.« Leonies Lippen waren bläulich, ihre Haut bleich.

Sie ist unterkühlt. Vermutlich stark dehydriert.

»Die aus der Praxis«, murmelte Leonie. »Die hat mich hier eingesperrt.«

»Ich weiß. Sie kann dir nichts mehr tun.« Johanna warf einen Blick zur Tür. Die Zeit drängte. Sie musste ihre Handfesseln loswerden, bevor Beate Grunau wieder zu sich kam. »Schaffst du es, meine Hände loszubinden?« Sie drehte Leonie den Rücken zu, hockte sich dicht neben den Pfeiler und tastete nach den Fingern des Mädchens. *Eiskalt und steif.* Leonie zitterte, als sie sich ungelenk an dem Knoten zu schaffen machte.

Das dauert zu lange. Sie hat kaum noch Kontrolle über ihre Bewegungen.

»Macht nichts. Gleich vorn ist die Straße. Ich hole Hilfe.«

»Nein!«, flehte Leonie. »Geh nicht weg!«

Sie ist völlig verängstigt. Johanna nahm die kalten Finger in ihre glühenden Hände. Da war ihr Fieber wenigstens zu etwas gut. »Ich komme ganz schnell wieder zurück.«

»Aber wenn die Wölfe reinkommen.«

Welche Wölfe? Sie halluzinierte schon. Leonies Puls war schwach und verlangsamt. *Alles nur noch auf Sparflamme. Erhalt der lebenswichtigen Funktionen.* Sie musste jetzt handeln. Vielleicht konnte sie mit einer der Tonscherben, die hier überall herumlagen, ihre Fesseln durchschneiden.

Als Johanna aufstand, verschwamm der Raum vor ihren Augen. Der Boden schwankte. Sie ließ sich zurück in die Hocke sinken. *Du darfst jetzt nicht schlappmachen.* Der Husten erschütterte ihren Brustkorb. Ihr Körper beruhigte sich nur langsam. Sie tastete nach einer geeigneten Scherbe. Nicht zu groß und nicht zu klein. *Diese könnte gehen.* Die Bruchkanten waren scharf. *Vielleicht funktioniert es.* Sie kroch zu Leonie zurück.

»Schaffst du es, die zu halten?« Johanna drückte die abgerundete Seite des Ziegels zwischen die eiskalten Finger des Mädchens. Kontrollierte erneut den Eingang. Mit jeder Minute wurde die Gefahr größer, dass Beate Grunau aufwachte.

Leonie hob den Kopf. »Was soll ich machen?«, flüsterte sie.

»Nur festhalten und aufpassen, dass ich mir nicht ins Handgelenk schneide.« Johanna versuchte, den Kopf so weit nach hinten zu drehen, dass sie ihre eigenen Hände sehen konnte. Keine Chance. Dann musste ihr Tastsinn reichen. Vorsichtig begann sie, ihre Hände auf und ab zu bewegen. Die Tonscherbe fiel zu Boden.

»Ich hab eine Idee.« Leonie wirkte jetzt wacher. Sie bewegte sich ein wenig, und Johanna spürte den Luftstrom ihres Atems auf dem Handrücken. Kurz darauf berührten Leonies Lippen und Zähne ihr Handgelenk. *Kluges Mädchen.*

»Super! Du schaffst das.«

Leonie zog und schob mit Zähnen und Fingern an den Schlingen des Knotens. Sie kämpfte. Sie zitterte und keuchte immer mehr, aber der Bewegungsspielraum an Johannas Handgelenken nahm zu.

»Du bist stark, Leonie! Wir kriegen das hin.« Johanna tastete jetzt selbst nach der Fessel. Ja! Sie konnte ein Ende des Seils durch die gelockerte Schlaufe schieben. Hastig löste sie den Rest. *Ich bin frei.*

Als sie die Arme vor den Körper nahm, zog der Schmerz scharf durch ihre Schulter. Das gebrochene Schlüsselbein. Darauf konnte sie jetzt keine Rücksicht nehmen. *Energie freisetzen. Wie beim Kampfsport.*

»Warte. Ich mach dich los.« Mit einem wütenden Kraftlaut löste sie das Seil auch von Leonies Händen. Dann richtete sie sich vorsichtig auf. Sie musste Beate Grunau fesseln. Die Kollegen informieren. Einen Krankenwagen rufen.

Johannas Lunge brannte. Sie musste sich an einem Pfeiler abstützen und warten, dass ihr Kreislauf sich erholte. Sie lächelte Leonie zu, die ihre befreiten Arme fast ungläubig zum Körper hinzog und sich aufzusetzen versuchte. Plötzlich veränderte sich Leonies Blick. Sie begann zu schreien. Etwas Weiches zog sich um Johannas Hals zusammen. *Der Schal, mit dem meine Augen verbunden waren!* Instinktiv griff sie danach.

»Ich habe Ihnen vertraut! Ich habe Ihnen alles erzählt«, zischte Beate Grunau.

Sie ist verletzt und gefährlich. Wie ein angeschossenes Tier. Sie will mich töten. Noch bekam Johanna Luft. Mit voller Wucht schlug sie den Kopf nach hinten. Wenn sie die Nase traf, hatte sie eine Chance.

Aber der Stoß ging daneben. Der Druck auf ihren Kehlkopf nahm zu. Johanna röchelte. Ihr blieben nur wenige Sekunden bis zur Bewusstlosigkeit. Sie schlug ein zweites Mal mit dem Hinterkopf nach ihrer Angreiferin. Die Grunau war schneller. Wich aus.

Sie wird mich töten. Sie wird Leonie töten. In Panik ruderte sie mit den Armen rückwärts, bekam Beate Grunau aber nicht zu fassen. Leonies Schreie drangen nur noch wie durch Watte zu ihr durch. Die Tritte nach hinten waren ein reiner Verzweiflungsakt. Aber sie musste getroffen haben! Die Angreiferin wich nach hinten aus und lockerte dabei den Druck auf Johannas Atemwege.

Wieder krallte Johanna ihre Finger in den Schal. Ihre Lunge sog gierig jedes Fitzelchen Luft ein. Als sie sich vorbeugte und versuchte, Beate Grunau abzuschütteln, ließ ein Schmerz in der Kniekehle sie zusammensacken und nach vorne fallen. *Shit. Sie lernt schnell.*

»Ich hätte Ihnen nichts getan.« Grunau riss Johanna an der verletzten Schulter auf den Rücken. »Ich hätte Sie nur eingesperrt. Aber Sie mussten mich ja angreifen.« Ihr Gesicht war wutverzerrt. Sie drückte den Daumen in die Bruchstelle des Schlüsselbeins. Bevor Johanna sich zur Wehr setzen konnte, hockte Beate Grunau auf ihrem Brustkorb und presste mit den

Knien ihre Oberarme auf den Boden. *Zustechen. Mit zwei Fingern zustechen.*

Aber wieder war sie zu langsam. Ihre Finger stachen ins Leere. Die Grunau drückte mit aller Gewalt ihre Kehle zusammen.

Ein Knacken ging durch Johannas Brustkorb. *Meine Rippen brechen.* Sie umklammerte die Handgelenke der Frau über ihr. Versuchte ein letztes Mal, sich zu wehren. Bilder aus Vergangenheit und Gegenwart flossen ineinander. Nowak blutete und lachte. Die tote Marta schlug die Augen auf. Sie selbst als Fünfzehnjährige klemmte im Autowrack.

So ist das also. Sterben. Keine Luft. Keine Kraft. Johannas Arme fielen herab. Die Zeit verflüssigte sich. *Es ist vorbei. Dann soll es so sein.*

Als jemand ihren Namen rief, strömte der Klang dunkelrot durch ihren Körper. Farben sind Klänge, verstand sie. Ihr Name war ein warmes, allumfassendes Rot. Ein Rot, das sie bis in die Fingerspitzen erfüllte. Das Glatte darunter ... die Scherbe! Mit letzter Kraft hob Johanna die Hand und stach zu.

In einem Winkel ihres Bewusstseins nahm Johanna wahr, dass ihre Kehle wieder frei war. *Luft. Ich brauche Luft.* Sie hörte sich selbst röcheln. Erst allmählich nahm der Raum um sie herum Gestalt an. Die Farben und Geräusche normalisierten sich. Sie begriff, dass es Leonie war, die nach ihr rief.

»Ich lebe«, wollte sie antworten, aber sie hatte keine Stimme mehr. Sie hustete Blut. Tastete nach dem Schmerz im Rachen. Jeder Atemzug tat weh. Immer noch lag der Schal um ihren Hals. Sie rollte sich vom Rücken auf die Seite und löste ihn von ihrem Körper. Kaschmir. Beige. *Die Tatwaffe?* Was war mit Beate Grunau? Da war so viel Blut. *Die Scherbe. Ich habe ...* Johanna drehte sich zurück auf den Rücken.

Frau Grunau?

Ihre Angreiferin lag nur einen Meter entfernt neben ihr. Aus dem Schnitt an ihrem Hals quoll Blut. Johanna wollte den Oberkörper aufrichten, aber ihr wurde sofort wieder schwarz vor

Augen. Im Liegen atmete sie weiter. Sammelte Kraft, bis es ihr gelang, sich mit den Beinen zu Beate Grunau zu drücken. Sie presste den Daumen in die Wunde. Da war noch ein Puls. Und ein schwaches Atmen. *Du hattest keine Wahl. Diesmal hattest du keine Wahl.*

Leonie war jetzt still. Sie weinte leise.

»Guck nicht hin!«, flüsterte Johanna, während sie versuchte, das verletzte Gefäß abzudrücken. *Vielleicht kann ich sie noch retten. Ich muss es versuchen.*

»Kira wartet auf Sie. Sie sind nicht allein.« Sie war sich nicht sicher, ob Beate Grunau sie hörte. Immer noch quoll das Blut in Schüben unter ihrer Hand hervor. »Nicht aufgeben, Beate! Nicht aufgeben!« Das Pulsieren wurde schwächer. *Verdammt.* Die Blutlache war riesig. Als könnte das noch etwas ändern, presste Johanna jetzt den Schal auf die Wunde. *Nicht sterben. Nicht sterben, verdammt noch mal!* Ihre Hände zitterten. Sie sah zu, wie das Rinnsal aus der Wunde allmählich versiegte. Das Blut leuchtete im Licht der Sonnenstrahlen schmerzlich schön. *So rot wie mein Name. So rot wie …*

Leonies Wimmern brachte Johanna wieder zu sich. *Es ist vorbei.* Sie ließ den Schal los und sank zurück auf den Rücken. Die Enge in ihrem Hals erschwerte ihr immer noch das Atmen. *Wir brauchen Hilfe. Ich muss hoch zur Straße.*

***

»Nun fahr schon zur Seite!«, fluchte Axel, als er mit Blaulicht und Sirene bei Rot in die Kreuzung einfuhr. Manche waren aber auch schwer von Kapee. Noch ein Kilometer bis zur alten Ziegelei.

»Verstärkung und RTW sind unterwegs«, bestätigte der Kollege am Funk.

»Alles klar. Ich bin jetzt da.« Er stellte den Wagen auf dem Grünstreifen am Rand der B 221 ab. Die Zufahrt zum Gelände war von Gräsern und Birkenschösslingen zugewachsen. Über der mit Brombeeren berankten Ziegelsteinmauer ragte das verfallende Dach der ehemaligen Fabrikantenvilla heraus. *Wie ein Dornröschenschloss. Aber zu nah an der Straße.*

Axel lief an der Villa vorbei auf das Gelände. Die frischen Reifenspuren im nassen Laub konnten von einem SUV stammen. Er folgte ihnen an der lang gestreckten Produktionshalle vorbei Richtung Schornstein und stolperte über einen Schienenstrang, der unter Gras und Blättern verborgen lag. Zweige schlugen ihm ins Gesicht. Etwas riss am Ärmel seiner Jacke.

»Verflucht!« Er zerrte die Brombeerranke vom Stoff und hastete weiter. Nirgendwo Fenster, durch die er ins Innere des Gebäudes sehen konnte. Wo war das Mädchen? Johanna? Das Vogelzwitschern in den Baumkronen spottete seiner Unruhe.

An der Kopfseite des Gebäudes war der Untergrund betoniert. Die Reifenspuren verloren sich. Axel suchte Deckung an der Mauer und sah um die Ecke.

Der schwarze Nissan. VIE-KG-63. *Oh, Sinnerman, where you gonna run to?* Er zog seine Waffe. Außerhalb der Halle war niemand zu sehen. Geduckt pirschte er sich an den Wagen heran. *Nicht verriegelt.* Er riss die Fahrertür auf. Niemand im Fußraum oder auf der Rückbank. Nur eine zerwühlte Decke. *Sie hat jemanden hierhergebracht!*

Das Klavier-Intro von Nina Simones »Sinnerman« tobte weiter durch seinen Kopf, als er vor dem Kofferraum die Luft anhielt.

Well I run to the rock, please hide me!

Er öffnete die Heckklappe. Zwang sich, auf die Ladefläche zu sehen. Auch hier keine Person. Er atmete erleichtert aus. Nur Koffer, ein Pappkarton und Müll. Auf leisen Sohlen näherte er sich dem Eingang der Halle. Der linke Torflügel stand offen. Im Innern beängstigende Stille. Keine Stimmen. Keine Schritte. Wo blieb die verdammte Verstärkung?

But the rock cried out, I can't hide you.

Warten war keine Option. Mit der Waffe im Anschlag drehte Axel sich zum Innenraum hin.

Blut. So viel Blut. Die Frau darin – leblos.

So I run to the river, it was bleedin'.

Er ließ die Waffe sinken. Kämpfte die Übelkeit nieder. Wie bei Matthias. Selbst die Verletzung am Hals von Beate Grunau sah ähnlich aus. Ein Wimmern lenkte seine Aufmerksamkeit auf einen Mauervorsprung neben dem Tor. Eine Gestalt saß zusammengekauert im Schatten der Ziegelwand.

»Leonie!« Axel versperrte ihr den Blick auf die Tote. »Schau nicht hin!« Die Augen des Mädchens waren aufgerissen; die Pupillen geweitet.

Sie steht unter Schock. Sie braucht einen Arzt. Er zog seine Jacke aus und legte sie um die schmalen Schultern. Leonies Kleidung war komplett durchnässt. Um ihre Knöchel wand sich ein rotes Seil. *Sie kann auf keinen Fall gegen Beate Grunau gekämpft haben.* »Wo ist meine Kollegin? Wo ist Johanna?«

Leonie drehte stumm den Kopf zum hinteren Teil der Halle. Dort war es so dunkel, dass Axel die menschliche Gestalt auf dem Boden kaum erkennen konnte.

»Johanna?«

Ein Röcheln antwortete ihm.

Verdammt! Das klang nicht gut. Er stürzte zu ihr und griff zum Funkgerät. »Holtz an Zentrale. Wie lange dauert das noch mit dem RTW?«

»Ist unterwegs. Müsste jeden Augenblick da sein.«

»Ich habe hier zwei SV. Die vermisste Leonie Majewski und meine Kollegin. Alte Ziegelei! Der Eingang zur Halle liegt circa zweihundertfünfzig Meter von der Bundesstraße entfernt. Beeilt euch, Mensch!« Er ging neben Johanna auf die Knie. Ihr Gesicht war bis zur Unkenntlichkeit geschwollen. Um ihren Mund herum klebte Blut, ebenso an ihren Händen und auf dem Parka. »Hörst du mich, Johanna? Ich bin's, Axel.« Wie in einem Déjà-vu sah er sich selbst neben Grimme knien. *Nicht schon wieder. Nicht sie auch noch.*

Johannas Herzschlag war kaum wahrnehmbar und so schnell, dass er nicht mitzählen konnte. Da waren Verfärbungen an ihrem Hals. Unter den Blutflecken hatte er sie erst nicht wahrgenommen. *Oh nein. Sie ist gewürgt worden.*

»Der Notarzt ist gleich da. Du hast es fast geschafft«, sagte er laut. Hoffte, dass sie ihn hörte. Leonie ließ Johanna nicht aus den Augen. Er hätte das Mädchen nach draußen bringen sollen. Keine Zeit jetzt. Axel öffnete Johannas Parka und tastete den Oberkörper nach Verletzungen ab. Das dunkle Stöhnen aus der Tiefe ihres Bauchraums klang wie ein Hilfeschrei. *Sinnerman. You ought a be prayin'. Ought a be prayin', all on that day.*

Wenigstens keine offenen Wunden. Dann war das Blut von Beate Grunau. Er ging näher an Johannas Gesicht heran. Ihr Atem war auf der Wange kaum noch zu spüren. Vorsichtig überstreckte er ihren Kopf und öffnete den Mund. Kein Fremdkörper. Das Drosseln musste die Atemwege verletzt haben. Wenn sie zuschwollen, konnte er ihr nicht mehr helfen. Die Angst schlug über ihm zusammen.

So I ran to the Lord, I said, »Lord help me«. Axel winkelte Johannas Bein an und drehte sie in die stabile Seitenlage.

»Gleich kommen meine Kollegen, die helfen dir«, rief er Leonie zu, die ihn angstvoll anstarrte. – Johanna? Verflucht, sie hatte aufgehört zu röcheln. Wo war der verdammte Puls?

Axels eigenes Herz schaltete auf Sprint. Er konzentrierte sich auf seine Fingerspitzen in der Vertiefung neben Johannas Halsmuskel. Gut, da war ihr Puls. Er flatterte unruhig wie ein Schmetterling. Aber das Herz schlug. *Du kannst dich nicht einfach aus dem Staub machen. Du bist eine Kämpferin.*

Immer noch keine Sirene. Der Schweiß lief ihm mittlerweile über Gesicht und Rücken. Er verfolgte die Sekundenanzeige auf seiner Armbanduhr. Schon fast anderthalb Minuten ohne Atmung. Johannas Lippen färbten sich blau. Wie lange hielt so ein Herz ohne frischen Sauerstoff durch?

Sie ist jung. Sie ist stark. Sie muss es einfach schaffen.

Einen Luftröhrenschnitt konnte er unmöglich selbst hinkriegen. *Wenn das hier gut ausgeht, lerne ich es.* Die Schläge wurden unregelmäßig. Aus der Ferne hörte er das erlösende Heulen der Martinshörner.

Wo war der verdammte Puls jetzt? Axel tastete erneut. Drückte stärker zu. Nichts. Er drehte Johanna auf den Rücken und riss den Parka zur Seite.

Eins. Zwei. Drei. Vier. Pressen, pressen, pressen, pressen.

Und wenn ich dir das verdammte Leben wieder in den Leib pressen muss.

Neun. Zehn. Elf. Zwölf. Der Schweiß brannte in seinen Augen. Draußen endlich Motorengeräusche.

Wenn du jetzt aufgibst, kann ich mich nie wieder bei der Dengendorf blicken lassen. Was läuft da eigentlich zwischen euch?

Türen schlugen. Axel hörte Stimmen. Fünfzehn. Sechzehn. Siebzehn. Achtzehn.

»Wir sind hier!«, brüllte er.

Der erste Sanitäter erschien am Eingang der Halle, zögerte kurz an der Leiche und kam dann im Laufschritt zu ihm.

»Johanna Brenner, Mitte dreißig, wurde vermutlich gewürgt, seit drei Minuten ohne Atmung«, keuchte Axel.

Der Sani stellte seine Tasche ab und kniete sich neben ihn. »Ich übernehme.« Kurz berührten ihre Hände sich. Dann ließ Axel von Johanna ab. Zwei Hände legten sich auf seine Schultern.

»Machen Sie mir bitte Platz!« Die Notärztin hinter ihm strahlte professionelle Ruhe aus. »Wie lange beleben Sie schon wieder?«

»Etwa dreißig Sekunden.« Er stand auf und taumelte ein paar Schritte zurück. *Mann, ist mir schlecht!* An der Tür kümmerte sich ein zweiter Sanitäter um das Mädchen. *Du hast getan, was du konntest. Jetzt hilft nur noch Beten.*

Die Ärztin leuchtete in Johannas Mund. »Sie ist zyanotisch. Koniotomie-Set«, befahl sie.

Axel registrierte wie betäubt, wie Taschen geöffnet wurden, Anweisungen durch den Raum flogen und jemand über Funk einen weiteren Notarzt orderte. Er starrte auf die Hände des Sanitäters, der immer noch in gleichmäßigen Abständen Johannas Brustkorb zusammenpresste. Jemand reichte der Ärztin ein Skalpell. Sie tastete Johannas Kehlkopf ab. »Stopp!«

Die Hände auf dem Brustkorb hielten inne. Axel hielt die Luft an, als das Skalpell in Johannas Haut eindrang. Der Schnitt war kurz und präzise. Dann zog sich eine feine rote Linie über ihren Hals.

»Brauchen Sie Hilfe?«, fragte eine Stimme neben ihm.

Er schüttelte den Kopf. Der junge Mann sah kaum älter aus als sein Sohn. Die Ärztin schob jetzt eine Kanüle in Johannas Hals.

Bitte, lass sie überleben, lieber Gott! – Betete er gerade tatsächlich?

»Ihre Kollegin?« Der Junge hielt ihm eine Flasche Wasser hin.

Axel griff nach der Flasche, konnte aber seinen Blick nicht von Johanna nehmen. Endlich war der Beatmungsbeutel dran.

Du schaffst das. Du hast ein großes Herz. Und das meine ich als Kompliment. Von mir aus darfst du dich um alle Kinder und alle Angehörigen und alle Zeugen dieser Welt kümmern.

Der Sanitäter nahm die Druckmassage wieder auf. Kurz darauf hielt er inne. Fühlte an Johannas Hals. »Wir haben sie! Ihr Herz schlägt wieder.«

Die Erleichterung ließ Axel in sich zusammensinken. Das war knapp. Als die Sanitäter Johannas Hemd öffneten und das T-Shirt aufschnitten, um die Elektroden des EKGs anzulegen, verbarg er sein Gesicht in den Händen. *Sie hat es geschafft, Sinnerman. Jetzt bloß nicht heulen.*

Montag, 20. November

Die Stimmen dringen undeutlich zu Johanna durch. Sie öffnet die Augen. *Alles so hell hier.*

»Frau Brenner? Sie sind im Krankenhaus. Keine Angst.«

Johanna versucht, die Gesichter scharf zu stellen. Sie will sprechen, muss aber sofort husten. *Mein Hals. Er brennt wie verrückt.* Sie hebt die Hand, um nach ihrem Kehlkopf zu tasten, aber da ist ein Widerstand. Jemand hält ihren Arm fest.

»Bitte nicht an den Verband fassen. Sie waren eine Weile intubiert.«

Intubiert? Davon hat sie gar nichts mitbekommen. Wie lange hat sie eigentlich geschlafen?

Hinter dem Mann, der mit ihr gesprochen hat, nickt eine Krankenschwester Johanna zu. Sie hat braune Augen. *Wie Leonie … Leonie!* Die Erinnerung kommt zurück. Das Mädchen. Die Fabrik. Der Kampf.

Ein drittes Gesicht schiebt sich in Johannas Blickfeld. Den kennt sie. *Der sieht aber fertig aus.*

»Da bist du ja wieder. Du hast mich vielleicht erschreckt«, sagt Axel.

Johanna will etwas erwidern. Der Versuch provoziert nur Husten und Schmerz.

»Warten Sie noch mit dem Sprechen«, sagt der Mann im weißen Kittel. Ein Arzt vermutlich.

Johanna bewegt die Lippen. Formt lautlos Silben. Sie muss wissen, was mit Leonie ist. Die Gesichter über ihr tauschen ratlose Blicke.

Axel hält ihr einen Strohhalm an die Lippen. Hebt vorsichtig ihren Kopf an.

Ach nee. Der Herr Kommissar. Und so fürsorglich. Der sieht sie ja fast liebevoll an. Sie würde ihn gerne foppen. Dass er sich Mühe geben kann, soviel er will. Dass Männer ihr einfach schnuppe sind. Stattdessen grinst sie schief.

»Lachst du mich aus?«, fragt Axel. Er versucht streng zu klingen. Aber eigentlich sieht er dabei zufrieden aus.

Johanna trinkt. Vorsichtig. In kleinen Schlucken. Es schmerzt, aber es tut auch gut. Jetzt könnte es funktionieren.

»Le-o-nie?«, stößt sie hervor.

»Der geht es besser als dir«, sagt Axel. »Die durfte nach Hause, nachdem sie sie aufgetaut haben.« Er zwinkert ihr zu. Nimmt ein Stofftier vom Kopfende ihres Bettes und hält es ihr vors Gesicht.

Eine Fledermaus. Johanna spürt die Freude hinter dem Schmerz. Sie lässt den Kopf zurück aufs Kissen sinken. Ganz schön anstrengend. Trinken. Und Reden. *Welcher Tag ist eigentlich heute?* Sie schließt die Augen, während der Arzt sie abhört und irgendwelche Reflexe testet. Seine Stimme klingt zufrieden.

»Gut. Dann lassen wir Sie jetzt mal allein.«

Johanna öffnet die Augen wieder.

»Soll ich dir was von dem Fall erzählen, oder möchtest du schlafen?« Axel zieht seinen Stuhl an ihr Bett.

Oder-Fragen sind blöd, wenn man nicht sprechen soll. Diesmal deutet Johanna nur auf ihren Hals. Er grinst.

»Gar nicht so schlecht, wenn du keine Widerworte geben kannst.« Dann wird Axel wieder ernst. Er schüttelt den Kopf. »Es tut mir leid. Du hättest nicht allein auf Beate Grunau treffen dürfen.« Er starrt auf ihre Bettdecke. »Ich hab mich zu früh darauf verlassen, dass Majewski der Täter sein muss. Aber dafür hab ich in der Ziegelei auch Blut und Wasser geschwitzt.«

Johanna nickt. Kann sich nicht erinnern, dass Axel dort war. Wie ist sie eigentlich hierhergekommen?

»Deine Luftröhre ist immer mehr zugeschwollen. Sie muss dich heftig gewürgt haben.«

Fast getötet, ja. Johanna starrt auf die Blumen, die auf einem Tisch am Fenster stehen. Sie ruft sich das Bild der toten Beate Grunau vor Augen. Versucht zu ergründen, wie es sich anfühlt. Anders als bei Nowak, stellt sie fest. Leiser. Gleichmütiger.

»Entschuldigung.« Axel berührt ihre Hand. »Ist alles noch zu früh. Du musst erst mal gesund werden.«

Eine neue Stimme mischt sich ein. »Guten Tag, Herr Holtz! Der Lebensretter am Bett seiner Kollegin.«

Johanna erkennt die Stimme sofort. Sie dreht mühsam den Kopf zur Tür. Mit offenen Haaren sieht Silvia noch schöner aus. *Weicher. Zum Knuddeln.*

»Haben Sie den Luftröhrenschnitt selbst gemacht, Herr Kommissar?« Silvia kommt näher und bringt den Duft von Kaffee mit ans Bett.

Axel steht auf. »Frau Dr. Dengendorf!« Er deutet eine Verbeugung an. »Das können Sie mir fürs nächste Mal beibringen.«

Johanna möchte jetzt dringend auch was sagen. Dass sie froh ist, dass die beiden bei ihr sind zum Beispiel. Wie schön sich das gerade anfühlt.

»Sie wollen ihr doch jetzt nicht Kaffee einflößen?« Axel greift nach seiner Jacke.

Silvia lacht. Johanna kann sich nicht sattsehen. *Das würde ich auch in zehn Jahren noch lieben.*

»Wir hatten eine Verabredung, Ihre Kollegin und ich.« Silvia stellt zwei Becher mit Kaffee auf den Tisch zu den Blumen und beugt sich über sie. »Hat es dir die Sprache verschlagen?«

»Muss an dir liegen«, flüstert Johanna. Sofort muss sie husten. Sie spürt eine warme Hand auf ihrer Wange.

»Ich bin dann mal weg«, sagt Axel laut.

»Moment noch, Herr Holtz.«

Fühlt sich komisch an, dass die beiden sich siezen. Das muss sich ändern.

»Die Todesursache ist endlich klar. Sie ist an einer Überdosis Insulin gestorben.«

Sie redet von Birgit Lehmann. Johanna will das gerade gar nicht hören. Die nächsten Wochen wird sie erst mal keine Polizistin sein. Sie schließt die Augen. Nur hier liegen und atmen. Sie hört nicht hin, was die beiden weiter sprechen. Der Kaffee riecht so gut. Wie ein Versprechen, dass das Leben weitergeht. Ein Versprechen auf Zukunft.

Danke!

Wie jede Autorin von Kriminalromanen war auch ich auf die Hilfe von Fachleuten angewiesen. Sie haben nicht nur mein Manuskript, sondern auch mich persönlich mit ihrem Wissen bereichert. Sachliche Fehler sind entweder dramaturgischen Gründen geschuldet oder der Unkenntnis der Autorin zuzuschreiben.

In diesem Sinne danke ich:

– meiner Mentorin Ella Danz von den »Mörderischen Schwestern«, die die Entstehung dieses Manuskripts über mehr als ein Jahr begleitet hat;
– meinem Lektor Lothar Strüh für seine Geduld bei der zusätzlichen »Runde«, die allein ich zu verantworten hatte;
– Dr. med. Britta Gahr vom Universitätsklinikum Düsseldorf für die Einblicke in die Welt der Rechtsmedizin, die mir einmal mehr bewusst gemacht haben, was für ein komplexes und faszinierendes System der menschliche Körper ist;
– Christian Stücke für seine anatomisch detaillierten Kampfsportseiten im Internet und die netten Antworten auf meine Rückfragen;
– Jamie Mikayla für einen Nachmittag im Eiscafé, bei dem sie mich in die Social-Media-Welt der heute Vierzehnjährigen eingeführt hat;
– Marie-Luise Wendler, die ihre Erfahrungen als Krankenschwester und Notfallassistentin beim gemeinsamen Schwitzen während des Trainings mit mir geteilt hat;
– meinen Kolleginnen Andrea Rings und Bettina Lausen sowie dem »Konspirativen Stammtisch« Mönchengladbach und den »Blattwerkern« für Rat und Unterstützung.

Den Menschen in meinem persönlichen Umfeld möchte ich für Geduld und Ermutigung danken.